Nil desperandum
Władysław Reymont

Nil desperandum
Copyright © JiaHu Books 2015
First Published in Great Britain in 2015 by JiaHu Books – part of
Richardson-Prachai Solutions Ltd, 34 Egerton Gate, Milton Keynes,
MK5 7HH
ISBN: 978-1-78435-180-9
A CIP catalogue record for this book is available from the British Library
Visit us at: jiahubooks.co.uk

I

Grabowski dwór Zarębów jeszcze spał.

Atoli z czeladnej buchały światła i przenikliwe śpiewania. Niska ogromna izba, zakopcona do czarności, tonęła w złocistych brzaskach; na kominie buzował się tęgi ogień, świerkowe łupy trzaskały wesoło iskrami aż na półkolistą ławę, pełną prządek, lnianych kądzieli i warkotu wrzecion.

Jejmościanka Bisia, w białym czepeczku z niebieskimi szlarkami, w rogowych okularach na grubym nosie, ledwie wydająca się z głębokiego fotelu, ciągnęła rozgęganym głosem litanię do Matki Boskiej, piskliwy zaś chór dziewczyn powtarzał sennie co chwila:
– "Módl się za nami!"

Jakieś dziecko kwiliło w sąsiedniej stancji, przeciągle ziewały psy, pozwijane w kłębki przed ogniem, i raz po raz buczały wrzeciona wijące się po podłodze.

– Franka, nitka ci puchnie – ostrzegała jejmościanka nie przestając śpiewania. Parob ze łbem rozczochranym, w kożuchu i boso, zwalił naręcze drzewa pod komin i przysiadł na ceglanym trzonie. Litania wlokła się długo i matyjaśnie niby piaszczysta droga w upalne przypołudnie, ogieniaszek przejmował lubością, do tego muchy tak sennie brzęczały w bylicach pozawieszanych u pułapu, że śpik morzył i tu, i owdzie któraś z prządek utonęła nosem w kądzieli.

– Cóżeśta robiły w nocy, że teraz wozita żydów? – podniósł się groźny głos. Parob zarechotał, skarcone bystrzej zakręciły wrzecionami, a stara Maciejka, kucharka ludzka, heród baba i dokucznica, zaszeptała kąśliwie:

– Miesiączek wschodzi o północku, to każda by rada napatrzyć mu się do syta... Jejmościanka spojrzała surowo, lecz miasto zgromić powiedziała:

– Skocz no która zobaczyć, czy starszy panicz już wstał. niech Wikta leci– zdecydowała, bo kilka na raz zerwało się od kadzieli.

– Każdej pachną miody – syknęła Maciejka. – Nie dla psa kiełbasa Wikta z jakąś szczególną miną meldowała, jako w pokoju panicza jeszcze cicho.

– Dobrześ aby słuchała? – indagowała jejmościanka, nie bardzo upewniona.

– Ona żołnierzów to na dziesiątej wsi poczuje.

– Przypuść dechu, Małgoś. Śpiewasz jak z łaski, nie oszukuj Pana

Boga – fuknęła. jejmość, srogo patrząc spod okularów. – Zydor, nie drzem, leniu, a śpiewaj.
Parob beknął, aż kury gdzieś zagdakały i prządki zaczęły chichotać.
– Z ciebie kapelista kieby z koziego ogona trębacz – wyrokowała Maciejka.
– Tyle wam o tym wiedzieć co starej warząchwi o kościele – odciął się Zydor.
– Cicho! "Naczynie dziwnego nabożeństwa" – śpiewała jejmościanka.
– "Módl się za nami!"
Sroka frunęła znad belki, próbując łapać dziobem warczące wrzeciona, po niej zjawiła się ruda wiewiórka i chycnąwszy na ramię jejmościanki pilnie wycierała pyszczek o jej czepeczek, a za tymi wsunęła się oswojona wydra, przypełzła tanecznymi ruchami do kolan i dostawszy pieszczotliwe pogłaskanie skoczyła na któregoś z psów i wśród straszliwych skomleń, skowytów i śmiechów wyjechała na nim do sieni.
A że świt już był właśnie zabielał szyby jakoby szronem, jejmościanka Bisia zdawszy dozór Maciejce podreptała w głąb domu z wiewiórką na ramieniu.
Dwór był obszerny, pełen przybudówek i zakamarków; na korytarzykach i w ogromnych stancjach pachniało lawendą i stały się jeszcze grube mroki, posuwała się więc po omacku, akuratnie jednak znajdując przeróżne drzwi, aby dyskretnie zapukać, to rzucić dzień dobry, gdzie zaś i zagderać na śpiochów lub komuś rzec, jako kapucyn pokazuje na pogodę. Po drodze skrzyczała kredencerza, niezgorzej też oberwał psiarczyk na ganku i odbywszy z kucharzem konferencję względem dzisiejszego obiadu, zajrzała do pokoju panny stołowej.
Rozburzona pościółka jeszcze grzała, lecz panny nie było. Zmarszczyła się groźnie.
– Ona się doigra tymi amorami! A niechby się wypadkiem dowiedział pan miecznik! Jezus Maria! – aż ręce podniosła. – A przekładałam, a suplikowałam jak kogo poczciwego! – szeptała, jakby się już submitując miecznikowi, wlokąc się ciężko na piętro do drzwi narożnej komnaty, gdzie kwaterował Sewer. Z bijącym sercem nasłuchiwała, uczyniła w powietrzu znak krzyża, odeszła na palcach, aby nie zbudzić ulubieńca, którego kochała nade wszystko.
– Niech sobie wypocznie dzieciątko! – westchnęła tkliwie,

schodząc do apteczki wydawać przyprawy kuchcie, już czekającemu przy drzwiach zamczystych.

Tymczasem Sewer już od dość dawna siedział pod stajnią i kurzył lulkę.

Pietrek przyświecał latarnią, Maciuś zaś konie uwiązane do bariery pucował z nabożeństwem i prężąc się raz po raz, i podnosząc do czoła rękę ze zgrzebłem, istne cuda powiadał o swoich ogierach.

Poranek był wczesny, spowinięty jeszcze mrokami, chłodny i cichy; po łęgach leżały szarawe kożuchy mgieł, lasy po wzgórzach ciągnęły się pogarbionymi zarysami ciemności, z nieprzejrzanych pól wytryskały drzewa podobne zakrzepłym czarnym dymom; natomiast niebo na wschodniej stronie wzdymało się jakoby szklane, zaciągnięte seledynem, smugami fioletów i żarzącymi się łunami nadchodzącego słońca.

Na majdanie powstawał znaczny ruch, kręcili się ludzie, noszono zieloną paszę do rannych udojów, skrzypiały studzienne żurawie i wierzeje gumien, gdzieś z drogi huczał potężny bas ekonoma: – Wychodź! Wychodź! – Turkotał młyn na strudze jeszcze niedojrzanej, od wsi zalatywały dymy i głosy.

– Dopraszam się pana porucznika, konie okuć?

– Okuj, ruszamy jutro o świtaniu. Żal ci odjeżdżać, co?

– I! – sprężył się w całym ogromie, pokazując w twarzy jakowąś wzgardę. – Melduję pokornie, jako rad bym we świat choćby w tej minucie...

– Tak ci pilno, a powiadali, że się masz do Wikty ze dworu. – Gwizdnął na psy. Cała sfora gończych, wypuszczona z psiarni, przypadła z radosnym skowytem.

– Na rasztaku to każda kiecka dobra – wyrzekł zaplatając grzywy ogierom. – Jak tam na wojaczce jest, to jest, a wolę niźli przy pługu z bydlęciem pod ekonomskim boćkiem wyciągać gnaty. Wziąłem to na rozum i uważam...

– Byleś przy tym uważaniu nie oberwał po grzbiecie od namiestnika.

– Pokornie melduję, jako nam grozi, że niech powrócim z żołnierki, to nas zaprze do wołów i kijem wytrzęsie z nas wojackie fanaberie! Jakże to może być, kiej my som żołnierze i swój honor mamy?

Lęk mu patrzał z oczu.

– Kto w służbie Rzeczypospolitej stanie, ten wolny jest – mówiłem ci. Maciuś, pochylając mu się do ręki, zaszeptał w sekrecie:

– Po naszych wsiach siła parobków doprasza się iść w kantonisty.

Wydały się z tym głupie przed ekonomem i wzięły srogie baty, a namiestnik zapowiedział, że niech się kto ruszy z domu, znajdzie go i każe zatłuc... W sam raz by pasowały do naszej baterii: same wybrane chłopy... Dzisiaj w nocy znowu przychodzili wysłańce do Kacpra jaże spod Lublina względem wolności pytać, czy to prawda.
– Prawda. Który dobrowolnie zaciągnie się w szeregi, temu na wiek wieków będzie dana wolność i ziemia. Mówiłem ci już tyle razy.
– To niby będzie, jak teraz we Wronkach albo w Siemiatyczach!
– I jak będzie, da Bóg, w całej Rzeczypospolitej.
– Wedle rozkazu! – sprężył się, lecz nie odszedł.
– Co masz na języku?
– To niby, na ten przykład, ten półwłóczek, co go tatuś obrabiali...
– Będzie twój!

Maciusiowi łuna radości zaświeciła w oczach, cofnął się jednak w przepisany sposób i dalej zapalczywie chędożył konie, ale raz po raz leciała mu gruba łza po tłustych, pucołowatych policzkach...
Sewer otoczony psami ruszył ku domowi.

Dzień już się stawał, mgły poruszyły się z legowisk i siwą, rzadką przędzą osnuwały świat niby dymami, że widniały jeno ciemne sylwetki drzew i budynków. Rzędy wołów ciągnęły z pługami na rolę, ryki krów wypędzanych na paszę rozdzierały powietrze, a gdzieś w mgłach podnosiły się beki owiec i krótkie naszczekiwania psów owczarskich.

Szedł wolno, gdyż co chwila ktoś go witał pokornie, ktoś całował w rękaw, ktoś podejmował pod kolana, miał bowiem uważanie i miłość chłopstwa. Patrzyli w niego jak w obraz święty, wszystkie dworki kochały się w nim na zabój, a parobcy poszliby na kraj świata na każde jego skinienie. Nieskory do poufałości ni roztkliwiań, surowy nawet i wymagający, lecz nie czynić krzywdy miał sobie za powinność – a o tym wiedziały te rzesze żyjące w ustawicznym trudzie, strachu i niedoli, więc płonące wdzięcznością spojrzenia leciały mu do nóg. A przy tym najprzeróżniejsze gadki krążyły o nim w całym państwie grabowskim, fantastyczne bajdy o wojennych przewagach, o samego króla jegomości wielkim uważaniu, to radośnie szeptane wieści o odmianie poddaństwa za jego przyczyną, że modlono się gorąco na jego intencję, był im jedyną wiarą w jakieś zbawcze jutro. A jemu, patrząc na rozradowane twarze i wierne oczy, snuły się marzenia o powszechnej szczęśliwości i przymnożeniu obywatelów i obrońców Rzeczypospolitej. Czułością sycony uśmiech miał dla każdego z pejzanów, zaś kobietom i słowa dobrotliwe troskające się o ich dzieci, gospodarki i frasunki. Szedł coraz wolniej, przejęty radością miłowań, radością powziętych nadziei i radością tego dnia wrześniowego. Słońce wyniosło się już było spoza borów i czerwone brzaski zasypały wszystek świat, ptaki podniosły wrzask, jaskółki wzięły swój lot miotający, a od pól, jeszcze potrząśniętych mgłami, zanosiły się porykiwania i śpiewy. Chłodnawy wietrzyk spłynął na jego rozpaloną twarz i rosistym deszczem otrzęsły się drzewa, i słońce zajrzało w oczy.

– Do jutra tylko – pomyślał – a potem może już nigdy nie spłyną moje oczy na te lube miejsca, może już nigdy...

Wzdrygnął się, jakieś zjawione nagle myśli przesłoniły te wdzięczne stafaże i omroczyły mu duszę niepokojem. Nawrócił spiesznie ku dworowi.

Ogromna brama, zawsze na rozcież otwarta, prowadziła na wielki dziedziniec, porośnięty trawą i obsadzony rzędem smukłych, włoskich topoli, zaś z pośrodka zielonego kobierca tryskała w niebo kępa białych bzów niesłychanej wysokości – dwór stał naprzeciw, na niewielkim wzniesieniu, miał ganek na sześciu pękatych słupach, dźwigających wysuniętą facjatę, ściany niskie, bielone, gęsto pocięte oknami, a łamane dachy spiętrzone niby góra porosła mchem i łatami nowych gontów; z boków wyciągały się długie oficyny, ledwie dojrzane przez rosochate gałęzie lip rosnących pod oknami; w jednej mieściły się kuchnie i czeladnie, a druga była przeznaczona dla rezydentów i gości; tam na czas choroby kwaterował Kacper. Srodze obszarpany ganek wiódł do olbrzymiej, mrocznej sieni, zarzuconej najrozmaitszymi rupieciami.

Stare poślepłe psiska rzuciły się ze skomleniem do Sewera, równocześnie skrzypnęły jakieś drzwi i zafurczała spódnica, lecz nim zdołał coś dojrzeć, przepadła. Wyjrzał drugimi drzwiami na ogród: chwiały się jeszcze trącone gałęzie jabłoni, ale już nikogo nie było.

– Bon dziur, mości dziejski! – zawołał na niego z pierwszej stancji! na prawo ojciec Hiacynt, reformat, kapelan i odwieczny rezydent Zarębów. Właśnie był pod oknem przebierał rydze dopiero co przyniesione, gatunkując je z nabożeństwem. Kamienne gary stały dokoła niego.

– In saecula saeculorum. Amen! Powiadam ci, wybrane z wybranych. Obacz i tknij nosem, a zmówisz dziękczynny paciorek. Jejmościanka Bisia będzie w siódmym niebie, ani się spodziewa takiej siurpryzy! Hę! Hę! – śmiał się, aż trzęsła mu się ogromna, blada twarz, wsparta na trzech kondygnacjach podbródków, i drygał brzuch zwisły na kolana. Brwi miał niby krzaki ośnieżone, nochal na podobieństwo trąby, wargi zaciśnięte, wyłupiaste, niebieskie oczy i łysą głowę, zwieńczoną tonsurą zaledwie dojrzaną nad karkiem sfałdowanym w grube kiełbasy. Mówił reformackim obyczajem przez nos, niemiłosiernie szpikując łaciną, znał się arte na winach i miody sycił jak nikt drugi. Niemałej też zażywał powagi jako mówca i człowiek oświecony.

– Weź no z kafla tabaki i zażyj – ozwał się znowu – już zaprawiona kropelkami, ditto jak kupowana od Srajkoziny w Warszawie. – Bartok, mucu jeden, stołek dla porucznika. – Spieszcie się tam ze sieciami – huknął do sąsiedniej stancji. – Szczupale tak się wczoraj grzecznie rzucały pod młynem, że musimy załowić. Cóż, dzionek śliczności? Pachnie jakby zieleniaczkiem. Spojrzyj, waść, na półki, jaki to sortymencik gąsiorków na śliweczkach! Hę, hę, hę! Ciągną sobie okowitkę, ciągną...

– Czy to u ojca była jakaś dworka przed chwilą?

– Ex fructibus eorum cognoscetis eos! – rzucił z przekąsem i schmurniał, żarliwie przesypując solą rydze i ugniatając je pięścią. Naraz w głębi domu zerwała się wrzaskliwa fanfara trombonistów.

– Ten cymbał już się egzercyruje! – jęknął ojciec Hiacynt. – Panie Trzaska, bo waści trąby potrzaskam, jeśli nie poniechasz! – zakrzyczał.

– Snadź ćwiczy się w niedzielnym nabożeństwie.

– A niech go, mości dziejski, diabli suplikują na swoje nieszpory. Mnie już wątroba puchnie od takiej muzyki. Tyle godnych funkcji na świecie dla poczciwego człowieka, a ten farmazon zabawia się trąbieniem... Nie uważam, żeby trąbienia dodawały lustru nabożeństwom albo szczególnie smakowały Panu Bogu, ale pan miecznik lubuje się w tych rzępołach i niemałe na nich ponosi ekspensa, de gustibus! – skarżył się, gdyż serdecznie nie cierpiał Trzaski, dyrektora dzieci, a także i pierwszego nad kapelą dworską, z którym wciąż darł koty o polityczne opinie.

– Więc już wyruszasz jutro?

– Wyjazd zdeterminowany; pojadę pożegnać się ze stryjem.

– Jakże ojciec względem wyjazdu, nie przeciw?

– Mną rządzi powinność względem ojczyzny – odparł hardo.

– Dixi et animam salvavi! – zamruczał ironicznie, czym dotknięty Sewer wyszedł bez słowa na drugą stronę sieni, do Kacpra. Stancyjka była niewielka, uboga w sprzęty, ale ochędożnie utrzymana i pachnąca medykamentami. Kacper leżał na stosie poduszek, z dziwnie rozjaśnioną twarzą, oczy miał radosne i rumieniec na wynędzniałych jagodach, na głowie bielił mu się czysty bandaż. Jakieś kwiatuszki tkwiły zatknięte za wiszącą na ścianie szablą.

– Jakże się masz? Nie ruszaj się – usiadł przy nim na łóżku.

– Pokornie melduję, jako próbowałem marszu, ale we łbie mi się jeszcze kręci.

– Ba, po takim nadłupaniu cud, że go nosisz jeszcze na karku.

– Ale mój adwersarz już ziemię gryzie – wtrącił z przechwałką.

– Miałem pocztę i jutro ruszam do Warszawy. Termin wybuchu przesunięto na listopad, to mnie bardzo niepokoi.

– Co się odwlecze, to nie uciecze – szepnął Kacper spozierając na kwiatki.

– Sposobne okazje nie powtarzają się. Ty się kuruj, byś jak najrychlej podążył za mną.

– Rad bym ruszać chociażby w tej minucie.

– Nie łżyj, bracie – rzucił ze śmiechem – bo rad byś tu wiekować. Wszak ci dogadzają jak ksiądz Gierce, kwiatuszki nawet, widzę, przynoszą...

Chory spłonął jak panna, podnosząc nieśmiało przetrwożone oczy.

– Wysoko mierzysz, ale nie w tym tenor rzeczy, a jeno, by języry dworek nie dosięgły pana miecznika, bo ci tu nie stanę w obronie. Dosia ci sprzyja? – spytał otwarcie.

Kacper, miasto odpowiedzi, przywarł do jego ręki gorącymi wargami.

– Daleką macie drogę do mety! I nie wybrana to pora na amory, bo wiesz, co przed nami! A kto w sprawie, temu za matkę, rodzica i bogdankę powinność bóstwem jedynym. Twardy jest zakon polskiego harcerza wolności, w srogości niezbłagany, bez folgi i aż do ostatniego tchu. To ci wspominani, zapamiętaj.

– Uważam, panie poruczniku! – oczy mu zamigotały niby niezgłębiona toń. Ale Sewer odstąpił od tej materii, a pouczywszy go względem parobków, o jakich Maciuś wspominał, poszedł z wizytacją do rotmistrza Nałęcza, najstarszego z grabowskich rezydentów, który kwaterował od ogrodu w dwóch stancjach.

Rotmistrz siedział był właśnie w białym pudermantlu przed gotowalnią. Drągal w barwie Zarębów, z grzebieniem za uchem, naciągał mu ogromną, siwą perukę na łysą głowę. Jakieś chłopię czyściło pod piecem długą szpadę.

– Panu rotmistrzowi pokorne moje służby. Jakże tam zdrowie?

– Dobrze, ale imaginuj sobie, język mam obłożony! Feralny to prognostyk, a że pyrmoncka woda mi wyszła i zabrakło czopków, tandem casus gotowy! Upominałem cię, asinusie, żeby mi pukle nie wiewały się niby żydowskie pejsy! – huknął na struchlałego fryzjera. – Widzę, jako znowu chcesz batów! A harcap zapleć twardo! Teraz mnie ogól i fora za drzwi. Będziemy mieli dzisiaj gości na obiedzie.

– Któż łaskaw na Grabów?

– Starosta mszczonowski, Prażmowski, z żoną i porucznikiem Kawalerii Narodowej, Rymkiewiczem. Mniemam, jako to względem Maryni...

– Kiedy ojciec zdeterminował wydać ją za Pstrokońskiego. Czy starościna zawsze taka śliczna paryska kukła?

– Jakby zestąpiła z kopersztychu, przedni marcepan. Bydlę! – zaryczał naraz, chlaśnięty brzytwą. Fryzjer przezornie uskoczył na stronę. – Od jutra pójdziesz do gnoju: świnie ci smalić i skrobać, a nie osoby! – burczał zalepiając cięcie papierkiem. – Pucuj, Jasiu, gardę aż do suchego lustru! – Zwrócił się do pacholika. – No, rżnij dalej, asinusie jeden! – warknął nastawiając policzki.

– Więc ta peruka, fiołkowy fraczek, atłasowe kiuloty z lampasami, westa ze złotej lamy, żaboty, wstęgi, ordery, wszystko to na cnotę starościny wymierzone! Doigra się jeszcze rotmistrz tymi amorami. Starostę znam zazdrośnikiem, niczym tygrys! – podpiwał z czułością, czym ubłożony starzec aż sapał z kontentacji, bzdyczył się i trzaskał rękami po lędźwiach.

– Ma on do mnie zastarzały rankor jeszcze z czasów, kiedyśmy wraz z wojewodzicem Gozdzkim deboszowali o jakąś cacaną warsztatniczkę w Lublinie.

– Rotmistrz znał wojewodzica? Powiadają o nim historie nie do wiary.

– Byłem z nim w szczerej komitywie przez długie lata, mam jego konterfekt na kości, kufer listów i ze dwie kopy szczególnych historii mógłbym ci opowiedzieć. Pierwszy to był kawaler w Polsce i może już ostatni. Czymże przy nim ten wasz uwielbiany książę Pepi albo Kazimierz Sapieha, albo Rzewuski? Wałachy biorące pozór ogierów! Jeden tylko kasztelan Poniatowski, ojciec króla jegomości, mógł się z nim równać w tym i owym, ale nie przewyższał, Wojewodzica wielbił cały świat, na królewskich dworach był persona grata. Wiele on kobiet zbałamucił, wielu znacznych mężów wyzwał na rękę i zabił, wiele beczek wypił, wiele psich figlów napłatał i złota posiał, tego by i na milowym regestrze nie zakonotował. A teraz gdzieś pod Przemyślem, słyszę, pacierze klepie na ciepłym przypiecku. Sic transit gloria mundi. A ja, nie chwalący się, jeszcze do wszystkiego, i owszem – śmiał się powstając i rzuciwszy liberyjnemu pudermantel, prezentował się chełpliwie w całej postaci wielce foremnej. Dziad był prawie stuletni, ale prosty jeszcze, sprężysty i krzepki, o twarzy suchej, cale urodziwej, i bławatkowych, wielkich oczach. Swojego czasu rotmistrz chorągwi pancernej na dworze Augusta III; słynny bibosz, kostera i swywolnik; pierwszy gracz w szable i pierwszy gardziel w Rzeczypospolitej. Zasię mimo lat późnych jeszcze rączy do kielicha, burdy i strzelistych duserów byle gładkiemu liczku. Łączyły go z Zarębami jakieś dalekie powinowactwa, więc jak był przyjechał z wizytacją przed trzydziestu laty, tak i pozostał. Podobał sobie w Grabowie, a że spore sumy pożyczył miecznikowi i zawsze rad wygadzał potrzebującym, byle na pewną ewikcję i dobry procent, że przy tym miał dworne maniery, znaczną edukację, dowcip przedni i koligacje z najpierwszymi domami, dom Zarębów traktował go za swojego. Miał opinię wolterianina i farmazona, bo rad przy okazji dworował sobie z księży i prawił krotochwile o cudach; puszczano mu to płazem ze względu na wiek i nielitościwe drwiny, jakimi umiał ośmieszać swoich adwersarzy. On to nagi, w bachusowy jeno wieniec przystrojony, jeździł po Lublinie w motii z Granowskim, na ogromnej beczce piwa. Nie lubił jednak o tym wspominać.

– Cóż to dzisiaj? piątek – zawołał naraz, przeglądając się w zwierciedle. – Trzeba się przybrać w odpowiedni kolor, coś postnego, exemplum szczupak z szafranem.

– Dzisiaj będą karasie w śmietanie, zwierzyła mi pod sekretem ciotka Bisia – podsunął Sewer, biorąc niemałą uciechę z jego zafrasowanej twarzy.

– Patrz no, to znowu zmienia maść... karasie w śmietanie – zamedytował się trzaskając raz po raz palcami. – Hm, trudny wybór. Adam, frak w piusowe prążki na dnie słomkowym przynieś, a spiesz się, kanalio! Można by i różowy w paski zielone, takaż westa w złoty rzucik – zakręcił się niespokojnie. – Adam!

Sewer wyszedł, bo stary elegant nieraz do samego południa biedził się nad przystrojeniem i nie mogąc się zdeterminować, nie pokazywał się na pokojach, zwłaszcza jeśli mieli być goście.

Zajrzał do sąsiedniej stancji, na kwaterę imć Sulickiego, barszczanina, towarzysza słynnego pułkownika Zaręby, którego okrutny Drewicz pojmawszy w niewolę tak storturował, że już nie przyszedł do zdrowia i rozum mu się nieco pomieszał, ale ujrzawszy go klęczącym na środku izby zawieszonej obrazami, cofnął się i pobiegł w ogród za rybakami ruszającymi właśnie na połów pod wodzą ojca Hiacynta.

Za dworem rozciągał się wirydarz, obwiedziony na włoską modę grabowym szpalerem i pocięty w regularne kwatery, wysadzone strzyżonymi bukszpanami; podłużny staw mglił się w pośrodku niby oślepłe i poryte zwierciadło, zarosło kępami trzcin i ajerów. W kwaterach mdlały ostatnie, przywarzone georginie, smukłe malwy, astry nisko rozpełzłe i przeróżne pachnące ziela. Ścieżyny, żółtym piaskiem potrząśnięte, wiły się we wdzięczne esy-floresy. Pachniało tam miętą i bukszpanem, sroki uwijały się po ścieżkach, a brzegiem stawu czołgała się wydra jejmościanki Bisi, lecz dojrzawszy ludzi dźwigających sieci i wiadra, plusnęła w jedno, przewinęła się szczupakiem przez drugie i zawiedziona w rachubach skoczyła w gąszcze, a za nią ruszyły psy.

– Wezmą ją – kłopotał się Sewer nasłuchując krótkich naszczekiwań.

– Wywiedzie je w przeciwną stronę i zjawi się przy rybach – zapewniał ojciec Hiacynt. Za wirydarzem pogrążyli się w dzikie ostępy wybujałych drzew, gęstwin i moczarów. Słońce wyzłacało tylko czuby olbrzymów, dołem zaś taiły się jeszcze mroki, chłód i mgły, spod których przezierały gdzieniegdzie wody, niby zamglone pawie oczka, w rzęsach zrudziałej paproci. Nie było drogi, tylko grząskie przejścia, bagna miejscami zastępowały drogę, przegniłe wykroty i niepodobne do przebycia plątaniny chmielów i jeżyn. Jakieś parowy głębokie, jakby dna ziemi sięgające, gadały zadyszanym bełkotem rzeczułek, rosły nad nimi brzozy niewypowiedzianej piękności, niebotyczne, w biel zatulone i pokryte drżącym szmerem żółknących listków. Miejscami dąb prawieczny, podarty piorunami, dźwigał się na potężnych korzeniach niby bóstwo ogromów, samotności i trwania. Były miejsca, gdzie przez zwarte konary siał się tylko bladawy pył dnia jakby przez witraże prastarych katedr. Zasię znów rozdzierały się nagle zielone ściany i oczy brały lot nad niskie, podmokłe łąki, pokryte wiszarem. To świerki okryte zielonymi skrzydłami gałęzi bodły hardo niebo gotyckimi wieżami. Grube na podziw sokory, pokracznie pogarbione, przeglądały się zalotnie w srebrzystych, zadumanych wodach. Modrzewie w złotawych przyodziewkach jesieni chwiały się rytmicznie, niby tanecznice nie mogące ustać na miejscu. Na wzgórkach zasiadły sosny szemrzące sennie, otoczone ciżbą żałobnych jałowców.

– Diabli z takimi wertepami – niecierpliwił się Sewer.

– Kiedy pan miecznik nie pozwala ruszyć siekierą, żeby chociaż przerąbać duchty i spuścić wody. Z tych zgniłych fetorów zimnica w domu ciągłym gościem.

– Tyle tu rzeczy czeka odmiany! – szepnął z goryczą. – Ale, co też się stało z koniczyną holenderską, którą przysłałem na wiosnę? – Wyrosła ślicznie, sprzątnęli trzy półtoraki, ale pan miecznik zakazał używać. Powiada, że konie mogą pozdychać od takich zagranicznych specjałów... – Każę dzisiaj założyć na noc cugowym i zobaczymy – szepnął z uporem.

Wynurzyli się wreszcie na jasny świat; szeroka dolina łąk, gęsto poznaczonych stogami siana i kępami drzew, ciągnęła się niedojrzanym pasem, zaś tuż pod parkiem wlokła się rzeka, porozlewana w zatoki, jeziorka i moczary, zarośnięte trzciną wody płynęły leniwo, skrząc się w słońcu drobniuchną łuską. Ostry zapach bagna zawiercił w nozdrzach. Stado cyranek zerwało się z sitowi, huknął strzał i dwie okręciły się w miejscu, i spadały ciężko. Ojciec Hiacynt zagwizdał szczególnie, coś chlusnęło w szuwary, a po chwili wysunęła się wydra z kaczkami w zębach.

– A co, nie mówiłem, że się znajdzie! – wołał tryumfująco. – Mądra Basia, dobra Basia, poczciwa Basia! – klepał ją pieszczotliwie po grubym karku. – Zaciągniemy pod wodę, w dołach zdarzają się godne sztuki. Chcesz z nami?

– Pójdę stroną, może jeszcze co ustrzelę. Nabijał długą ptaszniczkę, wydra wiła mu się koło nóg w nieustannych, wężowych skrętach, ale na próby głaskania szczerzyła drobne, haczykowate zęby i groźnie mruczała.

Płaskie, długie łodzie spłynęły cicho na rzekę, sieć opadła znacząc się tylko na gładzi półkolem pływaków, ciągnęli się pod wodę długimi drągami z wolna i ciężko, gdyż dno było grząskie i zarośnięte.

– Sewer! – wołał za nim jakiś głos niedaleki. Odwrócił się spiesznie, z gąszczów wynurzyła się Marynia.

– Ledwiem zgoniła pana brata – szeptała srodze zadyszana.

– Ksiądz tak popędzał, chce jeszcze przed śniadaniem nałowić ryb.

– To pójdźmy nad stawy, Baśka, precz! – broniła się pieszczotom wydry. Ruszyli pod parkiem ku młynowi, którego omączone dachy znaczyły się spośród olbrzymich drzew; stawy leżały nieco niżej, porzucone w łąkach niby szyby grające w słońcu, wełnista kurzawa mgieł dymiła się z nich tu i owdzie sinymi pióropuszami.

– Ciotka Bisia pewna, że pan brat jeszcze śpi.

– Pan brat wstał przed słońcem – przedrzeźniał jej ton ceremonialny. – Ale, że pani siostra tak swobodnie buja po świecie, no, no...

– Bo chciałam brata o coś prosić – podjęła nieśmiało

– Ależ, siostrzyczko, rad bym ci przecież nieba przychylił.

– To powiedz mi prawdę o Izie – następowała wielce rezolutnie.

– O pani szambelanowej nie mam nic do powiedzenia.

– Mnie jej tak strasznie żal – ciągnęła nieulękle – pono taka nieszczęśliwa... Wuj pisał do mamy... Pono szambelan taki niegodziwy tyran...

– Może, ale ona nie warta twojego współczucia.

– Więc sobie wyobrażałam, jako przez te okoliczności bardziej się udręczasz...

– Nie imaginuj sobie Bóg wie czego – strzelił do czajki, ale chybił. – Nie mówmy o tym, siostrzyczko. Powiadaj mi o sobie.

– Będziesz dzisiaj u stryja?

– Pojadę po obiedzie, muszę się przywitać i pożegnać,

– Może tam jeszcze zastaniesz "sierotkę".

– Ceśka Kobierzycka! Dawno jej nie widziałem, musiała już dorosnąć.

– I wyrosła na prawdziwe cudło! Mama ją; zaprosiła do nas, że to nie bardzo przystoi pannie w kawalerskim domu pozostawać.

– Toć stryjowi pod ośmdziesiąt, ładny kawaler.

– Zarówno nie przystoi – rzekła z przeświadczeniem. – I zabawiła wszystkiego może ze dwie niedziele. A wielbili ją i ceckali, aż złość brała patrzeć, ale to taki ordynus, że za nic to sobie miała, chodziła jak mruk, a rotmistrzowi, który nie szczędził jej galantuomnych duserów, powiedziała do oczu, że dryga niby małpa na katarynce! Maniery, co? I potem w nocy uciekła do stryja na podjezdku z pastwiska.

– Musiał ją ojciec zażywać po swojemu albo co?

– Gdzie zaś! Ojciec za nią przepadał i stawiał za wzór. Takie już czupiradło, woli przestawać z pospólstwem, pachnie jej tylko w chałupach...

– Prawda, że to przed laty rwała się do zabaw cale nieprzystojnych dla jej płci. Sierota, nie miał kto hodować i wyrosła na dziczkę.

– Nie mówię z jakowejś animozji, broń Boże, ale byś wiedział, jak jest, bo pan ojciec ma względem niej pewne zamysły... – spojrzała mu bystro w oczy.

Udał, jako nie rozumie jej słów, uśmiechnął się tylko i rzekł:

– Nie taki straszny diabeł, jak go księża malują.

– W sam raz jej u stryja: konie, psy, polowania i kumy, z którymi już pono w kości gra i kielichami brząka. Cała okolica mówi o tym.

– Konterfekt nie nazbyt pochlebny.

– Spytaj się mamy, to i coś więcej usłyszysz – dodała zajadle.

– At, obchodzi mnie to tyle co śnieg zeszłoroczny.

Przystanęli nad stawami, gdzie właśnie ojciec Hiacynt z połami habitu zatkniętymi za pas, ubabrany w błocie, wyrzekał przy wyciągniętej sieci nad lichym połowem, klnąc przy tym siarczyście rybaków.

– Maryniu, a rzeknij jejmość pani matce, jako mszę dzisiaj opóźnię, załowimy jeszcze po drugiej stronie. Sam przecież widziałem szczupale niby wieprze i całe roje okuniów. Baśka, połóż, Baśka! – wrzasnął na wydrę uciekającą z rybą w zębach.

Nie słuchając więcej jego biadolenia skręcili w sad, ciągnący się od młyna aż do dworskich oficyn; sad był rozległy, utrzymany starannie i obficie pokryty owocem; szły nieskończone rzędy stożków, pokrytych zarumienionymi jabłkami, to śliwy całe w fioletach i farbach sinawych, to grusze zwisające z gałęzi niby ciężkie zausznice.

A owdzie stały już drzewa w jesiennej przyozdobie barw i złotawe liście spływały bez szelestu na przywiędłe, stratowane trawy, niekiedy jabłko biło ciężko o ziemię lub zabrzęczała pszczoła. Słońce świeciło blado, powietrze było ciche i przejęte zapachami jabłek, wróble goniły się rozkrzyczanymi bandami.

Napotkali Dosię z fartuchem pełnym nazbieranych owoców.

– Tylko co miałam was wołać na śniadanie – ozwała się dźwięcznym głosem, białe zęby zagrały w pełnych, czerwonych wargach. Rzęsista była w sobie, urodna, biała na twarzy, dyszała zdrowiem, mocą i radością. Spłonęła pod badawczym spojrzeniem Sewera i uciekła z oczyma.

– Co dnia ładniejsza – zauważył, gdy się nieco oddalili.

– Toteż wciąż walą do niej w konkury.

– A ona coraz polewką szafuje!

– Jakby czekała na królewicza! Droży się, aż to wszystkich zastanawia.

– A może jakowaś skryta inklinacja? – wtrącił badająco.

– Gdzie zaś, kiedy ona rada wyśmieje każdego i przedrzeźni.

Uspokojony, że nie podejrzewają jej skłonności do Kacpra, zwrócił rozmowę na spodziewanych gości, cyrkulując przy tym ostrożnie ku osobie porucznika Rymkiewicza. Marynia zdradzała się rumieńcami i pomieszaniem, nie ważąc się jednak na wyznania, więc gdy znaleźli się blisko domu, pod zielonym cieniem szpalerów, zagadnął obcesowo:

– I miałabyś odwagę przeciwić się woli rodzica?

Raczej klasztor niźli tamten narzucony! – wybuchnęła z mocą niezłomnej determinacji, lecz pomiarkowawszy się spojrzała śmiertelnie strwożona.

Nie stojęć na zdradzie, siostrzyczko, mów ze mną szczerze, nie bój się...

Przytuliła się do niego z ufnością i cichutko, pod wielkim strachem i wśród łez, spłonień i wzdychań wyznawała się ze swoich miłowań i udręk serdecznych.

– Pisała mama o Pstrokońskim, mniemałem, jakoś go sobie wybrała.

– Widziałam go ze dwa lata temu na kuligu w Bełżycach, u starościny Kossowskiej, i cale mi się nie wydawał, chociaż kawaler grzeczny, przystojny i pono z wielką edukacją, bo tylu tam było świetniejszych.

– Exemplum Rymkiewicz, nieprawdaż, siostrzyczko? – śmiał się cicho.

– Jakbyś wiedział, oficjer przecież i taki śliczny! Ale cóż, Adam chudopachołek, a Pstrokoński magnat prawie i instancję za nim wnosił do ojca sam wojewoda sieradzki, Walewski. Ale nie pójdę za niego, żeby nie wiem co, nie pójdę. Ojciec się nawet nie spytał mamy i deklarację przyjął, szczęściem, że jeszcze nie wyznaczył dnia ślubu.

Dzwonek zwołujący na śniadanie zatargał powietrzem.

– I nie tak rychło wyznaczy – zaszeptał żywo – bo czasy nadchodzą burzliwe, a Bóg wie, co komu pisane na wojnie.

– Na wojnie! To by i Adam powinien, i ty, i pan Pstrokoński! – zadygotała przerażona.

– Wszyscy powinni, komu w sercu honor i ojczyzna. Nie powiadaj nikomu, ale to wiedz, jako lada dzień wybuchnie sroga zawierucha.

– Dlatego pilno ci do obozu? Mówiłeś już z ojcem?

– Sroży się i przystępu mi nie daje – westchnął boleśnie.

– A mama się trapi, wczoraj znowu się przemówili o ciebie.

Weszli na podniesienie uczynione pod domem z potężnych bali, a obramowane niskim płotkiem, strojnym w poczerwieniałe festony dzikiego wina. Szklane drzwi wiodły prosto do stołowego pokoju. Już tam cały dwór czekał na miecznika. Dosia z pomocą respektowych panien i kredencerza krzątała się przy zastawie, zapach kafy unosił się w powietrzu. Izba była ogromna i chociaż

cztery okna patrzyły w ogród, mrok ją zalegał, gdyż belkowany
pułap wisiał nad nią chmurą poczerniałego ze starości drzewa. W
kątach wypinały się na miedzianych nóżkach dwa brzuchate piece
z zielonych, gdańskich kafli. Na ścianach obciągniętych malinową
materią, zgoła już wypełzła, wisiały długim rzędem konterfekty
Zarębów. Ze struchlałych, prawiecznych płócien patrzyły mgławo
jakieś głowy w misiurkach i jejmoście w kryzach i mnisich
czepcach, czasy Zygmuntów pamiętające. Sporo ich było,
poniektóre wielce foremnie utrafione i jak żywe, ale były dające
pozór maszkar i straszydeł w czerwone delie przyodzianych i
pustymi oczodołami patrzących. Zasię szły i późniejsze, na których
wyobrażono surowe postacie rycerzów w szmelcowanych
karacenach i rysiach, a matrony w bufiastych strojach i płaskich,
rurkowanych czółkach, z różańcami w rękach – herby znaczyły się
nad głowami, zaś na pokrętnych, malowanych wstęgach górne
maksymy wyrażone czerwono. Ale najwięcej było konterfektów z
epoki Sasów; roiły się na nich męże bujne, hulaszcze i zuchwałymi
oczami bodące, przybrane w ogromne peruki, sajety i ordery lub z
podgolonymi czubami w buchastych kontuszach i rzęsistych
pasach, damy zaś w kopiastych koafiurach, w głębokich dekoltach,
w muszkach i wdzięcznych uśmieszkach. Poczet był niemały, boć
ród Zarębów sięgał zamierzchłych czasów i chocia w początkach
Polski wielce był władny, możny i comesami się piszący, atoli w
następnych wiekach podupadł, rozrodził się i już nie zdołał się
dźwignąć do pierwszych dostojeństw, znaczenia i bogactw,
zawszeć jednak w boju czy to w radzie, czy w kościele zasługiwał
się Rzeczypospolitej i w poczciwości prym trzymał. Przeto właśnie
cały dom tchnął staroświecką surowością. Miecznik bowiem
lubował się w przeszłości, a jakby na przekorę czasom i modom
skrzętnie gromadził w domu to, co inni jako przestarzałe
wyrzucali na lamusy i poniewierkę. Na starą modę było wszystko
w Grabowie, zarówno sprzęty i ubiory, jak i obyczaj, posłuch,
surowość, cnoty i rezydenci, że zaś przy tym dbał wielce o
splendor, więc w domu był dostatek i niemal przepych. Na
dębowych policach, przypartych do ścian jadalni, aż się mieniło od
wszelakiego zbytkowego sprzętu; od srebrzystych konwi, mis,
pucharów, miedzi polśniewającej niby miesiąc na pełni, sreber
marcypanową augsburską robotą i farfurów. Nie brakowało stołów
italskich, cudnie różanym drzewem ornamentowanych, ni siedzisk
o wysokich rzezanych w dębie oparciach i wybitych skórą w
pozłociste kwiaty, wytłaczaną, ni zwierciadeł między oknami, ni

licznego dworu rezydentów i służby.

Owo właśnie Sewer, wkroczywszy z ogrodu, babinom na przywitanie szarmancko ucałował ręce, a pięć ich było, jedna starsza od drugiej, a wszystkie omszone jako prawieczne kamienie, znacznych domów sieroty, jego powinowate i od niepamiętnych lat rezydujące w Grabowie. Rozczapierzały się jak kwochy, srodze już przystrojone na dzisiejsze przyjęcie. Wzięły go między siebie i na wyprzódki wyrzekały na słabość miecznikowej, zwierzając się przy tym pod sekretem z przeróżnych turbacji. Słuchał z powinnym uważaniem, niecierpliwie jeno wyczekując ratunku – ale rotmistrza nie było, snadź jeszcze nie zdeterminował barwy fraka, Sulicki stał pod oknem i swoim zwyczajem patrzał w jeden punkt. Trzaska zaś przedeptywał koło panien respektowych, prawiąc im ckliwe dusery i zawzięcie podkręcając wyszwarcowane wąsy, aż dziewczyny zanosiły się od śmiechu; dopiero Korab Brzozowski, adlatus miecznika i jego prawa ręka, ruszył w podrygach ku babinom, poczęstował je tabaką i sam kichnąwszy setnie, odciągnął Sewera na stronę i zaszeptał:
– Mopanku, jedziesz do Onufrego, co, hę? – Niedosłyszał ździebko.
– Może wujcio będzie ze mną łaskaw.
Tak go przezywał cały dom.
– Chciałaby dusza do raju, mopanku, ale jakby na złość goście dzisiaj – huczał stentorowym głosem. – Co, hę? Tam dzisiaj Onuferek odprawuje miesięczne rekolekcje. Użyją se juchy, mopanku, co, hę? – Mlasnął językiem, aż się rozlegało, i westchnął żałośnie: – Ale i miecznik tego nie pochwala, obraza boska, powiada. Co prawda, to prawda, mopanku, co, hę? Tu znowu mlasnął językiem i mrugając ku pannom zaśmiał się cicho.

Familiant był to znaczny i u jezuitów wileńskich w naukach ćwiczony; fortunę cale pańską w ewentach barskiej utracił, atoli mimo sterania przeciwnościami i lat podeszłych krzepki był jeszcze, ruchliwy i foremnej wielce postaci; imaginację miał żywą i w przeróżne facecje bogatą, wymowę zaś składną i tak porywającą, że czasu sejmików szlachta podlaska nosiła go na rękach i za jego dyspozycją gotowa była kreskować choćby na samego Belzebuba. Kieliszkiem też ni kompanią nie gardził, w kości po staremu rad się zabawiał, ale przy tym skrupulat był wielki, wypróbowanej poczciwości, że miecznik zawierzył mu we wszystkim, funkcją plenipotenta obdarzywszy, sam jeno zajęty czytaniem starych ksiąg i religijnymi praktykami.
– Spójrz no na Pelasię Dmowską, to ci coś uciesznego rzeknę,

mopanku – zaczął zezując ku jednej z respektowych, ślicznej jak róża i o grzecznej w piersiach cyrkumferencji, ale nie zdążył, bo wszedł miecznik ze swoim Filipem.

Wszystkich łaskawie przywitał, Marynię w czoło pocałował, synowi podał rękę do ucałowania i odmówiwszy półgłosem krótką modlitwę zasiadł na wysokim, poręczowym krześle i dopiero zaprosił do brania miejsc. Famulus zawiązał mu serwetę pod brodę i podawszy na srebrnej tacy wazę z winną polewką stanął za krzesłem; reszta mężczyzn musiała kontentować się grzanym piwem, zaś damom podawano kafę.

Śniadanie odprawiało się jak nabożeństwo, cicho i ceremonialnie. Krzesło jejmość miecznikowej stało nie zajęte, siedział na nim biały kot.

Ciężyło wszystkim to surowe milczenie, lecz mało kto ważył się je przerywać.

Zaczął Brzozowski, miecznik zgromił go oczyma. Spróbowała odwieczna podczaszanka Krzywicka prawiąc o lubej dnia dzisiejszego aurze, ale dojrzawszy srogiego marsa zmilkła wystraszona.

Sewer, siedzący na szarym końcu, ukradkowo badał oblicze rodzica, nic jednak nie zdołał wymiarkować: zamknięte było na siedem pieczęci i lute. Raz czy dwa poczuł na sobie jego przenikliwe spojrzenie i aż zadygotał z niepokojów. Dzieciństwo stanęło mu w myślach, dawne przewiny i srogie kary, o których nie mógł wspominać bez drżenia.

Miecznik bowiem trzymał wszystkich w żelaznej dyscyplinie i nie pobłażał choćby najdrobniejszym uchybieniom. Skryty był przy tym, nieprzystępny, zdziwaczały i słynny milczek, mógł całymi tygodniami nie odezwać się do nikogo.

– Wystąpisz asan wieczorem z kapelą – ozwał się naraz do Trzaski – a wystąp godnie i nie zbłaźnij się: nie lada muzyk będzie słuchał.

– A ty poczekaj na mnie w bibliotece – zwrócił się do syna – zajrzę jeszcze do matki.

Odetchnęli po jego wyjściu, podniosły się swobodne rozmowy, Dosia dolewała niektórym, przekomarzając się z Trzaską, Brzozowski zaś rzekł:

– Starosta Prażmowski muzyk niepośledni, grywał kiedyś na królewskich asamblach w Wersalu, do smaku mu będą akuratnie waścine trąby, co, hę?...

Sewer poszedł na drugi koniec domu, do ojcowskiej komnaty. Prosta była, ściany miała bielone i sprzęt lada jaki. Na środku stał stół, czerwonym suknem okryty i zarzucony książkami; książki były również na niskich półkach pod ścianami, pliki papierów, rulony map i fascykułów. Na ścianach wisiały rzędy kopersztychów, wyobrażających konterfekty królów i co główniejszych w narodzie mężów, oraz ogromne, srodze zniszczone drzewo genealogiczne. W kącie, za pękatym piecem, przysłonięte parawanem z zielonej kitajki stało łoże, nad nim krzyż, gromnica i nieco broni starożytnej.

Spacerował od okna do okna wyzierając niecierpliwie na pusty dziedziniec, ekscytowały go bowiem niemiłe wspomnienia ożenione z tą komnatą, i tym przykrzejsze, że i aktualnie zanosiło się na burze i gniewy. Hetmańska władza ni nawet królewski majestat, a nie przejmowały go nigdy takim drżeniem niepokojów, jak to wyczekiwanie eksplikacji.

Zjawił się stary Filip z cybuszkami i zapaloną świecą.

– W jakiejże dzisiaj dyspozycji pan miecznik?

– Musi być, Sewerek coś zmalował i po staremu weźmie wnyki – pozwolił sobie żartować stary, bo nosił go niegdyś na rękach i całe życie przesłużył u Zarębów.

– Bajesz mi acan facecje – obruszył się.

Wszedł zaraz miecznik, fajkę zapalił i jął promenować po komnacie. Sewer, chociaż miał dziwną ochotę na lulkę, nie ważył się jednak bez permisji, stanął więc pod piecem sprężony jakby na paradzie. Stary zaś chodził nie patrząc na niego i dopiero po długim milczeniu powiedział kąśliwie:

– Kasztelan pisał mi o twoich grodzieńskich awantażach...

– Nie uczyniłem tam nic przeciwnego honorowi – odparł dosyć zuchwale.

– Jeszcze cię nie pytam! – zgromił go surowo.

– Relację zdał mi akuratną – ciągnął dalej – konkluzje z niej takie, żeś tam postępował jak kiep. Jak kiep, mówię – powtórzył stając przed nim.

Poczuł się pod jego przenikliwymi oczyma jak pod pręgierzem, ale milczał.

– Biskupa Kossakowskiego przywiodłeś do animozji, na wojska alianckie napadałeś i ludzi im poszczerbiłeś. Zali to prawda?

– Prawda, ale biskup parricida i gdybym mógł, oddałbym go mistrzowi.

– Milcz, kpie jeden, nie tobie sądzić biskupów! – zakrzyczał wzburzony. Zniósł i to, chociaż wzburzenie już mu targało wnętrzności.

– Pijany warchoł, li ordynaryjna burda przygodziła ci się z wojskiem?

– Kacpra mi ukradli moskiewscy werbownicy, więc go odbiłem, a że przy tym ten i ów oberwał po łbie, żołnierska to rzecz. Zasię potem napadli mnie w domu w nocy jak złodzieja. Wyrwałem się uspokoiwszy sztychem oficjera. Zali mogłem się pozwolić jak baran! A na Sybir mnie dysponowali...

– Snadź drogi ci Kacper, iżeś dla niego azardował głowę!

– Ocalił mi życie w bywszej wojnie, rozumiałem więc słusznym...

– Na tom go dał, by w potrzebie położył za cię głowę, to jego psia powinność...

– Spełniał ją wiernie. Żołnierz to godny, wziął krzyż za męstwo, a sam książę mu warował, jako po wojnie otrzyma indygenat i oficjerską szarżę.

– Weźmie ale bizuny od podstarościego. Parob to mój. Ja mu każę wypisać indygenat surowcem! – srożył się ze szczególną złością.

Sewer tylko zatopił w rodzicielskiej twarzy zapalczywe oczy jakoby szpony jastrzębie, ale się jeszcze pohamował właśnie ze względu na Kacpra.

– Dlaczegoś po wojnie manifest podpisał i wziął abszyt?

– Bom tak był powinien ojczyźnie i honorowi.

– I gdzieżeś to potem wojażował i po co? – indagował niezbłaganie.

– Nie mój sekret i wydać go nie mam prawa.

– Jać nakazuję!

– Dałem kawalerski parol i dotrzymam – wyrzekł nieulegle, lecz pobladł. Miecznik poruszył się gwałtownie i przebódł go rozsrożonymi oczyma; na jagody wystąpiły mu czerwone plamy; znać było, jako się mocuje, żeby się nie dać przyrodzonej gwałtowności. Za czym siadłszy przy stole okrył się kłębami dymów i dopiero po dłuższej pauzie zapytał:

– Na jakie to znowu wojaże się wybierasz?

– Dostałem pocztę z Warszawy, szef żąda rychłego powrotu na służbę. – Tu opowiedział, jak zabiegom Działyńskiego zawdzięcza, że król go fortragował na dawną szarżę. Miecznik jął rozpytywać, zwłaszcza ciekawiła go sytuacja kasztelana. Sewer odpowiadał krótko, ni słowem nie potrącając spraw sprzysiężenia, zaś z relacji o kasztelanie próbował się wykręcić, lecz przyciśnięty do muru, wyznał wiadomą sobie prawdę, nie szczędząc wuja i jawiąc go bez obsłon. Za głowę brał się stary, niektóre szczegóły kazał sobie powtarzać, ale czuć było, jako ten przeczerniony konterfekt przypadł mu do serca i wielce kontentuje, bo rzekł z przekąsem:

– Reguły miał zawsze śliczne i na pokaz. Nie powiadaj o tym matce, to by ją dobiło. Kasztelanową widziałeś w Grodnie? Umknął z oczyma po pytaniu. Sewer cale serdecznie oddawał dank jej czułemu sercu i wspaniałomyślności.

Zerwał się na to stary, oczy mu zagrały, a cała twarz spromieniała ogniem, aż Sewer zamilkł uderzony tą dziwną przemianą. Miecznik zaś spacerował, pykał fajkę, czasem jakiś przyśmiech przeleciał przez wargi, czasem patrzał w okno i milczał. Wielce dostojnym wydawał się synowskim oczom w tym przemienieniu i zgoła nieznanym, zwłaszcza że po jakimś czasie spytał:

– Jak to było z tym przetrzepaniem aliantów? Opowiedział akuratnie, czym należycie usatysfakcjonowany zakrzyczał:

– A toś dał bobu takim synom. Zuch z ciebie, mój chłopcze!

Rozmowa przeszła na materie de publicis, kazał sobie rozpowiadać o sejmie grodzieńskim, sprawach i ludziach, ale co chwila sprzeciwiał się jego konkluzjom, bo był przeciwnikiem Konstytucji Trzeciego Maja, godził się z nim tylko w nienawiści do króla i jego kreatur, cale jednak z różnych względów.

– Podstarościńska kompania – konkludował wzgardliwie.

– I Rzeczpospolitę traktują jako gradus do wywyższenia swoich rodów.

– A cóż mi to za rody owi Kossakowscy, Ankwicze, Dziekońscy, wielmoże z łaski obcych potencji, drobiazg, szaraczki, tałałajstwo.

– Targowickie trifolium, rody znaczne, a w zdradzie prym dzierżące.

– Do czego zmierzają Kossakowscy? – rzucił stając przed nim.

– Do oderwania Litwy od Korony, unii z Rosją i panowania pod jej protekcją.

– Nie powiadaj krotochwili – obruszył się.

Sewer wyłożył, co było powszechnie wiadome o tej familii – snując długą kronikę szalbierstw, łupieży, wiolencji nad współobywatelami, śmiertelnych grzechów przeciw ojczyźnie i zdrad oczywistych. Nie przerywał mu, ale w końcu powiedział surowo:

– Wszystkiemu przyczyną ów smutnej pamięci sejm rewolucyjny.

Sewer aż się zatkną ze zdumienia i patrzał nie wierząc własnym uszom.

– Tak, ów dzień Trzeciego Maja to dzień zbrodni przeciw Rzeczypospolitej i wolności, to ukartowany spisek nieprzyjaciół Boga i ojczyzny, to sromotne kajdany despotyzmu, to wzgarda ojczystych swobód i republikańskiego ducha! – ciągnął namiętnie, powstając na konstytucję i reformy przez nią głoszone, a sławiąc bez miary dawne czasy i złotą wolność szlachecką.

– Znamy tę wolność – zawołał Sewer nie mogąc już ścierpieć – znamy!

Bo w Polsce złota wolność pewnych granic strzeże: Panu nic – chłopa na pal – szlachcica na wieżę.

Ale pożałował zapalczywości, gdyż miecznik, uderzywszy go rozsrożonymi oczyma niby obuszkiem, zamilkł na długo. Sewerowi czas wlókł się niezmiernie wolno i chociaż wzburzony niecierpliwością, stał jednak pod piecem nie ważąc się poruszyć z miejsca. Jakiś zegar nieubłaganie wykukiwał kwadry, potem głosił dziesiątą godzinę, potem znowu kwadry, a stary jakby zapomniawszy o synu palił lulkę, przezierał jakoweś fascykuły, to zdawał się wpadać w drzemkę czy teżli w medytacje.

– Tobie pachną jakobińskie systemata – naraz się odezwał. – Wiem ja, z jakimi to farmazonami i klopistami trzymałeś w Grodnie kompanię.

– Jeśli kasztelańskie delatorstwa znajdują wiarę u ojca dobrodzieja...

– Głupiś! – przerwał mu szorstko. – Masz, widzę, nowy moderunek – ciągnął dobrotliwie, wskazując cybuchem na jego zieloną, artyleryjską kurtę. – A cóż to za krzyżyk masz na piersiach?

– Dostałem go za bitwę pod Zieleńcami.

– Stawałeś, widzę, po kawalersku! Tak trzeba, powinieneś to własnemu rodowi. W jakichże okolicznościach wziąłeś takowy splendor?

Opowiedział prosto, po żołniersku o trzech atakach na swoje harmaty, którymi wrogów przepędził, kładąc przy tym szczególny nacisk na mężne dystyngowanie się Kacpra w tej potrzebie

– I sam książę przypiął ci krzyż? – Wzmiankę o Kacprze pominął.

– Przy apelu i wobec całego koru!

– A całoś wyszedł z tych terminów?

– Dostałem kulą po żebrach, zwyczajna żołnierska przygoda.

– Mogłeś ponieść szwank gorszy, chwała Bogu – westchnął z ulgą.

– Tylu tam godniejszych położyło głowy.

– Homo non sibi natus, sed patriae! – wyrzekł chmurnie, obrzucając go zatroskanymi oczyma, i przeszedł na inne zgoła materie, w końcu zaś powiedział wielce dobrotliwie: – Zajrzyj do matki, a potem jedź do Onufrego. Przyjadą tu wprawdzie starostwo Prażmowscy z jakimś świszczypałą, lecz mniemam, że po moim responsie gotowi jeszcze dzisiaj wyjechać – uśmiechnął się złośliwie.

Sewer pocałował go w rękę, nie wyraziwszy pytania, jakie cisnęło mu się na usta.

– Ale – zawrócił go od progu – bawi w Stokach Cesia Kobierzycka... Pamiętasz ją?

– Jakże, małom to nadarł hajdawerów po drzewach za ptakami dla niej.

– Panna już dorosła, pełna pudoru i wdzięków, w sam raz byłaby dla ciebie...

– Nie pora myśleć mi o sobie – odparł niechętnie.

– Jąć nie przyniewalam, weź jeno pod rozwagę – nastawał dziwnie łagodnie. – Ród to w Wielkopolsce znaczny i substancja niemała, wszak weźmie w sperandzie Stoki. Sam Onufry mi powiedział, jako zapis już w Brześciu oblatował. Spęczniałyby nasze fortuny, a kto by miał Grabów i Stoki, ten brałby w województwie pierwsze miejsce i na Podlasiu trząsłby sejmikami, tysiące głosów i szabel miałby na zawołanie! Toć w Stokach samych granic leśnych będzie z mil dziesięć, a bory nienaruszone i Bug pod nosem. Cudnyż to szmat ziemi, ładu jeno brak i gospodarza. Onufry rozpuścił poddaństwo na dziadowskie bicze, ziemię zaniedbał i po staremu wszystkie intraty ekspensuje na myśliwstwo i swoich kumów. Właśnie przydałby się tam żołnierki rygor! A możeś już sobie gdzie indziej oko zaprószył?

– Anim myślał o amorach, ni darzyły się okazje.

– Prawdaż to, że Iza rozchodzi się z szambelanem? – bystro spojrzał mu w oczy.

– Bo czyni jej wstręty i przeszkadza w amuretkach, a wujowi dobrodziejowi imaginuje się umitrowany zięć, splendory i znaczne promocje w Petersburgu.

Potrącił jeno te materie, lecz przyniewolony, dał nolens volens akuratną relację.

– I nie mówi przez ciebie jakaś animozja ni zwiedzione afekta?

– Ale z dokładką najszczerszej prawdy – zaręczał uroczyście.

– Zgoła nie do wiary – szepnął dotknięty. – Stary jestem, a wstydno mi słuchać o takowych frymarkach czcią niewieścią. Do czego to prowadzi modne życie, francuskie romanse i wzgarda starych obyczajów – rozgoryczał się i aż wybuchnął: – Ja bym tych głodnych sawantów przepędził przez rózgi, a ich systemata, uwodzące powszechność, spalił na stosie. Straszne czasy! Cnota w pośmiechu, wiara w poniewierce, bezbożność w modzie. Rozpusta i podły egoizm panują światu. Na pomazańców podnoszą świętokradzkie ręce. Boga się wypierają, kościoły plugawią! Zaiste potopu potrza na te nieprawości! – wołał wzburzony.

– I przyjdzie potop – podjął z uniesieniem Sewer – już pierwsze fale szturmują, już strwożona nikczemność mdleje, już tyrania dobywa ostatka sił, już krzywdę i niesprawiedliwość wloką pod topór, już świta era cnotliwej ludzkości, era Natury, era prawdziwej wolności, braterstwa i równości – wyrzucił jednym tchem i z taką żarliwością, że oszołomiony miecznik, nie zdoławszy pojąć tenoru wywodów, słuchał z uśmiechem aprobacji, po czym odprawił go w tkliwej łaskawości.

Wyszedł rozpłomieniony. Marynia czekała na niego w sieniach.

– No i cóż, bardzo się gniewał na ciebie? – pytała srodze zaniepokojona.

– Rozeszliśmy się w niezgorszej komitywie.

– Dzięki Bogu! Tam już mama z podczaszanką odmówiły nowennę na twoją intencję. A ja się tak bałam! Nie wspominał o mnie? – spytała cichutko.

– Odmówi Prażmowskim.

– Odmówi! – jęknęła i łzy jak groch posypały się jej z oczu. – Miałam jakąś nadzieję, a teraz... – ukryła twarz w dłoniach i boleśnie zaszlochała.

Wprowadził ją spiesznie do jakiejś zacisznej bokówki.

– Nie płacz, jeszcze nic nie stracone. I ze mną było krucho, wsiadł na mnie niby na żaczka, bałem się, że mnie precz wygoni. A jakich się duserów nasłuchałem! Ścierpiałem jeno ze względu na matkę. Dopiero jak mi zaczął raić Cesię, zrobił się łaskawszy. Właśnie mi w głowie żeniaczka i dla jego widoków. Musiał go stryj namówić. – Nie widują się już od roku. I o Rymkiewiczu powiedział otwarcie?

– Że taki da respons Prażmowskim, po którym pewnie jeszcze dzisiaj wyjadą.

– I tak mnie nie przyniewoli! – wyrzekła z mocą, ocierając załzawioną twarz.

– Mama wstawiała się za tobą?

– Wstawiała i za to nie przemówił do niej przez cały miesiąc.

– Zawsze to samo. Powiadali mi, jako ciężki dla ludzi,

– Że już gorzej nie sposób. Na wsiach płacz i wyrzekanie, bo namiestnicy robią, co im się spodoba, z chłopstwem. A Brzozowski jeszcze ich ekscytuje, ale on jeden ma wiarę u ojca. Już prawie całe Górki uciekły w świat, piętnaście chałup ojciec kazał rozwalić i zaorać place. Brzozowski zbiegłych łapie i katuje, że strach patrzeć.

– O cóż się pogniewał ze stryjem? – przerwał nie mogąc znieść opowiadania.

– O mamę. Stryj radził wezwać Goltza, że to mama coraz słabsza, nie chciał, bo go nie cierpi za to, że w swoich Wronkach uwolnił z poddaństwa chłopów i osadził ich na prawie czynszowym.

– Zaiste idzie coraz lepiej! – Goryczy miał już pełne serce. Poszli na drugą stronę domu do matki. Siedziała w swojej stancji od ogrodu, w niskim krześle, wysłanym poduszkami, z różańcem w ręku i z modlitwą na ustach. Podniosła zatroskane oczy na dzieci, lecz synowski uśmiech rozsłonecznił ją; coś jakby cień rumieńca padł na jej przezroczystą, przywiędłą twarz, obramowaną w czepiec z liliowego bławatu.

Zabrał miejsce u jej kolan na maleńkim podnóżku. Marynia jęła się krzątać, gotowa na każde jej skinienie, ona zaś długo patrzała głębokim, matczynym spojrzeniem w jego twarz wychudzoną i całującym tknięciem palców poprawiała mu wzburzone włosy i twardy, żołnierski hasztuch na szyi.

– Mizerny jesteś! – głos miała słodki i jakby przejęty jesiennymi zapachami ziół. – Bisia cieszyła się, że pośpisz dłużej, a tyś pono wstał przed słońcem.

– O swojej porze, matusiu – przywarł wargami do jej białych, wątłych rąk.

– Jakże się miewa Kacper?

– Rachuję, jako już za dwa tygodnie będzie mógł ruszyć za mną.

– No widzisz, a Dosia mi natrzepała, że musi leżeć jeszcze parę miesięcy... – naraz jakby podejrzenie zamigotało w jej oczach i zwróciła się do Maryni: – Poproś ciotki – po czym kazała mu opowiedzieć o rozmowie z ojcem, ale gdy niebacznie potrącił o jego despotyzm, zakryła mu dłonią usta.

– Twój ojciec, synaczku; chciałby dla was jak najlepiej – dodała.

– Pragnie nas uszczęśliwiać wbrew naszej woli – bluznęła Marynia. Zmonitowała ją surowym spojrzeniem, pilnie zagadując o kasztelana.

Powiadał ostrożnie, cyrkulując przy tym w różne strony i wymijając wszystko, co by ją mogło zmartwić, potem zaś przeszedł na swoje wojaże po świecie. Opowiadał tak wabnie i jasno, że jako żywe stawały przed oczyma owe kraje nieznane, miasta pełne cudów i różne przygody.

– Mój Boże – westchnęła matka – długie lata śniłam, żeby na własne oczy zobaczyć ten świat daleki! – Żałość szarpnęła to serce poświęcone tylko drugim.

Był to bowiem wzór matrony dawnego pokroju, oddanej rodzinie, obowiązkom i modlitwie – obraz pani litościwej dla wszelakiego ubóstwa i władnej sercami. Czyniła miłosierdzie z głębokiego współczucia dla bliźnich, była błogosławieństwem licznych poddanych, jęczących pod srogą ręką miecznika, i pomimo słabego zdrowia, częstych niedomagań i ciągłej opresji mężowskiego despotyzmu duszę miała niepożytą i zawsze gotową do obrony słabych i pokrzywdzonych. Pożerał ją tylko jakiś utajony smutek, lecz nigdy nikt nie dojrzał jej łez ni posłyszał skargi: zawsze miała dla ludzi twarz pogodną, dobrotliwe słowa i dłoń uczynną. Więc i aktualnie, chociaż żale za niespełnionymi marzeniami otworzyły stare rany, wyparła się ich natychmiast i z jasnych, wypłakanych oczu spłynęły spojrzenia troski o drugich i miłowania.

Ciotka Bisia wsunęła się cichutko, zapadła w jakimś cieniu niby myszka i wpatrzona w swojego ulubieńca rozmodlonymi oczyma, płakała rzewliwie, chociaż był właśnie rozpowiadał o francuskich dyliżansach.

– Ciociu, przecież mu się nic nie stało! – uspokajała ją Marynia.

– Ale mogli go zabić, jak tego świętego króla. Panie, daj mu światłość wiekuistą, zbóje to, antychrysty, morderce – szeptała rozbolała.

Uśmiechnął się i rozpowiadał dalej.

Ze ścian czerniały surowe twarze świętych i gorejące oczy torturowanych męczenników, zaś oknami zaglądał słoneczny świat i drzewa strojne w cudne farby jesieni, a te trzy dusze zawisły na jego słowach, nasycając rozbudzone niepomiernie imaginacje, gdyż co chwila Marynia, to ciotka Bisia, to nawet matka zarzucały go pytaniami o stroje, o kościoły i nabożeństwa, o ludzi i obyczaje. Zwłaszcza matka, wytęskniona za jedynakiem, przeciągała indagacje, byle jeno jak najdłużej poić się jego widokiem. I tak wiele mieli sobie do powiedzenia po latach rozłąki, a jemu było tak lubo siedzieć u matczynych kolan jak niegdyś i jak niegdyś brać w duszę niewypowiedzianą szczęśliwość rodzinnego domu. On, żołnierz zaprawny w bojach okrutnych, jakobin, gotowy nieprzyjacioły ojczyzny i ludzkości mordować własną ręką, tu, w tej komnacie, gdzie był ujrzał światło dzienne, wśród ścian i sprzętów odwiecznych i wśród serc oddanych jakby odzyskał dzieciństwo i poczuł w sobie świętą łaskę beztroski i ufności.

Odpowiadał obszernie, a raz po raz zrywał się i leciał zajrzeć do gdańskiej szafy: skrzypiała jak zawsze, była pełna przedziwnych zapachów lawendy i mięty; to zegar stojący w rogu pociągnął za mosiężne wagi: zawarczał chrapliwie i bił głuchym, prawiecznym głosem nieskończone godziny, jak zawsze; w niszy za spłowiałymi, zielonymi zasłonami stało łoże matki, przy nim klęcznik z grubą księgą między dwiema woskowymi świecami, a nad nim płonąca lampka przed Częstochowską, jak zawsze. Nawet tych świętych, patrzących ponuro ze ścian, witał z uniesieniem i tak samo jak niegdyś zatrwożył się przed obrazem piekła, na którym srogie diabły, wyobrażone czerwono, pławiły w płonącej smole potępieńców bodąc ich widłami. Odszukał za szafą ze skóry wyciętego pajaca i pociągnął za sznurek.

– Dryga, mamusiu, dryga! – wołał rozradowany, bo pajac wyrabiał ucieszne skoki, trząsł głową i rzucał długimi nogami. Śmiał się jak dziecko. Potem zajrzał za pękaty piec, wysunięty na stancję, tam, gdzie był ongi ukrywał swoje skarby dziecinne, i oniemiał ze wzruszenia. Stały skrzętnie zebrane i wszystkie: i drewniany koziołek obity skórą i wyczyniony w kształt konia, i wózek z drabinkami, i piłki zwite z wełnianych sznurków, maczanych w smole, i palcaty, podobieństwo szabel mające, i papierowe szyszaki z piórami, i pierwszy mundur kadecki srodze obszarpany, wraz z całym wojskowym rynsztunkiem, i jakieś szczątki przeróżnych zabawek.

Łzy mu napłynęły do oczu i serce rozparła niezmierna czułość.

– Matusiu! – zaszeptał rzucając się do jej nóg. Przygarnęła go mocnymi ramionami miłowania i byłaby rada wziąć na ręce i pohołubić jak niegdyś, a jemu już brakło słów, więc jeno całunkami wyznawał swoje kochanie, całunkami dawał wszystką wdzięczność i bezgraniczne oddanie.

– Pozostań z nami, synaczku! – wyrwało się jej utajone pragnienie serca. Rozwiały się naraz złudy szczęścia; ocknął się w nim żołnierz i mąż.

– Póki ojczyzna w hańbie i niedoli, nie lża mi domu ni szczęścia, ni spokoju nie lża! – przemówił z niego surowy głos powinności.

– Jać wiem, synaczku... jać wiem... jać wiem... – odpowiadała coraz ciszej, wolniej i ciężej. Twarz jej zbielała na płótno i siwe łzy błysnęły w oczach, ale nie dała im popłynąć, nie pozwoliła sfolgować sercu, a mężnie rzekła:

– Bóg mi jeszcze ciebie powróci, synaczku, powróci... – i urwała nagle. W jakimś kątku cicho chlipała ciotka Bisia, Marynia zaś utkwiwszy głowę w zasłonach niszy zanosiła się od płaczów.

Szczęściem, wpadł chłopak meldując, że koń osiodłany już czeka u słupa, zaś w ślad za nim wszedł Filip z wiadomością, jako na trakcie od Lublina widać jakieś pojazdy.

– Ani chybi starostwo, niechże Filip uprzedzi pana miecznika.

– Już się przybiera i kazał Sewerowi wystąpić na przywitanie.

– Boże, a obiad jeszcze w lesie! – jęknęła naraz ciotka wybiegając.

Sewer wyszedł pełen tkliwej rzewności, bowiem ostatnie słowa matki brzmiały mu w duszy jak słodkie proroctwo.

– A może i powrócę! A może! – myślał przechodząc szereg pokojów, gdzie już powstawał niemały rumor przygotowań i aż dudniało od bosych pięt dziewek służebnych i korków panien respektowych, przelatujących niby wicher z krochmalnymi spódniczkami, szarfami a spaniałymi juponami, gdyż miecznikowa mimo słabości kazała się ubierać do gości, Marynia również, zaś rezydentki, chociaż były gotowe od rana, na gwałt uzupełniały jeszcze stroiki. W paradnej sali liberia ściągała pokrowce i obsadzała świece w pająku i świecznikach, a froter tak zapamiętale jeździł na szczotkach, że co chwila rozbijał się o sprzęty i kiął w żywe kamienie. Na ganku stał już Brzozowski, Trzaska i Sulicki. Patrzyli w pustą jeszcze drogę.

– Nie wiecie, waćpanowie, zali rotmistrz już gotowy?

– Chyba się dzisiaj nie pokaże, pękły mu bowiem kiuloty i wyzywa na cały świat.

– Jakże ojcu poszedł połów? – zwrócił się do nadchodzącego Hiacynta.

– Boże, się zmiłuj! Jak były ryby, to sieć się przerywała i grzysi wszystko wzięli! Po prostu dzień feralny! – westchnął podając tabakierkę.

– A coś w tym jest, bo i Emir dzisiaj Wyciągnął kopyta – oznajmił Brzozowski.

– To się dopiero ojciec zmartwi! Co mu się stało?

– Starość. Ogier miał z górą dwadzieścia roków i przyszła kréska na Matyska, co? Z drogi leżącej na wprost dworu i wysadzanej topolami zagrała trąbka.

– Ekstra poczta czy ki diabeł?

Wbili oczy w tuman kurzawy podnoszącej się pod topolami; po chwili wypadł z niej czerwony laufer na koniu i trąbiąc nieustannie dosięgnął bramy wywartej, przeleciał g dziedziniec galopem i zdarłszy konia pod gankiem wrzasnął:

– Jaśnie wielmożni starostwo mszczonowscy. Duchem tu staną.

Jakoż nie upłynął i pacierz, gdy zamigotała w słońcu złoto-wiśniowa olbrzymia landara na pasach, zaprzężona w sześć karych koni z forysiami i lokajami w perukach; zielony strzelec, okręcony w mosiężną trąbę niby obwarzankiem, sadził szczupakami przy drzwiczkach, wiodąc na smyczy całą sforę chartów.

– Występują jakby na królewski zamek – mruknął Sewer.

– Od lat tak paradują, mopanku. W karczmie się wysztafirowali, a teraz już walą prosto na pokoje. Przodkowe od Stryjeńskich, prawy ma grudę, co, hę?

Landara wtoczyła się na dziedziniec, już było widać za lustrzanymi taflami spiętrzone, białe peruki, forysie jęli palić z batów, konie uczenie wyrzucały nogami trzęsąc zarazem czerwonymi pióropuszami, a strzelec tak donośnie otrębywał przyjazd, aż wszystkie psy na folwarku podniosły swarliwe larum. Z niemałą również pompą odprawiło się wysiadanie; lokaje stanęli przy drzwiczkach i prawie wynieśli starościnę, zaś starosta zstępował po schodkach, niby z tryumfalnego wozu, przyciskając do piersi pudło ze skrzypcami, z którymi nigdy się nie rozstawał, tylko Rymkiewicz wyskoczył żwawo i zwyczajnie.

Sewer imieniem ojca wystąpił z krótką powitalną oracją i podawszy rękę starościnie powiódł wszystkich do bawialni, gdzie już oczekiwała miecznikowa z całym swoim fraucymerem. Po wielce ceremonialnych powitaniach i prezentacjach socjeta zasiadła i potoczyły się dyskursa.

Starostwo byli dwornych manier, przesadnie ugrzecznieni, a tak strojni, że dawali pozór owych lalek woskowych ślicznie przybranych paryską modą, jakie francuscy handlarze bławatów obwozili po dworach kusząc nimi strojnisie. Oboje byli jednako pokryci barwiczkami, upstrzeni muszkami, pachnący, wykrygowani i jednako piękni mimo lat znacznych. Starościna w koafiurze na dobry łokieć, a kształt koszyczka trzymającej, w głębokim dekoltażu, obwieszona klejnotami, z wachlarzem w ręku i fiołkowych rękawiczkach, dzierganych złotem, niezmiernie ściśnięta w stanie, w sukni śliwkowej, mieniącej się kwiatami cudnie wyrobionymi, podpiętej na biodrach a wzdętej u dołu, wykrygowana, siedziała sztywno wodząc bladymi oczyma dokoła i szczebiocząc bezmyślnie – powtarzała bowiem słowa, uśmiechy i miny niby wyuczona stara papuga. Starosta prezentował się okazale w słomkowym fraku zaaftowanym błękitnymi kwiatuszkami, w białej weście przetykanej złotem, w białych kiulotach z kokardami u kolan i w białych pończochach. Postaci był wyniosłej, twarz miał wyrazistą, lecz przez brwi wyczernione zbyt grubo jakby wiecznie zdziwioną, oczy siwe, nos rzymski, perukę białą o bujnych puklach i zebraną w harcap; żaboty koronkowe gęsto polśniewały brylantami. Wspierał się na bogatej rękojeści szpady, zaś w prawej ręce trzymał kapelusz z piórami, którym rad zamiatał przed damami prawiąc im strzeliste dusery.

Dawał z siebie obraz jakowegoś markiza z czasów Ludwika XV, na którego dworze bawiąc czas dłuższy tak się był przejął strojem i obyczajem francuskim, że śmieszył całe województwo lubelskie. Szlachta serdecznie dworowała sobie z jego zagranicznych rozumów i gospodarstwa prowadzonego na francuski ład, tysiączne anegdoty krążyły o tym po kraju. Lecz nie zwracano uwagi na niego, gdyż oczy domowych pociągał tylko porucznik Rymkiewicz. Marynia, siedząca przy matce, raz po raz bladła, to płonęła nie śmiejąc, mimo swej rezolutności, podnieść oczu ni przemówić do niego, chociaż zdarzały się sposobne okoliczności; nawet odwieczne rezydentki, obsiadło kanapy, spoglądały na niego z tkliwym podziwem.

Kawaler bowiem był co się nazywa świetny: smukły, w miarę rozrosły, giętki i wielce dwornie ułożony, ślicznej twarzy, włosów czarnych rozebranych nad czołem i spływających pokrętnymi kędziorami, oczu piwnych i jarzących, nosa foremnego i warg świeżych jak maliny. Ubrany też był na podziw, modą "les incroyables", jakby się zjawił na pokojach prosto z Palais Royalu; ogoniasty frak w pasy rudo-niebieskie, o krótkim stanie i klapach zakrywających całe piersi, leżał na nim jak ulany, biała chustka okręcała mu szyję aż do pół brody, cienka szpadka o złotej rękojeści chwiała się przy sprężystych nogach, obciśniętych w kiuloty perłowej barwy. I chociaż miał minę papinka, frant być to musiał nie lada. Dojrzał to Sewer po jego spojrzeniach rekognoskujących bacznie wszystkich i wszystko, więc upatrzywszy okazję spróbował go indagować.

Ale kawaler mówił jeno, co go lepiej wydawało: zasię o koligacjach, o majętnościach, leżących w kordonie moskiewskim, o wojażach po świecie. Ni słowem jednak nie zatrącił o Maryni ni o celu dzisiejszej wizytacji, nie wydał się też ze swoich opinii politycznych. Sewer domacawszy się w nim wytrawnego gracza obrócił rozmowę na potoczne błahostki. I tu się nie zawiódł, bo Rymkiewicz jął sypać anegdotkami a sadzić koncepty i cięte, zuchwałe przytyki różnym znacznym personom, że ściągnął na siebie jeszcze większą uwagę i Marynia podniosła oczy przejęte zdumieniem.

Tymczasem Brzozowski, przysiadłszy się do starosty, zapytał zgoła serio:

– Jakże się obrodziły staroście dobrodziejowi ananasy, co, hę?

– Bardzo dobrze, miałem już tego roku z kopę.

– I na sałaty rok też był akuratnie ciepły i przekropny – ciągnął bawiąc się setnie, bowiem starosta, wziąwszy jego zainteresowanie za dobrą monetę, opowiadał z przejęciem o swoich najnowszych innowacjach w gospodarstwie, z czego właśnie najgłośniej podkpiwali sobie sąsiedzi.

– Ale ciężka walka z ciemnotą – żalił się. – Waści wiadomo, poddanych osadziłem na prawie czynszowym, swoim sumptem pobudowałem im chałupy i ufundowałem szkołę, więc żeby nabrali poloru oświeconych pejzanów, kazałem się im przebrać w sukienne spencery, krótkie kiuloty, pończochy i saboty o drewnianych podeszwach. Wyglądali wspaniale! Lecz baby podniosły taki wrzask, że nie pomogły groźby ani prośby: Nie chcą i basta!

– Może by im bardziej do gustu przypadły fraki aftowane złotem i peruki, co?

– Każdej najpożyteczniejszej nowości stawią nieprzełamany opór. Biorąc na uwagę ochędóstwo, zbudowałem przy chatach wygódki, wolą jednak po staremu...

– Na luft i świeże powietrze za stodołą, mopanku. Podłe chamy i niewdzięczne! – dusił się już od śmiechu, ale szepnął z głupia frant:

– Żeby im postawić farfurki dla wygody, to by się z czasem wezwyczaili... co, hę!

– Właśnie kazałem kowalowi porobić z blachy i rozdać. I co waszmość powie, zaglądam kiedyś do jednej chałupy, a owo naczynie w kominie, baba warzy w nim kaszę – załamał ręce ze zgrozy.

– Mopanku, Jezu Nazareński! Już nie wytrzymam! Ha! ha! – ryknął wreszcie Brzozowski, aż wszystkie oczy zwróciły się na niego, a starosta poczerwieniał z nagłej pasji. Nie przyszło jednak do eksplikacji, gdyż wszedł na to miecznik, przybrany w paradny czerwony kontusz i podkręcając wąsa ruszył posuwiście do rączek starościny, submitując się z opóźnienia.

Skorzystał z tej okoliczności Sewer i wysunąwszy się niepostrzeżenie zabrał ze swojej stancji burkę i krócicę, dopadł konia oczekującego pod gankiem i za bramą wjazdową spiesznie skręcił na drogę, prowadzącą przez wieś ku Stokom.

II

Właśnie co tylko przedzwonili południe i wieś już była zapchana inwentarzem spędzanym z pastwisk, pełna ludzi, dziecińskich wrzasków, beków owiec i porykiwań.

Jechał stępa rozglądając się bacznie po chałupach stojących z obu stron drogi a poprzegradzanych sadami; siedziały akuratnie niby zmurszałe grzyby kłoniące się ze starości do ziemi, wszystkie jednako nędzne, pokrzywione i straszliwie odrapane. Nie dojrzał nigdzie kawałka całego płotu ni budynku, ni komina – dymy kurzyły się przez podziurawione strzechy lub buchały okiennymi otworami; droga pomimo suchej pory polśniewała głębokimi bajorami, zaś nad nią przysiadłe jakieś drzewa, poobdzierane z kory, wyciągały żebracze powykręcane gałęzie. I ludzie wyglądali nie lepiej: drobni, o ziemistych twarzach i posępnych spojrzeniach, bosi, w szarych płótniankach, przepasanych czerwonymi pasami, przesuwali się lękliwie, pochylając skołtunione głowy. Już tu i owdzie jedli pod chałupami, ale na widok panicza zrywali się od misek i jakby promień słońca rozjaśnił naraz wszystkie twarze, witali go radosnymi uśmiechami, leciały za nim gorące słowa pozdrowień i raz po raz ktoś przypadał wargami do jego butów i kolan, to jakieś starce stuletnie chyliły się pokornie, zaś baby, poniektóre z niemowlętami przy piersiach, aż przyklękały na drodze, a pucołowate, półnagie dzieci biegły za nim wraz z całym stadem naszczekujących piesków, że przynaglił konia do pośpiechu, chociaż był wielce rad takowej serc ich czułej dyspozycji, zakładając na niej swoje insurekcyjne nadzieje i zamysły.

Wstrzymał dopiero konia przy ostatniej chałupie, już nieco za wsią.

– Jak się macie, Szymkowa? – krzyknął do kobiety dojącej krowę pod domem. Kacprowa mać odstawiła dzieżę z mlekiem i wytarłszy usta podołkiem koszuli przystąpiła z uniżonymi pokłonami. Kobieta była w latach, wysoka, o pomarszczonej twarzy i siwych, bystrych oczach, podufała w sobie i jeszcze krzepka. Patrzała w niego jak w święty obraz.

– Zaglądaliście dzisiaj do Kacpra?

– Jakżeby nie, paniczu. Chwała Bogu, galańcie zdrowieje mój chudziaczek.

– Za jakie dwie niedziele będzie mógł ruszyć za mną.

– Na wojaczkę! – oczy jej zaszkliły się dziwnie, ale głos miała spokojny.

– Jak Bóg da, matko – odrzekł sypiąc jej w dłoń kilkanaście dukatów. – Macie to na wszelaką przygodę, boć nie wiadomo, kiedy powrócim doma...

– A po co mi, paniczu? Mało to mi już nadawał Kacper a panienka Dosia!

– Schowajcie. Gdzie to Józek i dziewczyny?

– Chłopak z drugimi powieźli pańskie zboże do spławu, a dziewczyny we dworze w pomoc panience Dosi, że to dzisiaj goście.

– Ale jakby się wam jaka bieda przygodziła, idźcie prosto do matki; nie opuści was. Przecież wasz Kacper towarzyszem mi a przyjacielem.

– O mój paniczu złocisty! – szepnęła obejmując go za nogę i zapłakała. – Dyć oddalibym paniczkowi ostatni dech za tylachna dobrości, za tylachna miłosierdzia nad narodem. I wszystkie zrobiłyby to samo, mój ty Jezusku najmilejszy! – wyznawała wśród tkliwych popłakiwań.

– Zostańcie z Bogiem! – rzucił ruszając z miejsca tęgim kłusem, a wyminąwszy jeszcze karczmę nad rzeką i Żyda, kłaniającego się do ziemi, pojechał ku ciemnej obręczy lasów szeroką, wysadzaną drzewami drogą.

Dzień się był wybrał cudnie słoneczny, ciepły, bezwietrzny, wymalowany jesiennymi farbami, pachnący zoraną ziemią i przywiędłym listowiem. Ścierniska, osnute pajęczyną, grały w słońcu jakoby diamentowym opyłem, stogi zboża zdały się być z prawego złota. Po miedzach i chłopskich pólkach siedziały rzęsiste grusze w przyodziewach z przezłoconych amarantów, a zasię nad drogą kłoniły się białe brzozy o żółtych jak wosk pióropuszach, niegdzie rozpierał się dąb niby z miedzi wykowany, czasem klon purpurowo–złoty albo kępy tarnin pofarbowanych fioletem owoców. W jesiennej krasie stał wszystek świat; lubość była w powietrzu, w cudności niewypowiedzianej drzew i w tym błękitnym, niskim niebie, zarzuconym lśniąco białymi chmurami. Kraj był obszerny, pagórkowaty i opłynięty modrawą mgiełką, że jeno słabo widniały ciemne plamy borów, jakieś wsie, wieże kościołów i folwarki w gąszczach żółknących drzew. Drogi leżały puste, jeno z rzadka zaskrzypiał gdzieś chłopski wózek, z rzadka też dojrzał na polach pługi ciągnione przez rogate, siwe woły lub stada krów na paśnikach; cicho było jako w tym bożym kościele, pełnym widomych cudów i łaskawego majestatu.

Sewer znał te strony od dzieciństwa i pamiętał je o każdej porze i w każdej przemianie: i w kożuchach śniegów, i w przepychu wiosen, i w żarach letnich, i w pluskach późnej jesieni – lecz dzisiaj dziwną żałością przejmowały go te lube zawsze aspekta, czegoś się wzdrygał i jakieś natrętne łzy same nabiegały do oczu, w serce wpierał się głuchy niepokój i żrące tęsknice. Więc coraz częściej popędzał konia: deresz rwał już jakby na skrzydłach, aż mu grała wątroba i pokrywał się pianą.

Po dobrej godzinie takiej jazdy dostał się na lesiste wzgórze, skąd szeroka, sypana droga staczała się w rozległą dolinę, gdzie leżały stryjowskie Stoki. Ogromne stawy obrzeżone rzędami smukłych topoli, powiązane kanałami lśniły się na samym dnie niby srebrzyste, polerowane tarcze, a za nimi wynosił się dwór piętrowy ze srogą basztą w szczycie i leżały sady, budowle, orne pola i wsie rozległe.

Wiatr przyniósł gdzieś od pól granie trąbek i dalekie ujadanie psów.

– Zabawia się fuzyjką jak zawsze – mruknął Sewer zjeżdżając do wsi rozłożonej nad stawami. Od jakiejś baby piorącej dowiedział się, jako cały dwór już od rana na polowaniu z naganką. Ruszył jednak do dworskiej bramy, decydując się zaczekać na stryja, lecz deresz zachrapał nagle i jął stawać dęba, gdyż na słupie siedział stary, rudy Miś, i dojrzawszy obcych zamruczał groźnie. Dostał się w dziedziniec przez rozwalony parkan i podjechał pod dwór, nikt się jednak nie pokazał, tylko na przywitanie zgraja psów ruszyła na niego, zajadle docierając i skowycząc. Dopiero po długich nawoływaniach zjawił się jakiś oberwany chłopak.

– I nikogo nie ma w domu? – pytał Sewer biegając oczyma po oknach.

– Ja ta nie wiem, przeciem nie od pokojów – burknął podtrzymując konia. Wszedł na szerokie drewniane schody, prowadzące jakby prosto na pierwsze piętro, dwór był bowiem postawiony na wysokich fundamentach spalonego niegdyś zamku i cały parter miał kamienne, potężne przypory, fortecznej grubości ściany i ciosem futrowane strzelnice; resztki głębokiej fosy jeszcze widniały pod murami. Dwór dawał pozór italskiej architektury, ale był niesłychanie opuszczony i zrujnowany. W sieni, wysokiej niby kościół i obwieszonej po pułap myśliwskimi trofeami, na zabrzydzonych skórach wilczych i niedźwiedzich wylegiwały się całe sfory schorzałych i zdychających psów, po kątach zaś leżały stosy żelastwa i postronków, kupy sieci i zatrzasków na przeróżnego zwierza. W pokojach obszernych, bogatych w sprzęt starodawny i w pawimenty mozaikowe i gdzieniegdzie jeszcze wybitych strzępami arrasów, cudnie wyrażających mitologiczne sceny, panował niesłychany brud: psy brały sobie legowiska na kanapach i krzesłach, obciągniętych przełacaną kordobańską skórą; miejscami odpadały sztukaterie i wiele wybitych szyb zaklejono papierem; leżały jakieś zakurzone fascykuły i poobdzierane księgi. Wszędzie zaś wisiało po ścianach dużo broni siecznej i palnej, siodeł ze wspaniałymi rzędami, czapraków, zardzewiałych misiurek i pancerzy.

Sewer znający stryja abnegatem, niedbałym na własne wygody ni jaki siaki porządek, wałęsał się bez zdziwienia po pokojach, aż trafił do baszty, na kręcone, strome schody wiodące na poddasze, z którego roztaczał się widok na całą okolicę. Baszta była okrągła i miała na każdym piętrze tylko po jednej komnacie, ale jakże się zdumiał znajdując je wybielone, schludne i cale grzecznie urządzone, i jakby zamieszkane. Wszak je zapamiętał jako skład rupieci o pogniłych podłogach i ścianach odartych do żywego kamienia, jako siedlisko sów, nietoperzów i strachów, o których chodziły gadki między czeladzią.

Wszedł żywo na poddasze i jeszcze rychlej się zatrzymał, bowiem naprzeciw podniosła się jakaś smukła, ruda jejmościanka z białym chartem przy nodze i wpierając w niego niebieskie oczy uśmiechnęła się życzliwie.

Zmieszany nieoczekiwaną siurpryzą, jął się żarliwie submitować.

Parsknęła wesołym śmiechem, rezolutnie zazierając mu z bliska w oczy.

– Waćpan mnie nie poznaje? – Głos jej zatargał wspomnieniem, lecz nie rozbudził.

– Dalibóg... nie mam honoru.... – bąkał nie mogąc jej naleźć w pamięci.

– Ceśki waćpan nie poznaje? – wymówką zadrżał posmutniały głos.

– Znałem kiedyś waćpannę skrzatem tycim, a tu staje przed oczyma jakoby Diana zjawiona, to jakżem miał poznać nieszczęsny! – ruszył górną modą.

– A waszmość się nie zmienił, tylko szrama przybyła nad okiem. To moja kwatera – dorzuciła widząc jego rozbiegane oczy. – Stryjcio mi pozwolił, że to na dole nie sposób wytrzymać, a on niczego odmienić nie daje. Siadajże waszmość – pchnęła ku niemu zydel i sama zasiadła naprzeciw.

– Ceśka! Panna Cesia. Na psa urok, anibym imaginował takową przemianę – zdumiewał się obzierając ją z żołnierską eksperiencją. Panna była urodna, śmiałego oka i rezolutnej mowy, a chociaż ubrana lada jako, w jakiś kamlotowy szary kubraczek i takąż jubkę, miała w sobie powagę nakazującą uważanie. Nawet się nie zarumieniła pod jego spojrzeniami, siedziała spokojnie, tuląc do piersi biały łeb charcicy i oględnie odpowiadając. Brązowa od słońca twarz, pełne czerwone wargi, brwi spięte nad cale foremnym nosem, strome piersi, ruchy prędkie i stanowcze, głos niski o słodkich brzmieniach, dawały obraz zdrowia, siły, pogody i szczerości. Śmiała się cicho, a w modrych oczach, przysłoniętych ciemnymi rzęsami, tail się rozum.

Po dłuższej lustracji wydała mu się jednak nazbyt rezolutna, pewna siebie i gminnych manier. Gdzie jej było do tych świetnych panien choćby z grodzieńskiej socjety!

– Ot, prosta dziewka z zaścianka, do tego ruda jak wiewiórka – myślał patrząc z pewną odrazą na jej głowę, oplecioną warkoczami jakby z litego, dukatowego złota.

– I nie boi się waćpanna sama jedna w tej baszcie?

– Na strachy mam nabitą krócicę – wskazała nad łóżko na cały arsenał broni, batów i smyczy.

– Próbował mi nasz kapelan zrobić psikusa i którejś nocy, przybrany w białą płachtę, brząkając łańcuchami a z rozżarzonym węglem w zębach wszedł tutaj. Wylękłam się zrazu, ale jak mnie porwała pasja, wygarnęłam z janczarki. Na szczęście chybiłam, chociaż i tak zleciał jegomość ze schodów i dwa tygodnie okładali go żywokostem.

– Kawalerska fantazja w waćpannie.

– Sierotam i sama nad sobą opiekę trzymać muszę – wyrzekła prosto.

Zeszli przed dom, gdzie ze szczytu schodów roztaczał się widok na stawy, wieś i wzgórza lesiste. Panna Cesia jęła z upodobaniem wspominać o różnych wspólnie uprawianych figlach w przeszłości, zwłaszcza o jakiejś scenie w apteczce, gdzie ich przydybała ciotka na łasowaniu kanarów. Przerwał jej żywo:

– Rad bym się tam znalazł i teraz, bo mi kiszki grają srogiego marsza!

– Masz, diable, kaftan, a mnie ani postało w głowie! – stropiła się serdecznie i porwawszy go za rękę, jak niegdyś, pobiegła na drugą stronę domu, do stołowego pokoju. Siedziała tam pod oknem ciotka Markowska, stara, gruba i nieco głuchawa jejmość, trzymająca w Stokach niewieście rządy, lecz która głównie klepała pacierze, robiła pończochy i kładła pasjanse i kabałki.

Właśnie siedziała nad kartami, a powitawszy Sewera, jakby go nie widziała od wczoraj, zaczęła uroczyście wykładać:

– Dziewiątka czerwienna, król dzwonkowy i żołędna dziesiątka: amory de grubis, kawaler w drodze i nieszczęście. Raz, dwa, trzy! – kładła karty dziobiąc je tłustym palcem. – Jakże się miewa twoja matka, wciąż cherla jak owca? A to znowu co za siurpryzy? Król winny! Dama dzwonkowa w komitywie z pamfilem! Ho! Ho! niżnik czerwienny w czułej dyspozycji do damy żołędnej! Grzysi was tu niosą, uważajcie, znowu dziesiątka żołędna? Salwuj się, Ceśka, przy tobie brunet i czerwienna dziewiątka. Raz, dwa, trzy! Pieniądze i ważne nowiny! Kłótnia! – ciągnęła niepowstrzymanie, tak pochłonięta perypetiami kabały, że ani wiedziała, gdy Sewer, podjadłszy coś naprędce, wyniósł się z powrotem przed dom. Panna Ceśka, podobając sobie w dyskursach, przyciskała go o sprawy publiczne. Zbywał ją żartobliwymi słówkami, aż się nasrożyła.

– Waszmość traktuje mnie jak uprzykrzoną muchę.

– Rozumiałem, jako niewiastom ciekawsze nowiny o strojach i porządkach...

– W potrzebie zmacam kury i wydoję krowy, alem ciekawa i drugich materii.

– Więc pytaj waćpanna, responsów nie poszczędzę. Sczerwieniła się, jakby kto na nią ogniem rzucił, i odwróciła głowę.

– Byle się waćpanna zbyła dąsów, a powiem wszystko akuratnie.

– Waćpan sobie ze mną poczyna jak ze smarkatą! zerwała się już gniewna.

– Przepraszam majestat jejmość panny chorążanki. Przeszyła go oczyma niby srogim sztychem i zagwizdawszy na psy, zbiegła z nimi w dziedziniec do niedźwiedzia, który zsunął się błyskawicznie ze słupa i wspierając się łapami na jej ramionach lizał ją po twarzy i szyi, obdarzany w zamian głaskaniem i kuksańcami.

– Zapalczywa cieciorka, gotowa w sprzeczce wziąć się nawet do obuszka – myślał patrząc na jej karesy z niedźwiedziem i roześmiał się z ojcowskich projektów. Naraz gdzieś od wsi zagrały trąbki, a nad stawami, w tumanach kurzawy, pokazała się myśliwska kawalkada, z wozem w cztery konie na przedzie, za nim galopowała cala kupa jeźdźców. Lecieli niby burza, wpadli w bramę i wśród trąbień, trzaskania biczów i psiej wrzawy zatoczyli się pod dwór.

Sewer zeszedł na powitanie stryja, który wziął go w ramiona i setnie wyściskawszy podał swoim kumom, jak przezywał swoich nieodstępnych towarzyszów i rezydentów. Pierwszy pochwycił go w objęcia Domaradzki, chłop pod powałę, o żołnierskiej, zwięzłej kompleksji, czasu barskiej sławnego Malczewskiego prawa ręka i szczególny prześladowca Drewicza. Po nim przycisnął go do serca Trzciński, szlachcic siły niedźwiedziej, na które chadzał tylko z oszczepem, pierwszy rębacz w województwie podlaskim, zabijaka, kostera i warchoł; głowę miał całkiem łysą i poznaczoną plejzerami niby pień rzeźniczy, wąsy jak wiechy i burakowy nos srodze obsypany brodawkami. Zasię potem wyciągnął do niego długie ręce Chmieliński, o księżej wygolonej twarzy, słodkim spojrzeniu i tkliwym sercu, gdyż łacno popuszczać łzami, znany przy tym jako okrutnik, nieporównany strzelec i dusikufel. Czwartym był Bogatko, mąż od grzesznych upałów przygarbiony, z twarzą zarośniętą po oczy, szpakowatym, rozwichrzonym brodziszczem, i o pałąkowatych nogach. Na ostatku otworzył ramiona jak wrota franciszkanin, wysoki a chudy niby szczapa, o zapadłym brzuchu, a rumianej, pełnej i lśniącej twarzy. – Moje ty krocie! – wołał obłapiając go serdecznie. – No patrzcież, jak się to nam chłopak wybrał! Jaki z niego żołnierzyk! A dajże jeszcze raz gęby!

I znowu poszedł z rąk do rąk niby puchar przedniej małmazji, że końca nie było czułościom, kochała go bowiem cała ta godna kompania. Sieroty to były, stare żołnierzyska i bezdomne nieszczęśniki, wyzute z fortun gorzkimi ewentami losów i ludzką niepoczciwością. Na szczęście naleźli przytulenie w Stokach, bo Zaręba kochał się w ludziach niezwyczajnych, a każdy z kumów pozostawał w jakowymś zatargu z prawem, na każdym ciążyły jakoweś kondemnatki a inwidia, każdy też miał eksperiencję w czymś szczególnym, czym rad się wywdzięczał za gościnę i opiekę. Domaradzki rozumiał się na koniach jak nikt drugi; Trzciński był wyrocznią w materiach odwiecznych praktyk myśliwskich, więc jego dyrekcją szło wszystko w polu i kniejach; Bogatko miał serce do ptactwa i takowy dar, że kiedy zaświegolił na srebrnej piszczałeczce, z którą się nigdy nie rozstawał, skrzydlata hołota szła mu do ręki, choćby nawet i drapieżniki; Chmieliński szwargotał po żydowsku i potrafił udać każdą personę z głosu i ruchów, znał się przy tym expedite na winach i przyrządzaniu bigosów; zasię franciszkanin był majster od rusznikarstwa, i nie tylko umiał naprawiać broń, lecz i sam odlał wiwatowe moździerze, potrafił też zamawiać kołtun i na gościec znajdował skuteczne medykamenta. Wprawdzie doletnie to już były dziady, kapelan najmłodszy, a już liczył sobie z górą kopę, ale wszyscy jeszcze krzepcy, gotowi w każdej porze do polowania i wypitki, a nawet, jak Bogatko, nie hamujący jeszcze grzesznych upałów, z czego nieraz płacz bywał po chałupach i niejedna krowa z pańskiej obory szła na pocieszenie ukrzywdzonej cnoty. Zasię sam Onufry Zaręba, stryjeczny miecznika, sługiwał ongi wojskowo po cudzych krajach, potem w zmiennych kolejach barskiej, stawał pod chorągwią Częstochowskiej, aż wreszcie syt ran i wszelakich przygód osiadł w Stokach, jakie mu przypadły w działach po matce, de domo Grodzickiej, kasztelance wieluńskiej. Człowiek już był leciwy, ósmy krzyżyk dźwigał na potężnych barach, lecz tyle miał jeszcze wigoru i fantazji, że nikt by mu nie policzył nad sześćdziesiąt; twarzy był suchej, orli dziób przypominającej, postaci ogromnej i muskularnej, głosu grzmiącego, siwe wąsy i brodę postrzygał krótko gwoli ochędóstwu; nosił się w konfederatce czerwonej, aksamitnej, obłożonej siwym wyporkiem, zawsze w zielonej kurcie ze złotymi żeberkami, takichże hajdawerach i jałowiczych, czarnych butach, przy prostej szabli w czarnej, żelaznej pochwie z oficjerskim feldcechem. Miał sławę dziwaka i pierwszego w kraju myśliwca, gdyż polował z kumami jak rok długi po swoich i cudzych ziemiach, z czego szły wieczne kłótnie z sąsiadami, pienia, zajazdy, przesypywanie kopców i porywanie psów myśliwskich. Że zaś o wszystkim miał zdanie głośne i niepodległe, więc obawiano się jego prawdomówności. Nie żył też z nikim w okolicy i kompanii poza swoimi kumami nie szukał. Dla poddanych był dobry i łaskawy, byle jeno stawali na wezwanie do obław i zwierza nie płoszyli daremnie, i strzegli piesków. Więc i aktualnie po przywitaniu Sewera, którego wielce miłował, zatroszczył się o jakiegoś ogara i jął grzmieć, aż szyby zabrzęczały.

– Pięćdziesiąt batów, jak się nie znajdzie! – obiecywał psiarczykowi. – Widziałeś się już z Ceśką? – zwrócił się do Sewera prowadząc go na pokoje.

– Już się nawet zdążyła pogniewać na mnie!

– Możeś jej rzekł coś szpetnego?

– Nie pozwoli się ona zjeść w kaszy, czupurna do zastanowienia.

– I jedyna, powiadam ci, do konia i strzelby, o zakład trafia w pamfila o czterdzieści kroków z pistoletu. Nie paskudzą jej głowy stroiki, gachy i romanse jak drugim. I do rady ma nie lada rozumek. Prawdziwy specjał!

Wprowadziwszy go do swego pokoju, gdzie również jak w całym

domu panował nieład i pieski, nie brakowało ich nawet na łożu i wielkim stole, wyciągnął się na ławie, pokrytej niedźwiedzią skórą, zapalił lulkę i dalejże brać go na spytki a spowiadać. Sewer chętnie poddawał się indagacji, niczego przed nim nie tając, zwłaszcza o insurekcyjnych zamierzeniach rozwodząc się obszernie, spodziewał się nakłonić go do sprawy. I nie doznał zawodu, gdyż stryj rozpromienił się niby żagiew na wichurze, a po różnych pro i contra zdeklarował się uroczyście.

– Parol kawalerski, stawię się z kumami i czeladzią na placu! Choćby mi przyszło głową nałożyć! – zerwał się rozanimowany. – Boże jedyny, a ja zwątpiłem w Twoje miłosierdzie i mniemałem, jako już ostatnie terminy przyszły na Rzeczpospolitą i wszystko kaput! O Jezu krzyżowany i trzeciego dnia zmartwychwstający! – padł na kolana modląc się w głos z taką żarliwością i uniesieniem, iż Sewerowi łzy się cisnęły ze wzruszenia.

– Na koń i hajda na psubratów! – naraz zakrzyczał podnosząc się z klęczek. – Czekajcież, kobyle syny, my wam wypiszemy na łbach gwarancje i przyjacielstwa! Bierz moich chłopów co do jednego, zabierz, co tylko może się przygodzić. Jakby mi ubyło z kopę lat! Mam ja jakieś superaty ocalone z barskiej – gruchnął obuszkiem w tarczę wiszącą na ścianie; przeraźliwy szczęk przeszył powietrze i wpadł rękodajny.

– Pokażę ci coś szczególnego. Kostek, światła i ojca Albina do mnie. Wnet się znalazła pochodnia i zaniepokojony franciszkanin.

– Poszukamy jakiego gąsiorka na dzisiejsze rekolekcje.

– Od siwuchy na jutrznię aż do małmazji na kompletę, wszystko narządzone.

– Lecz ad honores offertorium wypijemy czymś godniejszym.

– Kum Chmieliński najlepiej by zdeterminował, będzie mu markotno.

– Zachodzi okoliczność, jako musimy być samotrzeć – wyrzekł prowadząc do piwnic. Wchodziło się do nich z wielkiej sieni, po stromych i ciemnych schodach. Pacholik idąc przodem przyświecał smolistą pochodnią. Podziemia zamkowe były obszerne. Pełne sklepionych komór, kazamat, niskich izb prochowych i krętych przejść, tylko z rzadka oświetlonych smugami światła, sączącego się ze strzelnic. Właśnie byli stanęli przed żelaznymi drzwiami sklepu, w którym mieściły się wina, gdy zjawiła się wielce zadyszana panna Cesia.

– Apage, satanas! – zakrzyczał mnich zastępując drogę. – Nie pozwól waszmość. Wróć się, Ceśka, w tym sklepie nie może postać twoja noga.

– Jakoby wilka puścił między jagnięta! – dorzucił przerażony kapelan.

– Tylko zobaczę, mój stryjku, tylko powącham i pójdę sobie precz.

– Mówiłem ci nieraz, jako niewieście wapory przemieniają wina w kwas – przemówił stanowczo, iż odeszła zadąsana, oni zaś wsunęli się spiesznie do loszku, zamykając za sobą drzwi na klucz. Sklep był długi, niski, a podzielony dębowymi ścianami na pojedyncze komory. Każdej z nich konsystowała inna nacja napitków: Hungaria zwała się pierwsza, gdzie w antałach i baryłach czekały tęskliwie kresu wyzwolin wystało tokaje, rzewnie sposobiące maślacze i owe kapki zdradliwe swoją źrałością; drugą przezywano Iberia, gdyż taiła w sobie upały słonecznych krain, słynne alikanty, muszkatele, małmazje i skarby dalekiego Cypru; Reipublicae nosiła imię najobszerniejsza, w której rezydowały w powinnym ordynku beczki miodów, nalewek i starych gorzałek; powietrze w niej tchnęło lubością syconą pszczelnym zapachem. Ostatnia zaś, nie nazywana, lecz strzeżona podwójnymi bronami, stanowiła jakoby sanktuarium, wybranym była miejscem, gdzie śniły same stężałe moce słońca, same rarytasy i najprzedniejsze kordiały, wina i miody zgoła już bez ceny, a wydobywane w jeno rzadkie i szczególne okoliczności. Na dębowych stołach ciżbiły się brzuchate gąsiory w długiej kolei lat i doli jednakiej, jakoby zrosłe z sobą, grubym kożuchem siwej pleśni pokryte, pajęczynami omotane i kurzem potrząśnięte. Na chropawych ścianach widniały tu i owdzie zastanawiające daty, wypisane smołą, niektóre sięgające czasów Sobieskiego. Stanęli w zbożnym skupieniu i czci przed tą najgodniejszą sędziwością. Zaręba długo medytował i długo się ważył, nim sięgnął po gąsior, trzymający z garniec, i rzekł:

– Ten mi się być wydaje wdzięcznego oblicza i cnotliwej treści. Anno Domini 1707, miód po kasztelanie Świrskim. Zanieś, Kostek, a wolniutko, nie zmąć i uważaj, bo basałyki.

– Sam poniosę, co taki się rozumie! – wystąpił kapelan i ująwszy gąsiorek rozmodlonymi rękami poniósł go niby monstrancję.

– A wracaj jegomość, to sobie jeszcze coś wybierzemy. Kostka tam zostaw.

I skoro ksiądz wrócił, zapalił stoczek i powiódł bocznym korytarzem.

– Ależ tam nie ma przejścia! – zauważył Sewer.

– Zobaczysz, jeno pilnie uważaj – ostrzegał i gdy stanęli w końcu korytarza przed zamurowanym wyjściem do fosy zamkowej, odwrócił się od niego plecami, a odliczywszy z lewej ręki pięć głazów, z jakich były wymurowane ściany, podważył szósty przy spojeniu całą mocą ramion. Ojciec Albin pomógł skwapliwie; zgrzytnęły jakieś zardzewiałe żelaza i kamień ustąpił niby drzwi, odsłaniając głęboką, ocembrowaną okrąglakami studnię.

– W imię Ojca i Syna! toć jakby w bajce! – zdumiał się Sewer, bo znając te podziemia od dzieciństwa ani imaginował, że mogą kryć jakieś tajemnice.

– Zadziwisz się jeszcze bardziej! – szepnął stryj zstępując w dół po żelaznej drabinie. Stanęli w niskiej kazamacie o potężnych belkach i ścianach z łupanego, polnego kamienia; dwoje drzwi prowadziło do sporych komór; w pierwszej stały beczułki z prochem, kręgi ołowiu i wory skałek, a w obocznej, nieco większej, wisiały na ścianach pęki karabinów i szabel, zaś na drewnianych kobyłach stożyły się siodła i najprzeróżniejsze uprzęże.

– Było tych moderunków akuratnie na dwiestu pocztowych.

– I jest, sam przecież znosiłem – przytwierdził kapelan. – A co, ni jednej rdzawej plamki na karabinach: skąpałem juchy w roztopionym łoju niby kołduny. Oglądaj, oglądaj, a nawet o zakład nie najdziesz.

– Zaiste, ciężko własnym oczom uwierzyć! – odparł Sewer oglądając broń.

– Rzemienie na nic, zetlały do szczętu: szable stępione i bagnety, ale to fraszki: w jeden dzień można natoczyć i wypucować do lustra.

– Tyleśmy ocalili z barskiej. Jest jeszcze niecoś sreber połamanych.

– Otworzył ciężki se– pet opasany srodze mosiężnymi sztabami. Leżała w nim kupa srebrnego łomu, resztki zastaw, monstrancji, krzyżów i różnych sprzętów kościelnych.

– Wydarte tej wściekłej bestii Drewiczowi, łupieżcy kościołów. Bierz ją na ekspensa sprawy, przygodzi się i ta drobina. Chciałem to kiedyś ofiarować do Częstochowy, ale jegomość się sprzeciwił.

– Właśnie Matka Boska lubuje sobie w złocie i srebrze, pewnie się z tym przed kimś wyznała! Ale dla przezpieczności dobrze przewozić takie łomy w beczkach ze smołą. Gorzałką się potem odmyje.

– Przyślę Kacpra, już on wymyśli najlepszy sposób.

– Broń trzeba opatrzyć i wychędożyć. Zali to pilne?

– Prawda, ojciec nic nie wie. – Tu opowiedział Zaręba w krótkości, czego się był nasłuchał od Sewera i zakonkludował: – Więc skoro wybije godzina, to i my, kumciu, ruszamy na te potrzeby!

– Waszmości pora myśleć ale o zbawieniu duszy. Osiemdziesiątka na karku, gościec w gnatach, a w głowie jeszcze fiu, fiu, Boże się zmiłuj!

– Widzę, jegomości żal ciepłego przypiecka, pierzyny i Kundzi, he, he!

– Nie obrażaj waszmość cnotliwych uszu! – żachnął się wielce urażony.

– Przechodzi imaginację, jak się kłania w pas kulom nasz ojciec, jakby do każdej zanosił suplikę – żartował Zaręba, lecz mnich nie dał się wyprowadzić z powinnej powściągliwości, a gdy wrócili na górę, jął Sewera wypytywać. Pokazało się przy tym, jako był niezgorzej oświecony w materiach krajowych, czuły na niedolę ojczyzny i dalej patrzący.

– Póki chłopstwo w niewoli – mówił zapalczywie – póty nie podniesie się dobrowolnie na obronę ojczyzny, a bez niego nie poradzicie nieprzyjaciołom.

– Co wiedział, to i powiedział! – obruszył się stryj i rozpoczęła się gorąca sprzeczka, obaj bowiem byli krewkiej natury.

Sewer przymuszał się do cierpliwego milczenia, by nie zdradzić swoich systematów myślenia przed stryjem, który ku jego zdumieniu, okazowywał się być zaciekłym defensorem wszelakich przywilejów i ani chciał słyszeć o reformach, zwłaszcza zaś o odmianie poddaństwa.

– Zakładam veto – pasjonował się grzmiąco. – A kto by się ważył bałamucenia moich chłopów jakowymiś "prawami człowieka" i uniwersałami o wolnościach, temu każę wrzepić sto batów, chociażby się pokazał nawet jaśnie wielmożnym, i w postronkach odeślę go do grodu.

– Tu go swędzi! Przemówiły szlacheckie warchoły. Za nic im ludzkość i dobro powszechności. Niech przepada ojczyzna, byle moje privilegia ocalały! – ciął kąśliwie franciszkanin.

– Szabas, mój ty sawancie! – przerwał mu gniewnie. – Nie smok ci jestem pastwiący się nad niewinnymi barankami, więc admonicji do serca nie biorę, a na twoją jakobińską wiarę za starym – i wyszedł.

– Choruje na szlachecką puchlinę jak wszyscy! – szepnął za nim.

– Podobno jednak swoich chłopów osadza na prawie czynszowym...

– Gotów to uczynić choćby na złość twojemu ojcu, bo pan miecznik wolałby diabłu bić pokłony, niżeli w chłopie uznać bliźniego. A nie pierwszy to wraz z podkomorzym Dłuskim protestował przeciw ustawie Trzeciego Maja!

– Ale akcesu do targowicy nie zgłosił! – podniósł głos w obronie ojca.

– I na zjazd generalności do Brześcia nie pojechał, prawda. Nie uwielbia on aliantów, nie. Jakoś pod koniec czerwca Chruszczow z Liwa przysłał mu inwitację na bal. Miecznik wręcz odmówił, nie bacząc, że generał mógł mu za taki respons postawić na konsystencję kozaków. Nie dał się znęcić ni zastrachać. A bal był głośny na województwo i zjechała się na niego cała ziemia liwska, drohicka i chełmska, wiele też znacznych person z Lubelskiego. Rozpoczęto od reprezentacji komedii w ruskim języku; po czym generał Chruszczow otworzył tańce z panią Ossolińską, starościną drohicką. Kolację podano w ogrodzie pod namiotami, przygrywała kapela dętych instrumentów. Później nastąpiły promenady przy fajerwerkach i wdzięcznych odgłosach wokalnych, a ku powszechnej kontentacji zabłysnął iluminacją "Tempie d'amitié", pływający na kanale. Zasię na zakończenie jegry i grenadiery, i kozacy cieszyli socjetę swoimi tańcami i śpiewaniem...

– Zaiste czułej przyjaźni obraz doskonały. Musiała być jakaś okazja?

– Generał Chruszczow zakomunikował publicznie chełmskiej szlachcie najmiłościwszy respons imperatorowej na ich najoddańszą suplikę... Więc też przyczyna radości a wiwatowań była solenna. Rzęsiste salwy karabinów wraz z brzękiem pucharów dzwoniły do świtania...

– Szczera krotochwila! Nie zna jegomość nazwisk suplikantów?

– Jakże mógłbym przepomnieć tak godnych imion! Zachwyciłem też nieco tenoru owej supliki, w której szlachta ziemi chełmskiej i powiatu krasnostawskiego "udaje się do Waszej Imperatorskiej Mości, aby przez wielkość swoją, całemu światu jawnie znaną, potężnej swojej udzieliła protekcji, abyśmy jeśliby nam koniecznie od ciała Rzeczypospolitej odpadać przyszło, pod słodkim Waszej Imperatorskiej Mości panowaniem swobód wraz z innymi nowo zajętymi używać mogli". Tyle zapamiętałem. Jakże ci się widzi? Suplika pięknie ułożona. Sam biskup Skarszewski ją wykoncypował, a to głowa nie od parady.

Sewera wzburzyło opowiadanie, lecz tylko rzekł cicho i prędko:

– Niech mi ojciec zakonotuje nazwiska suplikantów; przy okoliczności trzeba będzie obmyślić dla nich jakąś godną nagrodę.

– Warci choćby łamania kołem – wybuchnął gwałtownie. – Ale któż im wzbroni! Zali nie władni panowie i dziedzice tej Rzeczypospolitej? Zali jest u nas prawo na takie procedery i sąd sprawiedliwy?!

– Sprawy to już nie sądu, a jeno słusznej kary!

– Święte słowa! Dajże ten srogi topór na przędajne zdrajce, daj wrychle, póki jeszcze pora ratowania nie minęła! Modlę się o niego jak o zbawienie i czekam z utęsknieniem, jak nie czekają Żydzi Mesjasza!

– Z ojca widzę jakobin cale zdeterminowany! – zauważył mimo woli.

– A niechże mnie Bóg broni! – protestował zmieszany i jakby wystraszony. – Mam jeno serce czułe na niedolę ojczyzny. Znasz mnie, jakom ordynaryjny simplex i gdzie mi tam do rozumienia górnych systematów i cenzurowania cudzych postępków. Gorącość przyrodzona uwodzi człowieka i ten paskudny jęzor! – submitował się, wykręcał i kajał z awersji do zdrajców i szlacheckiego nierządu. Sewer, nie mogąc pojąć tak nagłej odmiany sentymentów, przyparł go otwartymi pytaniami, lecz mnich, jakby ich nie rozumiejąc, zaczął prędko mówić.

– Zbliża się nasza hora canonica, mamy dzisiaj rekolekcje, muszę cię zostawić, kumy już czekają na mnie. Bądźże mi zdrów, mój chłopcze. A może zostałbyś do jutra, co? Moglibyśmy o tym i owym pogwarzyć.

– Muszę zaraz wracać. Toć jutro rano ruszam do Warszawy.

– Szkoda! – i uściskawszy go czule szepnął już od proga: – Broń wyrychtuję w parę dni, a może się zdarzyć, że sam ci ją odstawię do Warszawy! – Uśmiechnął się jakoś zagadkowo i spiesznie poleciał.

Sewer też chciał pożegnać stryja, gdyż zmierzch już opadał i pora mu było wracać do do– mu, ale nigdzie go nie znalazł, pokoje stały puste, tylko w jadalni, zasypanej ostatnimi zorzami zachodu jakby dogasającym zarzewiem, siedziała pod oknem ciotka Markowska, zabawiając się w dalszym ciągu kartami, a na pytania o stryja odburknęła nie podnosząc oczu:

– Musi być w baszcie na rekolekcjach. Stary grzesznik, nabroił, a teraz strach kąsa po piętach! Raz... dwa... trzy... Będziesz jadł hreczane kluski z kwaśnym mlekiem na kolację? Czy cię grzysi przynieśli, znowu ten utrapiony niżnik żołędny! Ceśka! – huknęła grzmiąco. – Pewnie na majdanie przy koniach! Żeby już raz kto okiełznał tego latawca! Matko Kodeńska! Trzy pamfile! Wychodzi! Uważaj! Pasjans wychodzi! Raz... dwa...

Ale już Sewera nie było: leciał na majdan, gdzie Ceśka, z długim biczem w ręku, egzercyrowała cudnego kasztana, biegającego na linie. Panna, była zgorączkowana, z włosem rozwichrzonym i toczyła jarzącymi oczyma za ogierem; bat trzaskał raz po raz i rozlegała się krótka, mocna komenda:
– Rysią... rysią... tak, doskonale! Spokojnie, żbiku jeden, równo!...
– Grzeczny koń! zdałby się pod wierzch! Coś niepotrzebnie drga zadem.
– Racja fizyka, Kaśka butów nie ma! Gracz, cwałem! cwałem!
Ogier wyciągnął się, nogi zebrał i z miejsca jął sadzić potężne szczupaki.
– Ścigły jucha niby jeleń! Ależ waćpanna gra na nim, no, no, powinszować. Spromieniła się rozradowaniem i krzyknęła:
– Gracz! Sam tu! Alt!
Ogier skręcił z miejsca i stanął przed nią jak wryty.
– Ależ zna mores! – chwalił szczerze i z podziwem niemałym.
– Niechby nie posłuchał! – ściągnęła groźne brwi, klepiąc Gracza po nozdrzach i głowie, czym rozswawolony jął stawać dęba, tańczyć na zadzie i spróbował wesprzeć się przednimi nogami na jej ramionach, jak to miał we zwyczaju za źrebięcych czasów. Nie ulękła się takowych karesów i puszczając go z liny świsnęła przeciągle. Ogier poniósł się po majdanie niby wicher, a za nim pogoniła cała sfora psów.
– Wspaniały! Żeby go jeszcze przyuczyć do strzelania...
– Można mu strzelać pomiędzy uszami, ani drgnie! – zawołała z dumą.
– Zaiste, lecz waćpanna mi patrzy na jakowąś prawą amazonkę!
– A waszmość odsyłał mnie do kądzieli – przycięła z uśmieszkiem.
– Szczerze suplikuję o zapomnienie, a na zgodę przeda mi waćpanna konia.
– Gracz nie na przedanie. Już wojewoda Walewski chciał ze mną facjendować na parę izabelowatych cugantów, ale nie głupiam. Mam jeszcze czwórkę gniadych, jednolatków, może waćpan obaczy..
Wymówił się brakiem czasu, prosząc ją o zaprowadzenie do stryja.
– Nie obaczysz się z nim waszmość jak rano, rekolekcje się już zaczęły. Jął pytać, co znaczą owe rekolekcje, lecz na odpowiedź zaprowadziła go do fosy pod zakratowane okienko w baszcie.
Skwapliwie zajrzał do wnętrza – izba była sklepiona i mająca pozór dość płaskiej miski, wywróconej do góry dnem, na nagich czerwonych ścianach paliły się grube gromnice osadzone w

żelaznych wilkach. Na środku przy długim, biało pokrytym stole, zastawionym kandelabrami pełnymi świec jarzących, siedziała cała kompania.

– Cóż to za szabas odprawują? – wyrzekł zdumiony.

– Oho, znowu będą dzisiaj w robocie rzemienie! – wskazała na pęk jadowitych dyscyplin, wiszących na ścianie. – Cicho no, waszmość. Bowiem ojciec Albin, siedzący w końcu stołu, w komży, w rogowych okularach na nosie i z kancjonałem przed sobą, zaintonował był właśnie grobowym głosem jakiś hymn ponury. Stryj wespół z kumami uroczyście mu zawtórowali. Śpiew brzmiał posępnie i głosy huczały jak dalekie, daremne wołania rozpaczy – jakby z głębin otchłani dobywały się błagalne krzyki potępionych.

– Więc się nawet biczują? – wstrząsnął nim lodowaty dreszcz zgrozy.

– Jak stryjowi przyjdzie fantazja, to nie żałuje siebie ani drugich. Kumowie tego nie wenerują, a szczególniej kapelan, nie waży się jednak protestować. Potem muszę smarować boki pochlastane jak zrazy...

– Dzięki Bogu, że chociaż waćpannę oszczędza!

Jakiś cień przesunął się po jej twarzy i w oczach błysnęła trwoga.

– Chodźmy. Zasię w posty i suche dni przywdziewają włosiennice.

– Na jakąż intencję te umartwienia czy za jakie przewiny?

– Imaginuję, jako na intencję utrapionej ojczyzny. Tak dziwacznym mu się wydało, że uśmiechnął się bezwiednie.

– Waszmość się nie śmiej, bo to nie warszawska krotochwila!

Długo się submitował, nim uwierzyła i rzekła porywczo:

– Bo teraz w Polsce moda, że jaki siaki skurczybyk, co to liznął zagranicy i frak przywdział, ma zaraz w pogardzie i śmiechu wszystko, co ojczyste! Ja bym takiego nauczyła gwizdać po kościele! Psami bym go wyszczuła! – buchnęła zapalczywie, aż się jej twarz oblała farbą oburzenia niby krokoszem i oczy strzeliły snopami błyskawic.

– Nieprzespiecznie zadzierać z waćpanną – zauważył.

– A pewnie, bo swojego nie daruję i oddam z nawiązką! – odparła chełpliwie. Jął wołać na pachołka, żeby mu podawał konia.

– Przed kolacją waszmość nie pojedzie! – zdeterminowała buńczucznie.

– Nie bardzo łasym na hreczane kluski z kwaśnym mlekiem, jakie mi obiecywała ciotka – wtrącił żartobliwie, zabawiając się jej pomieszaniem, gdyż nie wiedziała, co odrzec, on zaś pośpieszył wyjaśnić, jako musi jechać.

– Żeby prosiła Terenia lub Izą, to ,by waćpan pozostał! – rzuciła obcesowo, lecz dojrzawszy jego nieukontentowanie, szepnęła srodze zasromana:
– Masz, babo, redutę! Znowu strzeliłam jakiegoś bąka! To przez waćpana!
– To pozwólże mi ślicznych rączek i na pożegnanie daruj przewiny.
Podała je nie bez wzruszenia, potem rzekła cichutko i dziwnie słodko:
– Odprowadzę waćpana do bramy!
Pachołek wiódł za nimi konia. Mrok już gęstniał i z minuty na minutę stawało się ciemniej i miało się jakby na deszcz, bowiem niebo przybierało modrawą barwę, na świecie uczyniła się cichość i dymy snuły się nisko pomiędzy drzewami:
– Mam prośbę – zaczęła lękliwie – weź waszmość Gracza!
Naturalnie daru nie przyjął i serdecznie za niego dziękował.
– Koń mocny i ścigły... wyniesie z każdej przygody... zna wojskowy egzercyrunek, można puścić lejce i nie wysunie się z szeregu ani na jedną piędź! – molestowała uparcie. – Weź go, waszmość!
Ale gdy pomimo nalegań odmówił przyjęcia, zagroziła mu żartobliwie:
– Bo spuszczę Misia i niech waścinemu koniowi wypuści flaki...
– Pociągnę waćpannę przed trybunał o nastawanie na moje życie, a to pachnie wieżą. Prawo bowiem nie rozróżnia płci nadobnej.
– Co mi tam prawo! Gorzej, iż waszmość sparty jak kozieł! Ale niemiła księdzu ofiara, chodź, cielę, do domu – zaśmiała się wymuszenie.
– Ceśka! Ceśka! – zagrzmiało naraz niedalekie wołanie ciotki.
– Ma się na deszcz i baranki powinny pod strzechę! Jakowyś casus mógłby...
– Nie boję się wilka, choćby było kilka! Na przygodę mam w kieszeni krócicę! Jedźże waszmość z Bogiem! – rzuciła szorstko jakby przełzawionym głosem.
Chciał jeszcze coś rzec, lecz koń spłoszony mruczeniem niedźwiedzia skoczył w bok i poniósł nad stawy, więc go już nie powstrzymując pojechał.
Dom zastał rzęsiście oświetlony, brzmiała hucznie kapela i w sieniach była zebrana cała liberia.
– Ogarnę się tylko i zaraz przyjdę na pokoje – powiedział staremu Filipowi.
– Nie potrzeba, na pokojach nie ma nikogo.
– A starostwo i porucznik Rymkiewicz?

– Odjechali zaraz po podwieczorku, ale pan miecznik kazał sobie przygrywać.

– Deklarowali się snadź?

– Juści. Marynia płacze gdzieś po kątach, pan miecznik przemówił się z panią, że poszła do łóżka, wszyscy się też pochowali po dziurach jak myszy. Niech no Sewerek uważa, bo pan dziwnie srogi, nikomu nie daje przystępu.

– Nie pytał się o mnie?

– Pytał i kazał Sewerkowi przyjść do siebie! Ale, kolację jejmościanka nagotowała w pokoju Sewerka. Na dobitkę kucharz się spił...

Nie słuchając dalszych relacji, poszedł na salę zalaną jarzącym światłem licznych pająków; kapela pod wodzą Trzaski wygrywała jakoweś czułe arie i opery, zaś miecznik przybrany w paradny, czerwony kontusz spacerował sam jeden w ogromnej sali po lśniących pawimentach. Zdał się być wielce zadumanym, tylko niekiedy podkręcał wąsy, przygładzał siwego czuba, to odrzucał wyloty i kładąc rękę na głowni karabeli posuwał się uroczyście jakby na czyjeś wyczekiwane spotkanie.

Sewer czekał z godzinę i nie ważąc się przerwać zamyśleń rodzica ruszył w głąb domu, ale matka była w łóżku, Marynię wzięły do siebie rezydentki, ciotka Bisia już spała i cały dom stał pusty i ciemny. Zajrzał więc jeszcze do Kacpra, wydał jakieś polecenia Maciusiowi, a zjadłszy kolację, znowu powrócił na salę. Miecznik jeszcze promenował, chociaż świece dopalały się i gasły jedna po drugiej, a muzykantom wypadały z rąk instrumenty ze znużenia; grali jednak wciąż, ekscytowani szturchańcami Trzaski i grozą kijów.

– Czekałem na ciebie – odezwał się naraz miecznik kierując się do swojego pokoju. Kazał mu głośno czytać gazety, świeżo otrzymane z poczty. Nie spytał o brata ni o Ceśkę, nie rzekł też ani słowa o Prażmowskich, a jeno zapaliwszy fajkę usiadł w fotelu i słuchał bacznie, zasię kiedy Sewer przeczytał "Korespondenta" wraz z dodatkiem, rzekł mu lapidarnie:

– Ruszaj spać! – i nie podawszy mu nawet ręki do pocałowania, jął półgłosem czytać też samą gazetę od początku.

Odszedł na palcach i natychmiast rzucił się na łóżko, ale nieprędko zasnął. Przyszły mu bowiem do głowy przeróżne rozważania i wspominki, a w końcu niby ćwiek jęło mu wiercić w mózgu pytanie: zali też jeszcze powróci pod ten dach rodzinny? I tkliwa żałość targnęła mu sercem, że kryjąc twarz w poduszce oddał się łzawym medytacjom.

Deszcz się rozpadał na dobre; strugi wody z bełkotliwym szmerem spływały po szybach, zegary głucho wybijały godziny, przechodzące z wolna i niepowrotnie niby obłędne wędrowce. Sewer wciąż leżał z otwartymi oczyma i oblegany przez coraz żywsze udręki, szarpał się w szponach jakichś obaw, przeczuć i niepokojów. Wreszcie, nie mogąc zasnąć ni dać sobie rady, ubrał się i poszedł zbudzić swoich ludzi, żeby już szykowali do wyjazdu.

Zatrzymał się nagle w przedsionku, gdyż w ojcowskiej komnacie paliło się jeszcze światło, przez; uchylone drzwi zobaczył ojca, jak go był zostawił z wieczora, siedzącym przy stole z lulką w zębach i gazetą w ręku.

Wahał się, jak przejść do drzwi nie zauważony przez niego, i posłyszał:

– To i ty nie śpisz?

– Szedłem budzić ludzi, bo nim ochędożą konie i wyrychtują, to i słońce wzejdzie, ale czemu ojciec dobrodziej wystawuje swoje zdrowie na szwank?

– Deliberowałem nad ważnymi materiami, no i tak mi zeszło. Pada deszcz?

– A siąpie uprzykrzenie, jakby na złość. Konie mi się zdrożą po błocie.

– Wiesz ty, jako konfederacja targowicka rozwiązana? – zagadnął radośnie.

– Że zabiegali o to w Grodnie, wiedziałem. – Nie ucieszyła go ta nowina.

– Wydrukowano o tej odmianie w "Korespondencie" z dnia 24 września, którego jeszcze nie czytał, jako in 15 tegoż miesiąca sejm uchwalił: konfederację targowicką rozwiązać i wszystkie jej jurysdykcje od l października za ustałe deklarować. Akty polecono złożyć w Metrykach. Sancytom uchwała egzekucji dopuszcza, ale sejmowi teraźniejszemu i następnym moc odmiany lub uchylenia takowych, które by odmienieniu podlegały albo zaskarżone były, dozwala. Ważne to postanowienie!

– Fortuna Kossakowskich doznała ciężkiego uszczerbku. Sievers tryumfuje, ale za jedno i za drugie zapłaci Rzeczpospolita!

– Więc za nic ważysz koniec panowania trifolium?

– Bo i cóż, że Szczęsny Potocki, syf hańby, dokona gdzieś na barłogu nikczemnego żywota, że Branicki, spity judaszowym złotem, odda plugawą duszę diabłu, zasię Rzewuskiego późne wieki wspomną jak dopust Boży, kiedy w superacie po tych wielmożach pozostają w kraju obce hordy, sprowadzone przez nich, wspaniałomyślna protekcja imperatorowej i król pruski gospodarzący w Wielkopolsce.

– Nie w takich terminach bywała Rzeczpospolita, więc i teraz jakoś to będzie.

– Jakoś to będzie! – powtórzył ziewając skrycie i słuchał dalej z powinnym uważaniem ojcowskich dowodzeń. Bóg, wiara, kościół, złota wolność, liberum veto i jako jedyne remedium na wrogów pospolite ruszenie, to było jego niezłomne credo. Podawał je jako katechizm i niby w katechizm wierzyć nakazywał. Sewer nie przeciwił się niczemu ani jednym słowem, bo nie pragnął kłótni, a przy tym chciało mu się już spać.

– No, a jakże ci się wydała Ceśka? – spytał wręcz, przeskakując z polityki.

– Panna godna uwielbienia, konie ujeżdża expedite! – zaczął ją wychwalać.

– A co, nie mówiłem, jaka to perła? – przerwał mu aż sapiąc z kontentacji.

– I mogłaby egzercyrować konie choćby dla całej kawalerii! – drwił i z wymuszonym zapałem opowiadał o jej Graczu, drygancie prima, i o jego pląsach i uczonych korwetach.

– Cc tu długo deliberować! Weź abszyt i żeń się z nią. Puszczę ci tanio klucz kamiński. Chcesz, to choćby jutro pojadę z deklaracją...

– Muszę jeszcze rozważyć różne okoliczności – pocałował go w rękę – nim ojca dobrodzieja uproszę o deklarację. Czasy też niespokojne. A nuż Rzeczpospolita będzie zniewolona wypraszać za próg swoich opiekunów i protektorów! Byłoby ciężko odrywać się od żony. Przyznaję, jako panna godna i jakby dla mnie wybrana, tylko że to młódka jeszcze i nic mi nie wiadomo o jej dyspozycji serca. A nie pora mi na akuratne konkury, kiedy mnie wzywa mój generał – wykręcał się na wszystkie sposoby.

– A tymczasem pannę ci sprzątną – burknął rozdrażniony oporem.

– Tyle jeszcze drugich w Polsce! – uśmiechnął się wesoło.

– Głupi, który okazji nie chwyta i za wiatrem goni, głupi! – wyrzekł gniewnie, odwracając się plecami do syna.

Sewer postał czas jakiś i nie doczekawszy się więcej ojcowskich słów wrócił do swojej stancji i jak stał w ubraniu, padł na posłanie i zaraz zasnął.

Już był jasny dzień, kiedy go rozbudziła ciotka Bisia. Stała nad nim jakaś zrozpaczona, załamująca ręce i srodze rozlamentowana.

– Co się stało? – ledwie uniósł z poduszki senną jeszcze głowę.

– Nieszczęście! – zajęczała tragicznie. – Sodoma i Gomora! Wiedziałam, że się to musi źle skończyć, przekładałam, a teraz co? Już tam miecznik sądy odprawuje i każe go zatłuc kijami! O Boże miłosierny, Boże!

– Mówże ciotka wyraźnie: nad kim sądy? kogo zatłuką? – niecierpliwił się.

– A tego farmazona, żeby Boga przy skonaniu nie oglądał, twojego Kacperka...

– Kacpra! – skoczył na równe nogi, szablę przypasał, krócicę wsunął w kieszeń hajdawerów i niby burza stoczył się po schodach, i leciał pustymi pokojami. Wpadł do sieni, gdzie się rozlegały krzyki, i jakby skamieniał na progu.

Na środku szamotał się z parobkami Kacper; bandaże na głowie miał przekrwawione, krew na posiniaczonej twarzy, krew na strzępach odzienia, oczy napłynięte rozpaczą i głos schrypnięty daremnym wysiłkiem.

– Ja żołnierz jestem.. wolny jestem! Puśćcie mnie! – bełkotał wpółprzytomnie.

– Milczeć, gnojku. Ja ci pokażę twoją wolność! – huczał miecznik w najwyższej pasji, wygrażając mu obuszkiem. – Ty chamie, chciało ci się amorów. Czekajże, psie sparszały, zaraz ci kije wypędzą upały i nauczą moresu.

– Ojcze – szepnął błagalnie Sewer – pozwól mi parę słów powiedzieć.

– Sam go zdybałem na amorach z Dosią. Rozumiesz? Śmiał oczy podnieść na szlacheckie dziecko! Mógłżeś to sobie wyimaginować – wrzeszczał dotknięty śmiertelnie w pysze. – Dla przykładu trzeba strasznego pokarania! Jejmościanka weźmie na kobiercu, co się jej słusznie należy, i pójdzie do klasztoru, temu zaś śmierdzącemu gaszkowi miłoście wytrzęsą kije.

– Ojcze, błagam za nim! Chory i przy tym należy do hetmańskiej jurysdykcji...

– To mój rab i moja rzecz, mam prawo postąpić z nim, jak uważam. Nie wtrącaj się do moich spraw. Już mi tu o nim składali relacje; farmazon to i ukryty jakobin. Z parobkami po nocach się zmawiał, do buntów przeciwko panom ich dysponował! Z księży sobie nic nie robił! Sto bizunów dać temu łajdusowi! Bić, co się zmieści! – krzyczał w paroksyzmie wściekłości.

– To wszystko kłamane! Oszczędź mu hańby, błagam cię na kolanach! – i w przystępie trwogi śmiertelnej rzucił mu się do nóg błagając za towarzyszem.

– To mój przyjaciel. Wziął wolność za rany poniesione w obronie ojczyzny! Sam książę obiecał mu indygenat. Bajędy zawistnych te jego przewiny. I za cóż chcesz go karać? Kochają się, zostanie oficjerem i pojmie ją. Wiedziałem o tym i sam obiecywałem wstawić się za nim do ojca. Odpuść mu! Będą cię błogosławili całe życie! – wołał rozpaczliwie, całując go po rękach i nogach, a wraz z nim podnosiły łzawe supliki matka, ciotka i cały fraucymer, tylko jedna Marynia stała z boku nieporuszona z groźnie ściągniętymi brwiami, lecz miecznik nie dał się zmiękczyć i powiedział:
– Rzekłem i dostanie sto bizunów! Nuże tam, chłopy! Sewer porwał się z ziemi, a już pijany szalonym gniewem krzyknął:
– Któren go tknie, ze mną weźmie sprawę! Chłopi cofnęli się trwożnie, ale miecznik wyrwał się naprzód i wpierając w syna oczy srogością jarzące zasyczał:
– Ty śmiesz przeciwko mnie?
– Moją powinnością bronić honoru żołnierzy Rzeczypospolitej.
– I ty śmiesz!... – powtarzał coraz ciszej, gorączkowo ściskając w garści obuszek, i ruszył ku niemu z tak straszliwie zmienioną twarzą, że wszystkie serca zamarły z przerażenia, Sewera zaś przejął lodowaty dreszcz zgrozy i lęku, przymknął oczy jakby w oczekiwaniu śmiertelnego ciosu... Miecznik się jednak nagle powstrzymał jakimś nadludzkim wysiłkiem, obuszek gruchnął o ziemię, aż się rozleciał w kawałki, i rzekł ponuro:
– Precz z mojego domu! Mości Brzozowski, spełnić, com nakazał. – I wyszedł.
– Brać go, chamy! – rzucił się z wrzaskiem do Kacpra Brzozowski.
– Wara, bo łby polecą! – odkrzyknął Sewer. Błysnęła jadowicie szabla i padła komenda: – Do mnie, żołnierze! Zasłonić i rejterować do wozów.
Maciuś z Pietrkiem skoczyli z wydobytymi szablami bronić boków kamrata, Sewer osłaniał go z przodu i jęli się cofać na ganek.
Brzozowski osłupiał, parobkom też ręce opadły i ani komu postało w głowie, żeby ich gonić i łapać, tylko kobiety uderzyły w żałosne lamenta.
Tamci zaś zrejterowali na majdan i w parę pacierzy już byli gotowi do wyruszenia. Obmyty i opatrzony Kacper leżał na wozie pod płócienną budą, gdyż Sewer zabierał go z sobą, nie chcąc pozostawiać na pastwę ojcowskich gniewów, i rozkazawszy wyjechać za bramę na drogę, broni z rąk nie wypuszczać i zaczekać na siebie, poleciał pożegnać się z rodziną.
Ale wszystkie drzwi w całym dworze zastał pozamykane na

głucho, nawet okna były przysłonięte i ni żywej duszy w obejściu...
Postał chwilę na ganku i nasyciwszy duszę gorzkim rozmyślaniem
ucałował próg rodzinny i odjechał.

III

Pora była wybrana, przedwieczorna, na krawędzi południa i
zmierzchów, kiedy to w nagrzany, słoneczny dzień wrześniowy
nastaje w całym przyrodzeniu słodka cichość, przejęta zapachem
więdnących kwiatów; kiedy na polach osnutych pajęczą przędzą
babiego lata rozdrgają się kapele koników polnych, z pastwisk
podnoszą się niekiedy tęskliwe porykiwania stad, a w
przemglonym powietrzu, pod niskim niebem, zarzuconym białymi
chmurami, przeciągają klucze żurawi, że jeno ich klangor
przejmujący dolała jakoby żałosnych pożegnań pogłosy; kiedy
lubość aury kojące wlewa balsamy w serca człowiecze i nawet
pyszne przygina w dziękczynnym zachwyceniu przed
szczodrobliwością Natury.

W taką właśnie porę na Krakuszowickim kopcu, trzymającym
podobieństwo runtowej michy, wywróconej dnem do góry, pod
którym, jak głosiły podania, miał leżeć syn Krakusa zabity przez
brata, w cieniu prawiecznego dębu i lip rozłożystych, buchających
w niebo potwornymi konarami, siedział mąż o latach trudnych do
rozpoznania, gdyż kompleksji był młodzieńczej, ruchów żywych i
ciemnego włosa, spływającego w puklach naturalnych aż na
kołnierz tabaczkowego surduta, lecz w suchej twarzy widniały
bruzdy lat i cierpień, a zasię w oczach znowu paliła się
bezgraniczna tkliwość i moc stężała.

Przykrótki a wystający nos i usta nadmiernie szerokie, okraszone
słodkim uśmiechem, zwracały szczególniejszą uwagę. Często
zaglądał do mapy rozłożonej przed nim na stole, znacząc ją tu i
owdzie szpilkami o niebieskich i czerwonych główkach, ale
częściej jego mądre, głębokie oczy patrzyły w zadumaniu we świat
roztaczający się przed nim cudnym aspektem.

Bowiem kopiec wznosił się na wzgórzu i widok z niego był
rozległy na wiele, wiele mil, aż po Tatry, co się były dźwigały w
dalekościach niby granatowe chmury zwieńczone koroną śniegów.
Ale tego nie spostrzegał zatopiony w jakowychś rozważaniach.
Zasię gdy tylko wietrzyk zaszeleścił w papierach, rozrzuconych na
stole, budził się, spoglądał w sad rozciągnięty na szczycie wzgórza,
niby chusta zbarwiona czerwienią jabłek i fioletem śliw, przenosił

oczy na zieloną dolinę, gdzie wśród łąk zrudziałych wybłyskiwały srebrzyste, kręte wody Raby, i zapominał, na co patrzy. Chmury przesuwały się po jego obliczu, jakieś zatroskania znaczyły na nim bolesne drogi, promieniły się nadzieje lub gniewy strzelały z oczu jak pioruny, że bezwiednie sięgał ręką do boku jakby po szablę. To znowu po dłuższych medytacjach nad mapami zrywał się z miejsca pochylony wbijał władcze, rozkazujące spojrzenia jakby w odmęt bitewny, w kurzawę dymów, w ciżby walczących...

Naraz zjawiła się jakaś mała dziewczynka i dygnąwszy szepnęła rezolutnie:

– Mamusia prosi na podkurek.

– Jakże ci, dziecko, na imię? – Wziął ją dobrotliwie za rączkę.

– Magdusia! – Głosik miała szklany, niebieskie oczki, włosy jak len i z ośm lat. Poszli ku dworowi, na koniec sadu, w gęstwę niebotycznych modrzewiów i klonów, co się już były tu i owdzie przybierały w złotogłowia i purpury jesieni.

Dwór był stary, zapadły w ziemię, o ogromnym łamanym dachu, zielonym od starości. Chmara białych gołębi krążyła nad nim.

– Rafał! – zawołał w jedno z otwartych okien.

– Wedle rozkazu, generale! – odezwał się z głębi pokoju basowy głos.

– Jestem Milewski, mości poruczniku, nie zapominaj o tym – strofował oglądając się podejrzliwie na wszystkie strony.

W niskiej, ogromnej jadalni, wybielonej wapnem i zastawionej lada jakim sprzętem, już na nich oczekiwała kawa, prawiecznym mchem porośnięta babunia w czarnym kornecie i brząkająca różańcami, gromada dzieci ze swoim, dyrektorem, nieśmiałym młodzieńcem o wiecznie spoconej twarzy i włosach, i sama jejmość pani Jaworska, dama rozkwitła w samym południu życia, w kształty lube obfita, w stroju niedbała i wielce terkotliwa. Zapraszała miłych gości do stołu, nie przestając egzercyrować dziewek, czyniących po pokoju wiatr kusymi, barwnymi kieckami, przy czym dostało się dyrektorowi, a już z lubością powstała na nieobecnego męża:

– Zaraz po obiedzie wziął fuzyjkę i poszedł w pole! Wróci na północek!

– Snadź jeszcze nagląda oraczów pod lasem! – chciał go bronić Rafał Kołłątaj, towarzysz Kościuszki. – Niedawno co słyszałem stamtąd strzały.

– Hultai się w Gdowie ze somsiady i przywiozą go nad ranem! – wybuchnęła jejmość, ale jakby na przekór jej zapowiedziom stanął w progu wywołany we własnej osobie. Mąż był wspaniałej cyrkumferencji, a tak krotochwilnego animuszu, że na widok srogiego marsa połowicy gruchnął wesołym śmiechem, aż mu zadrgały konopne wiechcie wąsów. Torbę z pękiem kuropatw cisnął kredencerzowi, przywitał z rewerencją gości, a zasiadłszy na swoim miejscu kawę odsunął z animozją i wyciągnął rękę po gorzałkę i czubaty półmisek nakrajanych wędlinek.

– Ja tam, panie święty, matko jedyna, nie używam tej modnej mikstury! Zabawiłem się dłużej, Anulko, darujcie, waszmość panowie, bom spotkał cześnikowicza Maciejowskiego i tak gadu, gadu zeszło nam. Opowiadał mi o wojewodzicu podlaskim, Gozdzkim, takie ucieszne facecje, że dziw mnie nie ruszyło ze śmiechu, panie święty, matko jedyna! – tu kropnął trzeci kieliszek gorzałki, a jął godnie czcić kiełbasę.

– Musi być coś zgoła nieprzystojnego – zasromała się cnotliwie jejmość.

– Otóż wojewodzicowi wpadła w oko gdzieś pod Przemyślem cudnej urody szlachcianka, a że łasy był na cnotę niewieścią jak kot na szpyrkę...

– Michaś! waszmościowie może by radzi coś usłyszeć de publicis! – szepnęła tak tkliwie, iż Jaworski ugryzł się w język i kropnąwszy dla kontenansu czwarty kielich powiedział:

– Indziej dokończę waszmościom, bo to, panie święty, matko jedyna, rarytas, że pęknąć ze śmiechu.

– Będziemy radzi, ale uracz nas waść jakimi nowinami – zachęcał Kołłątaj.

– Nie wiem, czy waszmościowie dadzą wiarę, ale powiadają sobie sub scereto, jako gdzieś pod Krakowem ukrywa się ten Kościuszek, generał, co to w Ameryce wojował z Murzynami, a tak się był rozsławił w ostatniej wojnie z Moskwą.

– A niechże waści drzwi ścisną – gruchnął śmiechem Kołłątaj pochylając się ku niemu, by zastawić sobą pobladłą twarz Milewskiego. – Toć te bajędy słyszałem jeszcze w Radomiu, mogli sobie też coś nowego wyimaginować...

– Panie święty, matko jedyna, z palca sobie nie wyssałem, a powtarzam, co wszyscy mówią. Musi w tym coś być, gdyż jak byłem niedzielę temu w Bochni, to mi znajomy z Krakowa powiadał na ucho, że w obozie generała Wodzickiego pod Krzeszowicami już gemejny śpiewają piosneczki o tym, jak to ten Kościuszek powiedzie ich na Prusaków, a szpieguny Łykoszyna tropią za nim dzień i noc w okolicach Podgórza i Myślenic... Ja mu

tam, panie święty, matko jedyna, źle nic nie życzę, ale jak go
przydybią i wywiozą gdzie pieprz rośnie, nie zapłaczę po nim...
– Snadź ukrzywdził waćpana, żeś mu tak nieżyczliwy? – spytał
nagle Milewski.
– Nie widziałem go na oczy i, panie święty, matko jedyna, zobaczyć
nie chcę... boć to pono farmazon i ateista! Słyszałem ja o nim
jeszcze drugie a cale gorsze rzeczy; powiadał sam pan kasztelan
biecki, Żeleński, jako Kościuszek nie na wojnę z Prusakami się
gotuje, a jeno zbiera kupy ultajstwa, chłopów intryguje na szlachtę
i lada dzień roznieci w kraju srogą rebelię...
– Jezus Maria! – przeraziła się jejmość załamując ręce.
– Bajędy wypuszczone na świat przez Łykoszyna – wtrącił Kołłątaj.
– Jakże, kiedy między chłopstwem wielkie poruszenie, obierają się
po nocach na narady i czytania różnych karteluszków, jakie się
rozpowszechniają po wsiach. Miałem taki jeden w ręku: stało w
nim o francuskiej rewolucji, prawach człowieka i zniesieniu
poddaństwa! Na własne oczy czytałem!
– Ale strach ma wielkie oczy, mości Jaworski! – mitygował go
Kołłątaj patrząc na dyrektora czerwonego jak burak, który jakby
chciał coś przemówić, lecz nie śmiał i tylko z tajoną wściekłością
obgryzał sobie paznokcie.
– Panie święty, matko jedyna! Nie dalej jak w auguście wałęsał się
po okolicy hultaj, mieniący się być z komendy majora Gordona z
Opoczna, jakoby to już zdezarmowanej. Szwendał się po
jarmarkach i odpustach, poczęstunków nie szczędził, a wszędzie
kładł głupim w uszy, jako nadchodzi pora wolności i równości. Sam
ze siebie tego nie mówił a jako instrumentum jakiejś persony!
Donieśli mi, że zjawił się w mojej karczmie. Kazałem go złapać,
wrzepiłem mu sto bizunów i odesłałem jeszcze gorącego
cesarskim do Tarnowa. Już go tam nauczą równości! – zaśmiał się
wyciągając rękę po flaszkę, lecz tkliwa rączka magnifiki sprzątnęła
mu ją w porę, czym rozsierdzony jął bić pięścią w stół i wołać:
– A jeśli to wszystko robota Kościuszka, to panie święty, matko
jedyna, crimen laesae patriae. Tak, kto bowiem na kardynalne
prawa zbrojną podnosi rękę, zaprzecza wolności szlacheckiej,
zbiera ultajstwo gwoli oprymowaniu wolnych, tego za takie
zbójeckie procedery trybunały winny wyjąć spod prawa i karać na
czci i gardle! – grzmiał tocząc gniewnie oczyma. Kołłątaj,
zniecierpliwiony gadaniną, bębnił po stole jakiegoś marsza, zasię
Milewski, snadź już obsłuchany z podobnymi opiniami panów
braci, uśmiechał się pobłażliwie i przygarnąwszy do siebie

Magdusię przygładzał jej zwichrzone czupurnie włoski, gdy naraz dyrektor wystrzelił nad stołem, a był długi jak tyka i chudy, z małą, okrągłą twarzą, rozogniony, cały w potach i dygocie, a rzekł prędko, mierząc w Jaworskiego zapalczywymi oczyma:

– Tylko nieprzyjacioły ludzkości rozpowszechniają takie bezecne łgarstwa!

– Co? Coś acan powiedział? – zdumiewał się Jaworski.

– Bo generał Kościuszek największy patriota, bo generał... – zbrakło mu głosu.

– Milczeć i za drzwi! – wrzasnął Jaworski przyskakując do niego z pięściami. – Jak śmiesz zabierać głos, bałwanie! Precz mi z domu, chamie jeden! A to, panie święty, matko jedyna, przytuliłem to z litości, żeby z głodu nie zdechło, a ten mi kontruje, głos zabiera! Za pan brat świnia z pastucha! Dzieci pilnuj, smarkaczu, pauprze, zmorku, łyczku jakiś! – srożył się. Na szczęście zaturkotał w dziedzińcu długi wasążek krakowski, zaprzężony w cztery konie.

Moi komisarze i dzierżawcy! – powiedział żywo Milewski.

Gospodarz wypadł na ganek witać gości, a tymczasem Kołłątaj zdążył coś szepnąć młodzieńcowi, wyprawiając go drugimi drzwiami. Weszli: Barss, Józef Pawlikowski i kapitan Kaczanowski, wysłańcy warszawskiego komitetu. Gospodyni zapraszała ich do stołu, Jaworski już nawet do nich przepijał, lecz srodze zdrożeni, prosili tylko permisji wytchnięcia z długiej podróży. Rafał Kołłątaj poszedł z nimi do oficyny. Milewski zaś przeniósł się na ganek i otoczony dziećmi zabawiał się wyśmienicie. A zabawa stawała się coraz żywsza i głośniejsza, gdyż przystał do nich brzuchaty, czarny muc, faworyt Magdusi, potem Zagraj, ulubieniec chłopców, a w końcu ściągnęła cała kompania podwórzowej hołoty. Oswojony kos raz po raz gwizdał im nad głowami lub uderzał z wrzaskiem na kundlów, z czego powstawał pisk, skomlenia i niesłychane śmiechy. Dzieci tak się spoufaliły jego dobrocią, że Magdusi zachciało się usłyszeć bajkę, więc Milewski opowiadał cudowną o żar–ptaku, aż obsiadły go niby pliszki zasłuchane; Terenia zapragnęła zobaczyć, co tam kołata w jego zegarku – pokazywał cierpliwie; mała Lunia naparła, by ją nosił na barana, miał ulec rozszczebiotanej tyrance, a gdy najstarszy Sebastian wyzwał go bńczucznie na palcaty, stanął mu i legł sromotnie zwyciężony.

– Dzieci, a nie mordujcież waszmość pana! – upominała niekiedy matka, wyzierając jednym z wywartych okien, a po chwili jej głos tubalny i gniewny wybuchał w innej stronie do– mu lub grzmiał na dziedzińcu.

Ale w odpowiedzi, gdy już cień kładł się od domu, cała socjeta wysypała się na podjazd i tam dopiero rozpoczęły się harce i wybuchy nieustającego śmiechu. Na świecie bowiem było cicho, ciepło i cudnie.

Dwór stał na wyniosłości, gankiem na północną stronę obrócony. Niezmierny szmat kraju leżał przed oczami, cała dolina Wisły, wieże klasztoru w Staniątkach bieliły się na tle czarnej, nieobjętej Puszczy Niepołomickiej, a dalej nie zliczyć wsiów, kościołów, borów i pól, zgoła morze rdzawozielone, naznaczone tu i owdzie srebrnym przędziwem stawów i strumieni.

Wiatr, przejęty zapachami przywiędłego liścia i podorówek, zaciągał kiedy niekiedy, przynosząc od gumien głuche, akuratne bicie cepów, młócących zboże, dalekie nawoływania oraczów i odgłosy dzwonów, nie wiadomo skąd płynące.

Dzieci już szalały z uciechy i sterroryzowawszy Milewskiego goniły wraz z nim za nićmi babiego lata, co się były chwiały na podmuchach, gdy znowu zajechała pod ganek bryczka i wysiadł z niej Jan Czyż, major Kwalerii Narodowej, powracający ze Sendomirskiego. Zamienił parę słów cichych z Milewskim i poszedł również do oficyny. A wkrótce po nim wpadł w dziedziniec na spienionym ordynaryjnym członie jakiś człowiek przybrany w długie buty, płócienne hajdawery i takąż czamarkę, z czerwonymi żeberkami; spod słomianego kapelusza wyzierała opalona na słońcu młoda i wielce zuchowata twarz, z płowymi wąsikami. Był to porucznik z brygady Madalińskiego, Dziemiński. Tego wziął Milewski do swojej stancji, ku głośnej żałości dzieci, które nie chciały go puścić.

– Naczelniku generale! – szepnął porucznik oddając gruby pak papierów.

– Tutaj nazywam się Milewski, jestem egzulem chroniącym się w kordonie cesarskim, a waść, mości poruczniku, jesteś komisarzem z moich dóbr...

– Wedle rozkazu! – sprężył się i bezwiednie podniósł rękę do czoła.

Uśmiechnął się Milewski, a przykazawszy usiąść przy sobie, żarliwie rozpytywał o stan brygady, stopień wojskowej gotowości i jej ducha.

Porucznik dawał bystre odpowiedzi, a zakończył gorąco:

– Brygada gotowa do ostatniego kopyta i tylko czeka znaku...

– Wojska skwapliwie wystawiają poczciwe chęci służenia ojczyźnie... gorzej idzie z ogółem: nie skory do ofiar i zrozumienia sprawy...

– Kto nie posłucha głosu powinności, zdrajca! – burzył się porucznik.

– Stępa, mości kawalerzysto, stępa! – szepnął pobłażliwie Naczelnik i tak się pogrążył w otrzymane relacje, że ani zauważył dziewki rozniecającej światło.

Dopiero kiedy sama gospodyni przyszła zapraszać na wieczerzę, podniósł głowę znad papierów, porucznika odpuścił, a zażądawszy dla siebie tylko czarnej kawy, którą bardzo lubił, znowu zabrał się do czytania i medytacji.

Jadalnia zaś rozbrzmiewała brzękiem talerzy i wesołością, bowiem prym w niej trzymał kapitan Kaczanowski, który poczuwszy w Jaworskim godnego kompana, świadczył mu godność coraz częstszymi kolejkami. Pokumał się w mig z całym domem; prawił strzeliste dusery jejmości, przypinając się z lada okazji do jej rączek, podobnych bułeczkom, babunię zjednał podsuwając jej w porę stołeczek pod nogi, dzieciom wyprawiał takie miny i figle, aż śmiały się do rozpuku, nawet służebnym dziewkom nie darował, gdyż poruszały się oczarowane, nie spuszczając z niego oczów. A czynił wszystko nie tylko gwoli własnej potrzebie zabawy, lecz głównie dla odwrócenia uwagi od socjuszów siedzących przy stole z posępnymi minami, a wielce zgorączkowanych i niespokojnych.

Zrozumiał jego przezorność Kołłątaj i szepnął mu przed wyjściem:

– Zabawiajże ich tak dłużej, choćby do rana! – a powstając rzekł głośno: – Zawołamy waćpana, jak przyjdzie pora pokazać swoje regestra.

Pokój Naczelnika, gdzie się zebrali na naradę, był dość obszerny, chociaż niski, a lada jakim sprzętem zastawiony. Na długim, prostym stole paliło się prócz rurkowych łojówek w cynowych lichtarzach jeszcze kilka grubych jak gromnice świec woskowych. Okna były wywarte, z ogrodu bił chłód wieczora przejęty wilgotnością i zaglądała wrześniowa, cicha noc rozjarzona gwiazdami.

Naczelnik sam pozawierał okna i drzwi na ogród prowadzące, zaś poleciwszy Dziemińskiemu wziąć straż pod domem, zabrał dawne miejsce. Sprzysiężeni zasiedli również. Nastało dłuższe milczenie, słychać było tylko przyspieszone oddechy i pryskanie świec, w twarzach znaczyło się głębokie skupienie, bowiem o losach Narodu zabierali się deliberować i stanowić.

– Madaliński zgłosił akces! – powiedział Naczelnik.

– Wyborowa brygada i cale cnotliwego ducha, widziałem ją parę dni temu. Wiele może zaważyć w insurekcji – chwalił Pawlikowski.

– Obywatelu generale! – podjął uroczyście Barss – dla przyśpieszenia większego, imieniem komitetu, przywozim ci regestra wojsk i przygotowań

– Byś zdeterminował dzień wybuchu – dodał major Czyż. – Bowiem pora do zaczynania wybrana z wybranych.

– Cała powszechność czeka w najwyższym naprężeniu.

– I sankiuloci gotowi uderzyć na Igelströma choćby natychmiast.

– Daj znak, obywatelu, a Warszawa powstanie jak jeden mąż! – padały głosy.

– Warszawa to jeszcze nie cała Polska – zauważył chłodno Naczelnik.

– Ale taki cnotliwy przykład nawet chwiejnych przymusi do działania.

– Czytaj regestra – rozkazał Naczelnik Pawlikowskiemu, którego wielce cenił za jego pisma polityczne i patriotycznego ducha.

Pawlikowski jął tedy z różnych karteluszków, pokrytych tajemnymi znaki, dość biegle odczytywać wykazy sił zbrojnych i stan przygotowań poczynionych na całym obszarze Rzeczypospolitej. Relacja była ułożona akuratnie, porządkiem województw, ziem i powiatów. Słuchali jej z zapartym oddechem jakoby słodkiej muzyki, lejącej w struchlałe serca zdrowiące kordiały, że oczy rozbłyskiwały piorunami, piersi rozpierał radosny krzyk zwycięstwa, krew barwiła wynędzniałe jagody, duszom wyrastały skrzydła i brały lot podniebnych uniesień, bo oto z tych nikłych karteluszków, niby z bram czarodziejskich, popłynęły pułki za pułkami, harcowały szwadrony, dudniły spiżowe cielska harmat! Jak wezbrana rzeka, już się toczyły niepowstrzymanie całe korpusy, całe dywizje, całe armie, królewski ptak rwał się na przedzie i zbrojna nawała mężów rozpoczynała krwawe boje.

– Pro patria! Pro patria! – rwał się krzyk tysięcy, tysięcy, wszystkiego narodu pieśń, wiodąca do zwycięstw i chwały!

I oto hańba niewoli zmyta krwią ofiarnych.

Skruszone kajdany! Wolność płonie nieśmiertelna! Szczęście w każdym jestestwie uwije sobie wdzięczne gniazdo. Zapanuje cnota! Sprawiedliwość zasiądzie na tronie! Takie to uczucia i obrazy jawiły się w ich utęsknionych duszach i takie nadzieje, że słuchając tych regestrów Barss ronił łzy tkliwe, major Czyż dawał postać jakby wniebowziętego, Kołłątaj przymknąwszy oczy śnił już chwilę zwycięstwa, nawet Pawlikowski czytając przerywał niekiedy by rzucić radosnym głosem:

– A co! są jeszcze cnotliwi!

– Czytaj no waść dalej! – upominał Naczelnik siedzący z twarzą nieprzeniknioną, chmurny jakiś, zebrany w sobie, a bacznie znaczący na mapie te miejsca, gdzie czyniono przygotowania do insurekcji. Bowiem sprzysiężenie pokryło Rzeczpospolitą jakby siecią misternie udzianą, w każdym jej oczku postawiwszy wybranego męża, który podtrzymując ducha w swojej okolicy, gromadził zarazem wszelakiego rodzaju zapasy. Właśnie o tym mówiły relacje zaznaczając z radością, jako wszystkie zamierzenia brały najlepszy obrót i skutek. Zwłaszcza wojska były już w zupełności pozyskane dla sprawy. Dywizja małopolska pod Wodzickim pierwsza związała się w tajną konfederację ku obronie ojczyzny, a jedna jej brygada Walewskiego pod Manżetem już się była posunęła bliżej stanowisk nieprzyjacielskich. Garnizon warszawski dopominał się jak najrychlejszego rozpoczynania.

Pomniejsze komendy, rozrzucone w Lubelskiem i Podlaskiem, ledwie się dawały powstrzymywać od niewczesnego wystąpienia. Jasiński w Wilnie niecierpliwie czekał znaku. Wojska litewskie również były w gotowości. Zaś dywizja ukraińska, rozłożona w województwach świeżo zagarniętych przez Rosję, chociaż bacznie obserwowana przez nieprzyjaciela, pałała gorącą żądzą uderzenia na niego. Dwadzieścia pięć tysięcy żołnierzy zrozpaczonych zapowiadaną redukcją, klęskami ojczyzny, a własną nędzą i poniżeniem, to był sukurs nie lada. Szczególnie te wojska parły do wybuchu i burzyły się przeciw odwłóczeniom.

– Czemuż na te chwile nie stało Kamieńca! – westchnął Kołłątaj.

– Bodaj tego rakarza Złotnickiego psi rozwlekli na majdanie!

– Rachuby na Kamieniec zawiodły, ale nie zawiedzie męstwo ukraińskiej dywizji, musi ona na sobie zatrzymać wszystek impet wrażych sił, nim ją wyrwiemy z opresji. Byle się jeno zebrała do kupy!

– Przyjdą im z pomocą bunty kozackie na tyłach nieprzyjacielskich, partyzantka, jaką podniesie kasztelan Morski, a może i Turczyn. Są relacje, że w tamtych prowincjach już się burzy chłopstwo przeciwko nowym panom, a nawet co śmielsze, ucieka w granice Rzeczypospolitej.

– Uciekają przed srogim uciskiem poborów i rekwiracją kantonistów. Nikt nie jest pewnym życia ni mienia. Nowe rządy prześcigają się w łupiestwach i wiolencjach – objaśniał Pawlikowski. – Najlepsza pora, żeby Kozaczyźnie powrócić dawne swobody, chłopom odmienić poddaństwo, miastom dać wolność, a jak Bóg w niebie, ruszą z nami na wspólnego wroga. Gdyby tak jeszcze rozesłać emisariuszów w przylegające gubernie ze złotą hramotą o darowaniu wolności i ziemi, to jakby ogniem rzucił na nieprzyjacielskie prochy.

– Ta materia już była deliberowana w Lipsku i znalazła wielu przeciwnych.

– Bo z tego mogłaby urosnąć nowa hajdamaczyzna – wtrącił Barss.

– Największe racje nakazują nam chwycić się tego środka. Rozniecić taki pożar, żeby musieli wszystkie swoje siły obrócić na przytłumianie: byłaby to dywersja nieobliczalna w pomyślne dla nas skutki – dowodził Pawlikowski.

– Kasztelan Morski sam się deklarował zbierać wolentariuszów i podnieść na tyłach partyzantkę.

– A kozaccy delegaci byli na Onufrejskim jarmarku w Berdyczowie; traktował z nimi Działyński, ale do porozumienia jeszcze nie doszło.

– Mości panowie, wróćmy do generalnej materii, udecydowania dnia podniesienia insurekcji – zaczął Barss powstając z miejsca. – Ostateczna decyzja należy do ciebie, obywatelu dyktatorze. W twoich ręku losy ojczyzny.

– Wszystko w gotowości, jak pragnąłeś! – dodał Pawlikowski.

– Rzeknij, cała Polska czeka na twoje słowo – powiedział major Czyż.

– Prowadź nas, dyktatorze! – wołał Kołłątaj z piorunami w oczach. Naczelnik podniósł przesmutne i w bolesnym wahaniu omdlałe oczy jakby powracające z golgoty. Dawał ze siebie obraz umęczonego żałością, blady był bladością ukrzyżowań i wszystek w dygocie zrozpaczenia. Pojrzał na nich przenikliwie, zaważyły się jego spojrzenia nad mapami, tknęły przelotnie rozłożonych regestrów i chudych liczb wojska, a rozbłysnąwszy na mgnienie, cofnęły się w głąb, jakby na oglądanie jeszcze raz widoku poczynionych przygotowań i jeszcze raz patrzenia w kamienne, nieprzeniknione oblicze przeznaczenia. Pogrążył się w niezgłębioną otchłań medytacji, zwierał się w straszliwym boju z własnym wątpieniem i przemógłszy zmory lęków i wahań, porwał się wszystką mocą wiary nad ziemię, omroczoną kirami nocy, i budził uśpione i wątpiące nadzieją wschodzącego słońca! Grobowa cichość zlodowaciła mu serce trwogą śmiertelną, bowiem w pustce rozlegał się jego głos, odpowiadało głuche milczenie.

Zali już dusze pomarły na krzyk powinności?

Zali zmartwychwstania jeszcze nie pora?
Niby orzeł zabity w podniebnym locie spadał bezwładnie w mroki rozpaczy.
Nie, nie poradził się zdobyć na decyzję, jakiej żądano od niego.
Dokoła bezmiary niedoli, nędz i krzywd. Porywać się na walkę z nimi?
Cnotę i słuszność mieć tylko za oręże? Sercem wyzywać wszystkie złe i zawistne moce? Rzucić kraj w odmęty burzy straszliwej? Wszak to o losy narodu sprawa, o losy milionów, o losy przyszłych pokoleń! Przegrać nie wolno! Zwyciężyć niepodobna! Więc wszystko zgnije i zawali się pod ciężarem zbrodni strupieszałe. Nie! Z woli człowieczej powstają światy! Trzeba przezwyciężyć samego siebie.

I podnieść krucjatę o najświętsze dobra ludzkości, choćby się miało paść w nierównej walce i tylko swoją śmiercią dało świadectwo prawdzie i hasło przyszłym pokoleniom – niechaj powstają jedno po drugim, niechaj walczą, póki dusza narodu nie wykuje się w cierpieniach na kształt doskonalszy i obrazem cnót i męstwa się nie stanie.

Walka pomnaża człowieka i narody czyni godnymi wolności. Więc usque ad finem.

Burza się w nim srożyła, porywały go huragany świętych uniesień, a w mózgu kłębiły się błyskawiczne widzenia rzeczy, jakie dopiero kiedyś miały się stać: straszliwych klęsk obrazy, hekatomby ofiar, morza łez i krwi, niewysłowione cierpienia całych pokoleń!

Zgroza zjeżyła mu włosy i serce dziw nie pękło z boleści, ale się nie ulękł, nie cofał trwożnie, bo z oparów krwi wynosiła się świątynia zwycięstwa i powszechnej szczęśliwości era błogosławiona.

Chwała rycerzom ludzkości, bowiem z ich prochów, jakby z ofiarnych ołtarzy, tryskają nieśmiertelne źródła odrodzeń i żywota! Modlił się, błogosławiąc przyszłym bohaterom, i wraz spłynęła nań łaska, że już wiedział, jak ma czynić.

Pierwszy ze siebie złożył pokorną ofiarę i radośnie dźwignąwszy swój krzyż, wstępował dufnie na kalwaryjską drogę narodu.

Że kiedy się zwrócił do socjuszów, był jako Mojżesz zstępujący z Synaj z tablicami Zakonu, pełen ogniów, potęgi majestatu i świętości. Jawił się ich oczom niby kierz ognisty, przemawiający głosem niezgłębionego przeznaczenia.

Oto wódz stał przed nimi, da znak, powiedzie i zwyciężą!
Czuli to i dusze im ogromniały na postać jego wiary i zamierzeń.
Stary zegar zaczął wybijać północną godzinę.
Czyjś głos schrypnięty rachował zgrzytliwe uderzenia, które
padały z wolna i ciężko niby przygarście piachu na trumnę. Jakiś
niewysłowiony lęk przejmował serca, że z niepokojem oczekiwano
końca tych brzmień.
– Dwunasta! Nareszcie! – westchnął Barss z niezmierną ulgą.
Naczelnik zabrał głos.
– Musimy wybuch odłożyć na później – padła stanowcza decyzja.
Nie zawierzając własnym uszom spoglądali po sobie w zdumieniu.
– Do sposobniejszego czasu. Nie porwę się, żebym miał
lekkomyślnie kraj przyprowadzić do jeszcze większej niedoli.
Zdetonowani nieoczekiwanym zawodem nie mogli się nawet
zdobyć na protestacje, zgnębieni mocą przytaczanych racji.
Bowiem Naczelnik krótkimi słowy, zgoła jakby cięciami szabli,
stawiał im na oczy obraz niedostatecznych przygotowań i cale
niesposobną porę do rozpoczynania.
– Wojska – mówił – są w gotowości, ale kor oficjerów, zwłaszcza
wyższe szarże w zbyt małej liczbie zjednane dla sprawy. Przed
paru dniami w Tyńcu zwracał uwagę na toż samo i generał
Wodzicki, który szczerze sprzyja ojczyźnie, lecz wchodząc w
polityczne okoliczności, również pokazywał nieporę zaczynania
rewolucji. Zajączek w liście z Warszawy pisze podobnież i z takim
suplementem, że chłopi wszędzie po wsiach zimni, a szlachta
obojętna. Jelski, który był dopiero wczoraj odjechał, upewniał, jako
Litwa jeszcze nie przysposobiona do wybuchu. Wszędzie duch
mały, umysły w słabym poruszeniu i przygotowania ledwie w
zawiązku. Zapałem garści cnotliwych i poczciwymi chęciami
wrogów się nie pobije. W aktualnej więc sytuacji rozpoczynanie
nie do pomyślenia.
Insurekcję winny popierać nie tylko wszystkie zasoby kraju, lecz i
szczery sentyment powszechności. A przy tym i polityczne
koniunktury nie były sprzyjające. Raporty patriotów z Drezna i
Lipska nie pozostawiały wątpliwości, jako w tej porze na sukurs
przychylnych potencji rachować nie należy: Turcja po
wymuszonym pokoju nie zdobędzie się na nową wojnę z
imperatorową, aż na przyszłą wiosnę. Szwedzi dopiero
odbudowują flotę i czynią nowe zaciągi, więc również nierychło
wystąpią. Wiedeń niby to obiecowywa neutralność i do insurekcji
ekscytuje, ale w wypadku niepowodzenia pierwszy się może rzucić

do grabieży i rozbiorów! Zaś ta przyrodzona sojuszniczka, Francja, wprawdzie sypie szczodrymi obietnicami zasiłków pieniężnych, ale sama w ciężkich terminach, szczególniej teraz po upadku Moguncji, kiedy fortuna króla pruskiego poszła w górę. Liczyć więc na aktualną pomoc zewnętrzną – rachuba ta przeciwna zdrowemu rozsądkowi. A stan przygotowań i rozłożenie wojsk nieprzyjacielskich po kraju nie pozwalają mieć nawet nadziei pomyślnego skutku. Nie pozostaje nic nad cierpliwość, gromadzenie zapasów i pomnażanie patriotycznego ducha!

– Tymczasem sejm postanowi redukcję, o co tak usilnie zabiega Sievers, wojska się rozproszą i upadnie wszystko! – szepnął ponuro Czyż.

– I zrozpaczeni żołnierze mogą wystąpić nie oglądając się na nas.

– Lepiej niech zginie tysiąc, niźli ma przepaść cały naród. Od mojej decyzji nie odstąpię, zawieźcie ją warszawskiemu komitetowi wraz z instrukcjami działań przygotowawczych po województwach. Sam z przyczyny niebezpieczeństwa, o czym mnie ostrzega list Sołtyka, ustąpię z kraju, ale stawię się natychmiast, gdy będzie gotowość.

Zaczęli gorąco nastawać o cofnięcie decyzji, która wedle ich rozumienia narażała sprawę na klęskę, gdyż spisek mógł być odkryty, a sprzysiężeni wrogom na zemstę wydani. Przekładał z wielką wymową Barss. Major Czyż dawał niezbite racje niepodobieństwa dalszego odraczania. Nawet Kołłątaj podnosił głos za najrychlejszym rozpoczynaniem insurekcji. Zaś Pawlikowski, jeden z głównych twórców sprzysiężenia, człowiek jakobińskim maksymom hołdujący, patriota przy tym cnotliwy i dusza uszczęśliwieniu ludzkości oddana, ponurymi farbami malował następstwa odwłóczenia.

Ale Naczelnik nie dał się uwieść ich zapałowi ni racjom przytaczanym.

– Po cóż wyczekiwać innej pory, kiedy aktualna chwila wróży pomyślność – wołał w namiętnym poruszeniu Pawlikowski. – Wszystko w gotowości! Wszystko czeka twojego skinienia, dyktatorze! Wojska tylko pod tobą przysięgają walczyć aż do zwycięstwa! Pod przewodem twojego jeniuszu każdy żołnierz stanie się godnym imienia bohatyra! Twoja cnota i męstwo rozpłomieni jak słońce i zawiedzie do tryumfów! Mamyż czekać na dywersje przychylnych potencji! Słuszność naszej sprawy i małość ojczyzny da nam pewniejsze zwycięstwo! Mamyż się trapić, że podli egoiści nie stają w naszych szeregach? Wszak nie będziemy suplikowali każdego z mości dobrodziejów o permisję zbawiania ojczyzny! Wszystkich, którzy nie mają dla niej serca, należy wyjąć spod prawa i ogłosić za nieprzyjaciół ludzkości. Ołowiem lub konopiami nauczać trzeba powinności względem obowiązków Polaka i obywatela! Zali brakuje nam zasobów? po stokroć nie, skoro bowiem ma je szlachta na użytek wojsk nieprzyjacielskich, zalewających kraj, to rekwiracja znajdzie je i dla naszych...

– Słuszna, kto nie z nami, ten przeciwko ojczyźnie! – wyrzekł Naczelnik.

– Principia godne uwielbienia – szepnął w zachwycie Pawlikowski.

– Tak, kto nie z nami, ten przeciw rodzajowi ludzkiemu i samej naturze knuje zbrodnie nikczemne. Niechaj ta maksyma będzie naszym hasłem. Ale raz jeszcze, obywatelu dyktatorze, błagam cię o nieodwłóczenie wybuchu – znów zaczął ogniście molestować. – Naród czeka cię jak Mesjasza. Niewolnik żywi się jeno słodką nadzieją pokruszenia kajdanów i walki z tyraństwem. Splugawiona najazdem ziemia żąda od ciebie wyzwolenia, podłość na niej się panoszy, egoizm, zdrada i tyrani. Nie odkładaj więc dnia słusznego sądu i kary. Bowiem poniżenie niewoli znikczemnia serca i daje pastwę zbrodniom przeciwko ludzkości. Potomność sławić cię będzie. Upadną serca tyranom na samo twoje imę. Twoja cnota starczy za armię. Nie odwlekaj dzieła zbawienia, bo jutro może być już za późno. Przemocy i nikczemności trzeba dać rychły odpór. Miliony uciśnionych, miliony poddaństwa, obróconego w bydło robocze, wyciągają do ciebie ręce o ratunek, wodzu nasz i zbawicielu! – wołał gorączkowo i łzy mu trysnęły obficie, wyciśnięte ogromem uczucia, udręczeń i wiary serdecznej. Wierzył bowiem w niego jak w jedynego wskrzesiciela i całą duszę położył w słowa płynące ognistą lawą błagań. Płonął żądzą świętej ofiary i wielkich czynów głodem nienasyconym. Aż do płaczu pobudził ten głos strwożonej duszy, nawet Naczelnik odwrócił twarz rozrzewnioną, bo zjawiony obraz ojczystej niedoli przejął go nową boleścią.

– Decyzji, jaką powziąłem, nie odmienię – wyrzekł po chwili z taką stanowczością, że nikt już w tej materii głosu zabierać się nie ważył. Żal mu się zrobiło smutnej i zrezygnowanej twarzy Pawlikowskiego, bo rzekł prędko: – Wielbię ja twoje gorące sentymenty i determinację, ale droższa mi pomyślność ojczyzny, dla której aktualnie nic mi poczynać nie wolno.

– Gdybyś wiedział, obywatelu, całą prawdę nikczemnej doli chłopstwa, nie odwlekałbyś ani na chwilę. Przywrócić ich człowieczemu rodzajowi naszą powinnością. W tych milionach leży fundamentum insurekcji.

Naczelnik po krótkim dumaniu wyrzekł dobitnie:

– Za samą też szlachtę bić się nie będę, chcę wolności dla całego narodu i dla niej tylko wystawię swoje życie.

– Wolność na zasadzie powszechnego braterstwa i równości – wtrącił Barss.

– Już takowe principia rozpowszechniają po kraju różne pisma.

– To trzeba obwieścić uniwersałem! – gorączkował się Pawlikowski.

– Nie pora na uniwersały: szlachta by zaprotestowała.

– Żeby prawo miało posłuch, musi być poparte mieczem – wyrokował Kołłątaj.

– Musi powstać z woli powszechności! – żachnął się Naczelnik spoglądając na zegar. Późno już było, dochodziła druga i wszyscy mieli wielce znużone twarze, więc wyprawiwszy ich spać, gdyż musieli odjeżdżać o świcie, otworzył drzwi i okna, wypił zimną kawę i zasiadł do pisania instrukcji dla spiskowych po województwach i listów do warszawskiego komitetu.

Przez dłuższą chwilę słychać było tylko w komnacie skrzyp jego pióra i monotonny chód zegara; ze dworu dochodziły niekiedy piania kogutów i jakieś dalekie, przytłumione wrzawy pijackich śpiewów.

Naraz skrzypnęła podłoga i w drzwiach od ogrodu zamajaczyła jakaś postać.

– Kto tam? – podniósł oczy kładąc wraz rękę na krócicy. Ktoś mu padł do nóg. Poznał dyrektora dzieci Jaworskiego.

– Co waść czyni? Wstańże! – Nie lubił takich czołobitności.

– Pragnę uwielbić bohatyra dwóch światów! Pragnę ucałować stopy miażdżące tyranów! – wołał górnie, z cale śmieszną emfazą.

– Czegóż waści potrzeba?

Chłopak spojrzał nieprzytomnie i snadź wzburzony w najwyższym stopniu rozpłakał się rzewliwie, po czym powstawszy jął mówić zduszonym głosem:

– Każesz, pierś własną zimnym przeszyję żelazem. Każesz, skoczę w otchłanie! Każesz, sam rzucę się na wrogów i zginę dla ciebie, dyktatorze!

– Skądże mnie znasz? – spytał zainteresowany tym zapaleńcem.

– Bo ty i ojczyzna to jedno! – wyrzucił napuszenie, aż zniecierpliwiony Naczelnik przerwał mu dość szorstko, zapytując o nazwisko i cel wizytacji.

– Jacek Bujak! – wyznał się i umitygowany łaskawymi słowy

Naczelnika, rozpytującego o różne okoliczności życia, opowiedział akuratnie, że Januszewicz sekretarz Akademii Krakowskiej, wysłał go budzić ducha między ludem i rozpowszechniać wieści o nadchodzących dniach wolności. Już od wiosny błąkał się po kraju, a przystał na dyrektora dzieci Jaworskiego, żeby łacniej rozszerzać propagandę. Był w Krakowie uczniem filozofii i prawa, lecz odkąd poznał święte systemata Russa, poświęcił się głoszeniu prawdy, walce z tyranią i uszczęśliwianiu rodzaju ludzkiego.

– A skądże mnie znasz? – pytał ujęty szczerością jego entuzjazmów.

Młodzieniec wyjął z zanadrza czarną sylwetkę, nalepioną na niebieskawym papierze, i jawił mu przed oczy.

– Wszak utrafiony konterfekt! Kupiłem go w Krakowie u księgarza Maja i noszę na piersiach zamiast krzyża!

Potem opowiedział burzliwe ewenementy swojego życia w sposób pełen modestii, a z dosadną wyrazistością. Pokazywał się być gorącym patriotą i zarazem Jana Jakuba Russa czcicielem, cytując z modlitewnym namaszczeniem jego pisma całymi stronicami.

Mówił biegle po francusku, nie obce mu też było szersze rozumienie spraw krajowych i historii. Rewolucję miał za religię, uciśnioną ludzkość za Boga, zasię każdą tyranię za osobistego nieprzyjaciela. Wybuchał niby siarka, lecz czuć w nim było stałość i szczerą wiarę w głoszone systemata. Przemawiał górnie, lubując się w przesadnych zwrotach, jakby żywcem wyjętych z różnych pism rewolucyjnych.

Rozbrajająca naiwność kojarzyła się w jego mowie z przebiegłością zastanawiającą. Śmieszny był z postaci chudej i niby tyka wyciągniętej; nie wiedział, co zrobić z rękami, poty ustawicznie oblewały mu pucołowatą, dziecinną twarz i ostry, krogulczy nos, a tak był przejęty i roztkliwiony dobrocią Naczelnika, że łzy raz po raz błyskały mu w oczach niebieskich jak kwiaty lnu. Nie umiał już dać wyrazu swoim czułościom i bezgranicznemu oddaniu, że dawał pozór zamierającego z uszczęśliwienia.

Naczelnik utwierdziwszy się w jego poczciwości, kazał mu przyjść nazajutrz. Właśnie był się chłopak cofał ku drzwiom, kiedy z ogrodów wtargnęła hałaśliwsza i bliżej brzmiąca fala śpiewań.

– To mój dziedzic z kompanią zabawiają się przy kielichach – szepnął i wyszedł, lecz wierny nakazowi swojej tkliwości, ukrył się w krzakach pod oknami, wyciągnął z zanadrza srogi puginał i potoczywszy dokoła przenikliwymi oczyma stanął na straży, wpatrzony niby w święty obraz w pochyloną nad papierami głowę Naczelnika. I wartował czujnie niby pies aż do świtania.

A gdy pierwszy powiew poranku zaszemrał, gwiazdy pobladły i świat jął się dźwigać z płowiejących mroków, Naczelnik wyszedł na ogród.

Bujak stanął przed nim w powinnej postawie.

– Nie śpisz to jeszcze? – zdziwił się jego obecnością.

– Czekałem na twoje, obywatelu, rozkazy!

– To leczę do stajni, niech już zaprzęgają! – wyprawił go i obszedłszy dom zajrzał przez wywarte okna do jadalni, gdzie przy dogasających świecach odprawiała się wrzaskliwa pijatyka.

Kaczanowski prym w niej trzymał, gdyż krzyczał najgłośniej i najczęściej dolewał; siedzący przy nim Jaworski śmiał się ustawicznie i co chwila wymyślał coraz to inne zdrowia i okazje. Naprzeciw brał miejsce jakiś mnich z ogoloną głową, z nosem srodze zadartym i brzuchem wzdętym aż pod brodę, zaś pobok kwitnął szlachcic w makowym kontuszu, blady jak płótno, z siwą rozwichrzoną czupryną i kruczym, obwisłym wąsem. Na stole, założonym cynowym naczyniem z antypastami, zieleniały pękate flachy, rzęsiste gąsiory i miedziane garnce, zaś pod ścianą, na krzyżakach wdzięczyły się smoliste antały w grzecznym ordynku ustawione. Przy nich bose pachoły czekały na skinienie.

Właśnie Kaczanowski był się dźwignął z miejsca i wspierając się brzuchem o stół, zaintonował tubalnym głosem pijacką litanię:

– Zacznijmy, bracia, podzwaniać w szkliwo!

– Piwo! piwo! piwo! – zawtórowali brzękając wraz pustymi szklenicami.

– Żywota poczciwego uciecha krótka!

– Wódka! wódka! wódka! – ryczeli trzykrotnie ogromnymi głosami.

– Chwalmy szczęśliwości przyczynę jedyną!

– Wino! wino! wino!

– I niech nas bronią od wszelakiej szkody.

– Miody! miody! miody!

Naczelnik, nie słuchając więcej, poszedł budzić śpiących w oficynie.

Bibosze zaś ryczeli dalej nie kończącą się litanię, ale już coraz słabiej i bełkotliwiej, bowiem plątały się im języki, a sen morzyć zaczynał.

– Kaczanowski! – trzasnął nagle w okno niby granat głos majora Czyża. Pijany kapitan sprężył się momentalnie, szklenicę cisnął i

miarowym, choć zygzakowatym krokiem pomaszerował na ganek, ale że tam stał Naczelnik z towarzyszami drogi, skoczył na dziedziniec pod studnię, szatki ze siebie zdarł i krzyknął potężnie na parobków:
– Wody mi na łeb! Lać, co się zmieści! Jakoż po paru wiadrach zgoła oprzytomniał, a po krótkiej chwili był już gotowy do drogi, rzeźwy, wesoły i krotochwilny jak zawsze.
– Gwardiacki łeb więcej wstrzyma niźli cały twój szwadron, majorze! – żartował z Czyża czyniącego mu jakieś uwagi.
Naczelnik właśnie już był odszedł do swojej stancji, a wasążek zajeżdżał pod ganek, gdy Jaworski ukazał się w progu ze swoją kompanią i pachołkiem, dźwigającym niemały gąsior miodu.
– Nie puszczę waszmościów bez strzemiennego! – wołał buchając śmiechem. Na nic się zdały wykręty i molestacje. Gospodarz padł przed nimi na kolana, mnich rzewliwie zapłakał, a blady szlachcic brał się do karabeli, więc radzi nieradzi wypili strzemiennego, potem juści zdrowie gospodarstwa wraz z ich progeniturą, potem słusznym było wypić nią cześć godnych kompanionów i sąsiadów; potem na pomyślność przezacnego stanu duchownego; potem: "Kochajmy się" nakazowała uległość odwiecznym obyczajom, a w końcu, kiedy rozochocony Jaworski, wnosząc puchar zakrzyczał: – Prosperitatis publicae! – nie godziło się juści odmawiać. Dość, że odjechali dopiero równo ze słońcem.

IV

Na wielce udeptanym polu przed pałacem Ujazdowskim właśnie zaraz z południa rozpoczęły się egzercycje wojsk, czemu aura przeciwną nie była, gdyż pogoda sprzyjała stateczna, nieco wprawdzie mglista i deszczem grożąca, lecz ciepła i bez wiatru.
Regiment Działyńskiego stał w szyku bojowym, z rozwiniętym frontem we dwie linie i jakby skamieniały w sprężonym wyczekiwaniu. Młodsi oficjerowie wrośli przy swoich plutonach, kapitanowie na skrzydłach szeregów, majorowie na koniach przed batalionami, a na przedzie pułkownik Hauman na kruczym drygancie orlim wzrokiem oblatywał szeregi.
– Kolumna, naprzód! Krok podwójny! Marsz! – zagrzmiała komenda.
Warknęły tarabany podając takt kroku, tambormajor wyrzucił w górę swoje berło, kapela huknęła brzękliwie, drgnął las bagnetów, regiment ruszył sprawnie jak jeden człowiek i wziąwszy dyrekcję

na prosi, walił frontem rypiąc nogami, aż ziemia jęczała i podnosiły się tumany pyłów.

Płoty bagnetów kołysały się miarowo, polśniewając w kurzawie jadowitymi żądłami, błyszczały trójkątne micdziane blachy na kołpakach, a liliowe kurty, różowe obszlegi i białe hajdawery grały żywymi farbami. Lud był dobrany wzrostem, prezencją, sprawnością w rzemiośle wojennym i zahartowaniem w trudach obozowych. Gęby mieli zuchwałe, gęsto plejzerami poznaczone, ślepia srogie, wąsy jednako w górę wykręcone i moderunek jakby prosto z igły. Maszerowali żelaznym a czujnym chodem i tak równo, że linia frontu nie wygięła się ani na jedną piędź, zaś pąsowe wierzchy kołpaków dawały rozwiniętą, długą wstęgę. Niby piętrząca się coraz groźniej fala walili przez plac na rzędy starych lip, rosnących nad drogą do Łazienek, tam, gdzie czekał na nich Działyński na siwym koniu wraz z adiutantem Lipnickim. Byli już o kilkanaście kroków, gdy Hauman, zawróciwszy w miejscu dryganiem, krzyknął donośnie:

– W miejscu! krok!

Stanęli nie przestając rypać nogami, aby nie stracić taktu.

– Wybornie! Sto czterdzieści kroków na minutę! – chwalił szef radośnie.

– Kolumna w le–wo! Frontem! krok zwyczajny! Marsz!

Odmienili dyrekcję sprawnie, jakby kartę odwrócił, i pomaszerowali.

Zaś Działyński z perspektywą przy oczach bacznie śledził ich obroty. Co pewien czas podporucznik Lipnicki śmigał na gniadej kobyle z rozkazami szefa i Hauman, skończywszy jedne ewolucje, po krótkim wytchnieniu zaczynał drugie: zmykał i odmykał kolumnę; formował pełne lub puste czworoboki; wodził z furią na bagnety; rozsypywał tyralierów; czynił zasadzki; następował skośnymi frontami, że z obłoków kurzawy co chwila leciały głosy komend, warczały bębny, huczały kapele i tętniały głuche, miarowe stąpania szeregów.

Działyński nie tracił z oczu ani jednego z obrotów, kochał bowiem ten regiment, znał każdego z osobna oficjera i gemejna, pokładając wielkie nadzieje w ich sprawności i męstwie. Właśnie już od powrotu z Grodna kazał im podwajać racje i z własnej szkatuły wypłacił zaległe od dawna lenungi, by ich sobie zjednać na każdą okoliczność. Bowiem lada dzień mógł ich powieść z placu popisów na prawdziwej wojny teatrum.

Wprawdzie niewielu było jeszcze w regimencie sprzysiężonych oficjerów, lecz ci z kapitanem Mycielskim na czele, tym żarliwiej przykładali się do nauki żołnierza i formowania w nich patriotycznego ducha. Owocność owych zabiegów już widniała w sprawności egzercyrunków i w postawie całego pułku. Więc, rozpierany cnotliwą i słuszną dumą, niestrudzenie śledził przeróżne ewolucje.

– Panie generale! – ozwał się za nim jakiś przytłumiony głos. Odwrócił się zdziwiony. Przed nim stał mierny człeczyna w wyświechtanym kożuchu bez pokrycia i w baraniej czapie, spod której świeciły siwe, głęboko zapadłe oczy i żółta, pomarszczona jak upieczone jabłko twarz. Miał pozór proszalnego dziada, bo i sakwy zwieszały mu się po bokach, i kostur miał jeża na końcu, a cała postać wzbudzała politowanie.

Działyński sięgnął do kieszeni, by mu rzucić groszaka, ale dziad uczyniwszy znak sprzysiężonych powiedział cicho:

– Z Krakowa wrócili. Igelström będzie jechał do Bagateli!

– Zaczekaj! Lipnicki! – skinął na pułkowego adiutanta i szepnąwszy mu coś do ucha, zwrócił się znowu do dziada: – Czyście, dziadku, spod Kapucynów?

– Pod Krakowską Bramą siaduję, do powinnych usług, panie generale.

– Znam was skądciś!

– Czasu bywszego sejmu nieraz odbierałem sute jałmużny od pana generała i patriotów. – Jakoś szczególniej się uśmiechnął.

– Barani Kożuszek! – przypomniał sobie wraz z różnymi okolicznościami. Bowiem pod tym przezwiskiem ukrywał się tak skutecznie, że mimo usilnych dochodzeń nie udało się odkryć tajemnicy jego nazwiska ni stanu. A wielce był głośny w warszawskiej socjecie, gdyż niejednej z ówczesnych materor dawał się srodze we znaki zjadliwymi epigramatami, jakie był przy okoliczności wygłaszał z głupia frant, a które potem oblatywały salony lub nawet krążyły w odpisach, podrzucane w kafenhauzach i pojazdach do najęcia. Że zaś i mowę miał zuchwałą nad miarę, prawdy nie ukrywał i nie oszczędzał nawet króla, więc jedni rozumieli go pomieszanym na umyśle maniakiem, a drudzy widzieli w nim instrumentum stronnictwa patriotycznego, celem zohydzania przeciwników politycznych nasadzonego. Nie przeczył żadnym o sobie mniemaniom, nie przestając jednak smagać wszelakiego wielmożów łotrostwa, czym niemały wpływ wywierał na umysły pospólstwa i serca ich sobie zjednał.

– Znowu musimy spiskować dla dobra ojczyzny! – wyrzekł Działyński.

– Kiedy w takowych terminach, że to naszą powinnością.

– Zali marszałkowskie kundle już cię nie tropią?

– Poniechali, lecz aktualnie jeszcze nieprzespieczniej, boć Igelströmowi konfidenci podsłuchują nawet w konfesjonałach...

– Musisz mi o tym złożyć akuratną relację. Ozwały się trąbki na odwrót i regiment połamawszy się w plutony odstępował do koszar.

– Już dzisia Igelström nie napasie głodnych oczu! – mruknął dziad. Szef w milczeniu admirował wyborną postawę odchodzących wojsk; snadź podobnie rozumiał Barani Kożuszek, bo westchnąwszy głęboko rzekł:

– Żeby to więcej tak ćwiczonych regimentów! Działyński zapatrzony w perspektywę, nic mu nie odpowiedział.

– Bo u mirowskich – ciągnął konfidencjonalnie – miasto egzercyrunków po staremu tylko hulki do ostatniej koszulki.

– Nie powiadaj byle czego! – zawołał zeskakując z konia.

– Mówię, co wiem dobrze – upierał się śmiało. – I w drugich regimentach nie lepiej Exemplum gwardia piesza, więcej tam już bab i gamratek niźli żołnierzyków! Już co niedziela wyprawiają takie chrzciny, aż się całe Fawory trzęsą!

– Żołnierskie przysłowie powiada: co strona, to żona, co parafia, dziecko. Nie znasz, widzę, smaku żołnierskiej swywoli – żartował jak z równym.

– Byłem u nich wczoraj. Istny Pociejów w koszarach, tyle tam żydowinów, handlów i przeróżnej fabryki.

– Kalumnie ci jeno zostały w pustych torbach, nie oszczędzisz żadnej broni.

– O korpusie artylerii koronnej rzeknę co i o regimencie Działyńskim: podobni bohatyrom i prawi synowie ojczyzny! – wyrzekł górnie, aż szef się zaśmiał i napisawszy ołówkiem jakąś konotatkę podał mu ją.

– Wręczysz najrychlej do samych rąk imć Barssa.

– Mam powinność nie spuszczać z oczu Igelströma, ale tu gdzieś czeka na rozkazy Kuba. – Zagwizdał w szczególny sposób na glinianym kurasku i jakby spod ziemi wyrosnął tęgi, srodze ospowaty chłopak o pucołowatej twarzy a wielce przebiegłych oczkach. Był to Kuba, fajfer z drugiego plutonu tyralierów, dziecko regimentu, urwisz, jakich mało, zawsze gotowy do psich figlów i prawdziwy postrach krupnych bab i Żydów.

Przybrany był po cywilnemu, ale sprężył się w powinnej pozycji.
– Cóżeś tam znowu zmalował? – rzekł surowo generał, któremu nieobce były najdrobniejsze zdarzenia w pułku. – Mów, jak to było, nie bój się.

– Pokornie melduję – zaczął topiąc nieustannie oczy w generale – jako wczoraj, kiedy porucznik Sierpiński egzercyrował gemejnów przybyłych spod Grodna, nalazł się na placu jakiś Żydek, niby to jabłkami handlujący, a pilnie przepytywał doboszów, skąd ci żołnierze i wielu ich. Zaraz pociągnąłem wiatru, co to za specjał, mrugnąłem na kamratów i zmaniliśmy go za koszary na prewetowe doły. Józiek z pierwszego plutonu fizylierów pieski spuścił i zatrąbił do ataku. To wszystko, jaśnie wielmożny panie generale.
– Łżesz! Żyda ledwie uratowano, już był prawie bez ducha.
– Pokornie melduję, że deska się pod nim załamała i dał nura, bo srodze brzuchaty, pływać nie umiał i ździebko się zatchnął od fetorów!
Działyński ledwie powstrzymał śmiech.
– A pan major Zeydlitz dał mi w nagrodę za czuja po jadaczce.
– Na drugi raz za taką swywolę weźmiesz bizuny i wygonię cię precz z pułku. Chłopakowi łzy błysnęły w oczach, ale otrzymawszy polecenie i w dodatku złotówkę, zaśmiał się, zatrąbił na dłoni pobudkę i poleciał jak wicher.
Działyński, przesiadłszy się do kariolki, powiedział Lipnickiemu:
– Sprytna bestia, trzeba się zaopiekować tym wisusem,
– To oczko w głowie kapitana Mycielskiego i jego wiernik!
Działyński pojechał ku miastu, ale już przy Trzech Krzyżach wyminął wspaniałą landarę, zaprzężoną w sześć białych koni, otoczoną zbrojną eskortą. Rozpierał się Igelström z generałem Pistorem i jakieś wyfiokowane damy.
Szef obejrzał się niespokojnie, ale już tumany srogiej kurzawy wstały za nimi. Kuba zaś, wierny nakazowi pośpiechu, gnał Nowym Światem, przemykając się niby zając między ciżbami ludzi i wozów, a nie czyniąc żadnej psoty nikomu, jako to było jego obyczajem. Nie skusili go Żydzi z tobołami na plecach i koszami, powracający na noc na przedmieścia, ni nawet rosyjski patrol maszerujący przy warkocie bębna. Dopiero na Krakowskiem nie wytrzymał, dojrzawszy bowiem przed kościołem Dominikanów Obserwantów drzemiącego dziada, wyrwał mu spod pach drewnianą kulę i skoczył w bok. Dziad podniósł lamentliwy wrzask, a wreszcie uderzył w tak gorące suplikacje, aż zaczęło się zbierać pospólstwo.

– Połazisz raczkiem, dobrodzieju, to ci kałduna ubędzie! –
podkpiwał Kuba podsuwając mu kije pod nos i uskakując z nimi, a
podekscytowany śmiechami, wsparł się na nich i przybierając
dziadowską postać zaśpiewał przez nos, a wielce jękliwie
szewieckie godzinki:
– "Zawitaj, koniu łysy, z czerwoną kulbaką! I poczęstuj dziadka
niezbędną tabaką." – A gdy się podniosły rzęsiste aplauzy
ultajstwa, kule dziadowi podrzucił i zatrąbiwszy wściekłą pobudkę
pogalopował środkiem ulicy, udając skoki znarowionego konia. Ale
cóż, kiedy ze straganów pod Świętym Krzyżem wiatr przyniósł tak
lube zapachy prażonej kiszki, że przystanął nagle i
zrekognoskowawszy nosem nieprzyjacielską pozycję, ostrożnie
ruszył na wąsatą jejmość, wartującą przy smakowitych specjałach;
lecz pojąwszy, jako frontowym atakiem niczego nie wskóra, czapę
zdarł na bakier, ręce utopił w kieszeniach zielonych hajdawerów i
ukłoniwszy się dwornie, zaczął przez nos:
– Niesę nowinkę pani Marcinowej dobrodzice. A to król Zegmont
wybiera się z wizytacją do króla Sobieskiego! Spuchnie aśćka od
zadziwu!
Przekupka ni drgnęła, macając jeno nieznacznie wpodle boku za
kijaszkiem.
– Nieczuły babus, kocia ją mać! – zawyrokował wzgardliwie i
przybrawszy wielmożną minę powiedział rozkazująco.
– Daj mi aspani dorotki, tylko z grubszego końca. Płacę
obrączkowym! – i rzucił na stół wytartego trojaka tak jakoś
niezręcznie, że stoczył się jej pod nogi. – Nastąp się, godna osobo! –
rzekł wyniośle i schylając się po pieniądz udał wraz takie
jazgotliwe szczekanie, że baba wyskoczyła z miejsca, on zaś capnął
kiszkę z brytwanny i tyle go widziały jej przerażone oczy.
Wypłynął dopiero pod kamienicą Barssa, wznoszącą się na
Krakowskim Przedmieściu, na wprost pocztamtu. Snadź jakowyś
festyn tam się odprawował, gdyż z okien pierwszego piętra
roznosiły się głosy śpiewań i brzękliwe dźwięki fortepianu, a przed
sień zajeżdżały co chwila jakieś postrojone, znaczne persony.
Miejski hajduk w granatowej kapocie z czerwonymi obszlegami i w
srogiej rogatywce, obłożonej czarnym barankiem, odgarniał
halebardą cisnące się pospólstwo i przyciszał groźnie, kiedy nazbyt
głośne i swywolne przekpiny zaczynały lecieć na wielmożów.
Kuba śmiele zmierzył do sieni, ale halebarda zagrodziła mu drogę
i nie pomogły perswazje ni molestacje, a gdy jął żywiej nastawać,
wziął nogą ciężko obutą i wyleciał na bruk. Zebrał się w mig i

przyskakując na rozsądną odległość wybuchnął gwałtownie:

– Ty krowo municypalna! Ty świński pociotku! Ty robaczywa gomóło! – krzyczał zajadle wśród śmiechów ultajstwa, mającego szczególniejszą awersję do sług municypalnych, a wyczerpawszy litanię najdotkliwszych obelg i wyzwisk, przepadł gdzieś w tłumie.

Zjawił się jednak rychło z ogromnym kocurem na rękach i w licznej asyście rozjuszonych piesków, kota cisnął w sień i poszczuł, a nim się hajduk pomiarkował, już tam wybuchnęły wściekłe ujadania i szalone gonitwy, zaś Kuba przesadziwszy próg oparł się dopiero w antyszambrze oświetlonej rzęsiście.

Natychmiast zaprowadzono go do Barssa, siedzącego w ustronnej stancji przed zwierciadłem i ostrzącego brzytwę.

Spełnił polecenie i wyciągnięty jak struna penetrował oczyma po stancji.

– Gdzie przebywa pan generał?

– Melduję pokornie, iż z Jazdowa odjechał.

– A potrafisz golić, hę?

– Póki pan kapitan Mycielski nie kazał mi na fajfra, służyłem przy naszym cyruliku! Jak się przygodzi, to krew puszczę i czopki wsadzić potrafię...

– Kiedyś taki majster, to rozrób mi mydło! – rozkazał, jeszcze raz czytając polecenie zwołania komitetu pod Sfinksy na godzinę dziewiątą.

Spojrzał na zegar: dochodziła szósta i już niewiele czasu pozostawało na uwiadomienie sprzysiężonych. I wcale nie na rękę przychodziło mu to zebranie, powróciwszy bowiem z podróży przed paru godzinami, czuł się jak z krzyża zdjętym, a na dobitkę, wypadały mu dzisiaj urodziny i zarazem imieniny najstarszej córki, Franciszki, obchodzone zwykle z największą wystawnością. Właśnie już sproszeni goście zapełniali dalsze pokoje, że gwar rozmów i śmiechów przedzierał się aż do tej stancji, wychodzącej na klasztor Karmelitów. Więc powinien był ukazać się na pokojach, a dla oddalenia podejrzeń musiał czymś upozorować swoje wyjście. Nie było jednak wyboru, polecenie brzmiało wyraźnie.

Okrył się pudermantlem i podstawił policzek.

– Namydlaj! Cóż tam w koszarach, wszystko już w gotowości?

Chłopak drgnął, lecz przybrawszy głupowatą minę, odparł pokornie:

– Niby jak to, proszę wielmożnej osoby?

– Mów śmiało! – dał palcami znak wtajemniczonych. Wtedy Kuba namydlając jego policzki jął szeptać z namaszczeniem:

- Pan kapitan Mycielski nakazał, że choćby pytał pułkownik, choćby nawet sam król jegomość, a jak sekretnego znaku nie zrobi, to trzymać jęzor za zębami powinnością. Mnie by i obcęgami nie wyrwał tego, co wiem.
- Dawno służysz?
- W regimencie jestem od dziecka, zaś fajfrem już na piąty rok.
- I prochu jeszcześ nie wąchał, co?... Skrob, a uważnie.
- Ja? - skrzywił się z politowaniem. - Ja, proszę wielmożnej osoby, przeszedłem zeszłoroczną wojnę, plejzerowany byłem i sam pan kapitan wypomniał mnie przy befelu przed całym batalionem! - duma zadrgała w jego głosie. - Służbę znam jak pacierz, a dojdę lat, to do frontu się podam.
- Nie wolałbyś pohasać na koniku, hę?
- I!... nie mam ja nabożeństwa do końskiego ogona - splunął wzgardliwie. - W kawalerii dziedzice za oficjerów a pastuchy za pocztowych, to i prawego żołnierza nie znajdzie ze świecą! Widziałem jeich robotę - prawił tonem. i sposobem starego wygi. - Pod Zieleńcami tak się nisko kłaniali jegrom, że w szarży jeno łby końskie widać było! Uderzyli też, jakby kto rzucił pierzyną. Paradować na odpustach, ognie dawać przy wiwatach, łuszczyć spichlerze, a z komór dobywać dziewuchy, to akuratnie potrafią.
- Proszę wielmożnej osoby prawym policzkiem na lewo! - komenderował goląc z balwierską sprawnością i nie przestając rozprawiać. - Wszystkie wojska naśmiewają się z tych kobylich pociotków, bo to i nosa zadziera wyżej końskiego ogona, ma się Bóg wie za co, a tyle znaczy w kampanii co ta wystrojona kukła.
- Spiesz się! Dobrze znasz Warszawę i kwatery panów z komitetu?
- Wedle rozkazu! Przeciem łońskiego roku roznosił pocztu od "Przyjaciół Złączonych". A o kwaterach poniektórych panów nauczy mnie Barani Kożuszek albo ślepy Marcin spod Kapucynów.
- Rozniesiesz ważne i pilne listy! Zaczekaj! - szepnął i jak był w pudermantlu, zasiadł do pisania wezwań.
Przerywali mu jednak co chwila; to służący względem różnych dyspozycji, to córki wpadły z wymówkami, że się nie pokazuje na pokojach, to jakiś gruby jegomość wsunął się utajonymi w obiciach drzwiczkami na sekretną rozmowę, a w końcu weszła sama pani domu i dowiedziawszy się, w czym sprawa, jęła gotowe już listy składać i pieczęcią opatrywać. Da- ma była w samym południu lat i urody; strojna przy tym, wyniosła i w szeleszczące jedwabie ślicznie przybrana; twarzy była ściągłej i śniadej, oczu czarnych w migdał wyciętych, nosa foremnego, warg miernych i czerwonych,

włosów kruczych, trefionych w gęste loki a obficie złotym pudrem obsypanych i opadających na głęboko odsłoniętą szyję i kark. Postać miała okrągłą, pełną lubych powabów, spojrzenie mądre i głos cale przyjemny. Córka aktualnego prezydenta Warszawy, Rafałowicza, szczęśliwie łączyła w sobie dostojność, wyższą naukę i ambicję żony męża głośnego w mieście. Była też jego wierną towarzyszką i pomocnicą nawet w materiach politycznych, i wiele trzymającą o jego jeniuszu.

Barss popisawszy wezwania wręczył je wraz z dwuzłotówką Kubie i w ubocznej alkowie, przysłoniętej zieloną firanką, zaczął się ubierać.

– Przed dziewiątą muszę wyjść z domu – odezwał się do żony, wyzierające] oknem na ogrody Karmelitów, zasnute już modrawymi mgłami zmierzchów.

– Ojciec brał mnie już na spytki względem twojej podróży.

– Wyjść powinienem, musimy dać komitetowi relacje z decyzji Naczelnika.

– I zadekretować nową odwlokę – westchnęła z gniewnym zniecierpliwieniem.

– Generał stawił takie racje, że rozum musiał się na nie zgodzić.

– Działyński jest innego mniemania: on by nie odkładał insurekcji...

– Wojsko ma ufność w Kościuszce i tylko jego chce mieć Naczelnikiem.

– Nie ujmuję jego talentom, oddaniu się sprawie i poczciwości, ale dla dokonania rewolucji marzy mi się postać zgoła odmienna, jedna z podobnych, jakie zadziwiają świat we Francji wzniosłością swoich czynów, nieubłagalnością walki z tyranami, bohatyrstwem.

– Widziałem ich z bliska. Wierzaj mi, Kościuszko przenosi ich cnotą, modestią, stałością duszy i miłością ojczyzny. To nie zaciekły fakcjonista, to człowiek, mąż i prawdziwy obywatel. Objawił mi się być świętym nowych czasów i nowego rodzaju ludzkiego. To wielkie serce Polski i sumienie!

– Cnoty obywatela mogą być złym przymiotem dla dyktatora.

– Tak naucza ksiądz Meier, ale nie zdaje mi się to być słusznym. U nas okoliczności inne niźli we Francji, więc dla dokonania rewolucji musimy się imać odpowiednich naszemu narodowi sposobów i odmiennych ludzi stawić na czele.

– Ty wiesz lepiej – szepnęła tkliwie, wyczerpana miotającymi nią uczuciami. – Tylko chciałabym, aby się już rozpoczęło. Nie straszny mi azard życia, lecz oczekiwania nużą mnie śmiertelnie –

zaskarżyła się, gdy stanął przy niej. – I obawy o ciebie – dodała ciszej. Ogarnął ją czułym objęciem i całował po twarzy i oczach.

– Wiesz, jak kocham ciebie i dzieci, ale ojczyzna bierze pierwszeństwo i dla niej nawet was muszę poświecić – wyrzekł z męską determinacją.

– Uwielbiam twoją wzniosłość, uwielbiam? – szeptała łzawo i wargi jej zadrgały powstrzymywanym jękiem. – Nie przeciwię się temu, co masz sobie za świętą powinność, ale ta ofiara mojego serca i rezygnacja ze szczęścia jest gorszą śmierci. Chodźmy! Czekają na nas!

– Heroicznym wysiłkiem rozpogodziła twarz, sercu nakazała milczenie i postąpiwszy parę kroków, naraz rzuciła się w jego ramiona i rzewnie zapłakała.

Po chwili jednak, przezwyciężywszy niewieścią słabość i rozpacze, zaczęła szeptać:

– Ojciec mi zawierzył, jako Igelström formuje tajną policję, Sievers przysłał mu dyspozycje i wskazówki. Mają wziąć pod dozór wojska i tych zdezarmowanych gemejnów i oficjerów, jacy coraz liczniej napływają do miasta. A z drugiej strony i marszałek Moszyński nakazał Rogozińskiemu wziąć pod szczególną obserwację wszystkie kafenhauzy i znaczniejszych obywatelów – obtarła łzy i przygasiwszy swoje własne cierpienia, czujną myślą zmierzała te nowe niebezpieczeństwa dla sprawy.

– Trzeba wydobyć imiona szpiegów i choćby puginałem przerwać ich niecne procedery. Mógłby to sprawić Konopka...

– Tego wzbrania rozsądek, bo gdybyśmy szpiegunów usunęli, Igelström miałby potwierdzenie, że istnieje jakaś organizacja, i tropiłby nas jeszcze zacieklej, a tymczasem więcej się domyśla, niźli wie. Inaczej postąpić należy, skoro będą wiadome persony: potrzeba nad nimi ustanowić akuratny nadzór i upowszechniając o nich wiadomość udaremniać niecne zamysły. Ale chodźmy do naszych gości.

Galantuomnym gestem dał jej miejsce przed sobą i poszli na frontowe pokoje, już zapełnione głosami młodzieży i cale liczną kompanią.

Pokojów niewielkich było trzy, z oknami na Krakowskie Przedmieście i urządzonych z gustem i znacznym ekspensem, a gdzie szczęśliwie żeniła się staroświecczyzna z aktualną modą i obyczajami. Nie brakowało tam sprzętów zabiegliwością pokoleń zebranych ni też takich, które zbytek wielmożów z odległych krain sprowadził, a lekkomyślność strwoniła. Nalazł więc w tych pokojach i stół szczególniejszej postaci, cudną italską mozaiką wykładany; owalne zwierciadła w ramach porcelanowych kwiatów; takież zegary z czasów pierwszego Sasa; ciężkie sprzęty gdańskie, wschodnie makaty; serwantki pełne wdzięcznych berżerów i berżerek; kantorki kolbuszowskiej roboty, brzuchate i jakby drygające, i proste dębowe ławy i zydle. Ściany były obciągnięte malowanymi w kwiaty płótnami krakowskiej fabryki, to wypełzłymi adamaszkami albo polami kanwy w poczerniałych ramach, cudnie aftowanej w kunsztowne ornamenty.

Tu i owdzie widniały kopersztychy angielskie, wystawiające sceny z życia Greków i Rzymian lub mężów głośnych w narodzie. Od poczerniałych sufitów, ułożonych z rozet i kwadratów drewnianych, zwieszały się ciężkie, mosiężne pająki gdańskie.

W środkowym pokoju, służącym za bawialnię, największym, gdyż o dwóch oknach przysłoniętych firankami, zabawiała się młodzież w przeróżne gry, stosowne do wieku. Rej w nich wiodła solenizantka Frania wraz z młodszą siostrą, Ludwiką. Obie nadzwyczajnie przypominały rysami matkę, obiecując wyrosnąć niezadługo na piękności. Przybrane też były z wyszukanym gustem: czarne włosy miały utrefione w loki kunsztownie rozstrzępione, błękitne staniczki z bawołami, krótkie spódniczki w złote paski na dnie modrawym, spod których ukazywały się białe, długie kiuloty bryzowanc koronkami, białe pończoszki ze złotymi klinkami i atłasowe patynki malowane w niezapominajki. Obie były wielce foremne, smukłe, z muszkami na ślicznych twarzyczkach, osypane pudrem, wykrygowane i tak wdzięcznie ułożone, że dawały postać figurynek porcelanowych.

Ale mimo krygów i wyuczonych manier wybuchały swobodnym śmiechem, zabawiając się w swojej kompanii, zebranej z kilkunastu panienek i wyrostków odpowiedniego wieku. Bawiono się w "Budujem mosty dla pana starosty", "Chodzi lis koło drogi, nie ma ręki ani nogi" i w "Ślepą babkę", że co chwila powstawały wrzawy, bieganiny i śmiechy. Jednak te młodociane krotochwile nie przekraczały miary, gdyż młodzież pochodziła ze znaczniejszych warszawskich domów, a nad zachowaniem przystojności czuwały matki, zabawiające się po kanapach cichymi dyskursami.

Barss przemknął się niepostrzeżenie przez bawialnię do ubocznego pokoju, gdzie siedział imć Rafałowicz i kilkanaście person różnych kondycji i wieku. Pokój był mroczny, zastawiony szafami pełnymi książek, na wielkim środkowym stole, okrytym zielonym suknem, leżały najnowsze edycje pism, książek, broszur politycznych i zbiory mów z aktualnie odbywającego się sejmu w Grodnie. Właśnie był w tej materii zabierał głos Rafałowicz, powstając cale niewybranymi słowy na sejmową opozycję i traktując zelantów jako zdeklarowanych zdrajców narodu.

Słuchali go w kłopotliwym milczeniu, nawet Trębicki, autor wielu dzieł powszechnie znanych i jeden z filarów Kołłątajowskiej Kuźnicy, siedział z twarzą nieprzeniknioną, puszczając mimo uszu bolesne dla swego serca dowodzenia. Przezornie też milczał Sierakowski, pułkownik inżynierów, zaś Węgierski, członek magistratu i persona w mieście znaczna, przytakując jakby z aprobacją, wyczekująco spoglądał po twarzach, ale nie kwapiono wyrywać się z protestacjami. Bowiem Rafałowicz był instrumentem targowicy i miano go za cichego konfidenta Igelströma. Więc tylko jeden Konopka, bywszy pisarz mniejszej pieczęci przy Kołłątaju i jego oddany służka, człowiek młody, porywczy i zaciekły jakobin, ośmielał się niekiedy na jakieś słówko sprzeciwu.

Barss również zasiadł z rezygnacją i słuchał cierpliwie, a był to człowiek oświecony, rozważny, opinii gorących, lecz miarkowanych rozsądkiem, wzniosłego sposobu myślenia, przyjaciel ludzkości, w postanowieniach wytrwały i w cnocie niezachwiany. Jurysta miary niepośledniej, mógł, jak wielu, rosnąć w sławę i majętności, wybrał jednak służbę ojczyźnie i tylko dla niej żył i pracował. A chociaż na bywszym sejmie król nadał mu szlachectwo, stronnika w nim nie pozyskał, bo jak pracował nad ustanowieniem Konstytucji Trzeciego Maja, tak samo i po jej upadku nie przestawał ani na chwilę zabiegać o podźwignięcie Rzeczypospolitej. Zaś dla politycznych widoków z teściem żył w pozornej zgodzie i nigdy mu nie kontrował, więc i aktualnie nie przeciwiąc mu się w niczym, rozmowę chętnie powiódł na inne zgoła tory.

Wszyscy odetchnęli z niemałą ulgą i wnet potoczyła się swobodna gawęda, zaprawiona humorem i anegdotami o przygodach jego podróży.

Skorzystał z tego Konopka i przeniósłszy się do bawialni, pod piec, niby to admirował zabawiającą się młodzież, a w rzeczywistości patrzał na Barssową, siedzącą w kole dam. Pozostawał z nią w przyjacielskiej zażyłości, razem bowiem czytywali Russa, jednako płacząc nad nieszczęściami Heloizy i jednako wielbiąc jej stałość i wzniosłość, jednako też wierzyli w maksymy rewolucji francuskiej i razem upajali się marzeniami o przyszłym szczęściu ludzkości i panowaniu praw natury. Aż przyszła miłość i Konopka pokochał ją najczulszym uwielbieniem i bezgraniczną tkliwością. Bezdomny po wyjeździe z kraju Kołłątaja, dziki, dumny, nieśmiały z ludźmi a szalony pijanymi marzeniami, nienawidzący wszelakiej przemocy, filantrop aż do zaparcia, dusza szlachetna, czysta i bohatyrska, umysł burzliwy, a czułe serce, przylgnął do niej całą swoją namiętną naturą. Płomień, wiecznie szarpany miotami nienasyconych nigdy pragnień, oddał się w niewolę tej posągowej, zimnej duszy kobiecej. Kochał w niej wyśnioną kochankę; kochał w niej cnotę nieugiętą; kochał w niej rozum i kochał w niej ten wszystek jasny świat, ten cudny, ten, do którego ludzkość dźwigała się z mroków nędz i bólu, ten wytęskniony świat szczęścia.

Pani zaś dumna, wyniosła, o lotnej i niespokojnej imaginacji, niepomiernych ambicjach a flegmatycznym usposobieniu, pozwalała się uwielbiać darząc go niekiedy uściskiem dłoni lub czułej przyjaźni pocałunkiem braterstwa. I nawet była szczerze życzliwa, gdyż ten ognisty chłopak, uwielbiany już przez warszawskie pospólstwo, mógł w przyszłej insurekcji odegrać wielką rolę i stać się pomocnym w jej ambitnych zamierzeniach, mających na względzie wywyższenie męża. Że zaś przy tym był piękny, tkliwy, wierny i gotowy dla niej ważyć się na wszystko, więc chociaż dawała ze siebie obraz doskonałego chłodu i powściągliwości, ale już nieraz wzburzał ją zapamiętałością wybuchów i czarował zuchwalstwem wyznań; nieraz też jego głos przejmował niepokojącym dreszczem, dotknięcie rąk paliło, a lazurowe oczy i pąsowe wargi żebrały tak ogniście, a zarazem tkliwie, że serce zamierało w lubym nieładzie i jej królewska postać chyliła się, niby kłos niezżęty, w omdlewającej tęsknocie upojeń. Ale krótko to trwało, bo jej doskonałość cierpiała nad własną słabością i obrażona cnota nie szczędziła gorzkich napomnień, boć wzniosłym obrazem być chciała ku uwielbieniu powolności. Bowiem piękna pani, chociaż wyznawała górne zasady filozofów, kochała ludzkość, marzyła o powszechnej równości, a prawa natury miała za ewangelię, lubiła także stroje i zabawy, dobry stół i wysoką pozycję, dworne maniery, przepych i panowanie, więc te dreszcze, zwiastuny burzy miłosnej, wolała mieć tylko za przyprawę w monotonnym pożyciu małżeńskim.

Konopka patrzył na nią tak uporczywie, aż przysunęła się do niego.

– Idziesz waćpan do Działyńskiego?

– Nie należę do komitetu! Bóstwuś dzisiaj równa, Luizo! –

zaszeptał gorąco.
– Więc pozostaniesz ze mną cały wieczór?
– Mógłżebym zostać nieczuły na głos przyjaźni!
– Mam ci wiele rzeczy do zakomunikowania. Dwie błyskawice
strzeliły z jego oczu z taką potęgą, że zrumieniła się pod nimi, a
podnosząc chusteczkę do twarzy, szepnęła z czułym wyrzutem:
– Wszak nie cieszyłam się twoim widokiem cały długi tydzień!
– Wiekiem zdawał mi się być, nieskończonością – odparł smutnie.
– Jeździłem do Lublina względem utworzenia tam filii klopu
"Przyjaciół Złączonych".
– I zatrudniły cię tak długo piękne lublinianki...
– Ty wiesz, pani, żem istność swoją ofiarował jedynemu tylko
bóstwu i na wieki – wyrzekł pochylając głowę. – Rozkażesz mi co,
Luizo?
– Uwielbiam twoją dyspozycję serca – szczerość zabrzmiała w jej
głosie. – Proszę, zaśpiewaj jaką piosenkę. Tak cudnie oddajesz
miłość i tęsknotę!
– Bo śpiewam czucia trawiące moje serce...
– Ach, i mojej duszy wyrażasz głos utajony! – Melancholią błysnęły
jej oczy. Szczęście spromieniło go łunami, bo chociaż odeszła, nie
przestała spoglądać na niego oczyma szczerego podziwu.
    Służba zapaliła świece w pająkach, że bawialnię napełniło złotawe
światło, w którym, niby kwiaty rozsypane, barwiły się cudnie
stroje i piękne twarze. Ustały zabawy młodzieży, wszyscy bowiem
skupili się przed krótkim fortepiano, stojącym pod oknem, do
którego zasiadła Barssowa. Konopka wziął miejsce nieco z boku i
wysokim, ślicznym głosem zaśpiewał piosenkę, śpiewaną w całej
Polsce:
    "Już księżyc zaszedł, psy się uśpiły." Rozśpiewała mu się dusza,
nabrzmiała miłosną tęsknicą, i poniosła w upragnione raje, dawała
skrzydła i tyle ognistej czułości, ze łzy zaświeciły w oczach dam i
raz po raz zrywały się rzęsiste aplauzy, gdyż śpiewał wybornie i
był porywająco piękny: smukły jak trzcina, blady, z błękitami w
oczach, z włosem w nieładzie, z twarzą jakby wniebowziętą, dawał
ze siebie postać rozśpiewanego Adonisa. Jego głos przenikał duszę
czułością nabrzmiałą łzawymi suplikacjami. Wszak śpiewał tylko
dla niej; wszak tylko z jej spojrzeń i uśmiechów brał wdzięczne
lubych obietnic zapłaty...
    Nawet panowie, zabawiający się kartami w ubocznym pokoju,
zjawili się znęceni śpiewem, a Rafałowicz wypinając brzuch nie
szczędził pochwały:

– I na teatrze nie słyszałem trafniej oddanego śpiewu!

– Rozumie się na tym jak prosię na fiołkach! ––mruknął Trębicki.

– Kawaler musi mieć wielkie szczęście w amorach – zauważył cicho Węgierski.

– Tacy robią fortuny na swojej urodzie – zaśmiał się Sierakowski.

– Jemu w głowie zgoła co innego! – upewniał Barss spoglądając na zegarek. Zaś damy wprost jadły Konopkę oczami, nie szczędząc mu omdlewających spojrzeń, wabnych przyśmiechów i wielbiących słówek, że wobec takiego powodzenia rad śpiewał piosenkę za piosenką, jakie tylko umiał, a tym żarliwiej, iż piękna pani, w jakiejś przerwie, uprowadziwszy go do jadalni pod pozorem ochłodzenia lemoniadą, obsypała tkliwymi komplementami, pozwalając mu nawet ust płomiennych i cale niebraterskich pieszczot i pocałunków.

Barss korzystając z okoliczności odwróconej od siebie uwagi wysunął się do swojej stancji i okryty długą, ciemną czują wyszedł z domu.

Miasto jeszcze wrzało ruchem i pomimo późnej godziny, dochodziła bowiem dziewiąta, na Krakowskim było dosyć ludno, często turkotały przejeżdżające pojazdy lub cwałowali jezdni, poprzedzani pochodniami. W oknach spiętrzonych, wąskich domów mżyły światełka, kafenhauzy i szynki stały jeszcze otworem, a tu i owdzie siedzieli kupcy przed swoimi sklepami w lubej gawędzie ze sąsiady, zażywając wywczasów i ciepłego wieczora. Niemało też pospólstwa wałęsało się pod murami, łakomie zazierając do oświetlonych handlów. Wyfiokowane i srodze wypachnione gamratki promenowały się w asyście opiekunek, zaczepiając bezwstydnie bogaciej prezentujących się przechodniów. Zaś po głębokich, ciemnych sieniach odgrywały się wesołe i głośne dyskursa, kwiliły tęsknie piszczałki, to zawodziły swywolne piosneczki, przyjmowane rykami śmiechów. Gdzie znów, w oknach parterowych mieszkań, przy blaskach zielonych, szklanych kul, szewiecy wyciągali dratwę lub piękne warsztatniczki siedziały pochylone nad szyciem, a wyczekujący gaszkowie, poobtulani w płaszcze, przytajali się w pobliskich sieniach i furtach.

Barss chciał przejść na Sułkowskie dziedzińcem pocztamtu, ale dojrzawszy tam pełno bryk i koni, a w bramie Pod Murzynami jakichś znajomych, oczekujących jakby na extrapocztę, cofnął się spiesznie i poszedł Trębacką. Ulica, chociaż brukowana i obstawiona cała porządnymi kamienicami, była błotna, zaśmiecona i wielce hałaśliwa z racji nazbyt wielu szynków, zawsze przepełnionych pijanym ultajstwem i żołnierzami. Nie miała też dobrej sławy, bowiem prawie w każdym domu znajdował się zamtuz i w dolnych oknach oświetlonych rzęsiście i wabnie przystrojonych firankami, a powywieranych na rozcież, siedziały rozmamane dziewczyny nawołując przechodniów nieprzystojnymi słowy, zaś na pięterkach i facjatkach grzmiały przeróżne muzyki, wrzaski i pijackie tumulty. Nawet po sieniach, nierzadko miasto drzwi przysłoniętych tylko brudnym łachmanem, huczały głosy pijaństwa i rozpusty. Ale najgłośniejsza zabawa szła w domu Barankiewicza, gdzie z pięterka łuny biły aż na środek ulicy i dobywały się nieludzkie ryki, tupoty, brzęki tłuczonego szkła, piski dziewczyn i wściekłe, pijackie pląsy pod brzękliwy wtór bałabajek.

Barss, wymijając ten dom, natknął się na Kubę stojącego pod furtą.

– Co tutaj, porabiasz?

Chłopak cuchnął anyżkiem, twarz miał rozpaloną i błędne, pijane oczy.

– Jegomość ksiądz Meier przykazał mi odszukać pana kapitana Kaczanowskiego i powiedzieć, żeby jeszcze dzisiaj stawił się na Stare Miasto pod 43, do drukarni, a tam poczekał na niego. Szukałem, gdziem tylko miarkował, byłem i u tych marmuzeli artyleryjskich na Nalewkach – wyżalał się płaczliwie.

– Rozniosłeś listy?

– Wedle rozkazu! U Barankiewicza hulają rosyjscy oficjerowie, może się z nimi zabawia. Wlazę spenetrować – ujął za kołatkę, wiszącą przy drzwiach.

– Zajrzyj do kafenhauzu Dziarkowskiego na Mostowej: tam go znajdziesz.

– Nie wpuszczą mnie bez hasła do sekretnej stancji...

– Powiedz (niech cię kto nie podsłucha): "Marat", to cię puszczą.

Kuba zaświstał przeraźliwie i już go nie było, zasię Barss dosięgnąwszy Wierzbowskiej ulicy skręcił na prawo i ruszył wzdłuż kolumnady domu panien kanoniczek, a potem przez Senatorską i Rymarską, puste już i prawie ciemne z racji pozamykanych sklepów i rzadko wiszących latarń, wyszedł na Leszno. Na rogu, przed domem, gdzie kwaterował generał Chruszczow, stały zbrojne warty i paliły się wielkie latarnie, ale dalej panowały ciemności, jeno tu i owdzie drżące jakimś skąpym światełkiem. Niskie dworki pochowane w sadach, niegdzie piętrowa kamieniczka, psy naszczekujące spoza parkanów, okiennice pozawierane na głucho – dawały tej ulicy pozór małego miasteczka. Droga przy tym była urwista, pełna wyrw, piasków i resztek niegdyś układanych bruków. Rzędy odwiecznych drzew przysłaniały niebo czyniąc drogę jeszcze ciemniejszą i bardziej niepewną. Pałac Działyńskiego, biorący nazwę od dwóch potężnych sfinksów, wyrobionych w kamieniu, a stojących przed bramą na wyniesionym podmurowaniu, nietrudny był do wyszukania, znacznie bowiem górował nad sąsiednimi dworkami, a przy tym, jako przed kwaterą szefa regimentu i generała, stała zwykle przed nim warta. Lecz dzisiaj zdał się być zamkniętym na głucho i jakby niezamieszkanym, we wszystkich oknach panowały ciemności, a przed bramą nie dojrzał ni jednego gemejna.

Barss próżno kołatał w żelazne blachy furty umówionym sposobem, że zdziwiony opieszałością odźwiernego, zaniepokojony nawet, wziął znowu za kołatkę, gdy naraz zamajaczyła przy nim jakaś postać, promień światła oblał mu twarz i zgasł. Cofnął się nieco strwożony.

Dla przespieczności poniechano dzisiaj kołatki – objaśniał Barani Kożuszek i wpuściwszy go do bramy rozpełzł się gdzieś Pod Sfinksami.

Brama stała pusta i ciemna, tylko na skręcie schodów prowadzących na piętro roztlały stoczek dawał tyle światła żeby jeno dojrzeć wielkie złocone drzwi. Bowiem za nimi w ogromnej, mrocznej bibliotece, obstawionej po sufit szafami pełnymi książek, zebrał się był warszawski komitet wraz z delegatami prowincji.

Sala była obszerna, pusta i prawie ciemna, gdyż palił się tylko jeden pięcioramienny świecznik, stojący na małym stoliku. Przy nim Działyński odczytywał po cichu list Kościuszki. Konstanty Jelski, stolnik starodubowski, zaglądał mu przez ramię, a reszta sprzysiężonych stała opodal w posępnym milczeniu. W twarzach widniała denerwacja i zniecierpliwienie, lecz nikt nie zmącił ciszy. Zgromadzenie było dość liczne i z różnych stron Rzeczypospolitej zebrane. W żółtawych blaskach świec zaledwie majaczyły skupione w oczekiwaniach twarze i oczy, wparte w Działyńskiego. Wziął przy nim miejsce brygadier Madaliński wraz z generałem Zajączkiem, a dalej stali zwartym kręgiem: Jakub Jasiński, ksiądz Meier, Aloe, major Czyż, Grosmani, "municypał" wileński, Józef Pawlikowski w ramię z Maruszewskim, nieulękli trybunowie chłopskiej wolności; Kapostas bankier, Zeydlitz major; Franciszek Orsetti i Piotr Potocki od województwa lubelskiego; Aleksander Walichnowski, co dopiero przybyły z instrukcjami od egzulantów z

Drezna, wojewodzic St. Ledóchowski, Zieliński, podkomorzy nurski, kapitan Mycielski, Jan Dembowski, sekretarz Ignacego Potockiego i jego ucho i oko, pozostawione w kraju. Było jeszcze paru cywilnych i oficjerów różnej broni, że Barss, przyszedłszy na ostatku, stanął już w cieniu za drugimi. Działyński, odczytawszy list, powiódł ciężkimi oczyma po twarzach i ostatni wiersz przeczytał głośno:

– "Przymuszony jestem wyjechać, ale stawię się, kiedy będzie gotowość." – Porwał się z krzesła i list rzucił o ziemię.

– To moja wina! – zawołał w pasji – sam zabiegałem, aby stanął na czele insurekcji, a widzę, że i bez niego swoje byśmy zrobili. Wszystko w gotowości, a Kościuszko podnosić aktualnie insurekcji nie znajduje odpowiednim i wyjeżdża z kraju – jęknął zrozpaczony załamując ręce.

Wzburzenie zaszemrało w ciżbie i podniosły się głosy żalów i gniewów.

– Zwłoka może być w skutku gorsza przegranej.

– I najsposobniejsza pora zmarnowana.

– Po cóż się oglądać za komendantem, kiedy wojska powiedzie rozpacz i nadzieja zwycięstwa!

– Zali słabość jednego człowieka ma przeciwić się woli powszechności?

– I czy słusznym oddawać ster dyktatorowi?

– Jeśli się zaraz wojny nie rozpocznie, wszystko gotowe runąć.

– Mamyż czekać, póki wojska nie rozgromi redukcja i dezercja?

– I to w czasie, gdy żołnierze modlą się o rozkaz uderzenia na wrogów!

– Moja brygada gotowa choćby dzisiaj – ozwal się Madaliński.

– Trzy tysiące Kurpiów czeka, z palcami na cynglach – dodał Zieliński.

– Ogół żołnierzy nie pojmie słuszności odwłóczenia wybuchu, lecz przyczynę dopatrzy w naszej małoduszności lub w czymś jeszcze gorszym.

– Jeszcze gotowi rzucić się na własną rękę.

– I miejski lud wzburzy się odłożeniem. Któż zaręczy, że zawód i rozpacz nie popchnie ich do czynów podobnych, jakie dały francuskie sankiuloty! Wszak już mówią o zdrajcach i głośno wskazują winnych. Nie brak tam zdeterminowanych na wszystko. Mamyż dopuścić do tego, aby pospólstwo uprzedziło nas w powinnościach względem ojczyzny? Leciały zdania nabrzmiałe gniewem, rozpaczą i wzburzeniem. Większość dawała głośny wyraz niezadowoleniu i protestacjom, zwłaszcza młodzi oficjerowie ani chcieli słuchać o zwłoce, gniew ich unosił, więc padały coraz żywsze słowa i coraz zapamiętalej powstawano na umiarkowańszych, którzy z Kapostasem, Jelskim i Działyńskim na czele, skupiwszy się przy świecach, jęli znowu czytać list Naczelnika i rozważając każde jego słowo z osobna, chcieli wyrozumieć prawdziwy ich sens.

Jasiński, wziąwszy te ciche szepty moderantów za knowania względem poparcia życzeń Kościuszki, wystąpił z gorącym przemówieniem.

– To zaczynajmy nie oglądając się na nic i nikogo – zawołał zwracając się do malkontentów.

– Na cóż mamy czekać? Czegóż się spodziewać? Nikt nam wrogów nie pobije! A pora do zaczynania jedyna, koniunktury sprzyjające, zapał powszechny i gotowość zupełna! I w słowach zapału wystawiał przed oczy obraz poczynionych przygotowań, ducha wojsk płonących do zmierzenia się z wrogiem i nawet całą plantę teatrum, na którym miała rozwinąć się insurekcja.

– Komunikację z Krakowem mamy wolną i na drodze ani jednego żołnierza nieprzyjacielskiego – upewniał wodząc palcem po mapie rozłożonej na stole. – Za Pilicą trzynaście tysięcy naszego wojska pod generałem Wodzickim. Cóż znaczy sześćset ludzi Łykoszyna, załogujących w Krakowie! Dywizja małopolska ruszy przez nich prosto do Warszawy! Za nią powstaną południowe województwa, siądzie na koń pospolite ruszenie, ruszą się chłopskie kohorty, zbrojne w piki i kosy! W Wielkopolsce tylko garść Prusaków, wygniecie ich powstanie niby plugawe robactwo. Król pruski nie przyjdzie im z pomocą, gdyż cała jego potęga nad Renem i w Moguncji w oczekiwaniu odwetu Francji, gotowej uderzyć lada dzień. Zaś w Warszawie sześć–siedm tysięcy Igelströmowych żołnierzów, naszych zbierze się tyleż. Zwycięstwo zatem pewne i rychłe! Lud pomoże, że i goniec klęski ujść nie powinien, a złączone wojska pójdą na Litwę i Ruś.

– Gniew ludu okaże moc swoją – wtrącił ponuro ksiądz Meier.

– Znaczne załogi zajmują: Wilno, Grodno i Kowno; stają też po ważniejszych traktach kozackie komendy, a tu i owdzie przytaja się jakaś rota jegierska lub szwadronik jazdy, lecz główne siły alianckie są zebrane w województwach świeżo od Rzeczypospolitej oderwanych, umacniają panowanie imperatorowej i strzegą naszych wojsk tam rozkwaterowanych. Tam więc musi się odprawić teatrum śmiertelnych zapasów.

Bowiem cała ukraińska dywizja, dwadzieścia pięć tysięcy zrozpaczonego klęskami ojczyzny żołnierza, wyczekuje z dnia na dzień naszego znaku, by powstać i runąć na wroga! Do nich musimy się przedrzeć i wyrwawszy ich z ciężkich terminów, nieprzyjaciół pobić, z kraju wyżenąć i dawne dziedzictwa Polsce przywrócić! Niechaj więc tylko padnie hasło zaczynania, a wszystkie ziemie powstaną jak jeden mąż i nieśmiertelne zwycięstwo poleci naszym śladem. Szczęśliwy skutek uwieńczy nasze zamysły, ale zaczynajmy natychmiast, bo każdy dzień zwłoki wrogów uzuchwala i wzmacnia, zaś odbiera wiarę cnotliwie czującym! Żołnierz jestem i stanę pod komendą każdego, który powiedzie do boju! Zaczynajmy jeno, zaczynajmy!
– A cóż na to powiedzą sejmujące stany i król? – padł jakiś głos.
– Poczciwi pójdą z nami, a resztę wyjmie się spod prawa i postąpi z nią wedle słuszności – zdecydował ksiądz Meier.
– A jegomość król pruski? – rzekł Barss wysuwając się do światła.
– Król pruski! – powtórzył Jasiński odgarniając z twarzy pukle włosów. – Siostrzyca nasza Francja zatrudni go nad Renem tak długo, dopóki ubezpieczywszy się od północy, nie zaniesiem w jego pielesze ognia i miecza w odwecie jego zdrad. Najgroźniejszy to z tyranów i nieprzyjaciół ludzkości. Ale któż się oprze bohaterskiemu jeniuszowi narodu, walczącego o wolność! Wszak wyciągamy oręż nie dla uciskania cnotliwych i grabieży, lecz dla powszechnego szczęścia, dla ugruntowania w naszym narodzie świętych praw natury, dla równości, wolności i braterstwa! – wołał spłomieniony uniesieniem i tak porywający wiarą w szczytne hasła rewolucji, że jego adherenci wybuchnęli równym entuzjazmem. Zadzwoniły skrzydlate, cudne słowa. Rozgorzałe imaginacje już widziały zwycięstwo i serca poiły się dokonywaniem bohatyrskich czynów i chwałą. Łzy świeciły w niejednych oczach, twarze stawały się podobne rozpalonym pochodniom, a duszom sprężonym w świętym porywie zdało się wszystko łatwym i pewnym.
– Więc precz z moderantami, precz z kunktatorstwem i rachubami na jakieś odległe polityczne koniunktury! Tylko nie zwłóczyć więcej, siadać na koń, uderzać ławą i zwyciężać! Przy Jasińskim opowiedział się Madaliński z powagą swojej szarży, wieku i znaczenia; Grosmani, ognisty głosiciel maksym francuskich; ksiądz Meier, prawdziwy jakobin; major Zeydlitz, kapitan Mycielski, żołnierskie czyste serce, oddane ojczyźnie; Aloe, Francuz z rodu, lecz Polak z ducha; Maruszewski, nieubłagany wróg tyranów i

wolność nad wszystko przekładający; podkomorzy nurski Zieliński, major Czyż, Pawlikowski, a wreszcie młodzi oficjerowie i cywilni. Właśnie był ich imieniem zabrał jeszcze raz głos Jasiński, żądając bezzwłocznego zaczynania insurekcji. Ale znalazł nieprzełamany opór w moderantach. Szczególniej Barss, odczytawszy głośno list Kościuszki, podtrzymywał nieustępliwie jego racje. Wspierał go w dowodzeniach Kapostas, popierał Walichnowski z Dębowskim. Nie przemogli jednak, bo na wszystkie słuszne racje odpowiedział Madaliński: – Kto pobije, będzie miał rację! Wnoszę przeciw odwlekaniu! Czym bardziej jeszcze podekscytowana opozycja wybuchnęła prawdziwą burzą i na głowy moderantów posypały się kąśliwe słówka i niesprawiedliwe oskarżenia. Zwłaszcza ksiądz Meier już był sobie folgował, wykrzykując urągliwie na arystokratów, a Maruszewski rzucił zapalczywie.

– Rozumiałem – prawił rozżalony – mieć sprawę z prawdziwymi patriotami, a znajduję zakapturzonych wrogów i egoistów...

Porwał się na to Działyński wyjaśniając w dłuższym przemówieniu, jako w pierwszej chwili po przeczytaniu listu Kościuszki, również był przekonany o zgubności odkładania insurekcji, lecz po dłuższej rozwadze przyznaje słuszność Naczelnikowi, a przeciwić się jego woli nie pozwala mu sumienie.

Po nim Jelski, mąż cnotliwy i wypróbowanego patriotyzmu, korzystając z chwilowej konsternacji opozycjonistów, wyznał otwarcie, że nie znajdując jeszcze Litwy przygotowanej do wystąpienia, sam doradzał Kościuszce odłożenie wybuchu do wiosny. To samo upewniał o województwie lubelskim Piotr Potocki, Aleksander Walichnowski o krakowskim, w którym Sołtyk niczego jeszcze nie dokonał. Nawet major Czyż dał podobną relację z Sendomirskiego. A w końcu zabrał głos Kapostas i rzekł reasumując wywody:

– Z tych relacji wychodzi, że wojsko wszędzie mniej więcej gotowe do powstania, ale zapasy niedostateczne, skarb pusty, chłopstwo obojętne, a szlachta apatyczna i nie skłonna do spełnienia powinności. Odłożyć więc trzeba.

– Właśnie zaczynać trzeba! – zakrzyczał namiętnie ksiądz Meier. – Kto cnotliwy, pójdzie z nami, a na obojętnych i nieczułych jest topór.

– Jegomość rad by do nas wprowadził francuskie praktyki!

– Byle się jeno okazały być skuteczne dla ukrócenia machinacji zdrajców i zratowania ojczyzny – uderzył napastliwymi oczyma w

Kapostasa.

– Trzeba się na coś zgodzić, bo czas ucieka – jęknął jakiś głos rozżalony. – Czyżby nam tylko pozostało super flumina Babilonis siąść i płakać!

– Miejmy chociaż zapewnioną pomoc Francji – zwrócił się dość pojednawczo Barss do Jasińskiego – a możemy zaczynać. Wnoszę o przyśpieszenie układów...

Ale wniosek nie został dosłyszany, bo właśnie Zajączek, trzymający się przez cały czas na stronie, ukazał w świetle swoją żółtawą, kościstą twarz i przemówił do Działyńskiego w sposób górny, a cale nieoczekiwany:

– Więc kiedy powszechności wola rozpoczynać insurekcję bezzwłocznie żąda, to rób dla ojczyzny wydźwignienia, jak sądzisz najskuteczniej, a my za tobą pójdziemy. Szwajcarzy sławią Tella, Ameryka Washingtona, Polacy zaś wyswobodzenia swoje będą winni Działyńskiemu – skłonił przed nim głowę i dodał: – Pierwszy staję pod twoją komendę...

– I my! I my! Prowadź nas, wodzu! – zakrzyczała garść zapaleńców. Ale reszta oniemiała z konsternacji, zaś moderanci, zaskoczeni takim obrotem sprawy, niespokojnie patrzyli w Działyńskiego, który wzburzony niespodzianą propozycją i podejrzewając w niej jakowąś kabałę chytrze uplanowaną, wymówił się od zaszczytów bardzo krótko i chłodno.

– Rozumiałem się być wyrazicielem życzeń ogółu – submitował się żywo Zajączek – a ciebie widzę najgodniejszym roli dyktatora, skoro Kościuszko opuszcza sprawę i nie wiadomo, dokąd wyjeżdża.

– Naczelnik z przewodnictwa narodu nie zrezygnował – wyrzekł rozdygotanym od gniewu głosem Pawlikowski – tylko na pewien czas oddalił się z kraju, pozostawiając instrukcje względem dalszych a pośpieszniejszych przygotowań. Wszak zapowiedział w liście powrót na chwilę, kiedy będzie zupełna gotowość wystąpienia.

– Snadź źle dosłyszałem czytanie – bąknął zmieszany Zajączek i wziąwszy list Kościuszki od Jelskiego jął go w skupieniu odczytywać.

Ale jego deklaracja nie przeszła bez śladu; skwapliwie pochwycili ją zapaleńcy, odpowiadała bowiem życzeniom natychmiastowego wystąpienia, i postanowili między sobą zażądać od Działyńskiego przyjęcia dyktatury.

Uprzedzony o tym przez Barssa, i aby przerwać wszelkie w tej materii dyskursy i nieporozumienia, Działyński natychmiast zabrał głos.

– Wiadomo – zaczął cale stanowczym tonem – że dla uchronienia się nieszczęśliwych wypadków rewolucji francuskiej, zgodziliśmy się, że insurekcja w Polsce powinna być pod dyktaturą jednego człowieka, który by zyskał zaufanie powszechności. Cały naród wskazał do tego Kościuszkę! I Kościuszko naczelnictwo narodu przyjął! On więc jeden władny rozporządzać nami, jak uważa dla pomyślnego skutku sprawy, a naszą powinnością bezwzględne posłuszeństwo. To jeno uważałem przypomnieć wszystkim na zakończenie zebrania. Instrukcje względem dalszych czynności otrzyma jutro każdy z delegatów.

Nie podniósł się ani jeden głos protestacji. Zaczęli się wkrótce rozchodzić. Ksiądz Meier, Jasiński, Maruszewski, Pawlikowski, Czyż i Grosmani pociągnęli na Stare Miasto, żeby jeszcze odbyć jakąś tajną naradę.

W mieszkaniu księdza przy drukarni czekał już na nich kapitan Kaczanowski, a Kuba chrapał w sieni na tapczanie, aż się rozlegało.

V

– Może dziś, a może jutro. Miej tu oko na wszystko.

– Wedle rozkazu – odparł Kacper prostując się mimo woli. – Daleka droga?

– Do Paryża. O tym ma nikt nie wiedzieć, uważasz! – zastrzegał Zaręba.

– Uważam, panie poruczniku. Trzeba by zawinąć się koło tłumoków.

– Dopiero wieczorem zapadnie decyzja względem mojego wyjazdu, to jeszcze zdążysz. Zaglądałeś do ojca Albina, śpi?

– Gdzie tam! Wstał równo z dniem i poszedł na mszę do Kapucynów. Obiecał wrócić na śniadanie, że ino go patrzeć.

– Trzeba by mu czym godnym brzuch wyłożyć.

– Byle miska była duża, to o smaki nie dba. Przywiózł nam ze Stoków cały wóz prowiantów, pół izby założyłem tobołami i beczułkami, jak na oblężenie.

– Coś długo marudzi na mieście.

Wyjrzał oknem w ulicę. Wąska szczelina Krzywego Koła prowadziła w Rynek Starego Miasta jakby kanałem obudowanym sczerniałymi, wysokimi domami; spodem czerniały błotniste bruki i mrowili się ludzie, a górą połśniewał pas jasnego nieba. Zaręba otworzył okno. Buchnęły do izby gwary miasta i fala chłodnego powietrza. Wraz też dzwony gdzieś zadzwoniły tak rozgłośnie, że z dachów porwały się stada gołębi, a gromady baraszkujących pod bramami pauprów podniosły wrzask.

– Ma się na dłuższą pogodę – szepnął Zaręba patrząc w czyste niebo.

– Juści, bo i kapucyn pokazuje na suchy czas – przytwierdził Kacper uprzątając izbę, zastawioną skromnym sprzętem, ale pełną mantelzaków, łub i wojskowych rynsztunków. Żelazne łóżko pod pawilonem z zielonej kitajki zdobiło bielone kiedyś ściany, dając jej pozór zamieszkany i przytulny.

– Dopraszam się pańskiego ucha! Co zrobić z chłopami ze Stoków?

– Gdzieżeś ich zakwaterował? – wysunął lornetkę rychtując ją na okna narożnej kamienicy, w których suszyły zęby jakieś grzeczne dzierlatki w białych dezabilach i z włosami pozakręcanymi w papierki.

– Przy koniach. Chłopy zdatne do harmaty, bo już ich w tej służbie niezgorzej wyegzercyrował ojciec Albin.

– W artylerii koronnej brak ludzi i koni.

– To w sam raz przygodzą się i te dwa cugi, jakie przyszły ze Stoków.

– Cugi ze Stoków! – sądził, że się przesłyszał.

– Juści, a dla pana porucznika przyprowadzili srogiego dryganta.

– Dwa cugi, powiadasz? Ależ to nowina! I dla mnie ogiera? Czemuś od razu nie meldował? Polecę zobaczyć! – rzucił się radośnie ku drzwiom, lecz właśnie wtaczał się mnich zasapany i padli sobie w objęcia.

– No, widzisz, chłopysiu! Powiedziałem: przywiozę i przywiozłem. Jakoś mi nietęgo wyglądasz! Odsapnę ździebko, wysoko do ciebie, że niewiele dalej do nieba. Miesiąc przeleciał jakby z bicza trzasnął! Pomizerniałeś!

– Niechże ojciec siada! Kacper, śniadanie, a duchem!

– Przygodzi się, dziecino. Wprawdzie u Kapucynów po mszy zaprosili mnie do refektarza na polewkę, ale, Boże, się zmiłuj, zalatywała święconą wodą. Karabinki ci przywiozłem, wyrychtowane jak panny do ślubu! Srebra są w beczułkach zalane smołą, od stryja dwa cugi, a od Ceśki ogiera, któregoś w Stokach odmówił. Parobków ci też wybrałem co najsprawniejszych. Nie mnie dziękuj, a stryjaszkowi i Ceśce: onać to się głównie przyczyniła. Masz w niej żarliwą aliantkę – zaśmiał się rubasznie i zażywając tabakę rozejrzał się po stancji. – Modestia tu widać całkiem żołnierska...

– Kwaterę trzymam na różne okoliczności konspiracji, a sam przemieszkuję u generała Działyńskiego lub gdzie się zdarzy. W tym zajeździe mam też swoje bagaże, konie i ludzi. Cóż się tam dzieje w Stokach?

– Przepij do mnie tym większym i niech no pierwszy głód napasę, a opowiem ci wszystko akuratnie.

Zasiedli do runtowej michy smakowicie parującego bigosu i kiełbas.

– Okrutne miasto ta Warszawa – zaczął po dłuższej pauzie. – Domy jak pałace, harmider i narodu po ulicach niby na odpuście w Leśnej, a fetory wszędzie, aż dech zapiera. Podwiki też dziwnie rzęsiste, miniaste, wyczapierzone i ślepiami tak zamiatają, że ciarki przechodzą.

– Warszawianki głośne z urody i zalotności.

– Powiadał mi o tym paskudztwie jeden frater niestworzone historie.

– Wie jegomość jakie nowiny z Grabowa? – przerwał mu dosyć niecierpliwie.

– Zaraz ci rozpowiem. Ale ta kiełbasa prosi, żeby jej posmakować jeszcze...

– Zróbże jej ojciec ten honor. Nie miałem z domu ani słóweczka od samego wyjazdu, a to już z górą miesiąc. Pisałem i nie odpowiedzieli.

– Miecznik chorzeje, zwozili pono doktora z Lublina i zrobiło się lepiej, ale jeszcze w łóżku. Powiadali, że za twoją przyczyną złe humory dziw go nie zadusiły! Czego bo i nie nawygadywali z racji twoich brewerii! Mełli cię na ozorach niczym w żarnach.

– Pewnie, że już tam moją reputację psi zjedli – szepnął smutnie.

– Za jakobina cię ogłosili, za ateistę i prawie za wyrodka. Jak to w Polsce, co sąsiad sąsiada rad by ze skóry obłupił i zjadł nieosolonego, byle się jeno cudzym kosztem usatysfakcjonować! A teraz Ceśka na wszystkich językach.

– Cóż takiego zmalowała?

– Powiadam ci, arabskie awantury! Całe województwo trzęsie się z oburzenia. Dolej mi, Kacper, jakieś godne piwo. Udała nam się dziewczyna, w całej Polsce nie wyszukasz podobnej. Krótko ci rzeknę: Dosię odbiła i Brzozowskiemu, który ją dowoził do klasztoru w Brześciu, kazała na gościńcu wrzepić pięćdziesiąt bizunów. Nie przelewki zadzierać z taką zaciekłą cieciorką.

Zaręba oniemiał, a Kacper dygotał ze wzruszenia.

– Było tak: Ceśka dowiedziała się przez swoje prześpiegi, kiedy będą wywozili z Grabowa Dosię, tandem zebrawszy czeladź ze Stoków rzuciła się na przełaj lasami do brzeskiego traktu, zastąpiła tamtym drogę i chciała odebrać wywożoną. Brzozowski hardo się postawił i wziął od niej w twarz batem, a kiedy dobył szabli, przykazała go brać w postronki. Juści darmo się nie dał i srodze poszczerbił pachołków, nim go zmogli. Zbiesiła się dziewczyna, bo jej szpetnie przymawiał i od zbójów wyzywał, to na pamiątkę pozwoliła mu coś z kopę bizunów i związanego jak barana odesłała do Grabowa! Dowiedzieliśmy się post factum, kiedy wróciła z Dosią. Nie ma co, poczynała sobie z kawalerską fantazją salwując uciśnioną! Ale przewidywaliśmy najgorsze następstwa, zwłaszcza mając na względzie nienawiść miecznika do stryjaszka i despekt, jaki spotkał Brzozowskiego. Jakoż nazajutrz zjawiło się wezwanie o zwrócenie Dosi i satysfakcję, bowiem miecznik za wszystko winił stryja! Nie wiem, jaki był respons, bom wtedy dysponował na śmierć jednego z pobitych pachołków, lecz potem czytałem zapowiedź miecznika, w której groził zajazdem i srogą zemstą! Wyraźnie stało czarno na białym. Stryjaszek tylko ręce zacierał z kontentacji. – Wojna – to wojna! Udry na udry! A dziewczyny nie wydam – zapowiedział, całe swoje myślistwo spędził do Stoków, uzbroił i w strzelaniu egzercyrował. Przez dwa tygodnie leżeli obozem na dziedzińcu. Ja dom przysposobiłem do obrony, moździerze wciągnąłem na basztę, z okien porobiłem strzelnice, fosy zalałem wodą, strażami obsadziłem wszystkie drogi na milę wokoło i czekaliśmy z upragnieniem.

– Właśnie zmogła go choroba i poniechać był przymuszony. Pozwał jednak stryja do trybunału o wiolencję i rozbój na gościńcu. Już czterech porąbanych i jednego trupa prezentowałem w grodzie do obdukcji. Bronić się musimy, ale sprawa przewlecze się na lata, od czegoż juryści.

– Brzozowskiemu stała się jednak wielka krzywda!

– Otóż to! Pokrzywdzony na skórze i na honorze, a nie ma z kogo wziąć satysfakcji, trudno, żeby wyzywał na rękę Ceśkę! Już i tak dworują z niego, co wlezie, nawet krotochwilne wierszyki kursują o jego przygodzie – zaczął się śmiać.

– Dziwy się wyrabiają w tej Polsce, prawdziwe dziwy! A cóż na to panna Ceśka?

– Z początku nie popuszczała strzelby z rąk i srożył się jak żbik, ale teraz, imaginujże sobie, opuścił ja animusz i rozpacza nad tym, co się stało!

– Nierychło, Marychno, po śmierci wędrować. Siedzi w Stokach?

– Wywiozła Dosię aż gdzieś w Wieluńskie, do swoich, ale na zimę powróci, bo stryjaszek nie może się bez niej obejść. Migdał to przedni, kanar!

– Wielkiego serca panna, uznaję, jeno że poczyna sobie tatarską modą...

– Kacper by o tym trzymał inaczej! hę? – zaśmiał się widząc jego wzruszenie i twarz radosną.

– Wylizałeś się już, widzę, z plejzerów expedite?

– Do usług jegomości, gotówem zarobić na nowe!

Gawęda przeszła na sprawy rodzinne, a potem na materie de publicis, przy czym Sewer napomknął o swoim rychłym wyjeździe na parę tygodni. Zafrasował się tym wielce ojciec Albin.

– Myślałem, że nacieszę się tobą chociaż przez czas, póki mi się konie nie odpasą.

– Służba – rzucił krótko. – Niechże ojciec moją kwaterę traktuje jak własną. Kacper będzie ojcu dogadzał i wszędzie doprowadzi, zna miasto i ludzi. Wpadnę jeszcze wieczorem, to się zobaczymy. Muszę napisać do stryjaszka i wykoncypować podziękowanie dla Cesi. Nie lubię długów wdzięczności!

Poleciał do koni, ale na schodach dopędził go Kacper i schylił mu się do kolan.

– Masz we łbie roksolany czy co?

Chłopak zaś gorączkowo i łzawo dziękował mu za Dosię.

– Podziękuj pannie Cesce, przecież nie prosiłem jej o odbicie Dosi...

– Ale zrobiła to dla pana porucznika i winienem...

– Głupiś, pilnuj swojego nosa. Nie mazgaj się... Chodźmy do koni.

W pierwszym podwórzu zajazdu stało parę wozów naładowanych krótkim, okrągłym drzewem, beczkami ze smołą i worami.

– Karabiny są w drzewie wydrążonym – objaśniał cicho Kacper – srebra we smole, a prochy w owsie. Aniby komu o tym przyszło do głowy!

W drugim podwórzu, znacznie mniejszym, gdzie były stajnie przyparte do boków wysokiej kamienicy, na długiej ławie siedzieli parobcy, wyciągając przez nos pobożne pieśni. Maciuś wystrojony odświętnie, wtórował im basem, ale na widok Zaręby stanęli w ordynku. Zlustrował ich ze szczególną uwagą, bo paroby były rosłe i kościste, młodziaki jeszcze o pucołowatych gębach i lnianych włosach, przybrani w krótkie kożuszki, przepasane rzemieniami, w skórzane hajdawery i w długie buty.

Po czym obejrzał cugi, które okazały się być znacznej ceny i w sam raz sposobne do zaprzęgu harmat, ale najdłużej cieszył się dryganiem. Maciuś go był wyprowadził z najszczerszą admiracją i zażywał tak sprawnie, że ogier dawał ze siebie grzeczne dziwowisko, gdyż mimo krwie gorącej karny był, posłuszny, w obrotach ćwiczony i owo zmyślności nad podziwienie.

– W życiu nie miałem godniejszego! – przyznał nie skrywając kontentacji.

– Powiedają, jako sama panienka tak go wyegzercyrowała!– szepnął Kacper.

– I cugi też niezgorzej włożone do służby – zwracał uwagę Maciuś.

– Pójdą wraz z chłopakami do artylerii koronnej – udecydował Zaręba, na co wystąpił jeden z parobków i podejmując go pod kolana rzekł nieśmiele:

– Pokornie prosim służbę pod jaśnie dziedzicem.

– Starszy pan przysłał nas panu porucznikowi.

– A panienka Ceśka przykazowała służyć paniczowi do ostatniej pary...

– Przysięglim na to. My z własnej ochoty prosilim na wojnę – mówili, posobnie chyląc mu się do nóg i całując go po kolanach. Rozczulony taką poczciwą dyspozycją, sowicie im sypnął złotówkami, a przykazawszy Kacprowi, aby ich odprowadził do koszar artylerii, gdzie mieli pozostać aż do jego powrotu z wojażu, poszedł na miasto rozważając szczególną troskliwość Ceśki. Kłopotała go bowiem cale przyjemnie.

Właśnie był trębacz z wieży ratuszowej rozgłaszał południową godzinę i ludzie, jak to było zwyczajnie po niedzielnym nabożeństwie, gęsto wysypywali się w Rynek i przyległe ulice. Dzień też był po temu słoneczny i dosyć ciepły, jeno co wiatr burkoty czynił po dachach i tęgo rypał godłami wiszącymi nad sklepami. Tłumy zalegały całe Stare Miasto przepełniając niemałą wrzawą powietrze. Poczerniałe, a miejscami już srodze ukrzywdzone przez czas kamienice starożytnej struktury, jeszcze pełne śladów minionej spaniałości, wyblakłych złoceń, pozacieranych malowań i rzeźb spękanych i przeróżnych godeł, wyrażonych zdobnie, wyniosłą cembrowiną murów spiętrzonych a polśniewających tysiącami okien, ogradzały Rynek czyniąc zeń jakoby akuratnie wykoncypowaną sadz, z pośrodku której dźwigał się Ratusz, strzelający w niebo czworograną, potężną wieżą; zasię cały przysadzisty spodek budowli zajęty był na faktorie kupców zagranicznych, sklepy i wejścia do loszków, gdzie szynkowano gorzałką i miodami, a nad nimi, w wysokości półpiętra, obiegała szeroka galeria, na którą wychodziły okna i drzwi radzieckich izb i kancelarii. Paradne wejścia zdobiły herby Rzeczypospolitej kute w kamieniu i miejskie pachoły, trzymający wartę.

Zarębie, patrzącemu z rogu Krzywego Koła, Ratusz wydał się niby korab, oblany ze wszystkich stron morzem ludzkim, co nieustającymi falami napływało z bocznych ulic i zaułków. Tworzyły się już ciżby i zatory, że miejscami ciężko było się przecisnąć, a przejechać niepodobnym, z czego co chwila powstawały swarliwe zatargi. Całe bowiem familie i socjety zażywające spacerów przystawały, gdzie się dało, na ugwarzania z przyjacioły. Godne matrony w świątecznych kornetach i nie lada jakich strojach, a w asyście sławetnych ojców w czarnych, uroczystych kontuszach wywodzili na pokazanie światu swoje młódki, wabnie przybrane, śliczne i rade się dające oczom kawalerów, brzęczących niby roje trutniów dokoła miodu. A byli pomiędzy nimi oficjerowie z koru artylerii, w którym synkowie łyczków mogli być fortragowani nawet na znaczniejsze szarże. Nie zbrakło też pod kafenhauzami miejskich frantów, modnym frakiem i manierami dających pozór paniczów. Owdzie dojrzał żony bankierów, bogatych kupców i urzędników, jak promenowały w licznej asyście i modą wielkich dam wzgardliwie spozierały na plebs wyświąteczniony. Mnisie habity i golone głowy jak szczupaki nurkowały wśród tłumów, zaś gemejny różnych pułków prowadzili się ze swoimi bogdankami środkiem wiecznie zabłoconych ulic.

Chmary dzieci z niemałym wrzaskiem plątały się w ciżbach, gdzie znów pejsaty Żydowin przemykał się lękliwie pod murami, to jacyś urodzeni w zabrzydzonych kontuszach, o twarzach napitych i niepewnym kroku, peregrynowali od wiechy do wiechy, ściągając na siebie niejedno słowo przygany i drwin.

Sporo kręciło się jakichś figur zagadkowych w wyszarzanych wojskowych kurtach i z ponurymi twarzami, zaś tu i owdzie dziady, nie bacząc na srogie zakazy marszałkowskie, wyciągali skamlące ręce i głosy. Owo jeszcze i przeróżni handlarze, obwołujący swoje towary, skutecznie przyczyniali się do zwiększenia zgiełków, że wrzało już w Rynku jakoby zgoła na walnym jarmarku.

Zaręba dał się porwać tłumom i okrążał wraz z tym prądem cały Rynek przyglądając się twarzom i łowiąc głośne dyskursa. Bowiem pospólstwo nie nawykło skrywać pod korcem swoich utrapień i radości. Brzęczała mu więc w uszach jakby nieustająca spowiedź codziennych trosk i zabiegów, a szczególniej skargi na drożyznę dawały się najczęściej słyszeć.

– Już na wolnicy żądają ośm groszy za funt wołowiny! – żaliła się jakaś.

– A za chudą parę gęsi chcą całe dwa złote! Słyszane to rzeczy? – Pięć groszy każą płacić za bułkę chleba! To koniec świata, moja pani!

– Ruski wszystko wyżerają, a ty, biedny człowieku, powieś zęby na kołku.

– A wszystkiemu winowaci panowie – konkludowała jakaś brzękająca różańcami.

– Albo i te piekielne farmazony! Powiedał o tym u Bernardynów ojciec Telesfor. Boga zaprzeczają, powieda; królów wydają na śmierć, powieda; kościoły obracają na stajnie, powieda; to jakże tu ma być błogosławieństwo boskie, powieda.

Nie słyszał więcej, porwany silniejszą falą i wyrzucony jakby na mieliznę pod winiarnię na rogu Nowomiejskiej, w kupę jakowychś sławetnych person starszych wiekiem, dostatnio ubranych, a rajcujących ciszej i często rzucających oczami na strony, zali nie strzygą gdzie jakie ultajskie uszy.

– Już nas w Grodnie zaprzedali z kretesem. Czytaj kum w gazecie: stoi jak wół.

– Tere fere kuku... wierz, kum, tym bazgrałom, a zbędziesz się zbawienia i jeszcze cię ogłoszą farmazonem! Mnie cale inaczej powiedał o tym pan Kobylański z komisji skarbu, jako tam w Grodnie chytrą sztukę wycięli Prusakowi...

– Moiście, nie miejsce na takie materie, wstąpmy na kusztyczek do Brajerowej.

– Gorsze od wszystkiego te kwaterunki – podjął niski z zapadłym brzuchem majsterek, od którego zalatywało juchtami. – Mnie już wsadzili na kwaterę czterech żołnierzów!i Mam z nimi krzyż pański! A taki Kiliński dostał tylko oficjera i będzie miał jeszcze z tego profit, bo wie, gdzie zadzwonić dukatami i gdzie bakę zaświecić! Zjedzą mnie z bebechami te złodzieje – jęknął.

– A jak się to mnie przygodziło – zaczął drugi z obmierzle zatabaczonym nosem, w rogowych okularach i o nakrapianej czerwono twarzy. – Zakwaterowali mi dwóch obwiesiów! Szczyre to rabuśniki, już mi odbili komorę, wykradli kury, spalili płot i zabierali się do dziewczyn. Kijem przepędziłem ultajów i poleciałem z żałobą do komisji kwaterunkowej, ale pan Gautier jeno ręce rozłożył i powieda: nie zaradzę, generał Pistor tu znaczy, a nie nasza komisja, suplikuj go asan, może ci odmieni...

– Nie chodź do tego Antychrysta – przerwał mu gwałtownie chudy, przygarbiony jegomość.

– Kumie najmilejszy, a dyć na takim samym woziku jachałem.

Dukata pozwoliłem pisarzowi za dopuszczenie przed obliczność generała, a kiedy wyłożyłem mu swoją okoliczność, kazał mi za drzwi! Słyszycie, mnie, ojca dzieciom, mnie Jana Chryzostoma Trydla, mnie tutejszego z dziada pradziada, szewieckiego kunsztu majstra z majstrów, śmiał sponiewierać i jeszcze od sukinskich synów nazwał! – Wrzał, ledwie już zipiąc z alteracji.

– Bogu ochfiaruj krzywdę, a tutaj jęzorowi nie folguj – mitygował któryś.

– Za taką postponację flaki bym ścierwie wypuścił z bebecha...

– Pałace a no i jaśnie wielmożnych kamienice są wolne od kwaterunków – zaszeptał zatabaczony zabierając się do kichania. – Na kim się zmiele, a na nas się skrupi. Kwaterunki, brukowe, ogniowe, gnojowe i wszystkie pobory i składki któż płaci? Jeno my jedni! Panowie zawsze potrafią się wykpić...

– Za długo już tego gniotu, za długo – mruczał gniewnie Jan Chryzostom.

– A nie zapłacisz, to ci przez egzekucję ostatni sprzęt zabiorą i przedadzą... A cóż to kto zrobi jaśnie wielmożnym? Dużo sobie robią z naszych krzywd!

– Ksiądz Meier powieda, żeby na nich spróbować owych francuskich praktyk, to by może choć dla naszych dzieci znalazła się sprawiedliwość.

– Strach o tym pomyśleć. Były wolnoście, były prawa, teraz zaś co? Jeszcze gorsza niewola! Co jedni przyznali, drudzy wzięli, a bieda ostała!

– Żeby chocia kto orędował za nami na sejmie i u króla jegomości...

– Kumie, kruk krukowi oka nie wykole, uważaj, Jan Chryzostom Trydel ci to powieda. Przeznałem na durch tych naszych orędowników! Potąd stali za nasze prawa, póki król nie stargował ich la siebie honorami.

– Prawda, jako się to przygodziło z Barszczem. Pierwszyć to był nasz orędownik i obrońca przed majestatem i stanami, a skoro przypuścili go do szlacheckiego stanu, przezwał się z francuska i teraz trzyma jeno z panami...

– Pamiętam jego mać: miała jatkę na Podwalu. Źle jest psia kość, skórka barania, chodźmy do Brajerowej na kusztyczek miodu.

– I będzie gorzej – upewniał ponuro majsterek, tracący juchtem – niech no mróz ściśnie i Igelströmowe wojska ściągną z obozów, to nas z chałup powyrzucają.

– Na dwoje babka wróży, może się leda dzień odmienić na drugie.

– Baj baju, Kiliński z Morawskim durzą, a głupie zawierzają jakby w tę ewangelię. Któż się to przyczyni do odmiany? Panowie szlachta, hę?...

– Głupiś, kum, jak rozmiękła podzelówka. Przyczynię się ja, Jan Chryzostom Trydel, ty, Piotr Zadra, oni, nasza czeladź i my wszyscy w kupie. Spytaj Kilińskiego albo księdza Meiera, kto w onej Francji dokonał zmiany, to zrozumiesz!

– Kum ma głowę nie od parady, ale lepiej już chodźmy, tu nieprzespiecznie – zgasił przygarbiony zezując podejrzliwie ku Zarębie.

Pociągnęli do loszku pod Ratuszem, a na ich miejsce stanęli drudzy, że jako na teatrum zmieniały się wciąż figury i dyskursa, jeno tenor deliberacji był jeden: skargi na ciężary, wzdychania i żale. Tylko niekiedy wpadło w uszy Zarębie jakieś zastanawiające słowo o sprawach de publicis, to szept tajemniczy, że nasłuchiwał coraz uważniej i baczniej się rozglądał po tłumach. Dojrzał bowiem tu i owdzie porozumiewawcze znaki pomiędzy młodzieżą i karteluszki, podawane sobie z rąk do rąk, ale co by zawierały, nie mógł się dowiedzieć. Zagadnął w tej materii jakiegoś aspana, lecz ten jeno obrzucił go podejrzliwym, spojrzeniem i oddaliwszy się pod Ratusz wskazywał na niego jakimś oberwańcom, zebranym na stopniach pręgierza.

– Wziął mnie za szpieguna czy co! – Ta drobna okoliczność wzburzyła go i naraz poczuł się dziwnie obcym wpośród tych tłumów. I sprężywszy swoją postać wyniosłą, bezwolnie potoczył dumnymi, władczymi oczyma. Jakże nikczemnymi zdały mu się w tej chwili te wynędzniałe twarze pospólstwa, przygarbione grzbiety, nieforemne postacie i lękliwe spojrzenia! I czymże były w istocie te bezimienne, szare ciżby, trwożnie ustępujące przed każdym urodzonym? Ksiądz Meier widział w nich niezwyciężone armie przeciwko tyranom! A Konopka tylko z nimi obiecywał dokonać rewolucji! Któż się tutaj uwodzi? Zali nie są to wszystko płonne rachuby? – dumał. – Mogąż się znaleźć ludzie miłujący wolność i ojczyznę, między rzeszą zwyczajną jeno parać się miarką, łokciem a rzemiosłem? Zali w nich żywie co innego nad troskę o zysk i przeżycie jutra!... Gryzły go trwożne zwątpienia, lecz na sprzeciw wstały w pamięci wypadki rewolucji francuskiej. Wszakże tam ci sami sławetni, ci zakuci w okrutne getta poniżenia, nędzy i pracy, zburzyli Bastylię, zburzyli tysiącletnią tyranię i obronili Francję przeciwko skoalizowanym potencjom! I owo, ku uwielbieniu cnotliwych całego świata, nową ewangelię człowieczeństwa ogłaszają! Rozumowi a cnocie świątynie stawiają! Nawet starożytnych prześcignęli w miłowaniu ojczyzny i republiki. Ich to krwią i jeniuszem wstawa szczęśliwość powszechności! Tak dzieje się we Francji, więc czemuż nie ma się stać u nas? Człowiek–wszędzie jednaki, wszędy też zarówno godzien wolności. Zniknęły mu z serca chwilowe uprzedzenia i chociaż nieznośny fetor zalatywał od nich i raziły go ordynaryjne żarty i prostackie śmiechy, znowu z wytężoną bacznością wybierał oczyma najroślejsze postacie, jakby je w myślach werbując do szeregów, gdy z kamienicy na rogu Dunaju i Nowomiejskiej, przed którą wartę trzymał żołnierz municypalny, ukazał się prezydent Rafałowicz w towarzystwie Barssowej i wnuczek. Zaręba damie złożył powinny ukłon, znał ją bowiem żarliwą patriotką i otrzymawszy w zamian wdzięczne spojrzenie poszedł do sieni oznaczonej numerem 43, gdzie była drukarnia księdza Meiera. Nie było go na kwaterze, tylko w niskiej, sklepionej izbie od Piwnej, zawalony tłoczniami, stertami papierów i księgami siedział Konopka, coś pilnie zajęty pisaniem.

– Ksiądz jeszcze nie powrócił z nabożeństwa – objaśnił podając mu rękę.

– Nie wiedziałem, jako hołduje jeszcze zabobonom. Rozumiałem go sawantem.

– Musi to czynić dla pospólstwa i popularności. Waszmość już gotowy do drogi?

– Mogę ruszać choćby w tej minucie. Cóż waćpan takiego koncypuje?

– Madrygał dla jednej, bóstwu podobnej piękności. Przeczytam waści.

Zaręba słuchał pobłażliwie wierszowanej elukubracji, gdzie było do syta berżerek, bladej luny, owieczek, mitycznych bogiń i górnie wysławianych amorów. Mdłe to było niczym flaki z olejem, więc doczekawszy się końca wyrzekł rubasznie:

– "Niech żyje luby zakątek! Skąd życia bierzem początek." Wykoncypował tę piosenkę starosta Woyna. Pomnę ją jeszcze z kadeckich czasów, bo krótko i rzetelnie sławi to, o czym poeci łżą tak długo i górnie. Wszak nie o co drugiego chodzi?

Konopka spąsowiał i załamując ręce wykrzyknął zgorszony:

– Nie bluźnij waszmość! Nieszczęsny, kto słodkiej władzy amora nie ulegał!

- Bom Wenerę traktował jak dziewkę żołnierską: jak się masz i
bądź zdrowa. Na inne amory szkoda mi było czasu i dukatów –
podrwiwał, lecz nagle zjawione przypomnienie Izy zasępiło mu
duszę, że dodał życzliwiej:
– Masz rację, godzien jesteś za swoje wierne służby nadgrody od
lubej... Ale Konopka uśmiechnąwszy się przemówił z goryczą:
– Nazwie mnie tkliwym Celadonem i madrygał zawiesi na ołtarzu
przyjaźni! – Po czym spytał zwykłym tonem: – Idziesz waszmość
na obiad do Hotel d'Allemagne?
– Do podkomorzyny muszę aż na Nowy Świat. Właśnie mi już
pora...
– Wyjdę z waćpanem. Dzisiaj o zmierzchu zebranie u
Dziarkowskiego.
– Stawię się niezawodnie. Tym nie patrzy z oczów bohatyrstwo –
wskazał oczyma na snujących się ludzi, gdy wyszli na Piwną.
– Nie gorsi francuskich sankiulotów, jeszcze się przy zdarzonej
okoliczności pokażą.
– Któż koncypuje listy, jakie mam powieźć do Paryża?
– Trębicki z księdzem Meierem. Napatrzy się waszmość wielkich
spraw w tym Paryżu. Chciałbym był widzieć, jak leciała głowa
Marii Antoinetty! – westchnął żałośnie.
– Jej winy i zbrodnie wyimaginowali oszczercy – ozwał się
nieostrożnie Zaręba. Konopka aż przystanął i zatapiając w nim
swoje lazurowe oczy szepnął drapieżnie:
– Winna, bo z rodu prawiecznych tyranów!
– Przypuśćmy, że twoja bogdanka w takowej sytuacji. Cóż byś
uczynił?
– Oddałbym ją katowi – rzekł prędko i bez wahania. – Dałbym tak
samo ojca i matkę. Kto poślubia walkę z tyranami, temu nie trza
więzów przyjaźni, miłości ni rodziny! Bez miłosierdzia! Oto moja
maksyma! Litość w rewolucji jest zbrodnią równą zdradzie! –
szeptał namiętnie i piękny był w tym uniesieniu złowrogą
pięknością spadającego brzeszczota. Zaręba ścisnął mu dłoń z
najżywszą admiracją.
– Takim sobie imaginowałem waszmościa. Uwielbiam słuszność
twoich maksym.
– Ale szczególniejszym wrogiem w Polsce mam "człowieka
poczciwego" Zaręba uwiesił pytające spojrzenie na jego wielce
rozgniewanej twarzy.
– Jemu przysiągłem walkę na śmierć i życie, bo póki on trzyma
rządy w mniemaniach powszechności, poty nie zaznamy ładu i

prawdziwej wolności.

Przycichnął, gdyż wyszli z Piwnej na wąską uliczkę, prowadzącą do Bramy Krakowskiej i srodze zapchaną tłumami, powracającymi ze Starego Miasta; dopiero przedostawszy się pod domostwo Merliniego, piętrzące się niby kupa zmurszałych grzybów na boku Bramy, podjął znowu rozmowę.

– Człowiek poczciwy to najniebezpieczniejszy z tyranów! – mówił kłaniając się co chwila komuś w ciżbach. – "Poczciwy człowiek" nie przeciwi się niczemu przez poczciwość: bowiem warcholstwo uważa za tężyznę; przemoc i zbrodnię wytłumaczy krewkością; nikczemność – swobodą przekonań; oczywistą zdradę – rozumem in statu. Wszystko taki wyrozumie akuratnie i wszystkiemu poczciwie pobłaży, byle jeno dali mu zażywać spokoju i nie tykali jego przywilejów! Panu Bogu świeczkę, a diabłu ogarek – to jego święte przykazanie.

– Nie wyplenisz tego rodzaju ogniem ni mieczem, próżna walka.

– Otóż to! Po stokroć wolę człowieka twardym, nieużytym, srogim, egoistą i szczyrym nieprzyjacielem ludzkości. Przynajmniej wiem, z kim sprawa, jak go zmacać po słabiźnie i czego się spodziewać! Ale "człowiek poczciwy" te jakbyś miał okoliczność z pierzyną: uderz kijem – spęcznieje; strzelisz – kula utonie bez śladu; przejedziesz sztychem – jakbyś szył powietrze! Uważałeś go przyjacielem, lecz poczciwość wyda cię wrogowi, a jeszcze się zgniewa na ciebie, gdy mu wypomnisz, boć on pragnął najlepiej! Człowiek poczciwy czuwa nad wszystkim, troska się, boleje, rzewnie płacze, lecz niczemu nie zapobieży, bowiem poczciwość wzbrania mu uczynić przykrość choćby oczywistemu zdrajcy! Przekonałeś go do sprawy, zaprzysiągnął postąpić wedle sumienia i powinności – cóż, kiedy w pół godziny potem to samo przyobieca twojemu adwersarzowi. Na wołowej skórze nie spisałby uczynków "człowieka poczciwego" – machnął ręką.

– Trzeba mu nakazać posłuszeństwo.

– Podniesie gwałt, zaprotestuje w grodzie, gotów do zbrojnej konfederacji, a nawet do połączenia się z nieprzyjacioły kraju, w imię obrażonej poczciwości.

– Gnojące się rany chirurgowie często wypalają żelazem.

– I ja tak rozumiem, lecz na zebraniach komitetu wciąż deliberacje: co rzeknie powszechność na nasze zamierzania? Czy mamy prawo stanowić za wszystkich?

– Właśnie dzisiaj u Dziarkowskiego mamy podeliberować nad takimi materiami.

– Widzę, jakoście tam uformowali klub jakobinów!

– Ponieważ moderanci schodzą się tajnie na jakoweś knowania w pałacu Pod Sfinksami – zaszeptał mu w samo ucho – zawiązaliśmy sekcje "Obrońców Wolności", aby łacniej czuwać nad tymi arystokratami.

Zaręba poruszył się niemile dotknięty.

– Oni by woleli: "Wiwat naród z królem, wiwat wszystkie stany", jak to było wypisywane na bandoletach czasu sejmu konstytucyjnego. Pragną pochwycić styr insurekcji, utwierdzić panowanie swoich przywilejów, a lud zatrzymać w poddaństwie niewoli. Boją się świętych zasad braterstwa i równości. A jako przykład ich knowań podam: że mimo listów, jakie przywieźli Barss z Pawlikowskim od Naczelnika, posłali do niego swoją delegację w osobach panów Potockiego i Orsettiego, nie wyznając się z tym przed nami. Formują jakąś kabałę.

– Mieszkam przy Działyńskim, a o tych machinacjach nic nie wiem.

– Bo waszmość zapatrzony tylko w swoich żołnierzów i egzercyrunki...

– Prawda – potwierdził ze szczerością – i szef mnie już do politycznych spraw nie przypuszcza. Dębowski ma sekreta swoje i jest z nim w konfidencji.

– Z Lipska donoszą nam o wszystkim, co się wyprawia i zamierza.

– Ktoś możny tam czuwa.

– Sam ksiądz podkanclerzy, zaś ksiądz Meier ma z nim czucie...

– Za dużo klechów! przecież nie zabieramy się odprawować egzekwii.

– W Paryżu także ich niemało i pomiędzy najżarliwszymi.

– Nie neguję, znam również gotowych na najzuchwalsze azardy dla sprawy. Aleś mi waść zabił klina moderantami! Czy to aby pewne?

– U Dziarkowskiego dowiesz się waszmość obszerniej. – Ścichnął nagle, gdyż pod Bramą odciągnął go na stronę jakiś aspan i coś mu pilnie zaszeptał.

Brama Krakowska stożyła się niby ogromna, czworokątna kopa, bowiem mimo wyniosłości górnych pięter, zjeżonych jeszcze blankami a dachami, u nasady była wielce rozrośnięta, prawie pękata i dająca pozór srogiej fortalicji. Ruderą jednak pokazywały się być te masy potężne, obdarte z tynków i narożnikowych ciosów, poszczerbione głębokimi ranami, przeżarte wilgotnością i rozpadające się ze starości. Dachy widniały pogięte, miejscami pozapadane i świecące żebrami łat i wiązań. W strzelnicach i na zmurszałych przyporach krzewiły się bujne chwasty, a tu i owdzie wystrzelały nawet spore drzewka. Furta, wyrwana wraz z kamiennym obramieniem, leżała na ziemi, zaś krzepkie niegdyś brony, całe z grubych blach, skrępowanych żelaznymi sztabami, zwisały krzywo na obluzowanych zawiasach niby podarte i do cna zetlałe łachmany; że się już nie dały zawierać, zastępowano je na noc drewnianymi płotami. Nie stało też już od dawna zwodzonego mostu, a resztki fos broniących przystępu zarzucono gruzem i śmieciami. Pozostał jeno stary obyczaj zbrojnych wart, które dwa razy na dzień zaciągały się przed nią wśród grania klarynetów, piszczałek i warkotu tarabanów, by czynić jeno płone honory przejeżdżającym dygnitarzom. Inszej zgoła racji nie miały. Zaś w samej Bramie, pełnej na bokach nisz i komór, gmerały się dziady skamlące o jałmużnę i polśniewało nigdy nie wysychające błoto. Przez wylot na Krakowskie Przedmieście widać było kościół Bernardynów i gmachy klasztorne.

– Mam ciekawą nowinę – zaszeptał Konopka powróciwszy, gdy już weszli w Bramę. – Chruszczow spod Węgrowa wyciągnął ze swoimi rotami na Lublin.

– Wziął dyrekcję na Warszawę – odszeptał – już mi o tym donieśli. Wygląda, jakby Igelström pragnął wszystkie swoje siły skoncentrować w stolicy.

– Okoliczność cale pomyślna dla naszych przygotowań po województwach.

– Utrafiłeś w sedno – i zaszeptał żywo: – To skutek rozszerzanych między pospólstwem wieści o zamierzonych napadach na jego komendy. Uląkł się, zwija obozy na Woli, ściąga dalsze posterunki i przenosi wojska do miasta. Mieszczanie srodze już na to sarkają, boć w braku koszar rozkwaterują żołnierzy po domach. Na tośmy niemałe kładli nadzieje. Rozproszonych łatwiej będzie pokonać. Nie dopuścić jeno, aby się zebrali do kupy.

– Mam krótką sprawę z naszym przyjacielem – przerwał mu Konopka przystępując do Baraniego Kożuszka, siedzącego we framudze Bramy przy samym wyjściu na Krakowskie. Stary snadź musiał być dzisiaj w markotnej dyspozycji, gdyż siedział jakiś osowiały, chmurny i milczący. Nie zaczepiał nikogo, jak to było jego modą, penetrując jeno ponurymi oczyma wpośród ludzi i powozów przejeżdżających. Nie suplikował też o jałmużnę, a jeśli mu kto wetknął w garść jaki grosz, dziękował skinieniem głowy lub podaniem otwartej tabakiery. Konopka dając mu złotówkę spytał cicho o jakichś sprzysiężonych.

– Siedzą w traktierni Poltza na Podwalu, przeciwko pałacu

Igelströma.

– Niech na mnie poczekają do piątej – szepnął cofając się gwałtownie pod mury, bowiem z Bramy galopował na rozhukanym koniu żokiej w czerwonym frączku, takiejże czapce i żółtych botfortach, w ślad za nim pędziła wysoka kariolka o czerwonych kołach zaprzężona w cztery siwki, powożone przez słynną z urody i wesołego życia Andzię, obok niej siedział kapitan Kaczanowski, niedbale rozparty, zasię po nich toczyło się jeszcze trzy powozy pełne alianckich oficjerów i strojnych dam. Przelecieli niby burza, roztrącając przechodniów, pierzchających na wszystkie strony.

– Żeby was, psiekrwie, wydusiła morówka! – błogosławił ktoś z pokrzywdzonych.

– Skręcili w Senatorską, na pewno walą do Szulca na Wolę – zauważył Zaręba.

– Kapitan nie przebiera w kompaniach – ozwał się zgryźliwie Konopka.

– Dziewczyna prosto kanar, wabna i pono szaleje za im. Przystoiż mu taka komitywa z alianckimi oficjerami?

– Piękną Andzię utrzymuje Diwow, więc wypada mu się z nimi zadawać.

– I taka socjeta wymaga niemałych ekspensów, o ile zaś wiem, kapitana nie stać.

– Ekspensa ponosi nasza kasa. Imaginujesz sobie teraz, o co tu chodzi? Juści że zrozumiał, odparł jednak ze szczerą awersją:

– Nie na mój smak ta dziewka i ten proceder Kaczanowskiego.

– De gustibus. Ja miałem zagrać rolę czułego kochanka przy tej Chloe, ale się wyprosiłem u szefa. Kapitan majster w takich sprawach, z umarłego wyciągnie tajemnicę. Niczym niespłacone usługi nam oddaje.

Wyszli na Krakowskie. Sporo jeszcze snuło się ludzi pod domami. Czas był ciepły i w słonecznym świetle żywo barwiły się stroje, błyszczały okna i przelatujące pojazdy jaskrawo malowane, za którymi podnosiły się tumany kurzów. Szli wolno, bo Konopka wciąż się komuś kłaniał, często przystawał ze znajomymi. Stosunki miał rozległe między sławetnymi a pospólstwem, jak i między miejskimi personatami. Zaś szczególną sympatią cieszyć się musiał wpośród kobiet, gdyż często jakieś uwielbiające oczy podnosiły się na jego śliczną twarz. Nie zwracał jednak baczenia na te nieme hołdy.

– Gdzie tu stacja powozów do najęcia? – spytał Zaręba patrząc na zegarek.

111

– Pod królem Zygmuntem– a opłaca się kursy w sklepie zegarmistrza Kranca.

– Muszę się pospieszyć na obiad, dochodzi druga. Zaczął się umawiać o spotkanie wieczorem, gdy najniespodziewaniej stanął przed nim Klotze.

– Co waść tutaj robi? – dziwił się Zaręba, wielce poruszony tym spotkaniem.

– Właśnie powracam z koszar Działyńskich, gdzie szukałem pana porucznika.

– Dawno waść bawi w Warszawie? – ledwie się powstrzymał od innych zgoła pytań.

– Trzeci dzień. Instaluję kasztelana na zimowych leżach i ledwie już zipię z utrudzenia – obciągał swoim zwyczajem westę na cale wysadzonym brzuchu.

– Zdrowi wszyscy? – pokazywał twarz obojętną, ze drżeniem jednak czekając responsu.

– Jak rydze! Zwiozłem cały dom do Warszawy, samych czterokonnych brak pod bagażami dwanaście, nie rachując karet pani kasztelanowej, szambelanostwa i pojazdów pod dworskich ludzi. Nasz agent wynajął pałac Borcha na Miodowej, ale nawieźliśmy go w takim stanie, że choć łeb sobie rozbij z rozpaczy! Istny Pociejów! Pani kasztelanowa kazała mi przede wszystkim odszukać pana porucznika – ukłonił się szczerząc zęby w jakimś konfidencjonalnym uśmiechu.

– Stawię się jeszcze dzisiaj. Wuj pozostał w Grodnie?

– Tak, ale sejm się skończy albo go zalimitują lada dzień i natychmiast przyjedzie. Powiem pani kasztelanowej, że pan porucznik będzie na podwieczorku...

– Może i wydolę na tę porę. Jakże waść znalazł stolicę po Grodnie? – chciał przeciągnąć rozmowę.

– Śliczna jak zawsze, lecz napomina mi młodą, opuszczoną małżonkę: strasznie smutna. Na ulicach pustki, w handlach pustki, w kaletach pustki, a w twarzach przygnębienie. Ale niech no dwór z królem jegomością powróci, będzie tu inaczej. Jedno tylko uważam nie zmienione: dziewczęta rarytasy, że palce lizać! – Tu zatrząsł się w uśmiechu, aż mu zabrzęczały liczne pieczątki u dewizek.

– Nie myli się waszmość, Warszawianki są godne uwielbienia – wtrącił z zapałem Konopka.

– I co najcięższej kiesy złota – parsknął znowu cichym, lubieżnym śmiechem. – Spotkałem przed chwilą na Senatorskiej sławną

Andzię. Znałem kiedyś ślicznotkę. Co to za biuścik, jaka nózia, jakie kolanko! Powiadam waszmościom, najprzedniejsze frykasy –śmiał się rechocąco, mamląc lubieżnie sprośnymi wargami.

W czym się pokazał tak obmierzłym, że Zaręba powrócił do przerwanej rozmowy z Konopką, lecz dojrzawszy wolny powóz pod kamienicą Wasilewskiego, kazał się zawieść na Nowy Świat do pałacu Sułkowskich, zapominając pożegnać się z obydwoma. W drodze myślał tylko o Izie, bez radości jednak ni wzruszenia.

VI

Ani spostrzegł, kiedy się znalazł w antyszambrze mieszkania podkomorzyny i w objęciach starego Rustejki, który, witając go jakby po długim niewidzeniu, nie omieszkał przy okoliczności nakłaść mu w uszy utyskiwań na humory podkomorzyny, fochy Kisielówny, swoje reumatyzmy i kiepski bieg sprawy ze Świdami, jak to był czynił prawie codziennie.

Zbył go też jak zwykle i poszedł do stołowego pokoju, a wysłuchawszy z pokorą strofowań gospodyni, gdyż obiad już był rozpoczęty, zabrał się do jedzenia, niewiele zważając na socjetę.

Przy stole siedziało z dziesięć osób najprzeróżniejszych kondycji: jakiś eksjezuita czarny jak żuk, o zapadniętej twarzy i krzaczastych brwiach, który milcząc zawzięcie ciągnął wino niby wodę; jakiś wypieszczony, wyfryzowany koronkami, pachnący Francuz, mieniący się być markizem wygnanym z kraju przez wypadki rewolucji; jakaś szlachta w odświętnych kontuszach woniejących lawendą, odległych województw personaty srodze wąsate, łaciną szpikujące, spuchnięte dumą i godności swej pilnie strzegące; jakieś młode franty we fraczkach, z rozczochranymi głowami a la Caraciolla i z minami filutów. Na szarym końcu siedziało dwóch literatów: jeden chudy i mały, z twarzą wiecznego głodomora, w wyświechtanej zielonej bekieszy i z włosami jakby zjedzonymi przez mole, dawał ze siebie postać stracha na wróble; drugi zaś pulchniutki różowy, z brzuniem wysadzonym na kształt runtowej michy, brzękający masą łańcuszków i pieczątek, w modnym fraku, z włosami trefionymi, z twarzą gładysza i zdobną w nos zazierający w blade, wąskie wargi, uśmiechał się wciąż z tajemniczą wyższością sawanta, tajemniczo spozierał dokoła i tajemniczym głosem prosił sąsiada o podanie soli... Zaręba znał niezgorzej te wszystkie persony, spotykane już od miesiąca na niedzielnych obiadach u podkomorzyny, i zarówno ich nie cierpiał;

113

traktuje jako pieczeniarzy i wydrwigroszów.

Rozmowa toczyła się leniwie o sejmie; zwłaszcza z racji traktatu z imperatorową, podanego właśnie do powszechnej wiadomości, wygłaszano lękliwe opinie nie wiedząc, co o tym trzyma podkomorzyna, mająca dzisiaj postać cale nie dysponowanej do politycznych dyskursów. Nie ukrywała też swoich humorów, co najboleśniej odczuwał nieodstępny Murzynek; dostało się również i księżniczce, siedzącej nad talerzem z miną głodnej i zmoczonej wrony, a po niej Zarębie, że był przepomniał wziąć z księgarni Netta jakiś najnowszy romans francuski.

Na dobitkę po wetach, kiedy przechodzili do salonu i Zaręba próbował się wymknąć, nakazała mu zasiąść przy sobie i wysłuchiwać czytania literatów.

Najpierw popisywał się chudy i uplasowawszy się we wzniosłej pozie na środku stancji, jął wygłaszać z pamięci niezdarne gryzmoły, zatytułowane jako: Lament utrapionej Matki Korony Polskiej już, już konającej. Jęczał z pół godziny, sapał, grzmiał niby z kazalnicy, nos wycierał, a w końcu sam jeden roztkliwił się do łez.

– Wyszczułbym tego pismaka. Te banialuki nie warte funta kłaków – szepnął Zaręba.

– Owszem, po obiedzie dla konkokcji żołądka słuchać należy... – odparła poważnie.

– Do snu lubego przywiódł wszystkich – wskazał kilku drzemiących.

Wystąpił drugi, odchrząknął, tajemniczo się uśmiechnął, gruby foliał rozłożył przed sobą na stole i skłoniwszy się w stronę podkomorzyny czekał zachęty.

– Czytaj, mości starościcu, prosimy – rzuciła ze wspaniałą uprzejmością. Ten znowu dawał rzecz: O prawach moralnych i fizycznych, czyli prawdziwe systema natury, mixtum compositum z pism Jana Jakuba Rousseau i francuskich filozofów, ale czytał głosem lubującym się w swoich wywodach, zebranych w pocie czoła.

– Tego starczy na wszystkie dni w roku – jęknął Zaręba. – Rękopis ogromny niby mszał. A w konkluzji nastąpi kolekta na wydrukowanie dzieła – wtrącił złośliwie.

– Drukuje własnym sumptem u Dafura. Mylisz się waćpan co do niego: Karczewski wiedzie się z możnej rodziny w Sendomirskiem.

– Uważałem go pismakiem do najęcia, jakich teraz namnożyło się w Polsce.

– Ku oświeceniu powszechności trudzi się poczciwie. Więc

wyjeżdżasz waćpan?

– Jutro do dnia, właśnie chciałem o tym powiedzieć pani podkomorzynie.

– I cóż ja tu pocznę sama jedna? – szcpnęła rozżalonym głosem.

Spojrzał niespokojnie, obawiając się tkliwego potopu wynurzeń i czułości.

– Będzie mi brakowało waszmość porucznika – powiedziała już otwarcie, nie hamując się całkiem w pasji do niego. – Odjeżdżasz z lekkim sercem? – zajrzała mu w oczy

– Za miesiąc, da Bóg, powrócę i mam nadzieję zastać panią podkomorzynę w dobrym zdrowiu.

Wykręcił się z żołnierska, puszczając mimo uszu jej wyznania.

– Waćpan masz kamienne serce! – uderzyła wymówką.

– Nie, tylko moją jedyną bohdanką powinność ojczyźnie – szepnął gorąco, aby przerwać nieprzyjemną rozmowę. – Nie lża mi teraz drugiej.

Długo patrzała w niego oczyma uwielbienia. W pełnym świetle i tak z bliska jej leciwa twarz, pomimo bieliczek i różów, była już srodze gąbczasta i pokryta zmarszczkami; jeno wspaniałe oczy po dawnemu jarzyły się królewskim błyskiem i wargi miały kształt śliczny i pocałunków żądny.

– Będę wyglądała waćpana z tęsknością Penelopy...

– Jeśli zgodzą się na to zalotnicy! A Ulisses może pozwolić długo czekać na siebie.

– Zamknę się na cały czas i niby wdowa żałobna pofolguję łzom – odparła smutnie.

– Uwielbiam taką dyspozycję serca, lecz ważniejsze sprawy czekają panią podkomorzynę.

– Nie ma ważniejszych nad własne szczęście! – westchnęła przysłaniając się wachlarzem. Umilkli słuchając czas jakiś górnych wywodów Karczewskiego, bajającego swoje ckliwe systema natury.

– Snadniej pisać o szczęśliwości, niźli ją posiąść – szepnęła z niemałą goryczą.

– A jeszcze trudniej sprawić, aby się stała udziałem powszechności. – I jeszcze ciszej zaszeptał:

– Proszę o sekret przed Działyńskim, dał mi bowiem permisję jechania w prowincje wielkopolskie względem zawiązywania klobów. Więc jeśli mój wojaż do Paryża weźmie pomyślny skutek, sam powiem, jeśli zaś spali na panewce, nierad bym ściągał na siebie jego niełaskę.

Przyobiecała i tłumiąc ból zranionej miłości, rzekła siląc się na spokój:

– Cóż mi czynić należy po wyjeździe waćpana?

– Przeszkadzamy temu mądrali – wskazał Karczewskiego.

– Zatrzymaj się waść, zaraz powrócę – zwróciła się do niego, wstając z krzesła. – Pójdźmy do bokówki. Mości Rustejko, prosić do wina... Znaleźli się w niewielkiej stancji, wykrytej tyftykiem i obstawionej niskimi siedzeniami. Przez wywarte okno zalatywało chłodne powietrze i oczy niosły się na lśniące, szeroko rozlane wody Wisły.

– Będzie pokrótce niemała sposobność do kaptowania stronników dla sprawy... Patrzała w niego jakby zdumiona i nie pojmując ani słowa z jego mowy.

– Pewnie... tak... – bąknęła, gdyż łzy skąpały jej twarz pobladłą.

Tego się właśnie lękał, lecz ona mężnie się pokonawszy zażądała wskazówek

– Po sejmie – zaczął uradowany jej rozsądkiem – wraz z królem powróci do Warszawy cała grodzieńska socjeta; zjadą też na zimę znaczniejsze familie z prowincjów, rozpoczną się asamble, teatry i przyjęcia. Będą to okoliczności wielce sprzyjające rozpowszechnianiu patriotycznych opinii. Szczególniej teraz po haniebnym traktacie z Prusami a zagarnięciu przez imperatorową tylu województw, powszechność zaczyna się trwożyć i oglądać za ratunkiem. Nawet targowiczanie już pojęli, dokąd kraj przywiodło zbójeckie trifolium. Szczęsny Potocki schronił się od publicznej wzgardy za granicę. Branickiego żądają mieć ukaranym na gardle, a Rzewuski, będzie z tydzień temu, jak ledwie salwował się przed zemstą grodzieńskiego pospólstwa. Już cały kraj we wrzeniu rozpaczy, trzeba nam podsypywać prochów, budzić sumienia, dawać obrazy okropnego upadku i wskazywać jedyną drogę ocalenia. Czynią to nasi emisariusze wśród szlachty i chłopstwa, pomiędzy arystokracją działa pani generałowa Ziem Podolskich, przyczynia się niemało i pani wojewodzina Sapieżyna wraz z kilku damami wielkiego serca i urodzenia. Zaś w Warszawie musi się tym zatrudnić pani podkomorzyna. Niemałe to zadanie...

– Jakąż rolę ma wyznaczoną imość Barssowa? –pytała przybielając twarz przed zwierciadłem.

– Działanie na wyższe mieszczaństwo. Spełnia znakomicie, pani to wielce oświecona i ambitna, marzy się jej znaczenie madame Rolland, słynnej Egerii francuskich żyrondystów. I równa jej w urodzie, mądrości i patriotyzmie...

– Muszę się z nią zapoznać. Konopka prawił mi o niej niesłychane

116

ambaje...
– Bo to jego ołtarz, przed którym pali nieustanne ofiary uwielbień.
Westchnęła smutnie, ginąc na chwilę w sąsiednim pokoju.
Powróciła z konotatką w ręku i sporym workiem świecącym
dukatami przez zielone oczka.
– Masz waść na ekspensa drogi; ksiądz Meier wspominał o pustej
kiesie...
– Właśnie o ten szkopuł rozbija się niejedno ważne zamierzenie.
– I kup mi w Paryżu parę drobiazgów – podała wraz spory regestr
przedmiotów... Ucałowawszy jej ręce na pożegnanie zabierał się do
wyjścia.
Patrzyła w niego z niemą rozpaczą, ledwie powstrzymując łzy.
– Jedź z Bogiem, a rychło powracaj, powracaj! –– zaszlochała
wreszcie i uciekła. Z niezmierną ulgą znalazł się przed pałacem i
wsiadłszy do oczekującego powozu kazał jechać na Miodową. Nie
był bowiem z rodzaju lubujących się w miłostkach i poczytujących
sobie za chlubę alkowiane przewagi, więc i amory podkomorzyny
uważał za swoje nieszczęście. A przy tym rany po zdradach Izy
były nazbyt jeszcze chwilami piekące. Nie kochał jej, lecz wyprzeć
z pamięci nie zdołał, wracała przy lada okoliczności. Może ją
spotka za chwilę u kasztelanowej? Może pierwsza wyjdzie
naprzeciw i poda ręce jak niegdyś w Górach? Owładnął nim
dręczący niepokój jakby przed ukrytym dla oczu
niebezpieczeństwem.
Drgnął naraz gwałtownie, wyrwany z zadumy. Właśnie dzwony
nieszporne zaczęły podnosić nad miastem swoje głosy spiżowe:
pierwsze zaśpiewały od Dominikanów Obserwantów jakimś
górnym, niebosiężnym dźwiękiem; po nich Misjonarzów zerwały
się głębokim wtórem, a zasię dalsze: Wizytek, Karmelitów i
Bernardynów brały swoją kolej, uderzały w niebo i biły ogromnie,
uroczyście i kolebiąco, napełniając powietrze świegotliwą kapelą
jakoby tęskliwymi klangorami ptactwa, kołującego wysokim lotem
nad ziemią.
Że powóz toczył się wolno z racji wybojów i nędznych szkap,
Zaręba znowu, jak w południe na Starym Mieście, oddał się cały
penetracji miasta i przechodniów. Powracał do tych materii z pasją
człowieka żądnego prawdy, na której zakładał nadzieje
insurekcyjnych marzeń. Chciał dojrzeć moc tego miasta i jego
dyspozycje względem powszechnego dobra; pragnął dojrzeć w
tych gnuśnych, szarych postaciach mieszczaństwa uczucia, jakie
rozpierały jego własne serce. Ale co już był w przypołudnie na

Starym Mieście zrozumiał pewnym, teraz znowu widziało mu się
wątpliwym. Smutkiem tchnęła ulica, pełna śmiecia, wybojów i
kurzawy; rzędy spiętrzonych kamienic Krakowskiego zdały się
opuszczonymi, pustymi rude– rami, wszędzie przy furtach bielały
karty, oznajmujące kwatery do najęcia, wiele sklepów stało nie
zajętych, a szyby polśniewały niby oczy zasnute bielmami łez
zastygłych. Jakaś cmentarna cichość wisiała w powietrzu; grobami
wydawały się kościoły, grobami te wspaniałe pałace Potockich,
Radziwiłłów, Lubomirskich i Małachowskich, stojące wzdłuż
Krakowskiego w przepychu złoconych krat i herbów, drzew i
cudnej struktury, bowiem zawarte były na głucho, ciche, a
dziedzińce porastały trawą. Nigdzie nie odczuł tętniącego mocno
życia, bogactwa ruchu, siły i animuszu. Pod domami snuły się
postacie ludzkie, podobne lękliwym cieniom. Nawet powozy
bogatszych mieszczan w Aleje na wiejską kawę lub za rogatki były
nieliczne, obdarte i ciągnięte przez nędzne szkapy. Mało również
pokazywało się pańskich pojazdów, a jeszcze mniej konnych,
galopujących w asyście strzelców i liberii. A wszak pamiętał, co się
tu działo niedawno w czasie konstytucyjnego sejmu; pamiętał te
nieskończone rzędy zaprzęgów mieniące się od barw, pióropuszów
i złota, te kawalkady jeźdźców, ten przepych, zdumiewający nawet
cudzoziemców, te ciżby przepełniające Warszawę radosną wrzawą,
bogactwem, bujnością życia, tryskającego weselem i upojeniem.
Już nie opuszczoną małżonką, jak to był zauważył Klotze,
wydawała mu się Warszawa, jeno wdową żałosną po stracie
szczęścia wolności; wdową sponiewieraną przez tyranów i hańbę
poniżenia.
– Z pewnością, że to rozpacz nad ojczyzny dolą napiętnowała
wszystkie twarze boleścią, zaś całe miasto spowiła jakby w
popielny całun zasmucenia – myślał dopatrując się właśnie tego,
co jego czułe serce mieć pożądało. – Jak w całej Rzeczypospolitej
zresztą. Jak w całym świecie umęczonym, a śniącym szczęście
wyzwolenia. Cierpliwości! Już wybija godzina swobody! – zdawał
się szeptać zgorączkowanymi wargami, obejmując wraz czuciem
miłowań te mury prastare, ludzi, świat wszystek. – Ni jeden żywy
ujść stąd nie powinien! – mniemał spostrzegając alianckie warty
porozstawiane po rogach ulic niektórych. Zwłaszcza drażniły jego
dumę ronty, często przeciągające mocnym, zwycięskim krokiem, że
bezwiednie sięgał do rękojeści, a na usta cisnęły się słowa twardej
komendy. Kazał nieco zwolnić na Miodowej przed pałacem
Igelströma, gdyż przed kratami stały liczne straże jegrów, a w

dziedzińcu aż roiło się od zielonych kurt, lśniących kołpaków, osiodłanych koni i czerwonych kozackich chałatów.

W niemiłej więc dyspozycji wysiadł przed kratami pałacu Borchów, cały bowiem obszerny dziedzinicc był zastawiony brykami pod płóciennymi budami, rozpakowywanym sprzętem, a prócz tego pod pawilonami piętrzyły się góry jakichś beczek.

Kasztelanowej już nie zastał, wyjechała na miasto z szambelanową, znalazł tylko szambelana w ogrodzie za pałacem karmiącego młode pawie, trzymane w klatkach.

– Nie uwierzysz waść, jak będą kruche i pachnące – upewniał po przywitaniu. – Sekret w tym, żeby je tuczyć pszennymi kluskami zarobionymi śmietanką i muszkatołowymi gałkami. Najprzedniejsze delicje! – oblizał się smakowicie.

– Niejeden głodny pejzan by im pozazdrościł. Jak cudnie się pokazują stare! – wskazał na kilka pawi, które, roztoczywszy wachlarz barwistych ogonów, dreptały w miejscu pusząc się i wraz czatując na okruchy smakowitego żeru. – Widzę pana szambelana w dobrym zdrowiu i humorach.

– Nieprawdaż? – ożywił się radośnie. – Nadzwyczajną poprawę sprawiły mi te wody pyrmonckie, czuję się cale dobrze – porwał się z krzesła, robiąc parę kroków chwiejnych wielce.

– Na konia lada dzień siędę – chwalił się zasiadając z powrotem. – Pasiuchny! Paś! paś! – marniał pieszczotliwie na pawięta i nabierając garściami kluski ze srebrnej tacy, trzymanej przez liberyjnego, karmił je z luboścą. – Iza pojechała z kasztelanową do księcia prymasa. Przysłał inwitację na swoje causetty. Odprawują się teraz w niedzielę. Poczekaj, waść, powrócą za jaką godzinę. Iza będzie ci rada. Niemałoś waszmość sprawił udręki swoimi brewerami!

– Pani szambelanowej? – zdumiał się niemało.

– Całej rodzinie! Jakże, toć Iza wstawiała się za waćpanem do samego ambasadora! Tak przepadłeś z Grodna, żeśmy przypuszczali jakąś złą przygodę... Różnie też szeptano po mieście. Mam z tej racji do pomówienia z tobą sub sigillo. Chłód się już robi – zapiął złote pętlice wiśniowego szlafroka, podbitego marmurkami. – Kubuś, pora na lekarstwo! – zaskrzeczał na chłopaka, drażniącego się z pawiami. – A pilnować mi małych, bo niech który zginie, a weźmiecie po pięćdziesiąt bizunów – pogroził służbie, wstępując przy pomocy Zaręby na schody i wiodąc go do swej komnaty, już jako tako urządzonej, reszta bowiem pałacu dawała obraz Pociejowa, tak była zawalona pakami, przeróżnym

rupieciem, słomą i rozpoczętymi robotami mularzów i tapicerów.
– Cóż się tam dzieje w Grodnie? – spytał Zaręba pozwoliwszy mu odsapnąć.

– Zwyczajnie: nikczemność i zdrada odprawują swoje sabaty – wyznał się nieoczekiwanie, lecz dojrzawszy jego zdziwienie dorzucił: – Wszyscy się już rozjeżdżają. Nawet król jegomość wzdycha do Warszawy, troska się bowiem, czy aby jego malarze nie pokpili sprawy przy wykończaniu wielkiego salonu w Łazienkach. Sejm będzie lada dzień zamknięty; uchwalono, czego żądano, zawarto traktaty, jakie były potrzebne sąsiedzkim potencjom, ułożą nową konstytucję, i do domów... Okoliczności złożyły się tak fortunnie dla Rzeczypospolitej, że wszelakie frasunki o nasze szczęście wzięła najmiłościwiej na siebie imperatorowa z królem pruskim. Będziemy teraz mogli zażywać niezmąconego spokoju. – Gorycz szyderstwa przeciekała z jego słów, mówionych cale poważnym tonem.

Zaręba znał go w czuciach wystygłym i dla spraw ojczyzny obojętnym, więc uważniej spojrzał w jego twarz, podobną trupiej. Pod różem i bielidłami ryła się troska niezmierna i ból z trudem maskowany.

– I szlachta się cieszy: zboże dobrze płaci, komory pruskie przepuszczają bez szykan i zatrudnień, talerów i rublów sporo w obiegu, wszystko się zapowiada jak najlepiej. Powiadał Klotze, ile to sam kasztelan zarabia na handlach z Prusami... Kubuś, otwórz okna! Tak czasem zaleci dziechciem z pokojów. Po Stackelbergu pozostały te lube wapory. Przyjacielska perfuma i pono zdrowa na piersi, alem jeszcze nie nawykł do niej – zaśmiał się cichutko. – Nowinę mam dla ciebie: von Blum się wylizał. Powiadali, jakoś mu gębę otworzył na rozcież...

– Niestety, serdecznym chęciom nie całkiem sprostała ręka.

– To miejże się teraz na baczności! Ktoś pewny cię przestrzega i radzi wyjechać na wojaż. Blum zaprzysiągł ci zemstę, a ma on długie ręce i nic skrupułów.

– To niechże się strzeże, bym go nie uprzedził – szepnął groźnie.

– Mam pewność, jako Igelströmowi już wiadome twoje nazwisko...

– Właśnie usuwam się z oczów na jakiś czas, może przepomną o mnie. Gdzież się podziała śliczna pułkownikówna?

– Terenia! Zabrał ją ojciec do Kozienic. Kasztelanowa pogniewała się z nią o Marcina, bo zaczęła nim pomiatać niby najmarniejszym służką.

– Ćwiczy się sroka w cnotach właściwych jej płci. Wszystkie one jednakie.

– Proszę, taka konkluzja! A w Grodnie mówiono o waści bon fortiunach!

– Wrogom nie pragnę równicż zdarzonych! – podniósł się nagle do wyjścia.

– Poczekajże jeszcze chwilę, zaraz powrócą, kasztelanowa ma jakąś znaczną sprawę z tobą. Kazały cię zatrzymać na wieczerzy. Wprawdzie aktualnie pani szambelanowa jada modą hiszpańsko-dominikańską na święconej wodzie, ale ja po staremu, jak Pan Bóg przykazał, nie gardzę niczym, co smakowite. Mam nowego kuchtę, Francuza. Powiadam ci, cała Rzeczpospolita może mi go pozazdrościć. Mam go z poręki Zubowa! Mistrz to na miarę universum! Powiem waści jedno zdarzenie. Przed samym wyjazdem z Grodna zajrzałem do kuchni przypilnować pasztetu z gęsich wątróbek, na co dostałem przepis z Petersburga. Patrzę, a mój Francuz rozpostarty w fotelu, flacha borgońskiego przed nim, książkę ma w ręku i płacze w głos. Uważasz, co za tkliwość: płakał nad Manon Lescaut!. Znajdźże mi coś podobnego pomiędzy naszymi parzygnatami!

– Nasz by wziął pięćdziesiąt bizunów za czytanie! – zaśmiał się drwiąco. Powstała sprzeczka, w której szambelan jął się żałośnie rozszerzać nad polskim barbarzyństwem i brakiem oświecenia, czym dotknięty Zaręba powiedział:

– Jaki pan, taki kram. Oświecenie z nieba nie spadnie, trzeba je upowszechnić przez zakładanie szkół i zniesienie poddaństwa. I temu się właśnie szeroki ogół przeciwi. I ostro przymówił egoizmowi możnych i zaślepieniu. Szambelan z dziwną skwapliwością jął wygłaszać takie same opinie.

– Wzniosłe maksymy bez uczynków to rzucanie piachem w oczy – przerwał mu szorstko.

– Niechaj wyzdrowieję, a uwielbisz mnie waść za progresje! – upewniał, grożąc postąpieniem ze swoimi pejzanami wedle ludzkości i nakazu świętych praw natury.

Rozgadywał się zahaczając go w różnych materiach i niczemu nie przeciwiąc, byle jeno nie puścić od siebie, gdyż chorobliwie się bał zmierzchów w samotności. Więc chociaż słońce dopiero zachodziło, rozkazał pozasłaniać okna i zapalić światła, że kilkadziesiąt świec zapłonęło w komnacie.

– Istnością życia musi być światłość! Chciałbym się stać po śmierci płomieniem! I na ten tenor rozwodził się szeroko, aż w końcu zasnął w fotelu.

Zaręba, rad z tej okoliczności, wyszedł pośpiesznie, wyrzekając się obaczenia Izy. Ale na rogu Długiej zawrócił nagle z powrotem i promenował się od cukierni Nestla do Prymasowskiego Pałacu na Senatorskiej, pilnie się przyglądając każdemu przejeżdżającemu powozowi.

Mrok się rozpełzał, niebo po zachodzie wygasło i niby popielną płachtą obwijało miasto, w oknach błyskały światła, tu i owdzie zamigotała uliczna latarnia, kolebiąca się na sznurze, a on wciąż chodził wymierzonym, lękliwym krokiem nieśmiałego kochanka jak niegdyś za kadeckich czasów, kiedy przy nadarzonej okoliczności odprawował miłosne warty, by choć z dala napieścić oczy widokiem bogdanki. Przecież mógł mieć aż do syta widoku Izy, wolał jednak kryć się w cieniach nocy i puściwszy wodze imaginacji udręczać duszę nieokreślonymi zgoła nadziejami. Opadła go jakby tęskność kochania i w moc chwilową wzięła. Raczej więc wyśnionemu bóstwu chciał złożyć ofiarę uwielbień niźli Izie, własnemu pragnieniu i przebudzonym niespodzianie marzeniom.

– Mogliby mnie brać za rozamorowanego żaka – myślał chwilami, rozglądając się trwożnie, lecz słodkich peregrynacji nie przestawał.

Pod kościołem Kapucynów stał odwieczny krzyż, a przy nim tuliła się buda pokryta słomą i deskami, w której od wielu lat żebrał stary Marcin, znany całej Warszawie. Dziad był zgrzybiały, łysy, z brodą pożółkłą od starości, z daszkiem nad oczyma, pokręcony od chorób i starości jak wierzba, lecz pozostając w ścisłej konfidencji z księdzem Meierem, dawał baczenie na pałac Igelströma, gdzie między służbą miał swoich sprzymierzeńców. Znał go Zaręba z wielu cennych relacji, ale teraz ani nawet zauważył.

– Ojciec Serafin chory! Leży u Kapucynów – posłyszał wreszcie jakiś szept.

– Ojciec Serafin? Co powiadasz? Nie mógł pojąć i nie czekając odpowiedzi ruszył w swoją stronę.

Stanął naprzeciw pałacu i patrzył w oświetlone okna i zajeżdżające powozy. Otwarła się złocona brama w kracie, oddzielającej pałacowy dziedziniec od ulicy, wystąpiły zbrojne straże dla honorowania prymasowskich gości, a na podjeździe jęły rozbłyskiwać pochodnie.

I jakby stężał w słodkim wzruszeniu. Zbliżał się pojazd kasztelanowej, poprzedzany przez hajduka z pochodnią, mignęły mu w oczach zarysy obtulonych dam i biały habit dominikanina na przednim siedzeniu.

Wszyscy się rozjechali, okna pałacu pogasły, brama się zawarła, straże powróciły do wartowniczej izby, a tylko dwóch gemejnów zostało przed kratami, chodząc wymierzonymi krokami, gdy jakby się budząc z zamroczenia, przypomniał sobie naraz słowa dziada i pobiegł do klasztoru.

W korytarzach leżała noc i drgały przygłuszone śpiewy litanii odprawianej w kościele; lamentujący chór dobywał się jakby z podziemi, wznosił nabrzmiały prośbą, opadał zwiędły w żałościach i odpływając w jakiejś dalekości, znaczył się smugą kadzielnych zapachów i łkań pogubionych w mrokach.

W jakimś załomie korytarzów, pod czarnym krzyżem rozpiętym na ścianie, bielała w brzaskach oliwnej lampki naga czaszka rozmodlonego mnicha. Wyminął go na palcach i penetrując kolejno po pustych celach odszukał wreszcie Serafina.

Mnich leżał w małej stancyjce na niskim tapczanie, odczytując swój brewiarz; koślawa łojówka, obsadzona w bryłce gliny na podłodze, dawała nieco żółtego światła. Nie mógł się unieść z osłabienia, lecz pomimo febry i gorączki witał go radośnie, z humorem opowiadając, jak musiał uciekać z Grodna przed szpiegunami.

– Wpadli na moje tropy i tak już żarliwie wyciągali po mnie pazury, że musiałem się wynosić. Ale tutaj przespiecznie, kapucyni oddani sprawie.

– Znasz ojciec Warszawę? – zasiadł przy nim na tapczanie.

– Jak swoją kieszeń! Mam tu różne znajomości między pospólstwem. Przykryj mnie, waszmość, habitem: zimnem mnie trzęsie, że dziw mi zęby nie wylecą! – poskarżył się żałośnie i zmagając się z chorobą rozpytywał o wszelkie nowiny tyczące sprawy.

– Czy tu kto wszedł? Boże, w głowie mi się troi – zaszeptał rozglądając się po pustej celi.

– Jakieś głuche wieści o spisku już się rozpowszechniają między publiką...

– Niepodobna! Czyżby kto wydał tajemnice? – wzburzył się taką możliwością.

– –Mógł się tylko chełpliwie wypapłać i zawierzyć komu pod sekretem jak to u nas zwyczajnie. Za mną w Grodnie tropiły Boscampowe ogary, ktoś go w tym względzie pouczył. Król wie coś na pewno, a może Sievers jeszcze więcej, różne okoliczności utwierdzają mnie w podejrzeniach. Dziad spod kościoła już mi nazwał persony, wizytujące Igelströma w przebraniach i nocnych godzinach...

– Żeby można wiedzieć, z czym przychodzą? Znaneż to osoby?

– Zajmę się nimi serdecznie – zaszeptał szczękając zębami; febra nim trzęsła.

– W tym względzie przydałby się ksiądz Meier: ma tu obszerne związki i znajomości.

– Nie chcę motii z tym ludojadem – zaprotestował gniewnie. – Kto chce kogo bić, musi sam przy tym być – zakonkludował przysłowiem. – Estymuję jego miłość ojczyzny, ale to obmierzły ateista, gotowy szubienicami nawracać na swoją jakobińską wiarę... Nie stanął w jego obronie Zaręba, by nie rozdrażniać chorego, lecz zaczął szeptać o swojej podróży do Paryża. Nie wydało się to przedsięwzięcie fortunnym ojcu Serafinowi, nie wierzył w jego pomyślny skutek, uważając nawet za ciężki grzech szukanie pomocy u nieprzyjaciół Boga, jak wzgardliwie nazywał francuskich rewolucjonistów. A kiedy mu wyłożył Zaręba wszystkie korzyści takiego związku dla insurekcji, mnich mruknął posępnie jakby ostrzegająco:

– Z fortuną tym ostrożniej, im się bardziej brata! Mam za mydlane dętki te obietnice francuskie! – oponował powstając na nich coraz namiętniej, ale nie było już czasu na spory: w korytarzu zaklekotały trepy mnichów powracających z kościoła i zbliżała się pora zamykania klasztoru.

Dochodziła dziewiąta, gdy Zaręba znalazł się na Mostowej u Dziarkowskiego. Zajrzał przez zapocone szybki do długiej i mrocznej izby kafenhauzu, tak przy tym zadymionej, że nie rozeznawszy ani jednej twarzy, poszedł długą i ciemną sienią na podwórze, obstawione niskimi budowlami. Jakieś niskie drzwi otwarły się na pewien sposób zakołatania, ktoś ująwszy go za rękę sprowadzał po ciemnych, oślizgłych schodach w dół.

– Musi pan porucznik zaczekać.

Rozpoznał glos Baraniego Kożuszka, który go wprowadził do ogromnej piwnicy, obstawionej beczkami. Olejna lampka kopciła na środku, dając nikłe i rozpierzchłe blaski. Panowała głucha cichość, przejęta stęchlizną i waporami wina.

– Czy już wszyscy zebrani?

Dziad tylko rozłożył ręce i zginął między beczkami, jakby się rozsypując w mrokach. Upłynęło sporo czasu, nim powrócił i zapaliwszy stoczek rzekł rozkazująco:

– Proszę iść za mną.

I powiódł go w jakieś ciasne i zabłocone przejście. Korytarz ciągnął się krętą linią, pełen niespodzianych zakamarków i występów; ze ścian zaropiałych ściekała wilgoć, miejscami trzeba się było zginać wpół, straszliwe fetory zapierały oddech, a głębokie wyboje czyhały na każdym kroku.

– Dokąd prowadzą te przejścia?

– Pod Prochownię, a może dalej – odparł otwierając przed nim niskie drzwi. Znalazł się w obszernym sklepie, podobnym do niskiej pieczary; na środku, przy okrągłym stole, siedział ksiądz Meier, Trębicki, Konopka i parę zamaskowanych osób. Żelazny pająk zwisający od sklepienia rozkrążał rudawe blaski świec, wydając rozognione twarze i oczy fosforycznie świecące w głębi czarnych masek. Przed Meierem leżała otwarta księga "praw człowieka", polśniewał puginał i czaszka szczerzyła żółte, długie zęby.

– Widzę, jako odprawujecie redutę – spytał Konopki wskazując oczyma maski.

– Kiedyś będą ci wiadomi. To znaczne persony – dodał z naciskiem. Trębicki pisał coś tak spiesznie, aż pióro pryskało.

Zebranie snadź odbywało się wedle jakiegoś rytu, gdyż po zajęciu miejsca przez Zarębę ksiądz Meier dotknął wskazującym palcem puginału i powiedział głośno:

– Mówmy, bracia, w spokoju.

Jakoż rozmowa, przerwana na chwilę, potoczyła się swobodnie, ale w żaden sposób Zaręba nie potrafił rozpoznać po głosach zamaskowanych osób. Rozprawiano o systemach francuskiej rewolucji, deklarując się być wyznawcami jej ducha i praktyk. Wszyscy się przy tym godzili na jedno, żeby insurekcja w Polsce wzięła pomyślny obrót, mim dać głowę, arystokratów i zdrajców wywieszać a ich majętności skonfiskować. Zasię by dzieło powstania uczynić trwałym, musi nastąpić w Rzeczypospolitej doskonała równość obywatelów, zburzenie wszelkich przesądów i życie zgodne z prawami natury.

Z racji poruszanych materii deliberacje były namiętne; oczy rozbłyskiwały niby szpady bijące w tyranów, słowa nabierały wagi uderzenia toporów i jakby czad krwie wytoczonej z wrogów ludzkości przesycał powietrze. Aż ów mroczny i zionący stęchlizną sklep, w którym dyskutowano, zaczął przybierać postać świątyni, nieśmiertelnemu bóstwu wolności wzniesionej, gdzie wzmożone czucia i spłomienione wiarą serca składały ofiary najświętszych marzeń. Wierzyli bowiem całą swoją istnością, jako sama już wolność uczyni człowieka cnotliwym, a skoro odmienia się prawa i padną tyrani, wieczna szczęśliwość będzie udziałem nowej ludzkości. Królestwo Boże ziści się na ziemi.

Tajnie sformowana sekcja "Obrońców Wolności" nie imponowała liczbą, lecz duchem prawdziwego jakobinizmu i determinacją na każdy azard w imię ojczyzny i wolności. Mieli się za zbór wiernych świętego, powszechnego kościoła rewolucji, za niezłomnych strażników praw człowieka i rycerzów wolności. Szczególniej Konopka, jako gorący apostoł uciśnionych, żywym głosem nędz i krzywd dawał obrazy niedoli milionów, oczekujących wyzwolenia, w czym mu sekundowała jedna z masek wzruszonym a zapalczywym głosem.

– Kobieta! – pomyślał Zaręba łowiąc jej śliczne brzmienia, gdyż postaci obwiniętej w ciemną czaję i zatopionej w mrokach nie potrafił ogarnąć oczyma. Nie brał udziału w dyskursach, czując się dziwnie znużonym przygodami całego dnia.

Pilnie jednak nasłuchiwał i nieraz miał na ustach cierpką uwagę, nie znosił bowiem pustych retoryczności, a nazbyt tkliwe, górne i odległe celom insurekcji wywody Konopki przyprowadzały go do zniecierpliwienia. Ale milczał nie pragnąc zażegać sporów i kontrowersji.

Kiedy Trębicki skończył pisanie, ksiądz Meier zwrócił się do niego z przemową.

Sprawa była niezmiernej doniosłości, trzeba było zawieźć listy Chomentowskiemu do Paryża i jak najrychlej powrócić z odpowiedzią. Zaufanie sekcjonistów jego właśnie wybrało do tej czynności. Szło o przyśpieszenie uzyskania pomocy Francji, dawno już obiecywanej, a wciąż odwłóczonej. Rzecz całą kartowano w tajemnicy przed Wielką Radą i moderantami, spodziewając się, iż w razie pomyślnego skutku sekcja "Obrońców Wolności" weźmie rządy kraju i pokieruje insurekcją w myśl jakobińskich zasad i zgodnie z widokami francuskiej rewolucji.

– Nic nas tedy nie złamie i wybije ostatnia godzina tyranom! – wołał Konopka.

– I pochodnia prawdy i wolności zaświeci nad podłym egoizmem i przemocą.

– Wolni z wolnymi, równi z równymi, oto iszczą się szczytne marzenia filozofów. Przerwał te głosy ksiądz Meier i całując Zarębę w policzek rzekł uroczyście:

– Weź braterskie pocałowanie na drogę!

Po nim całowali go drudzy i wtedy utwierdził się w podejrzeniach

126

co do jednej z masek, uderzywszy się o jej strome piersi ukryte pod obszerną czują.

– Kto to może być? – łamał sobie głowę wychodząc ze sklepu. Przed wyjściem na podwórze dopędził go zadyszany Konopka.

– W domu Barssów musisz waszmość przyoblec się w inną skórę.

– Chciałbym jeszcze zajrzeć na swoją kwaterę do zajazdu.

– W Bramie Nowomiejskiej sporo się zawsze kręci gapiów, pójdźmy inną drogą. I powiódł go na Brzozową ciemną i straszliwie zaplugawioną, potem przemykali się omackiem jakimś przejściem pod domami, po stromych, oślizgłych schodach i wśród okropnych fetorów. Wydostali się na Krzywe Koło.

– Co to za dama między zamaskowanymi? – spytał niespodzianie Zaręba.

– Kawalerski parol, że nie wiem. Wprowadził ją Kapostas.

– Zaciekła i w politycznych materiach wyćwiczona. Imaginowałem jejmość Barssową.

– Nie ważyłyby się na takie azardy przeciwne jej płci. Kacper czuwał pod drzwiami kwatery, zaś ojciec Albin chrapał pod zielonym pawilonem tak mocno, że go nie rozbudziły światła ni rozmowy. Konopka odradzał zabierania w drogę nawet najbagatelniejszych drobiazgów.

– W razie złej przygody najmniejsza rzecz może wydać.

– Tom gotów – i zwrócił się do Kacpra: – Miej tu staranie o koniach, Maciusia też pilnuj, żeby się nie rozpił, a co poczta przyniesie, chowaj. Bądź zdrów! Za jaki miesiąc powrócę.

Pożegnał się z nim jak z rodzonym i wyszedł spiesznie.

U Barssów już na nich czekano. W małej stancji na tyłach siedziała pani w dezabilu i z głową okręconą szalem, śliczna i wielce zgorączkowana. Przy niej znajdował się Mr Volange pod postacią kupczyka, podróżujący po Polsce z modnymi towarami, członek paryskiego klopu jakobinów i może coś więcej. Za jego papierami miał wyjechać Zaręba, on zaś pozostawał na ten czas w domu Barssów w charakterze dyrektora do córek. Snadź smakował sobie w tej roli, bo wesół był jak szczygieł i strzelał niezbyt doborowymi konceptami.

O świcie przebrany nie do poznania i zgoła przemieniony, wyjechał Zaręba ekstrapocztą na Wiedeń, Moguncję i Strasburg do Paryża.

127

VII

Paryż tonął w jesiennej szarudze i w brudnych łachmanach mgieł.
Listopadowy dzień podnosił się mroczny, posępny, zgnilizną
przesiąknięty i beznadziejnie zadeszczony, bowiem od samego
rana padał gęsty i uporczywy deszcz zasnuwając rozdrganą,
szklistą przędzą wszystek świat, że miasto zdawało się być tylko
majaczeniem, a szmery ulewy i bełkoty rzygających nieustannie
rynien jedynie żywymi głosami wśród pustych, zabłoconych ulic i
placów.

Dopiero o samym południu rozjaśniło się nieco, deszcz ustawał,
natomiast zrywała się szalona wichura, że chwilami prawdziwe
grady dachówek, szyb i okiennic sypały się na ulice, drzewa z
jękiem przyginały się do ziemi, a wzburzona Sekwana szumiała
dziko, tłukąc rozsrożonymi falami o mosty i wybrzeża. Ale pomimo
tak nieprzyjaznej aury pod sczerniałymi murami "Conciergerie"
zbierało się coraz więcej pospólstwa. Zaledwie wybiła druga na
niedalekim Hotel Dieux, a pełno już było na stromym wybrzeżu,
pełno pod wysokimi ruderami na moście "zmiany", i pełno pod
samą bramą więzienia, strzeżonego przez znaczny oddział gwardii
municypalnej. Wyczekiwali cierpliwie codziennego widowiska:
wyprowadzania na śmierć "wrogów ludu". Jakby wezbrane wody
wypluły na swoje brzegi wszystkie szumowiny i zgrzęzy Paryża,
tyle się tam roiło ohydnych postaci, twarzy okropnych, spojrzeń
zbójeckich, łachmanów, nędzy i człowieczego plugastwa.
Przemiękłe, brudne szmaty gazet, afiszów i świstków krążyły z rąk
do rąk, czytano je głośno i namiętnie dyskutowano nad ewentami
rewolucji. Niekiedy zrywała się jakaś ochrypła piosenka, to
jadowity dowcip budził śmiechy zgrzytliwe albo padały namiętne
oskarżenia przeciwko tyranom, że tłum kołysał się ze złowrogim
pomrukiem przekleństw, a zaciśnięte pięście groziły miastu,
groziły wszystkim zemstą i zagładą.

Przy wstępie na most, pod olbrzymią rzeźbą Dawida,
wyobrażającą pokonaną hydrę tyranii, tulił się kramik, osłonięty
daszkiem, gdzie sprzedawano portrety głośnych osobistości,
medale, broszury i przeróżne relikwie i oznaki rewolucji.

– Kupujcie ojca ludu, Marata! – wykrzykiwał nieustannie
chuderlawy człowieczek zabijając o ramiona skostniałe ręce. –
Kupujcie sylwetkę Madame Coco! Kupujcie spowiedź Égalité!
Kupujcie czapki wolności! Kupujcie pamiątkę Bastylii...
Zaręba stojący obok z Chomentowskim zażądał miniaturowej

Bastylii.
– Tysiąc franków, obywatelu! Ze śladami krwi zdobywców tysiąc pięćset, asygnatami – dorzucił prędko. – Kupujcie puginały na tyranów! – wrzeszczał obwijając w papier sprzedaną Bastylię. – Kupujcie nową piosenkę obywatela Duranda!...
– Na gilotynę! Śmierć zdrajcom ludu! – zerwał się wrzask w tłumach i zarazem siarczyste brawa witały wysoki, dwukołowy wózek zajeżdżający pod więzienie i powożony przez katowskiego pachoła w czerwonej czapce i skórzanej carmagnoli.
– Hej, ministrancie, kiedyż się rozpocznie msza?
– Czyś tylko dobrze wyostrzył brzytewkę! Czy aby się imie książęcego karku!
– Niech tylko wyjrzy przez "narodową lunetę", a kichnie w kosz jak i drudzy.
– Tylko jeden "wózek sałaty" dają dzisiaj obywatelom!
Rwały się ze wszystkich stron głosy i całe morze głów zalało plac przed więzieniem.
Właśnie otwarła się brama, oddział żandarmów wystąpił, rozbłysnęły szable.
– Miejsca, obywatele! Msza się zaczyna! Miejsca celebransowi!
W bramie ukazał się Sanson, kat paryski, okutany w szkarłatny płaszcz, a za nim jegokrólewska wysokość, książę Filip Orleański, przezywający się Filipem Égalité, wraz z Constardem, obaj byli arystokraci, obaj byli rewolucjoniści, byli deputowani, byli konwencjoniści – obaj za występek spiskowania przeciw narodowi francuskiemu i jednej, niepodzielnej rzeczpospolitej skazani na śmierć. Szli z rękami związanymi na plecach i już w śmiertelnych tualetach, bo włosy mieli krótko przystrzyżone, a kołnierze u koszul wycięte głęboko odsłaniały karki. Kat pomógł im wejść na wózek, że ukazali się wysoko, widni wszystkim oczom.
– Śmierć arystokratom! Śmierć zdrajcom! – zerwał się huragan wrzasków, runęła skłębiona fala i tysiące drapieżnych rąk wyciągnęło się do skazańców, w porę jednak osłonił ich płot bagnetów i szabel; zatrzeszczały suche warkoty bębnów i pochód ruszył wśród nieustających krzyków na plac Rewolucji.
Za mostem tłumy powiększały się gwałtownie, ze wszystkich bowiem uliczek niby ze skalnych rozpadlin buchały rozwrzeszczane potoki; otwierały się wszystkie okna, napełniały się balkony, włażono na daszki nad sklepami, wieszano się na drzewach i kratach, a ze wszystkich stron, ze wszystkich gardzieli leciały złorzeczenia i przekleństwa. Na placu de la Mégisserie

stado kobiet podobnych do wiedźm, rozczochranych, w łachmanach, upitych nienawiścią i szaleństwem, zaczęło wyć Carmagnolę i tańczyć w obłąkanych podskokach dokoła wozu i sypać na skazańców garściami błota. Tłum się wzburzył jak morze, miotał, bił o kamienne ściany ulic, śpiewał i wszystką mocą odwiecznej nienawiści, niby lawą rozpaloną, uderzał w te głowy widne z daleka.

Constard blady jak śmierć omdlewał z trwogi cisnąc się do boku kata i bełkocząc jakieśnieprzytomne słowa, lecz Filip Égalité siedział spokojnie jakby zastygły na kamień. Jego piękna, majestatyczna twarz dawała pozór doskonałej obojętności, tylko na pełnych, uczerwienionych wargach polśniewał szydliwy przyśmiech, a w ogromnych oczach, nieulękle patrzących w rozwścieczone tłumy, płonęła niezgłębiona wzgarda. Nawet nie zadrgała mu powieka pod straszliwą ulewą nieustających urągowisk i przekleństw. Nie raczył nawet zwracać uwagi na rozsrożone twarze, grożące pięście, plwania i błoto, jakim go obrzucano. Wszak doskonale znał ten lud paryski, którego wczoraj był jeszcze bożyszczem. Wszak jeszcze wczoraj karmił go swoim złotem, rewolucyjnymi maksymami i zaprawiał do wolności mordami. Wszak rękami tego molocha, zrozpaczonego uciskiem, zburzył tysiącletnią monarchię, a swego kuzyna, Ludwika XVI, poprowadził na szafot. Tam, gdzie teraz jedzie w takiej samej glorii powszechnej nienawiści; tam, gdzie po nim tylu jeszcze zawiodą innych! Zdawał się dumać i z tego tronu hańby przyglądał się wszystkiemu trupimi już oczyma – bez złudzeń, żalów i nadziei...

– Co go wydało na gilotynę? – szepnął Zaręba.

– Podłość złączona z chciwością panowania i krwiożerczość – odszepnął Chomentowski. Parli się tuż przy wózku, ramię w ramię z żandarmami. Chomentowski, czując się znużonym, chętnie byłby się wycofał z tłumów, lecz porwany tą rzeką, płynącą całą szerokością ulicy, nie mógł ani zamarzyć o wydostaniu się na stronę. Zaś Zaręba, mimo zdrożenia, przyjechał bowiem zaledwie przed południem, czuł się tak oszołomionym i porwanym, że za nic by nie ustąpił. Brał w siebie gniew ludu i jego niezbłaganie karzącą moc jak Sakrament. Głodny był i chciwy takich uniesień duszy i tej władczej potęgi nieprzeliczonych tysięcy. Jego tajone marzenia kształt przybierały widomy, iściły się w groźnym obrazie sądu i kary. Chwilami imaginował sobie, jako ta sprawa odbywa się w Warszawie, jako idzie za rydwanem zdrajców, prowadzonych pod miecz, a dokoła zjednoczone braterstwo wolność śpiewa i zwycięstwo swój tryumf odprawuje święty! Za jedno czuł się z tym tłumem, jego duszę miał w sobie, jego radością oddychał i jego dumą wolności szalał.

Ulicą Świętego Honoriusza, z racji ciasnoty i coraz większej ciżby, posuwano się noga za nogą i tak długo, że kiedy pochód wynurzył się na placu Rewolucji, dzień się już kończył i na zachodzie spod rudawych chmur rozlewały się jakby kałuże krwie żywej, a całe niebo nad wzgórzem Pól Elizejskich stanęło w czerwonych łunach zórz i pożogach. Ogromny zaś plac zatopiony w zmierzchach przybierał pozór jeziora modrawych, sennych wód, obrzeżonego pióropuszami drzew i białawymi majaczeniami posągów. W samym środku wykwitało wysoko straszliwe drzewo gilotyny niby okno, zawieszone nad mrokami i wywarte na nieskończoność. Posępny majestat grozy bił od niej budząc żywsze uderzenia serc, że tłumy milkły, twarze przyoblekała surowość i głuchy lęk ściskał gardziele. Osłabły wielce wiatr rozmiatał resztki wrzasków, a noc przysypywała popielnym mrokiem ciżby, głosy i namiętności, słyszeć się tylko dawały tysiączne kroki, turkoty wozu i dalekie jeszcze tętenty konnicy nadjeżdżającej gdzieś od Sekwany.

W milczeniu otaczano szafot, wynoszący się nad głowami niby tron złowrogiej potęgi; wykwitnęły pochodnie, płomieniste krzaki szarpnęły się na wietrze rozsiewając krwawymi brzaskami; pogrzebowy kondukt ukazał się w kręgu świateł i natychmiast zamknęły się za nim kordony bagnetów. Po chwili na rusztowaniu pod gilotyną, której długie ostrze polśniewało tajemniczo spod belki poprzecznej, ukazali się skazańcy...

Dobosze uderzyli w bębny, lodowaty dreszcz wstrząsnął tłumami, wszystkie oczy wparły się w obraz nadchodzącej śmierci. Słychać skrzypy rusztowania i trzeszczenie pochodni. Jakiś płacz zakwilił w śmiertelnej ciszy i jakiś przyduszony, obłąkany śmiech zatargał milczeniem.

Kat stanął przy gilotynie i ujął za sznur, pachoły ciągnęły ku niej Filipa Égalité, na chwilę mignęła jego twarz śmiertelnie blada.

Bębny zawarczały głucho, urywanie, złowrogo; przyczajony nóż gilotyny zamigotał błyskawicą, uderzył i głowa księcia Filipa Orleańskiego spadła ciężko do kosza. Kat podniósł ją za włosy pokazując ludowi – była straszna, posiniała, buchająca krwią, wykrzywiona, z wysadzonymi oczyma.

– Niech żyje rzeczpospolita! Śmierć tyranom! – zahuczał wstrząsający krzyk. Jakaś kapela zagrała Carmagnolę i wtedy jakby pękły wszystkie zapory i ocean naraz zaśpiewał swoją pieśń burzy, huraganów i zwycięstwa, taką mocą wybuchnęły tłumy. Dziki korowód zatoczył się pod szafotem w rozszalałym tańcu radości. W krwawych brzaskach pochodni migotały upiornie wirujące postacie, a lud śpiewał jednym ogromnym głosem szczęścia:

Madame Veto avait promis
De faire égorger tout Paris.
Mais le coup a manqué,
Gráce á nos canonniers!
Dansons la Carmagnole,
Vive le son!
Vive le son!

– Przejadły mi się te trupie testowania! – wzdrygnął się Chomentowski, a ująwszy Zarębę pod ramię zawrócił ku Tuileriom, połyskującym oświetlonymi oknami Konwentu. Zaręba nie protestował, ale szedł nieprzytomnie, odwracał się co chwila, nasłuchując oddalających się śpiewów, a w jakimś momencie przystanął, zaczerpnął powietrza i całą potęgą entuzjazmu zaśpiewał:

Amis, restons toujours unis,
Ne craignons pas nos ennemis,
S'ils viennent nous attaquer,
Nous les ferons sauter.
Dansons la Carmagnole,
Vive le son!
Vive le son!

Jakby wojenną pobudką rozdzwonił się w przestrzeniach jego entuzjastyczny głos, że gdzieś w ciemnościach podnosiły się zachrypnięte wtórowania – jakieś straszne postacie wyrosły nagle, spływając zda się z mroków; podnosiły się z ziemi, wypełzały prawie spod nóg i otoczywszy go zwartą ciżbą pociągnęły pod Tuilerie, śpiewając i wrzeszcząc groźnie jakby prowadzone na zdobycie nowej Bastylii. Pod oświetlonymi oknami Konwentu zatańczyli Carmagnolę.

– Chodźmy, czekają na nas! – prosił Chomentowski uprowadzając go z tłumu, który usiłował się wedrzeć na posiedzenie Konwentu. – Mamy ważniejsze sprawy w domu! – szeptał kierując się w stronę królewskiego mostu. – Nie zbraknie ci widowisk, nie obawiaj się o to. Pojutrze pójdą na szafot resztki brissotystów. Za parę dni "narodowa brzytewka" zgoli główkę ślicznej Egerii żyrondystów; Madame Rolland. Słynna Dubarry także oczekuje w depôt na swoją kolej... – cierpki miał głos i drwiący zarazem.

Zaręba nie słuchał, zatopiony w rozważaniach i pełen jeszcze obrazów, dźwięków, i dogasających uniesień.

Wybrzeże było puste. Sekwana polśniewając w ciemnościach toczyła się z groźnym bełkotem, wezbrane wody szarpały się w ciasnych brzegach, drzewa niby czarne warty pochylały się zasłuchane w nie milknący głos rzeki. Niebo błotnistym łachmanem wisiało nad miastem; wiatr był ustał, lecz deszcz zaczął znowu padać drobny i zimny. Tu i owdzie błyszczały złociste ćwieki świateł. Mijali jakieś pałace, patrzące powyrywanymi oknami, niby trupie oczodoły. Czasem zamajaczył jakiś cień ludzki i przepadał. Przed pałacem Mazarin natknęli się na ognisko, przy którym biwakowała gromada nędzarzów, kaleków i włóczęgów. Podniosły się na nich oczy śmiertelnego znękania i wiecznego głodu. Niekiedy spotykali uzbrojonych w piki sekcjonistów, maszerujących w stronę ratusza przy warkocie bębna i asyście pospólstwa.

Skręcili nagle w miasto, w gmatwaninę ulic i zaułków, podobnych górskim szczelinom, tak samo wąskich, krętych i wysokich. Roiło się w nich od ludzi. Latarnie po rogach i światła okien wydobywały obrazy zwyczajnego biegu życia. Sklepy stały otworem. Rzucały się w oczy schludne wnętrza parterowych mieszkań i ludzie spokojnie zajęci codzienną pracą. Nawet ten jesienny dokuczliwy deszczyk nie psuł nikomu humorów, twarze jaśniały pogodą i wesołe uśmiechy i rozmowy rozlegały się na każdym kroku. Handlarze, pchając przed sobą wózki pod płóciennymi daszkami, okrzykiwali swoje towary. Gdzieś w niskiej, sklepionej izbie, czerwonej od ognia, pracowali kowale bijąc młotami, aż dygotała ziemia. Na opuszczonej barykadzie, sięgającej pierwszego piętra, z niemałym wrzaskiem zabawiały się dzieci. W jakimś szynku grzmiała muzyka i zapamiętale tańcowano. Gawrosze darły się wniebogłosy, zachwalając ostatnie zwycięstwa nad rojalistami w Wandei. To jakaś para, obejmując się czule, szła śpiewając miłosną piosenkę. Zajrzeli do jakiejś izby, gdzie przy świetle olejnej lampy brodata jejmość w białym kornecie i z ogromnym kotem u boku wróżyła z kart wielce strojnemu młodzieńcowi w kosmatym kapeluszu. Ociemniały żebrak prowadzony przez psa wygrywał na flecie pod oknami. W zagłębieniach murów żarzyły się kuchenki, a ostre zapachy tłuszczów przypalonych drażniły nozdrza. Niegdzie w oknach oświetlonych siedziały dziewczyny nawołując przechodniów. Dzwonki ludzi, sprzedających wodę, odzywały się w różnych stronach niby sygnaturki. Na kwaterach sekcji, na jakie był podzielony Paryż, sekcjoniści grali w karty na bębnach, karabiny i piki stały pod ścianami, a warty śmiały się po kątach z dziewczętami. Pokasowane kościoły dawały schronienie bezdomnym; widać w nich było ogniska podsycane drzazgami rozbitych ołtarzów i sprzętów.

– Jakbyśmy się naleźli o sto mil od teatru rewolucji! – dziwił się Zaręba.

– Takim właśnie jest prawdziwy Paryż. Dziwny to naród: zwali monarchię, wytraci tyranów, przepędzi ze swoich granic najeźdźców, ogłosi światu nową wiarę ludzkości, a potem najspokojniej powraca do przerwanej pracy. Zaprawdę, dusza tego narodu pełna jest sprzeczności zgoła nie do pogodzenia. Bo jakże, jeszcze nie wymieciono do czysta odwiecznych zabobonów, a już stawiają świątynię nowemu – Rozumowi. Zrąbali Krzyż, a wydźwignęli na to miejsce gilotynę! Potargali kajdany Ludwików, a radzi zginają karki pod jarzmo ulicznych demagogów. Rozum mają na podziw bystry i wzniosły, a panuje nad nimi piękne słówko i prowadzi, gdzie zechce. Nie chcieli Boga, lecz gotowi Marata posadzić na jego majestacie. Uwielbią cię dzisiaj, a jutro wyśmieją a oplwanego poprowadzą na szafot. Nie mieści się to razem w moim polskim rozumieniu – otwierał głębie zaniepokojonego serca.

– Ale ojczyzny wrogom nie wydadzą na łup – odpowiedział Zaręba chmurnie.

– To prawda! W umiłowaniu ojczyzny są nieprześcignieni! – przyznał z westchnieniem. – Jesteśmy w domu, to moja rue de Bievre.

Wzięli się na lewo w ciemny kanał obstawiony wysokimi ruderami, do którego nigdy nie zaglądało słońce i gdzie panował wieczny mrok, błoto nie wysychało, a szczury nawet w dzień biały żerowały po kupach śmiecia. Chomentowski mieszkał w narożnym domu od Sekwany, jak ul zapełnionym mieszkańcami. Sień dawała postać otchłani zionącej fetorami. Na piętra wiodły ceglane schody, podobne do gościńca pełnego wybojów. Tylko dzięki otwartym tu i owdzie drzwiom mieszkań można się było zorientować w zawiłych korytarzach i niespodzianych zakamarkach. Nędza wyzierała z każdego kąta tych kwater zapełnionych ludźmi.

Z niemałym trudem dosięgli poddasza na szóstym piętrze. Szczególniej Zaręba wlókł się już ostatkami sił i na każdej kondygnacji musiał wypoczywać.

W świetle olejnej lampki kwatera wydała się nad wyraz nędzna i tylko niezbędnym sprzętem zaopatrzona. Pod ścianą czerniał tapczan okryty burką, coś w rodzaju psiego legowiska, i podróżne tłumoki. Jedynym zbytkiem okazywał się ogromny stół, pełen książek i broszur, traktujących wojskowość i sposoby prowadzenia wojny ludowej oraz parę stołków, wyplatanych słomą. Brakowało nawet kominka, niski sufit przeciekał, połowa szybek była zaklejona papierem a ceglana podłoga klekotała pod stopami.

– Już bym stu kroków nie zrobił więcej – jęknął Zaręba opadając na tapczan. – Dwa tygodnie przerzucali mną z bryki na brykę niby tłumokiem, że po prostu gnatów już nie czuję. Ze strachem myślę o powrocie do swego hoteliku! Powozu w tej okolicy nie dostanie?

– Przed kafénhauzem Prokopa może się zdarzyć...

– Nie ruszę się z miejsca! Pozwól mi się przespać choćby na podłodze! Bierz listy; miałem ci je doręczyć, oddaję. Spełniłem pierwszą część zadania. Gdzież to czekają na nas?

– Właśnie w Café Procope. Ósma dochodzi, muszą już być zebrani...

– Zlituj się, nie potrafiłbym skleić dziesięciu słów! Indziej zdam obszerną relację o kraju. Już mi się mąci w głowie. Ale biwakujesz jakby na polu bitwy – szepnął tocząc sennymi oczyma. – Spartańska kwatera.

– Każdy zbytek jest zbrodnią przeciw walczącej ludzkości – odparł surowo, stawiając przed nim na stołku flaszkę z winem i kawał chleba. – Przyjmij, co mam. Żołnierska porcja, i to z niemałym trudem wydarta innym, może głodniejszym. Nie śmiałbym sobie folgować, gdy cały naród cierpi głód i nędzę. – Za parę godzin powrócę! – zabrał listy i wyszedł. Zaręba, nie mogąc przełknąć chleba, który miał gorzkawy smak stężałego klajstru, wypił tylko wino i rzucił się na tapczan.

Obudził go dopiero nazajutrz w samo południe Chomentowski.

– Spałeś jak zabity. Jakże się dzisiaj czujesz?

– Jeszcze mi się kości rozłażą, ale od biedy mógłbym już powracać do Warszawy.

– Gdybyś miał z czym. Niestety, ministerium zwłóczy z odpowiedzią z dnia na dzień i Bóg wie kiedy ją da, i jaką! Major Dulfus depce im po piętach i przynagla, już go za to przeżywają polskim koszmarem. Teraz się okazuje, że upadek żyrondystów stał się dla nas nieobliczalną w skutkach klęską. Ci niefortunni federaliści mieli jednak szersze objęcie materii politycznych i rozumieli, jak niezmierne korzyści odniosłaby sprawa francuska i powszechnej wolności, posiłkowana wybuchem insurekcji w Polsce. Pojmuje ją w tym samym duchu i Desforgues, aktualny minister spraw zagranicznych, podtrzymywany przez oddanego nam Parandiera, cóż kiedy u góry zawiał nieprzychylny dla nas wiatr. Robespierre nam nie dowierza, intryguje tam ten nikczemny Mehee de la Touche i przedstawia nas za arystokratów i egoistów.

– Cóż to za jegomość, że ma taki wpływ na Niepokalanego?

– Sekretarz Komuny. Był w Polsce w początkach sejmu konstytucyjnego, kręcił się po kraju i węszył nie wiadomo na czyim jurgielcie. Potem był dyrektorem dzieci u kogoś na Wołyniu i przyłapany na amorach z córką domu, wziął sromotne baty od ojca. No i masz źródło jego nienawiści do Polski.

– Nie widzę związku z racjami polityki, wszak o nich decyduje Konwent.

– Tak się to widzi z daleka, bo w istocie Konwent drży przed Komitetem Ocalenia, zaś Komitet słucha tylko Komuny, Komunie rozkazuje klub jakobinów, jakobinom – Henriot ze swoimi uzbrojonymi sekcjami, a wszystkiego panem życia i śmierci Robespierre! St. Just, Couthon i gilotyna to tylko jego cienie, w których czai się chaos, trwoga i nikczemność!

– Nie widzę szczytu tej piramidy – nie widzę Dantona!

– Ożenił się, zażywa szczęścia i już go uważają podejrzanym...

– Danton! Bóg rewolucji, jej stwórca, podejrzany! Krotochwilę mi powiadasz...

– Może, ale nie zadziwię się, jeśli którego dnia ten śliczny St. Just oskarży go o zdradę, Konwent posłusznie zadekretuje i wyda Fouqier-Tinville'owi, a Sanson zrobi mu narodową fryzurę!

– Rewolucja jak lew rozdziera nawet własne potomstwo – wzdrygnął się bezwiednie.

– A lud cierpi, jak cierpiał! I nie przybędzie z tych egzekucyj nieustających chleba głodnym – wydobył naraz twardy, nieubłagany głos i uderzył zawzięcie. – Ale niech giną zdrajcy, niech giną chłeptacze krwi ludu, co po jego trupach sięgają po władzę i podwaliny nowych tyranii zakładają. Niech przepadają.

– Czegóż ty żądasz mieć w republice?

– Żądam republiki równych, wolnych i szczęśliwych. Nie ma się nikt wynosić nad współobywateli! Nie ma nie panować nad cnotliwość, równość i ludzkość!

– Zaiste któż się nie modli do takiej Arkadii...

Chomentowski zastukał w podłogę i natychmiast zjawiła się śliczna dziewczyna w białym kornecie, niosąca parujący kawał jakiegoś mięsa.

– Ale nie znałem cię takim – szepnął po wyjściu dziewczyny.

– Któż przewidzi jutro? Zabieraj się do śniadania, bo stygnie.
– Czy nie zaszczeka? – śmiał się dotykając mięsa widelcem.
– Prędzej by zarżał! – odparł wesoło, zabierając się do wczorajszego chleba i popijając go kawą.– Post mi właśnie dzisiaj wypada–rzekł spiesznie.
– Toś i praktyk katolickich obserwant! – zdumiał się tą nową niespodzianką.
– Przyzwyczajenie z czasów dzieciństwa – uśmiechnął się bagatelizująco.
– I wziąłeś na siebie postać prawego sankiuloty! – zdziwił się widząc go nieledwie w łachmanach i z posępną, zmizerowaną twarzą głodomora.
– Gdzie czuwa gilotyna, nieprzespiecznie zarabiać sobie na wyróżnianie...
– Z tego konkluduję, jako paryska aura ci nie sprzyja – indagował uparcie.
– Mniejsza o mnie. Mów o kraju, winieneś mi relację. Opowiedział więc, co mu było wiadome w materiach de publicis, a szczególniej o robotach sprzysiężenia i zamysłach "Obrońców Wolności".
– Uwielbiam zamierzenia sekcji, list, któryś przywiózł, traktuje o tym obszernie, ale czy nasza liczba pozwoli nam sięgnąć po skutek, o jakim imaginujemy?
– Trzeba się ważyć nie bacząc na liczbę. Wiara w słuszność i zapał broń to pewniejsza od karabinów i snadniej wydziera fortunie zwycięstwo!
– Potwierdzają to walki francuskich republikanów z koalicją tyranów. Ale czy szlachta nie przerazi się naszymi maksymami? Zali w obronie swoich przywilejów nie przywołają na pomoc wrogów, jak to zrobili we Francji rojaliści? Co uczynił Szczęsny Potocki w imię obrażonych ambicji, mogą również uczynić podli egoiści w imię swoich mniemanych praw! To mnie gryzie!
– Miarkuję, jako sekcja dopiero po wybuchu insurekcji może odsłonić swoje cele. Aktualnie musimy czuwać w cieniu tajemnicy, wyczekując okoliczności.
– Tak nakazuje przewidujący rozsądek, a tymczasem Francuzi, nie widząc nikogo prócz naszych moderantów i krzykaczy w rodzaju Turskiego, podejrzewają nas o arystokratyzm. To jest szkopuł, o jaki rozbijają się nasze zabiegi. Wręcz mi to wypominał St. Just. I to rozszerza ten Mehée.
– Jakżeż zaradzić, sprawa przecież najważniejsza!
– Plącze się tu zamysł, nieobcy już i Desforguesowi, żeby wystąpić

gromadnie przed Konwentem i zdeklarowawszy publicznie zasady naszej rewolucji zażądać od Francji pomocy w imię wspólnej walki z tyranami!
– To by związało naszą sprawę ze sprawą powszechnej walki o wolność! Myśl przednia i godna uwielbienia, jeno uskutecznić by ją przed samym wybuchem, inaczej rozgłoszą się przed czasem nasze zamierzenia, damy sobie zajrzeć w karty...
– Turski już o tym poszeptuje po kafenhauzach. Na szczęście obce mu są roboty sprzysiężenia, bo rad by się znowu popisywał przed Zgromadzeniem Narodowym.
– Właśnie z racji jego zeszłorocznej mowy przed Konwentem mają go w kraju za opatrznościowego męża, o wielkich wpływach i znaczeniu we Francji...
– Samochwał to jeno, sejmikowy pyskacz i krętacz. Ma tu niejaki posłuch po klopach, bo wystawia się reprezentantem Polski, chociaż mu nikt tego mandatu nie dawał. Dla naiwnych pokazuje się być nieprzejednanym jakobinem, a po cichu znosi się z królem i targowiczanami. Wszędzie prze się do przodownictwa i głosu, ma nawet za sobą większość naszych otumanionych egzulów.
– Więc z najprzeróżniejszych względów pozostają tylko partykularne zabiegi...
– I na nich zawał i przeszkód co niemiara. Nawet w Konwencie dają się uczuwać wpływy Prus i Semiramidy! Nie dziwuj się, złoto umie skruszyć najtwardsze sumienia. Nasi alianci rozumieją, że niech te dwie republiki pójdą ramię w ramię, to wszystkie narody Europy powstaną na głos wolności.
– Tym żarliwiej powinni nam pomagać Francuzi; wszak muszą rozumieć, jakie niezmierne korzyści osiągają z naszego powstania: linia Renu wolna i król pruski wzięty we dwa ognie. Ślepy by przejrzał.
– Rozumieją, ale w takim chaosie zmian i w rozognieniu namiętności każdy przede wszystkim myśli o zachowaniu własnej głowy na karku... Nie wiadomo już, z kim traktować, kogo oszczędzi szafot...
– Skoro Danton w podejrzeniu, to już nie wiem, kto się ostoi przed burzą.
– Aktualnie jeszcze Robespierre rozkazuje gilotynie. Barras obiecał mi wyjednać u niego posłuchanie. Przybierzemy majora Dulfusa i samotrzeć spróbujemy Niepokalanego przekonać do naszych widoków. Couthon z nim za jedno, tylko nie wiadomo, na jaką stronę przeważy ta niezbłagana brzytwa St. Just.

– Kiedy spodziewasz się mieć spotkanie?

– Lada dzień, trzeba być przysposobionym w każdym momencie. Pilnuj się, aby cię rodacy nie wyłuskali ze sekretu. Całą gromadą wysiadują wieczorami w Café Procope. Ja mam swoje miejsce w Régence. Znajdziesz mnie zawsze między piątą a siódmą. Karty swobodnego wejścia do Konwentu, Komuny i klopów wystara ci się major. Ma wszędzie przyjaciół. Jedno jeszcze: masz aby pieniądze? Bo między nami srogi niedostatek, ciężko byłoby cię wspomóc, zwłaszcza że twój pobyt w Paryżu może się przeciągnąć do paru tygodni. Uspokoił go w tym względzie, próbując nawet podzielić się z nim swoją kieską.

– Nic mi nie potrzeba, dziękuję, ale większość naszych w ostatniej nędzy...

– Więc bierz, co uważasz, ode mnie, i rozdaj.

– Rzucali ojczyznę w nadziei rychłego powrotu, a tu już rok upłynął od czasu wojny z Rosją; kto miał jaki zapasik, dawno wyczerpał, a związki z krajem niezmiernie utrudnione; szczególniej teraz po bankructwach naszych bankierów nawet najbogatsi utracili kredyt, że już wszystkim w oczy zajrzała bieda. Niemała to przyczyna swarów i kłótni, żrą się między sobą z rozpaczy i tęsknoty. Paru zaciągnęło się do wojska i walczy za Francję, ale większość rozumie, co powinna własnej ojczyźnie, i wyczekuje insurekcji jak zbawienia. Są, którzy zdychają z głodu, ale pieniędzy przeznaczonych na powrót nie tkną jak świętości. Którzy stanęli do najcięższej pracy zbywszy się przesądów, ale zapracować w Paryżu niepodobna. Dziesiątki tysięcy Paryżan błąka się bez pracy i pożywienia, cała Francja cierpi nędzę. Ostatnie lato znowu przyniosło same klęski, bo czego nie wypaliło słońce, stratowała wojna i zniszczyły pożary. Nawet żołnierze poszli na pół racji. Stan powszechnego wyniszczenia okazuje się być z dnia na dzień okropniejszym. Kraj od lat w zamieszkach i wojnach. Wojna w Wandei, wojna po miastach, wojna w prowincjach i wojna ze skonfederowanymi potencjami na wszystkich granicach lądowych i morskich. Nieurodzaje, głody, spiski księży, zdrady arystokratów, knowania moderantów, fałszywe asygnaty, Angielczykowie, cesarscy, król pruski, Hiszpanie – oto hydry szarpiące, oto stado wściekłych wilków, które zwaliło się na Francję, a Republika, chociaż w łachmanach, prawie naga, słaniająca się z głodu, ociekła krwią ran niezliczonych, wzgardą tyranów oplwana, przez oświeconą powszechność zdradzona i po kościołach wyklinana, spręża się niby lew i walczy, broni się, odbija

ciosy, wzmaga się w bohatyrstwie i dobywając sił coraz potężniejszych, kalwaryjską drogą niewypowiedzianych ofiar prowadzi ludzkość do nieśmiertelnej wolności.
– Otucha to dla nas i przykład. Że im starczy mocy na takie wysiłki?
– Mają wiarę w słuszność swoich zasad.
– Takiej pasji muszą ulegnąć nawet przeciwne losy!
– Żeby to wiedzieć, co nam przyniesie fortuna! – westchnął.
– To, co jej poradzimy wydrzeć – dokończył Zaręba głosem pewności.

Wyszli nad Sekwanę. Dzień był pogodny, jeno nieco przymglony i wilgotnym zimnem przejęty. Na wybrzeżu od Notre Dame aż do Świętego Michała roiło się od ludzi, panował niby jarmark, tyle tam stało kramów i bud z książkami i najrozmaitszą starzyzną. Miejscami na rozpostartych płachtach stożyły się rzeczy pościągane ze zrabowanych kościołów i pałaców. Całe góry bezcennych gobelinów, obić, złoconych sprzętów, zwierciadeł i strojów barw najcudniejszych. Gdzie wprost na ziemi w błocie walały się porcelany, brązy i kryształy pospólnie z kuchenną cyną i glinianymi garnkami. Sprzedawano również kokardy i szarfy republikańskie, czapki wolności, pończochy i saboty, karabiny z gotowymi nabojami, czerwone carmagnole i szarpie, które na oczach publiki wyparskiwały młode dziewczęta. I wszystko zbywano za bardzo pomierną cenę, za byle grosz.

Więc też dla zwrócenia uwagi jeden z handlarzy, przybrany w pozłocistą kapę i biskupią infułę, bił w ogromny bęben, a w przestankach przedartym głosem zachwalał swoje towary; drugi, wielce oberwany, ale w białej peruce i przepasany błękitną wstęgą Orderu Św. Ducha, zapamiętale trąbił; trzeci walił kijem co sił w miedziany rondel, zasię insi, czym jeno mogli, przyczyniali się do przywabiania kupującej publiczności. Pospólstwo wałęsające się między kramami również zabawiało się na swój sposób, że niekiedy wybuchał generalny śmiech i takie wrzaski, przy których groźne bełkoty wezbranej Sekwany zdawały się miłym szeptem.

Niemała zwłaszcza uciecha panowała przy czerwonym wozie szarlatana, który wystrojony w powłóczystą togę i beret na konopiastej peruce, zalecał krzykliwie cudowne eliksiry na wszystkie dolegliwości, rwał zęby i golił obywatelów, a w antraktach pisał billets doux i udzielał sekretnych rad bezdzietnym mężatkom.

Nie zbrakło też ulicznych śpiewaków ni sztukmistrzów

wzbudzających podziw połykaniem ognia i chodzeniem z głową między własnymi kolanami. Żebracy, wystrojeni w najosobliwsze rany i kalectwa, natarczywie dopominali się jałmużny. Ale wśród rozkrzyczanych tłumów dojrzał tu i owdzie ludzi, wertujących szpargały, pozwalane na kupy, lub odprawujących nieme medytacje przed obrazami.

Chomentowski szperał niestrudzenie po kramach bukinistów, aż natrafiwszy na pisma w umiłowanej materii zapomniał o całym świecie i nawet nie zauważył zniknięcia towarzysza.

Zaręba kwaterował na przedmieściu St. Honoré, W hoteliku Pod Doskonałym Sankiulotą, wyobrażonym w postaci srogiego męża w czerwonej czapce i z piką, na której zatknięta głowa ociekała krwią, zaś nadpis głosił śmierć tyranom.

Hotelik miał na dole kawiarnię licznie odwiedzaną, gdzie gromadzili się najkrwawsi terroryści z całego przedmieścia i zbrojne sekcje jakobinów, zawsze gotowe do wystąpienia w obronie wolności. W niskich, niezbyt obszernych stancjach, słabo oświetlonych, panował wieczny mrok, zaduch wina i wrzało od rana do późnej nocy. W pierwszej izbie od ulicy, nieco większej i widniejszej, siedziała za ladą chuda jejmość w okularach, z rudym kotem na łonie, zajęta robieniem pończochy i dozorem córek usługujących gościom.

Kiedy wszedł Zaręba, kawiarnia była już pełna ludzi, gwarów i tytuniowego dymu. Przysiadł gdzieś pod ścianą i zażądał jedzenia, lecz nim mu przynieśli, wypłynął z kuchennych czeluści sam patron, imć Filip, przechrzczony rewolucyjną wodą na Brutusa, człeczyna miernej postawy, ale bystrych oczu i rezolutnej twarzy. Persona to była znaczna na przedmieściu i wpływami sięgała aż do Komuny i dla wielu groźna. Wyznawał bowiem najkrwawsze zasady i mieniąc się prawdziwym filantropem i przyjacielem ludzkości, sporo już arystokratów i zdrajców ludu wysłał na szafot. Pozostawał kiedyś w przyjaźni z Łazowskim, jednym z głośnych przywódców rewolucyjnego motłochu, i miał związki z Polakami. Sam Robespierre się z nim liczył, a Couthon często odwiedzał. To były racje, dla których Chomentowski zakwaterował u niego Zarębę, że znalazł się jakby na samym dnie rewolucyjnego kotła.

Słuchał pilnie, usiłując zachwycić rewolucyjnych nowin, ale traktowano jeno partykularne sprawy przeplatając je pieprzną anegdotą i grą w domino. Trzask przewracanych kostek raz po raz grochotał wśród gwarów, szczęku farfurów i szkieł. Cztery fertyczne dziewczyny, córki domu, jednakie wzrostem, strojem, urodą i jakby wiekiem, kręciły się między licznymi stołami roznosząc trunki, wdzięczne uśmiechy, a gdzieniegdzie i rubaszne szturchańce dla zbyt natarczywych przyjaciół. W kawiarni stawało się coraz dymniej, gwarniej i ciemniej. Wieczór się robił i co chwila trzaskały wejściowe drzwi. Zjawiały się jakieś tajemnicze persony, zakutane w obszerne płaszcze, z kapeluszami nasuniętymi na oczy i poszeptawszy z patronem znikały w dalszych izdebkach.

Wchodziły lękliwie pary przygodnych kochanków i po cichych targach z jejmością robiącą pończochę, któraś z córek brała klucz z czarnej, ponumerowanej tablicy, mosiężny świecznik z zapaloną łojówką i wyprowadzała ich na piętro. Nie zwracało to niczyjej uwagi. Niekiedy wpadał z krzykiem gavroche z najnowszymi edycjami gazet lub uliczni handlarze.

Zaręba, nudząc się samotnymi penetracjami, spróbował nawiązać dyskurs z sąsiadami, zbywano go jednak półsłówkami, niechętnie. Zbytnio się bowiem wyróżniał z tłumu sankiulotów swoją postacią, cerą i manierami, że nikt się nie przysiadł do jego stolika, z wielu stron leciały nieprzyjazne spojrzenia i rozpytywano patrona, wskazując na niego bez ceremonii.

– Wzbudzasz, obywatelu, ciekawość! – szepnęła jedna z córek zaglądając mu w oczy z bardzo bliska. Przytrzymał jej rączkę i spytał:

– I czymże to, moja śliczna?

Nie pierzchnęła płochliwie od niego.

– Bo patrzysz na przebranego diuka! – spłonęła, lecz dając folgę ciekawości, natarczywie indagowała o kraj, z jakiego pochodził. – Przyjechałeś z daleka, nieprawdaż?

– Z końca świata! Zajrzyj mi w oczy, a zobaczysz – śmiał się i nie szczędząc dwornych komplementów i ognistych spojrzeń nie puszczał od siebie. Rada je przyjmowała.

– Mimi! – zawołał ktoś ostrym tonem.

Porwała się wylękniona.

Patrzył na nią z upodobaniem, tak mu się zdała śliczną. Biały czepeczek wydawał jej śniadą twarz, czarne oczy i wargi podobne pąkowi róży. Miała czerwony bawecik, krótką sukienkę w zielone paski, białe pończochy i płytkie, czarne pantofelki. Muślinowa chustka, skrzyżowana na piersiach, odsłaniała głęboko szyję i omszony karczek.

– Obywatel mieszka pod numerem 13, na facjacie? – zagadnęła przybiegając po chwili.

– Wiem tylko, że wysoko, pod niebem. Cóż to za lis przygląda się nam tak natarczywie? – wskazał oczyma figurę w czerwonej czapce, spod której sypały się rude kosmyki na trójkątną, dziobatą twarz. Siedział niedaleko z nasrożoną miną.

– To Fort, pisarz Komuny. Strzeż się go, obywatelu – szepnęła ledwie dosłyszalnie.

– Musi być zazdrosny o ciebie! Traktuje mnie oczyma jak psa...

– On strasznie nienawidzi arystokratów – ostrzegała patrząc w inną stronę.

– A ja właśnie jestem królem amerykańskim! – żartował rozbawiony.

– Ale co najmniej musisz być wicehrabią! – dowodziła z uporem. – Widziałam jednego na szafocie: był do ciebie podobny, obywatelu, jak dwie krople.

– I Fort przypomina lisa, chociaż po przyjrzeniu wydaje się raczej cętkowaną małpą. Dziewczyna coś nagle posmutniała.

– I długo będziesz mieszkał u nas, obywatelu? – pytała z natarczywością.

– Póki nie wytracą wszystkich arystokratów. Uśmiechnęła się i odbiegła. Fruwała jakiś czas po stancji niby motyl, okrążając z dala Forta, lecz w końcu przysiadła przy nim i coś mu szeptała do ucha, trwożnie spoglądając na Zarębę.

Poruszył się niespokojnie, bo oczy rudego penetrowały po nim jakby rozsrożone psy wyczekujące sposobnej pory.

– To jeden z angielskiej psiarni Pitta! – rzucił wyzywającym głosem.

Znaczyło, jako publicznie wskazywał go za szpieguna. Opanował się jednak i aby uniknąć burdy, musiał tę obelgę puścić płazem. Podniósł się więc do wyjścia.

– Muscadin! – zawołał znowu Fort szczerząc do niego żółte kły.

– Kto pragnie posmakować mojej pięści, niech jeszcze raz mnie tak nazwie! – rzucił wzburzony. Zaczepka była nazbyt brutalna, obelżywa i zwracająca uwagę.

– Muscadin! – wyrecytował z wolna rudy, unosząc długą postać z ławy.

Kawiarnia nagle oniemiała, wszystkie oczy zawisły w oczekiwaniach.

– Kłamiesz! – krzyknął rozwścieczony.

Jednym susem go dopadł, uderzył w twarz, wyrwał zza stołu i jak szczeniaka wyrzucił za drzwi na ulicę.

– Obywatele! – zwrócił się do socjety – nazwał mnie hańbiącym przezwiskiem wrogów ludu. Byłem przymuszony wziąć sobie

143

sprawiedliwość, przepraszam! – stanął zdeterminowany na najgorsze, ale kawiarnia wybuchnęła rzęsistymi, przyjaznymi oklaskami.

– Niech żyje rzeczpospolita! – ryknął wszystką radością i skłoniwszy się kompanii ruszył ku drzwiom.

Dopędził go patron, pochwycił wpół i usadowiwszy między swymi przyjacioły rzekł donośnie zwracając się do wszystkich:

– To przyjaciel Łazowskiego. Obywatelu Couthonie, właśnie ten, o którego przyjeździe ci wspominałem.

Szkaradna jakby zrobaczywiała twarz, otoczona pozlepianymi kosmykami włosów, podniosła się znad domina, szczerbaty uśmiech zajaśniał na bladych, zaciśniętych wargach i sucha, zimna dłoń wyciągnęła się przyjaźnie.

Zaręba uścisnął ją z trwożną radością: wszak to był jeden z rządców Francji, zaufany Robespierre'a i przyjaciel St. Justa.

Błogosławił więc fortunną okoliczność i ochłonąwszy ze zdumienia zdeklarował pompatycznie:

– Imię twoje, obywatelu, jest postrachem tyranów i sztandarem nadziei ludzkości walczącej o wolność.

Stalowe, okrutne oczy spoczęły na nim życzliwie i chropawy głos powiedział:

– Tęgą nauczkę dałeś temu łobuzowi, obywatelu... jakże to?

Podane sobie nazwisko zaledwie tknął wargami, a skończywszy partię domina jął się ciężko podnosić: miał nogę złamaną w kolanie i krzywą. Kilkadziesiąt rąk czujnych i wiernych pomagało mu przy ceremonii ubierania. Oddział zbrojnych sankiulotów stanął przy drzwiach, aby go odprowadzić do domu. Nie chciał ostentacji, a odprawiwszy ich królewskim gestem, rzekł do Zaręby:

– Odprowadzisz mnie, obywatelu.

Była to niesłychana łaska i wyróżnienie. Patron jednak zaprotestował obawiając się w drodze jakowej przygody.

– Rojalistowskie psy i agenci Pitta nie zawahaliby się podnieść ręki na świętą osobę reprezentanta ludu! Aż strasznym pomyśleć o tym!

– Kto by się ważył, śmierci nie ujdzie! – wystąpił Zaręba kładąc dłoń na rękojeści. Ale mimo tego patron rozkazał sekcjonistom czuwać nad jego bezpieczeństwem. Couthon uwiesił się ramienia Zaręby i wyszli żegnani pokłonami.

– Zaprowadzisz mnie do Robespierre'a, to niedaleko... Wieczór był ciemny, ulica St Honore słabo oświetlona i srodze błotna, kawiarnie pełne i pełno ludzi kręciło się w różne strony i stało pod sklepami.

Couthon, naciągnąwszy kapelusz głęboko na oczy, żeby go nie poznano, rzucił krótkie, zadyszane pytania względem zamierzonej w Polsce insurekcji. Snadź pouczony przez Chomentowskiego, zdradzał nawet sporą eksperiencję w tym przedmiocie, relacji słuchał z uwagą, lecz na żadne pytanie nie odpowiedział. Dopiero przed niskim, parterowym domkiem stolarza Dupleya, gdzie zamieszkiwał Robespierre, dotknął jednej z poruszonych materii.

– Szukacie pieniędzy na rewolucję, jakby ich brakowało w kasach waszych arystokratów.

– Musimy pierwej zdobyć prawo konfiskaty.

– Trzeba je sobie uchwalić, cóż łatwiejszego!

– Jesteśmy zdeterminowani na wszystkie praktyki, jakimi wielki naród francuski zwalczył tyranów i utrwalił rzeczpospolitą – deklarował się ogniście.

– Jesteś szlachcicem, obywatelu? – zagadnął niespodzianie.

– Podeptałem przesądy urodzenia, jestem żołnierzem i służę wolności, a święte prawa człowieka przyjąłem za pierwszą maksymę życia.

– Wielu się tym wyłgnie od brzytewki, ale narodu nie oszukają – zatrząsł się od skrytego śmiechu, pociągając go do niskiej i długiej sieni.

Przez oszklone drzwi widniało jakieś mieszkanie, w którym stara kobieta przy świetle nikłej świeczki coś szyła. Była to kwatera właściciela domku, zaś Robespierre zajmował na facjacie dwa pomierne pokoje. Poszli stromymi schodami na pięterko. Obok wąskich drzwiczek kopciła olejna lampka, pod nią czuwał człowiek ślepo oddany dyktatorowi, Wawrzyniec Basse; nocami warował pod jego drzwiami niby pies najwierniejszy, a we dnie włóczył się za nim nieodstępnym cieniem.

– Miłość i braterstwo! – pozdrawiał wyciągając rękę do Couthona.

– Poczekaj na mnie, obywatelu! – rozkazał Couthon wchodząc do stancji. Przez uchylone drzwi mignęła jakaś szczupła postać i przepadła. Zaręba, wsparty o balustradę schodów, rozważał szczególne ewenty spotkania, mniemając wyciągnąć z nich pomyślny obrót zamierzeń. Niekiedy rozglądał się ciekawie i za każdym razem spotykał podejrzliwe spojrzenia Basse'a: chłop był ogromny, z ponurą, zdziczałą twarzą, pistoletami za pasem i szablą przy boku. Mierzyli się oczyma jakby błyskiem skrzyżowanych w ciemności szpad.

– Srogi Cerberus! – pomyślał i zrobiło mu się nijako z racji wystawania pod drzwiami na równi z hajdukiem, za jakiego uważał Basse'a.

Drzwi się naraz otwarły, ukazała się w progu młoda dziewczyna z tacą, pełną stołowego sprzętu, odwracając twarz za siebie.

– Pójdę na posiedzenie Konwentu! – mówił jakiś uprzejmy głos.

– Powiem ojcu, żeby ci towarzyszył, obywatelu!

– Ja czuwam przy obywatelu–reprezentancie! – zawarczał Basse dźwigając się z ławy. Dziewczyna zeszła na schody, pozostawiając drzwi wywarte na rozcież. Buchało z nich ciepło i szeroki pas światła. Zaręba odsunął się nieco w cień. Jakiś człowiek chuderlawy i miernego wzrostu chodził z wolna po stancji. Był w niebieskim fraku, żółtawych nankinach, białych pończochach i pantoflach ze srebrnymi klamrami. Głowa utrefiona i obficie przypudrowana, twarz blada i pospolita, czoło pofałdowane, niezbyt foremny nos i wąskie usta, dawały mu na pierwszy rzut oka pozór jakowegoś pisarczyka trybunału.

– Kto to jest? – spytał nie dając wiary własnym przypuszczeniom.

– Obywatel–reprezentant, Robespierre – usłyszał warczącą odpowiedź.

Nogi się pod nim ugięły i serce na chwilę zamarło. Więc to był on! Robespierre, dyktator Francji! Apostoł rewolucji! Straszliwa maksyma, która jednak miała swój kształt człowieczy! Reprezentant wszystkiej uciśnionej ludzkości. Samo brzmienie tego nazwiska przerażało tyranów! Nabożnymi w korności oczyma zapatrzył się w jego twarz nieprzeniknioną jakoby w oblicze samego przeznaczenia! Łzy uwielbienia zabłysły mu w oczach, serce przejął dygot trwożnej radości. Ledwie śmiał oddychać, ledwie śmiał zawierzyć swoim olśnionym, szczęsnym oczom! Wszak jedno słowo tego człowieka mogło zaważyć na losach ojczyzny.

Robespierre rozmawiał półgłosem z Couthonem, siedzącym pod oknem szczelnie zasłoniętym, rzucając niekiedy jakimś słowem do sąsiedniej stancji.

Zaręba tak był jeszcze przejęty i wzruszony, że słysząc wszystko nie rozumiał jednak ani jednego wyrazu. Był cały w oczach, a przy tym zrodziła się w nim nagle uparta myśl, aby przystąpić do nich, sprezentować swój poselski charakter i sprawę, z jaką przyjechał. Okoliczność widziała mu się sprzyjającą i nawet jedyną. Zbierał się w sobie, już mu na usta cisnęły się stosowne wyrazy, a w mózgu szeregowały się racje, jakimi chciał przekonywać dyktatora na stronę Polski, już go ogarniały ognie uniesienia, już bezwiednie stanął w pełnym świetle na wprost drzwi. Dwa kroki, a znajdzie się przed obliczem Robespierre'a. Nie potrafił się jednak na to zdobyć. I wprost nie pojmował, co się z nim stało? Wszak był obyty z wielkim światem, miewał dyskursy z najwyższymi dostojnikami Rzeczypospolitej, za czasów kadeckich bywał często na królewskich pokojach, przed samym majestatem nie zapominał języka w gębie, a tu wobec tego niepozornego człowieczka stał drżący i nieśmiały, nie odważając się przestąpienia otwartego progu! Przecież nie onieśmielał go monarszy przepych ni groźne oznaki władzy – bowiem stancyjka była licha, sprzęt skromny, podłoga z niemalowanych desek, ściany obciągnięte białym papierem w różowe figlasy i parę skrzywionych łojówek w mosiężnym świeczniku, a za całą pompę ten Basse, skulony pod ścianą. A jednak jakiś niepojęty majestat bił od tych ludzi, jakaś moc przejmująca świętym dreszczem grodziła od nich nieprzebytą zaporą, trzymając w powinnym oddaleniu. Jak kiedy człowiek zagłębi się oczyma duszy w nieprzeniknioną tajemnicę bóstwa.

Gdy się tak mocował z onieśmieleniem, ukazał się w pokoju smukły młodzieniec z twarzą uśmiechniętego cherubina; włosy miał w puklach spływających na ramiona, wyniosłe maniery, głos pieszczony i oczy rozjarzone niby gwiazdy. Podał rękę Couthonowi, a przywoławszy skinieniem ręki Robespierre'a, zaczął im szeptem odczytywać jakiś papier.

– Obywatel St. Just! – mruknął Basse zamykając równocześnie drzwi.

Zaręba, chociaż markotny z przepuszczenia tak doskonałej okazji, nie poruszył się z miejsca, gdyż zdało mu się, jakoby w dalszym ciągu patrzał na te trzy znamienite głowy, skupione przy sobie. Pozostały mu w pamięci na zawsze. Jedna zdawała się urobioną z ziemi, tak była szara, poradlona i wiecznego cierpienia stygmatem napiętnowana; druga o bladej, suchej twarzy, oczach przeszywających, wąskich wargach i nieznających uśmiechów, zimna, była jakby myślą stężałą w maskę nieubłagania; zaś trzecia młoda, piękna, bujna i słoneczna, ukazywała obraz prawdziwego marzyciela i poety. Widział je trójjedynym bóstwem nowej ery! Stwórcami nowej ludzkości!

Na progu ukazał się Couthon. Robespierre go odprowadzał. St. Justa już nie było.

– Nie gniewaj się, że ci kazałem czekać – rzekł czepiając się jego ramienia.

– Miałem szczęście patrzeć na was, obywatele–reprezentanci.

– Robespierre zwrócił na ciebie uwagę – powiedział, gdy się znaleźli na dole.

– Więc mnie nawet zauważył? – aż przystanął, dziwny żar zalał mu serce.

– On wszystko widzi! Szepnąłem mu o twoim posłannictwie... Nie mógł cię dzisiaj przyjąć... Musi się to uskutecznić w odpowiednim miejscu...

Wyszli na ulicę już znacznie opustoszałą i z racji pozamykanych sklepów dosyć ciemną, bowiem cale nieliczne latarnie mżyły się w mglistym powietrzu.

– A czy dałoby się ukartować przyjazne dla nas okoliczności?

– Wasza insurekcja i nam jest potrzebną – wyznał mu niespodzianie do ucha. – Niechaj Chomentowski co rychlej zobaczy się z St. Justem. Na mnie możecie rachować.

– Obywatelu! pomnik wdzięcznej pamięci wystawiasz sobie w sercach Polaków.

– Nie krzycz! – obejrzał się trwożnie. – Wszędzie może czyhać zdrada. Przechodzili obok Palais Royalu; luny biły z okien, huczały muzyki, a splątana wrzawa śpiewów i gwarów płynęła nieustającym, jarmarcznym zgiełkiem. Pod kolumnadą przejścia, oświetloną kolorowymi światłami, mrowiły się ciżby strojnych kobiet, wyelegantowanych muscadins i buchały kaskady śmiechów.

– To gniazdo spisków winno być zrównane z ziemią! – mruknął do siebie, skręcając w jakiś zaułek, zupełnie ciemny i straszliwie zaplugawiony. – Bądź zdrów, obywatelu! – rzucił nie pozwalając się odprowadzić i zniknął w ciemnościach.

Zaręba, głęboko przejęty wszystkim, co go spotkało dzisiejszego wieczora, i rozmarzony nadziejami, zawrócił spiesznie do swojego hoteliku.

Pod Doskonałym Sankiulotą jeszcze nie spano, w kawiarni grało parę osób i za ladą drzemała jejmość z pończochą w ręku.

Zabrał klucz z tablicy i otrzymawszy zapaloną lampkę wdrapał się nie bez trudu do swojej podniebnej facjatki. Wszedł i stanął jak wryty. Na jego łóżku spała jedna z córek domu, zwinięta w kłębek niby kotka, zerwała się jednak na jego wejście i bełkocąc jakieś słowa bez związku uciekła pozostawiając mu w rękach chusteczkę z ramion...

Nazajutrz podniósł się wyspany, rześwy i wesoły. Radosnym zdało mu się życie i wszystek świat. Świeciło słońce, wróble ćwierkały pod oknami, z ulicy płynęły gwary i nawoływania handlarzów, warkoty bębnów przeciągających wojsk; niezliczone dachy i kominy opływał modrawy welon powietrza, polśniewały radością okna, robiło się ciepło.

Sam patron przyniósł mu kawę i usługując z godnością, próbował indagować o rozmowie z Couthonem. Utraktował go przy tym nieco przydługim wywodem, sławiącym patriotyzm i potęgę triumwiratu, a wrogów jego wystawiając jako naczynia pełne bezecnych podłości, knujące zdrady z rojalistami. A wzburzony przypomnieniem nieprzyjaciół republiki, jął grzmieć jakby na trybunie:

– My wiemy, kto podburza przedmieścia! My wiemy, kto spiskuje przeciwko ludowi! My wiemy, kto ogładza patriotów! kto rozpowszechnia fałszywe asygnaty! kto daje przytułek emigrantom! Wiemy wszystko i biada zdrajcom! – wołał słowami Robespierre'a i z uczuciem Brutusa. – Gilotyna czeka! – dokończył groźnie, podciągnął opadające hajdawery i strzepawszy z kurzu jakiś stołek stojący mu na drodze, zabrał naczynia i wyszedł. I wszyscy byli dzisiaj dla Zaręby przedziwnie jakoś uprzejmi i życzliwi; nawet sąsiedzi z piętra przychodzili uścisnąć rękę człowiekowi, którego wyróżnił Couthon, zapewniając go o swoich prawdziwie jakobińskich maksymach. Przyjmował wynurzenia z taką pańską łaskawością, że najczerwieńsi sankiuloci odchodzili ujęci jego dwornymi manierami. Zasię przy drzwiach czyhała na niego wczorajsza znajoma. Szła pod pretekstem sprzątania jego pokoju. Nie wspominając nocnej przygody, rozpytywał ją ciekawie o Forta.

– Pragnie z tobą zgody, obywatelu! Już z tym dzisiaj przychodził do ojca! Ale mu nie wierz! W ogóle nie dowierzaj nikomu! – ostrzegała tak gorąco i z takimi rumieńcami na ślicznej twarzy, że przygarnął ją do siebie'. Nie wydzierała się i owszem, oddając namiętnie pocałunki. – Właśnie wczoraj chciałam cię ostrzec, usiadłam, żeby poczekać na ciebie, i zasnęłam... Odbiegła na stancję, przejrzała się w zwierciadle nad kominkiem, poprawiła wdzięcznego korneciku i natarczywie chciała wiedzieć jego imię.

– Sewer! Pierwszy raz słyszę podobne imię! A mnie jest Clorynda.

– Nigdym nie słyszał piękniejszego!

Wybuchnęli oboje śmiechem.

– Oho, woła mnie ta trąba spod dziesiątego! Zaraz! – wybiegła ze śpiewką na ustach.

– Ten ptaszek szczebiotliwy rad odpoczywa na każdej gałązce! – pomyślał, spiesznie wynosząc się z domu.

149

Na szczęście zastał jeszcze Chomentowskiego.

– Sprzyja ci fortuna – wyrzekł radośnie, wysłuchawszy obszernej relacji. – Couthon jest echem tamtych. Konkluduję, że nasza sprawa ma niezgorsze szanse! Juści, w tej minucie lecę do St. Justa. Właśnie w tej porze zwykł promenować się w Luksemburskim żardinie. Aktualnie wojenne poczynania Republiki doznają niemałego szwanku nad Renem i z rojalistami, chociaż Bariére łże o zwycięstwach w Konwencie. Niepowodzenia chwilowe, ale ta okoliczność, wielce nam sprzyjająca, przynagli ich do układów i stanowczej decyzji. Trzeba ci kontynuować przyjaźń z tym kawiarnianym Brutusem: persona to wpływowa w Komunie. Boże, tyłem się już najadł smutków i zawodów, że ten promyczek nadziei uderzył mi do głowy! – aż przysiadł z nadmiaru emocji.

– Zjemy na tę intencję śniadanie u Méota, proszę cię – nalegał litując się w duszy jego twarzy głodomora i słaniającej się z wychudzenia postaci.

– "Chciało się Zosi jagódek" – zaśmiał się jakoś zgryźliwie. – Nie mam czasu...

– A jakby ci wypadło prosić na śniadanie St. Justa? Musisz być przygotowany.

– Nie pomyślałem o tym... Zresztą, mam przy sobie dziesięć franków...

– On jest wicehrabią i patrzy mi na smakosza. A wiesz, że czapką, papką i solą...

– Wiem, ale w Café Choisell jada się doskonale po dwa franki... Prawdziwy filozof gardzi rozkoszami stołu.

– Od przybytku głowa nie boli! – I dał mu sto franków złotem, sumę naówczas znaczną, którą Chomentowski obejrzał z niedowierzaniem, i każdy poszedł w swoją stronę.

Zaręba ze drżeniem zapuścił się w miasto niby w puszczę nieprzebytą i utonął w nim radośnie. A Paryż owego czasu dawał ze siebie obraz korabia porwanego wirami rozszalałych żywiołów. Miotały nim wszystkie burze świata. Unosił się jakby na spiętrzonych falach krwi, rumowisk i pożarów. Wyzwał na śmiertelny bój wszelaką krzywdę, wszelaką niesprawiedliwość i przemoc wszelaką. Tyranom świata rzucił rękawicę i walczył sam jeden przeciwko wszystkim mocom nieba i ziemi. Był jakoby łonem rodzącym w nieopisanych mękach szczęście powszechności. Obalał trony i państwa – by ojczyzna mogła przemówić słodkim głosem miłości; by, miasto klasy egoistów, powstał naród związany braterstwem i ubezpieczony w zażywaniu szczęścia wolności. Na gruzach prawiecznych przemocy budował Kościół ludzkości, w którym religią były prawa człowieka, zaś katechizm składał się z trzech słów: wolność, równość i braterstwo! Święte maksymy niby orłowie wynosiły się z kurzawy bitew i krwawych zamętów i niosły dobre nowiny po rubieżach dalekich ziem i ludach jęczących w niewoli. Paryż stawał się już mózgiem i ramieniem uciśnionych milionów. I stawał się także dręczącym koszmarem ciemięzców, a słodkim snem o wiśniowych sadach rozkwitłych na wiosnę dla ciemiężonych.

Niekiedy w tej tytanicznej walce z szatanem przybierał niezbłaganą postać kata, lecz jeszcze i wtedy szarpiąc własne wnętrzności zbawiał człowieczeństwo. Jego cnoty, zarówno jak zbrodnie, przerażały ogromem. Były na miarę tytanów. Były na miarę człowieka wydzierającego zawistnym losom szczęście swojego rodzaju.

Roiło się w nim od mędrców, świętych i szaleńców, ale nie stało grabieżców narodów i ziem, jak Fryderyk. Wzburzony ocean druzgoce, lecz nie zabagnia; pochłania lądy, lecz nie plugawi. A zresztą, w huraganach piorunów, w chwilach wybuchu wulkanów, tylko zarysy ogromów zatrzymuje w pamięci olśnione oko. Nie pora litować się zdeptanym źdźbłom, kiedy padają prawieczne dęby. Piorunami człowiek pisze swoje dzieje, a nie skargą lub jękiem żałosnym.

A poza tym panował chaos pierwszych dni stworzenia.

"Czerwone msze", Carmagnole dokoła szafotów i głów obnoszonych na pikach, procesje "lizaczek gilotyny", pochody przeróżnych deputacji do Konwentu, Marsylianka hucząca po wszystkich zakątkach, śmierć na każdym kroku, dzikie wybryki motłochu, krwawe czady, ponure echa spadających głów, namiętne kłótnie, straszne wybuchy nienawiści, nieustające proskrypcje ludzi, pieniędzy i zasobów, mowy obłąkańców, bitewne tumulty, sprzeczne wieści z pola bitew, przerażające trwogi, niepokoje, nadludzkie cierpienia i zarazem szalona, niepojęta wiara w ostateczne zwycięstwo rewolucji – oto czym żył Paryż, czym się oddychało i czym się syciła każda człowiecza dusza!...

Że prawo o podejrzanych zagarniało niby siecią tysiące do więzień, że Komitet Ocalenia utwierdzał terror coraz krwawszy, że Robespierre w Konwencie, przez swoich adiatusów, sięgał po każdą wydatniejszą głowę, że pijany Henriot na czele uzbrojonych sekcji szalał po ulicach, a na szczycie, niby bóstwo nigdy nie nasycone, panowała gilotyna – na to odpowiadano drwinami, śmiechem, karykaturą i piosenką. Ale Paryż pracował dla powszechności. walczył i zwyciężał! Przygarniał bezdomne, cnocie przywracał powinne miejsce, rozumowi hołd oddawał, a wolności niepożyty i nieśmiertelny tron budował.

Było to wielkie, dziwne i zarazem tak niepojęte, że Zaręba, pławiący się w tym morzu zdarzeń, spraw i nastrojów, żył w nieustającej gorączce podziwów. Zwłaszcza lud przejmował go szczególnym uwielbieniem...

Przymierał głodem, chodził w łachmanach, marzł w nieopalonych izbach, a dzielił się ostatnim kęsem i ostatnim groszem z biedniejszymi, składał się na broń, odzież i buty dla wojsk walczących na granicach i radośnie zapełniał luki w wyszczerbionych szeregach. Najheroiczniejsze ofiary i cierpienia miał sobie za ordynaryjną powinność. Dawał wszystko, nie żądając w zamian nic, nad wolność umierania za ojczyznę.

Nie mniej zdumiewały go wojska wynędzniałe, prawie bose i obdarte, lecz maszerujące z Marsylianką na ustach i w postawach tak dumnych i pełnych wspaniałego męstwa i uniesienia, że zdali się podobni orłom lecącym na zwycięstwo. Byli to wolni obywatele, nie poddaństwo napędzane kijem, obywatele, którzy na głos ojczyzny zrywali się walczyć za nią i umierać.

Boże, jakże by porwał za karabin i powiódł te święte legiony aż na pola Ukrainy!... Żołnierzem bowiem czuł się nade wszystko i w żołnierza kładł wszystkie nadzieje. Więc też codziennie rano leciał pod ratusz, gdzie się odbywały egzercyrunki i parady oddziałów, wysyłanych na plac boju, a nasyciwszy duszę lubym obrazem, włóczył się po niezliczonych kawiarniach i klubach; bywał w Café Choisella, gdzie mieli wstęp tylko najżarliwsi jakobini; w Café Patui, gdzie mrowiło się od rojalistów, agentów Pitta, muscadins i gdzie głośno drwiono z Republiki, a złodziejów przezywano "czynnymi obywatelami"; w Café Venua przy St. Honore, naprzeciw klubu Jakobinów; w Café Chretien na rue Favard, gdzie zbierali się moderanci; w Café Herou, zawsze przepełnionej sankiulotami, "lizaczkami gilotyny" i tłumem rewolucyjnych morderców; w Café Rendezvous, gdzie można było spotkać byłych księży, byłych arystokratów i ludzi gotowych na każdą zbrodnię; w Café de la Regence, gdzie się zbierali komedianci, a młodzi oficjerkowie w rodzaju Buonapartego zabijali czas grą w szachy i arcaby; w Café Rotonde; w Café Fog; w Café Vieux Pordelier; w Café Mangin; w Café de L'Opera, i w stu innych. Zasię z racji papierów opiewających na imię Volange'a, kart wstępu, jakich mu dostarczał major Dulfus i przyjaźni z Couthonem otworzyły się przed nim najpotężniejsze kluby: klub "Czarnych", klub "Daw"; klub "Czapek Wełnianych", klub "Pix" – były właściwie szynkowniami, w których zbierał się motłoch pijany krwawymi maksymami a wiecznie żądny głów zdrajców i arystokratów. Przesycił się nimi prędzej, niźli przypuszczał. Uczęszczał więc tylko do klubu Jakobinów, aby ujrzeć Robespierre'a ze swoim nieodłącznym cieniem St. Justem i do klubu "Franciszkanów", gdzie niekiedy ukazywała się lwia głowa Dantona i jego władny głos wstrząsał murami starego kościoła. Ale najczęściej i najskwapliwiej przesiadywał w Konwencie. Zgubiony w mrokach galerii czuł się tam jakoby na dnie chaosu pierwszych dni stworzenia. Tam bowiem, w tej sali przerobionej z królewskiego teatru, ozdobionej przez Davida i przypominającej kształtem głęboką, ogromną trumnę – poczynała się nowa era ludzkości. Owa sala zajmowała pałac Tuileryjski od pawilonu Marsan aż do pawilonu Zegara, i była posępna, olbrzymia, mroczna i dzika w przepychu surowych draperii, szarych malowideł, biustów poustawianych na gzymsach, chorągwi i pęków liktorskich rózeg, wypełniających niektóre pola nagich ścian. Główne wejście było od strony ogrodu; wchodziło się monumentalnymi schodami prosto na pierwsze piętro – pod spodem mieściły się kordegardy gwardii zwanej konstytucyjną, zaś na górze zasiadał Konwent. Prawo szukało podpory w bagnetach, Zgromadzenia Reprezentantów odbywały się o każdej porze dnia i no– cy, można by rzec – nieustannie. Przeto i nieustannie cały Pałac Narodowy mrowił się od tłumów i wrzał od gwarów. Galerie, loże i amfiteatry zawsze bywały przepełnione i huczały niby morze rozsrożone. Był to nieustanny przypływ fal rozbijających się rozciągłością o mury, nieustanny krzyk rozszalałych żywiołów. Trybuna prezydenta stała na wzniesieniu, wprost szerokiego wejścia; prezydent miał po obu stronach półkolisty amfiteatr ław przedstawicieli, przed sobą galerie publiki na podobieństwo gniazd jaskółczych przyczepione do ściany, za sobą Kartę Praw Człowieka, ujętą w czarną ramę i przedzieloną mieczem, nad nią zwisał pęk narodowych chorągwi, a jeszcze wyżej na białym murze czerniał ogromny napis: "Prawo".

Lud tłoczył się na galeriach i panował nad wszystkim. Przychodzono na posiedzenia jak na wycieczkę – z dziećmi i koszykami. Obywatelki w białych kornetach pilnie nasłuchując rozpraw nie przestawały karmić dzieci lub robić na drutach. Klekot sabotów rozlegał się po całym gmachu. Czasami obywatele na galeriach brali się za łby, wtedy kolby gwardii zaprowadzały zgodę. Poza tym panowała doskonała równość i braterstwo. Zaręba przesiadywał w Konwencie w gorączkowym wzburzeniu, jakoby w teatrum, na którym odgrywały się losy świata. Bowiem jak na teatrum zmieniali się aktorowie, sceny i materie dyskursów. I jak na teatrum wiecznej tragedii każdy akt kończył się chórem: Śmierć tyranom. Przy tym co chwila zrywały się oklaski zemocjonowanych arbitrów, wybuchały wrzawy, a niekiedy rozpętany huragan nienawiści, zemsty i gniewów wył dzikimi głosami wszystkich furii. Ale nierzadko i śmiech rozlegał się w tej sali pełnej przyszłych tronów. Rzucano kalembury i dowcipy, obiegające cały Paryż. Barierę, rodzaj rewolucyjnego trybuleta, co dnia cieszył obywatelów dobrymi nowinami z placu bojów albo zabawiał ich błazeńskimi konceptami. Mowy płynęły niepowstrzymanym potokiem – zmieniali się mówcy, publika, pory roku i dni, lecz tenor przemówień był zawsze jeden: ojczyzna w niebezpieczeństwie i śmierć tyranom! Czasami przy zdarzonej okoliczności śpiewano. Niekiedy wiązały się kłótnie między reprezentantami, że z trybuny do trybuny leciały klątwy, groźby i złorzeczenia, zaś galerie biły brawa. Oskarżano się publicznie. Denuncjacja była powinnością dobrego republikanina. Często wprost z trybuny wleczono mówców na szafot. Nie pojmowano miłosierdzia! Mogło być zamaskowaną zdradą ludu. Nienawidzono potwornie i wielbiono ponad ludzką miarę. Zabijano ze świętym uniesieniem i dawano własne głowy z rezygnacją. Zaś w prawach załatwiono tysiące spraw. Dekretowano nowe prawa. Przyjmowano niezliczone deputacje. Wysłuchiwano dytyrambów na cześć rewolucji, deklamowanych przez poetów bez talentu. Dyskutowano nad wszelkimi zagadnieniami. Rozstrzygano własne sumienia. Spowiadano się publicznie ze wszystkich grzechów. Wyklinano zabobony religii. Detronizowano Boga. Wieńczono zasłużonych ojczyźnie i ludzkości. Grożono tyranom losem Capeta. Prowadzono wojnę na wszystkich frontach i wśród walk nieustających przebudowywano Francję. Żegnano in corpore wojska ciągnące na granice. Marzono o nowej, wolnej ludzkości. A kiedy nadpływały bandy sankiulotów, niosące na pikach głowy pomordowanych, z których krew sączyła się na stół prezydialny i księgę protokołów, tańczono Carmagnolę. Płakano nad niedolą sierót. Rozkazywano buntownicze miasta równać z ziemią, a mieszkańców wycinać w pień. Wszystka nędza podnosiła swój głos przed tym trybunałem, wszystkie zbrodnie żądały zadośćuczynienia, wszystkie namiętności wybuchały i wszystkie marzenia o szczęściu świata znajdowały posłuch i adherentów.

Konwent stawał się jakoby górą Synaj, z której wśród grzmotów błyskawic i burzy rozlegał się coraz potężniej głos uciemiężonej wolności. Zaręba pewnego dnia nie poszedł już tam więcej i zamknąwszy się w swojej hotelowej stancyjce, jął rozmyślać. Męczył się jak potępieniec. Szarpały go bowiem przeróżne wątpliwości. Gryzły rozczarowania i przejmowała trwożliwa niewiara. Znalazł się na tragicznym rozdrożu. Ulękł się tyranii tłumów i zaczynała się w nim chwiać wiara w rewolucyjne maksymy. Rozbestwione panowanie motłochu wzburzało w nim człowieka z warstwy panującej, a przewroty, jakie się dokonywały, kazały mu się obawiać o cywilizację. Na szczęście przerwał mu te ciężkie medytacje Chomentowski, który wpadł do niego o świtaniu i zawołał zdumiony:

– Już nie śpisz. Dobrze się składa, dzisiaj Święto Rozumu, mam karty wstępu, musimy towarzyszyć tej ceremonii – zniżył głos i zaszeptał radośnie: – Ale ważniejsze, iż dzisiaj możemy się spotkać z Robespierre'em, St. Justem i Couthonem, w szynkowni na rue Paon. Będzie to zgoła partykularna pogawędka. Ma to być spotkanie przypadkowe. Wszystko urządził major Dulfus.

– Ciekawym, co z tego wyniknie. Chociaż gdyby nawet i przyobiecali nam pomoc Francji, żali zdążą dotrzymać obietnicy! Nie dziś bowiem, to jutro pójdą na szafot, a ich następcy wyprą się wszystkiego.

– Oni na gilotynę! Także koncept! – zaśmiał się z takiej możliwości.

– Kwestia czasu. Stawiam własną głowę, że padną. Doskonała równość już wyciąga pazury po ich głowy, nazbyt powyrastali, a to niebezpieczne.

– A niech się wytracą, byle tryumfowała rewolucja i nie ucierpiała nasza sprawa. Zaręba tak był zniechęcony, że tylko machnął ręką, nie chciało mu się już dyskurować w tej materii. Wyszli też zaraz na miasto.

Dzień był niedzielny, dziesiątego listopada. Deszcz padał gęsty, błoto chlupało pod nogami. Rynny kamienic, pod którymi się przemykali, rzygały całymi potokami wody. Zimno było przejmujące i na ulicach pustki. Nawet za wozem skazańców, ciągnącym przez rue St. Honoré, prócz straży człapało jedynie parę najwścieklejszych "lizaczek gilotyny" i kilku drabów. Dopiero nad Sekwaną, silnie wzburzoną i miotającą się w ciasnych brzegach, spotkali gromady ciągnące na Święto Rozumu. Przy Notre Dame

155

pomimo nieustającego deszczu zbierały się niezliczone tłumy, zaś w samym kościele panował już niezmierny ścisk. Główną nawę wypełniały długie trybuny, na których zasiadły sekcje paryskie, Komuna, Konwent i wszystkie władze republikańskie z Robespierre'em na czele. W transepcie kościoła ponad morzem głów, pik i chorągwi widniała skalista góra sztucznie uczyniona, na niej wynosiła się greckiego porządku świątynia z napisem na frontonie: "Filozofii". Pod przejrzystą kolumnadą nakrytą złotymi blachami dźwigał się marmurowy ołtarz Rozumu, za całą ozdobę miał jeno w pośrodku zatkniętą pochodnię Prawdy.

Na znak Chaumetta, ceremoniarza uroczystości, zagrzmiała kapela ukryta na galeriach i wraz spoza świątyni, ze skalistych szczelin, jęły się wysnuwać girlandy cudnych dziewic, przybranych w białe tuniki przepasane czerwonymi szarfami, dębowe wieńce miały na głowach i w rękach zapalone pochodnie. Kiedy zaległy u stóp świątyni z pochylonymi w adoracji kornej ciałami, wtedy z wnętrza ukazała się olśnionym oczom sama Bogini Wolności. Była nią zdumiewającej urody aktorka Anbry, okryta pajęczą i śnieżystą tuniką, zupełnie nie kryjącą jej kształtów; błękitny płaszcz spływał jej z ramion, frygijska, czerwona czapka zdobiła krucze kędziory. Hebanową włócznię ze złotym grotem trzymała w prawej ręce. Odebrawszy powinne hołdy od dziewic, wśród oklasków i krzyków zgromadzenia, zapaliła na ołtarzu pochodnię prawdy i zasiadła pod nią na tronie z kwiatów i zieleni. Z niewidzialnych kadzielnic buchnęły błękitnawe dymy spowijając świątynię w wonne obłoki. Białe dziewice pochyliwszy pochodnie, jakby skamieniały we wdzięcznych pozach u stóp bogini, a wraz chór dobranych głosów przy wtórze harf zaśpiewał hymn na cześć Mądrości.

Descends, o Liberié, filie de la Nature,
Le peuple a reconquis son pouvoir immortel;
Sur les pompeux débris de l'antique imposture,
Ses mains relévent ton autel...

Niepokalany biorący pierwszy miejsce wśród licznego pocztu dygnitarzów, zachowujących z trudem jaką taką powagę, siedział w dostojnym nieprzeniknieniu, wielki poeta, jaśniejący zadowoleniem i potęgą. On jeden w tej hecy znajdował wzniosłość nowego kultu.

– Wszak to Robespierre powiedział: ateiści to nowy rodzaj arystokratów. To próba stworzenia nowej wiary, a później gotów się ogłosić nowym bogiem. Bywało już tak, bywało! – zaszeptał złośliwie Zaręba.

– Milczże na Boga – skarcił go zgorszony Chomentowski.
– Ucieszne jasełka. Ta Anbry śliczna, robi oko do St. Justa, uważaj...
Rumor powstał, Niepokalany szedł złożyć hołd bogini, za nim
ruszyli dygnitarze, sekcje i reszta obywateli. Południe wydzwoniły
zegary, gdy adoracyjny pochód się zakończył, po czym kilku tęgich
sankiulotów porwało tron wraz z boginią i obszedłszy z nią w
uroczystej procesji wszystkie nawy, przy grzmiących fanfarach,
oklaskach i krzykach, wynieśli ją na świat. Zatańczono przed jej
majestatem Carmagnolę i ukazując jej nagość ludowi, poniesiono
ją do Konwentu na Zgromadzenie, które się już było zebrało.
Prezydent dał jej braterskie ucałowanie i usadził obok siebie, zaś
Konwent zadekretował: że dobrze się zasłużyła ojczyźnie i że
Notre Dame ma się odtąd nazywać Świątynią Mądrości. Prosto z
kościoła Chomentowski pociągnął Zarębę do Café Procope, dawnej
siedziby żyrondystów, gdzie mieli się doczekać majora Dulfusa. Po
upadku żyrondy kawiarnia opustoszała, że zbierała się w niej
liczniej tylko gromadka polskich egzulów. Byli to sami znaczniejsi
oficjerowie, którzy po ostatniej wojnie z Rosją i przystąpieniu
króla do targowicy, salwując swój honor i wolność wynieść się z
kraju byli przymuszeni. Wieczorami można było spotkać tych
rycerzów bez skazy i cnotliwych obywatelów, przekładających
tułaczkę i nędzę nad hańbę powolności zdrajcom. Widywało się w
niskich, dymnych izbach kawiarni pułkowników: Chomińskiego i
Kamienieckiego; podpułkowników: Baranowskiego,
Bronikowskiego, Gorzkowskiego, Hadziewicza, Lipowskiego,
Ponińskiego, Szczułowskiego; majorów: Giżyńskiego, Magiera,
Gawrońskiego, Gorzkowskiego, Cichowskiego; kapitanów:
Maćkiewicza, Cichockiego, Banczakiewicza i Wielohorskiego, że
pominie się pomniejsze szarże i obywatelów cywilnych. Zaręba
znał wszystkich z pola bitew i z poprzedniego pobytu w Paryżu.
Aktualnie jednak nie widywał żadnego z nich i do tej kawiarni nie
zaglądał, żeby się nie wydać z celem przyjazdu i nie zwracać na
siebie uwagi. Tak mu był zalecił Chomentowski.
– Za parę godzin misja twoja się skończy i wyjedziesz, możemy
zatem wejść – tłumaczył wybierając miejsce pod oknem. Kazali
sobie podać jeść, a potem grali w warcaby z cicha rozmawiając.
Dulfus kazał długo na siebie czekać, bowiem zjawił się dopiero ze
zmierzchem.
– Nie chcą z nami traktować – zaszeptał wysapawszy się należycie,
jako że mąż był sangwinicznego usposobienia, gruby w karku i o
czerwonej, pełnej twarzy. – Wracam właśnie z Komitetu Ocalenia, z

rozmowy z Robespierre'em. Uważa nas uzurpatorami, bowiem przed godziną otrzymał przez Desforguesa zawiadomienie z Lipska, że do układów przyjeżdża Barss, opatrzony plenipotencjami Wielkiej Rady. Mają nas za fakcjonistów. Widziałem, że radzi byli takiemu obrotowi sprawy. St. Just mówił otwarcie.

– Moderanci górą. Nasze planty diabli biorą! – wybuchnął Chomentowski.

– Przynajmniej na razie. Niech Barss wykołacze pomoc od Francji i byle wybuchnęła insurekcja! Reszta już leży w naszej mocy. Wierzę, jako tylko nasze systema może Polskę podźwignąć! I podźwignie! – dodał z mocą Dulfus. – Zawód przykry, lecz żywię jeszcze nadzieję...

– Wobec tego nic tu po mnie – ozwał się Zaręba. – Pilno mi do kraju. Widzę jasno, jako nam przyjdzie jeno na własne siły rachować...

– Chodźcie do mnie – proponował Dulfus – pogadamy obszerniej. I wyszli bocznym wyjściem unikając spotkania z rodakami.

VIII

Na Bernardyńskiej wieży zagrał hejnał, zawtórowały mu zegary zamkowe i pożenione dźwięki spłynęły w miasto niby stado rozświergotanego ptactwa. Wybijała jedenasta. Dzień noworoczny 1794 jawił się niezgorzej luty, rozsłoneczniony jednak i skrzący śniegami. Stężała od mrozów ziemia dzwoniła, sanna usłała się siarczysta, mróz bowiem brał coraz tęższy, że ludzie i konie poruszały się w obłokach pary.

Dymy niebieskawymi słupami biły w niebo wysoko rozpięte i tak czyste jakoby ze sztuki bławatu uczynione. Szyby w oknach mieniły się niby diamenty. Głębokie śniegi okrywały kożuchami ziemię, dachy i drzewa, że dawały pozór wykutych z białego marmuru.

Powietrze stało ciche, wiercące w nozdrzach i słuchliwe. Pora była nabożeństw i co chwila to dzwony zabiły uroczystym basem, to roznosiły się fale śpiewań lub przejmujące grania organów płynęły z naw zapełnionych dymami kadzielnic i światłem. Tu i owdzie pod drzwiami kościołów stali ludzie z odkrytymi głowami. Ale pomimo nabożeństw ulice roiły się od ludzi, zaś przy kramach pod Bramą Krakowską, z których roznosiły się swędy prażonych kiełbas, zbierały się całe kupy pospólstwa.

Gęsto też przelatywały liberie na oszroniałych koniach, zaś kozacki patrol w kołtuniastych, rudych burkach i czapkach, z błyszczącymi grotami pik, wałęsał się z końca w koniec Krakowskiego Przedmieścia. Wkrótce na głównym odwachu, pobok Bernardynów, zagrały werbla tarabany i klarynety. Następował obluz warty. Pluton dziesiątego regimentu szefostwa Działyńskiego, pod porucznikiem Lipnickim, luzował gwardiaków.

Na tenże sam sygnał otwarła się brama zamkowa od Grodzkiej i wystąpiła przed nią w paradzie gwardia koronna z kapitanem Kosmowskim na czele, z doboszami i fajframi w odwodzie, a z kapelą trombonistów na prawym flanku. Za czym i szwadron ułanów królewskich Königa wysunął się czwórkami spod Zegarowej wieży, rysią dosięgnął Zygmunta, wziął z miejsca dyrekcję na lewo, rozłamał się na dwie części, a wyciągnąwszy się podwójnym kordonem aż po zamkową bramę, stanął frontem jakby wrośnięty w ziemię.

Właśnie po nabożeństwach wychodzono z kościołów. Krakowskie Przedmieście napełniło się ludem, tłumy też napływały od Starego Miasta i gąszczem zaległy wszystek plac, napierając na ułańskie kordony; sporo cisnęło się pod domem Campioniego i murami przylegającymi do klasztoru Panien Bernardynek, bowiem jakby na komendę ukazały się naraz nieskończone ciągi pojazdów z Senatorskiej i Krakowskiego, zmierzające na Zamek.

Zagrochotały rzęsiste bicia bębnów, przenikliwe świsty piszczałek i tromboniści huknęli wrzaskliwą fanfarą oddając honory dygnitarzom, jadącym z noworocznymi hołdami do króla jegomości. Jakoby kuligowa kompania, wspaniale przybrana, bogactwami widna, znaczenia i powagi pełna, tak sunął ten rozmigotany w słońcu sznur karoc, sań, jeźdźców z rozgłośnym brzękiem dzwonków, paleniem z batów i rzegotem janczarów. Na przedzie toczyła się oszklona karoca złoto–zielona, w sześć karych drygantów w piórach, czubach i trzęsidłach, przodem sadził na koniu czerwony krucyfer ze srebrnym krzyżem w ręku.

Przez szyby karocy ukazowała się dumna głowa prymasa w czerwonej piusce. Zdejmowano przed nim czapki, a tu i owdzie pochylały się głowy pod ruch jego ręki błogosławiącej. Za nim dopiero jechał nuncjusz, ambasadorowie potencji akredytowani przy Rzeczypospolitej i marszałek wielki koronny w asyście swojej chorągwi. Jechali ministrowie i dygnitarze koronni i litewscy. Jechały znaczne damy. Jechali różni wielmoże. Jechali oficjerowie wyższych szarży. Jechał magistrat z prezydentem Warszawy, Rafałowiczem. Jechali kawalerowie orderów.

Z wolna i uroczyście toczyły się poszóstne karoce, landary i powozy, ale najwięcej było widać sań paradnych, cudnie wyrobionych w postacie srebrzystych łabędzi, złotych gryfów, łodzi z podniesionymi dziobami, to jakowychś bestii, wykrytych wspaniałymi futrami, wlokącymi się po śniegach. Konie paradowały w barwnych siatkach, kapach, wstęgach i piórach. Hajducy za saniami i pojazdami, forysie i czerwoni żokieje na koniach, gdzie strzelcy zielono ubrani, z trąbami przez plecy, sadzili przy drzwiczkach, gdzie kozacy w herbowych barwach lub pajucy przystrojeni jakby na redutę, że aż w oczach się ćmiło od farb, migotania rzędów, piór i strojów.

Na ostatku jakoby dla większej ostentacji pokazał się hetman Ożarowski otoczony wybranym hufem pancernych, z burkami puszczonymi na wiatr. Siedział w saniach, wyrobionych w kształt srebrnego orła, rysią delię miał spiętą pod szyją diamentowymi pazurami, czaple pióra na sobolowym kołpaku przypinały również diamenty. Bezmierna pycha wyzierała z jego starej, obrzękłej twarzy. Cztery białe araby pod pąsowymi sieciami wyrzucały uczone korwety łbami strojnymi w pęki strusich piór i brzęczących trzęsideł.

Pokazywał się z taką pompą, jakoby tryumf odprawował. W publice, szczególniej tego dnia rozanimowanej, zawrzał niechętny pomruk, posypały się za nim zelżywe przezwiska, że poczerwieniał ciskając dokoła rozsrożonymi oczyma. Na darmo osłaniały go blachy pancernych i hetmańskie dostojeństwo. I nie sam jeden poczuł się niby pod pręgierzem. Wielu z jego komilitonów również targało się w bezsilnej wściekłości, dawali jednak pozór głuchych i nieczułych, gdyż z racji natłoku pojazdy posuwały się wolno, noga za nogą. Przez to i zuchwałość tłumów się wzmagała, podnosiły się coraz zapalczywsze głosy, wskazywano palcami poniektóre persony bardziej nienawistne, nie oszczędzano nawet dam, głośnych z amorów z oficjerami imperatorowej. I gdyby nie kordony Konigowskich ułanów, mogło było przyjść to tumultów. Już niejedne pazury wyciągały się chciwie ku jaśnie wielmożnym gardzielom, już niejedna groźba biła jakby sztychem w upatrzonych. Bowiem tłumy nie tylko z imienia znały tych dygnitarzów targowicko–grodzieńskiej formacji, tych grafów i ministrów z łaski rozbiorczych potencji. Przytomne były w pamięci ich przewrotne machinacje, kabały, zdrady i podłości. Już od dawna w sercach czułych na niedolę ojczyzny zbierały się żale i głuche żądze pomsty! A owo dzisiaj w ten dzień noworoczny sprezentowali się w Warszawie pierwszy raz po sejmie grodzieńskim. Jawili się oczom ludu całą kompanią, przystrojeni w złupione dostojeństwa, w pysze bogactw i znaczenia, bezkarnie porozpierani w pojazdach, bezwstydni w zbrodniach.

Nazbyt obmierzły był to prospectus cnotliwym sercom i gorętszym imaginacjom, więc prawie bezwolnie wybuchały wrzawy, leciały dotkliwe przezwiska i grubiańskie docinki, a wszystek tłum kolebiąc się coraz burzliwiej bił niby morzem w ułańskie kordony, już tu i owdzie poprzerywane i zepchnięte na strony.

Wielu z jadących, może nawet większość, uważała te wrzaski a groźby za ordynaryjną swawolę pospólstwa.

Patrzano się z nieukrywaną wzgardą na wrzeszczących ultajów, nakazując prać batami, gdy się jaki nawinął nieco bliżej.

Tylko damy nie nawykłe do głośnych wypominków swoich amuretek i amantów, siedziały srodze skonsternowane, pełne zarazem gniewu i wylęknienia.

Szczególniej szambelanowa, jadąca z mężem w niskich, wspaniałych saniach, poczuła się jakby wleczona przez rózgi, a kiedy w ostatku jakiś obwieś nazwał ją hańbiącym imieniem, zawrzała straszliwym gniewem.

– Żebyś był mężczyzną, nie pozwoliłbyś mnie znieważać! – zaszeptała.

– Nie słyszałem. Nie uwielbiają nas, trudno! Musisz się przyzwyczaić. Posłuchaj, co innym się dostaje. Jak oni wszystko wiedzą! Mówiono, że lokajstwo założyło swój klop, tam pewnie komunikują sobie nowinki o swoich panach – obtulił się w szubę i spoglądając złośliwie w zagniewaną twarz żony mówił: – Odradzałem ci, duszko, dzisiejszą paradę u króla! Wszak za dwa tygodnie wypadnie drugi Nowy Rok, a na przyjęcie u Igelströma będziesz potrzebowała znowu nowych strojów. I nawet Zubowa nie zobaczysz na Zamku! – dodał z cichym śmiechem.

Dosięgli wreszcie zamkowej bramy, pojazdy odjeżdżały w dziedziniec.

Na marmurowych, szerokich schodach, prowadzących do królewskich pokojów, zasłanych szkarłatnym suknem, przybranych w gobeliny, pomarańczowe drzewa i liberię w czerwonych frakach, stojącą na stopniach, uczynił się niemały ścisk i gwar. U szczytu tej barwistej drabiny wielkie złocone podwoje były otwarte, stali w nich kadeci w paradnych koletach z aksamitu, w białych kiulotach i ze strusimi pióropuszami na głowach, honorując wchodzących obnażonymi szpadami.

Sala była pomiernej wielkości, ale bardzo widna i wspaniale zdobna w malowidła, wystawujące dawne przewagi oręża polskiego, w konterfekty najsławniejszych hetmanów, w stoły mozaikowe, posągi, zwierciadła i cudnie grający w słońcu kryształowy pająk, zwisający od sufitu zarzuconego jakoby spłowiałymi scenami z mitologii i złoceniami. Tron stał naprzeciw podwojów, na znacznym wzniesieniu, pod złoconym baldachimem, wyobrażającym rozpiętego orła; podtrzymywały go białe, smukłe kolumny; z lewej strony brał miejsce posąg Sobieskiego w zbroi rzymskiej, z prawej Wielka Katarzyna w postaci rycerza. Marmurowe wyobrażenia Elżbiety angielskiej i Henryka IV mieściły się niżej, przed naczelnymi kolumnami.

Na stołach pod ścianami bieliły się popiersia: Cezara, Hadriana, Augusta i Marka Aureliusza. Ogromny komin z białych marmurów, sięgający prawie sufitu i błyszczący złotymi snopami Wazów, dźwigał na szerokim parapecie przeróżne figury z saskiej porcelany i olbrzymie świeczniki z kryształów.

Daleko było tej sali do wystawności majestatu godnego Rzeczypospolitej, tchnęła jednak powagą i dostojnością wieków. Widok tronu przyniewalał do powściągliwości, a groźne oblicza hetmanów mówiły o dawnej chwale i potędze.

Na pawimentach, polśniewających lustrzaną gładzią, zaroiło się od dostojnej socjety. Przytłumione, dyskretne szepty zagrały brzękiem galantuomnych rozmów. Panował bowiem język francuski, strój francuski i francuskie wyszukane maniery. Tylko jeden nuncjusz, otoczony wieńcem dam, zajął złocone krzesło, reszta stała tworząc po sali jakby barwiste bukiety rozmigotane w słońcu, tak byli wspaniale strojni, okryci klejnotami, orderami, wstęgami i szarfami. W tłumie cudnie aftowanych fraków, peruk i białych pończoch zaledwie z rzadka dał się widzieć jakiś kontusz wojewódzki, podgolona czupryna i czerwone buty. Zaś czarne stroje magistratu skupiały się w najciemniejszym kącie sali pod kominem. Spoglądano na nie, nie szczędząc przy okoliczności lekceważącego traktowania. Snadź o tym mówił był właśnie Kapostas, który jako przełożony nad kupiectwem i radny miejski brał udział w delegacji, bo na jego suchej, czarniawej twarzy pełzał wyraz nieukontentowania.

162

– I cechy nie stawiły się z powinnymi hołdami – dorzucił któryś z boku.

– Były gotowe jak zawsze, ale dano do zrozumienia, że się bez nich obejdzie.

– Kiliński też silnie agitował przeciw chodzeniu na Zamek,

– Ale oburzeni obywatelowie dawali wyraz swojej niekontentacji.

– Musiał ktoś ekscytować pospólstwo – zauważył Gantier, wielki kupiec sukna.

– I pospólstwo nie jest pozbawione rozumu i czucia – odszepnął ostrożnie Kapostas, spoglądając w stronę tronu, pod którym stał marszałek wielki koronny Moszyński, mądry i obmierzle brzydki garbus, wedle swoich upodobań obsypany brylantami; przy nim brał miejsce kanclerz wielki Sułkowski i cała Rada Nieustająca. Hetman koronny Ożarowski wraz z litewskim i biskupem Kossakowskim, umyślnie przybyłymi z Wilna na dzisiejszą uroczystość, coś pilnie szeptali na uboczu. Zebranie było liczne, stawili się bowiem wszyscy, którym nakazywały spełniane urzędy, chęć pokazania się, polityczne racje lub wzgląd na jakieś korzystne widoki. Cały rząd Rzeczypospolitej był w komplecie. Ambasadorowie obcych potencji. Sporo znacznych cudzoziemców i protegowanych króla literatów i artystów.

Paru cnotliwych, jak szef Działyński, generał Mokronowski i pułkownik artylerii Deybel, promenowało się dosyć samotnie. Potworzyły się mniejsze i większe kompanie rozmawiające półgłosem. Jeden Boscamp swoim obyczajem kręcił się po sali, zagadywał w różnych materiach i strzygł uszami na wszystkie strony. Komendant warszawskiego garnizonu, Cichocki, człowiek giętki, dworak dobrze widziany u Igelströma i zaufany hetmana, lecz w głębi duszy oddany sprawie wyzwolenia, rozmawiał z szambelanem Rudskim i Woyną, który jak zawsze, modnie przystrojony, piękny, niedbały i cynicznie drwiący z całego świata i z siebie w razie potrzeby, wysłuchawszy skrzekliwych wywodów szambelana o braku na sali starych, arystokratycznych imion, powiedział żywo:

– Zali nie jesteśmy obecni, my, najwybrańsza szlachta tego Królestwa Polskiego? Szambelan zastanowił się, nie pojmując, do czego zmierza.

– No tak – zapewniał rozgarniając utrefione pukle – stare rody tyle się już nałupiły Rzeczypospolitej, tak się opchały fortunami, że muszą ustąpić z placu. Teraz pora i miejsce na nas chudeuszów oświeconych a głodnych fortun, znaczenia i tytułów. Nieprawdaż, mości Nowakowski?

– Słuszna konkluzja, panie starościcu – odparł zagadnięty, nie bardzo wiedząc, o czym mowa, gdyż właśnie był przechodził obok, ale dotknięty śmiechem Cichockiego, poszedł w swoją stronę dalej oglądać salę taksującymi oczyma.

– Exemplum taki Nowakowski: urodził się na podstarościego, a zasługi położone na sejmie grodzieńskim dały mu już fortunę i mogą wynieść do pierwszych splendorów w Rzeczypospolitej. Nie on jeden dorabia się tak fortunnie.

Podrwiwał, ale już tak głośno, że Cichocki odsunął się pod jakimś pozorem, a szambelan przerywając niemiłe materie pociągnął go do żony, skarżącej się właśnie przed hrabią Ankwiczem na zuchwałość pospólstwa.

– Niezadługo nie sposób będzie pokazywać się na ulicach! – konkludowała.

– Chyba pod eskortą alianckich oficjerów! – dorzucił Woyna tym samym tonem.

– Waszmość ze wszystkiego czyni krotochwile! – spojrzała obrażonymi oczyma.

– Odtąd przybieram postać tragicznego bohatyra i będę się potykał o każdą pokrzywdzoną niewinność! – skłonił się kładąc dłoń na rękojeści szpady.

Szambelan pokasłując usiłował zagadać naprężoną sytuację i rzekł:

– Jakoś nie nadjeżdża Igelström.

– Bo jeszcze nie złożył swoich credenciales królowi jako nowy ambasador przy Rzeczypospolitej, mianowany po Sieversie – objaśniał hrabia Ankwicz.

– Znam i drugie okoliczności: w nocy rozchorowała się na srogi ból żywota pani Załuska, musi więc czuły Celadon czuwać...

Snadź już za wiele tego było szambelaństwu, gdyż odwrócili się plecami do niego, Ankwicz zaś ująwszy go przyjacielsko pod rękę spytał:

– Kąsasz dzisiaj jak osa. Pewnie ci w nocy karta nie poszła?

– Przeciwnie, wygrałem nawet sporo. Co innego mnie animuje i doprowadziło do denerwacji. Dlaczego stryja odwołują z Wiednia?

– spytał otwarcie, patrząc mu prosto w oczy. Hrabia Ankwicz zmieszał się.

– Niepomyślne koniunktury polityczne, w jakich pozostawa Polska i pewne wyższe racje przymusiły króla do odwołania go z Wiednia

– odpowiedział wymijająco.

– Mniemam się być bliższym prawdy – wtrącił rozdrażniony. – Petersburgowi nie był wygodny człowiek, próbujący krzyżować planty rozbiorczych potencji, a przy tym cale nieczuły na pokazy rublów i talerów...

– Admiruję afekta rodzinne i lotną imaginację, ale nazbyt ufasz swej domyślności – uśmiechnął się przymuszenie. – To niebezpieczne...

– Więc daję w pysk swoim mniemaniom i wierzę tylko twoim słowom.

– Zatem do widzenia! Czekam cię z wieczerzą. Zagramy na trzy stoliki. Uścisnął mu przyjaźnie rękę, miał bowiem do niego dziwną słabość, i poszedł do Buchholtza. Pełnomocny minister króla pruskiego snuł się był po sali niby mara strasząca. Ubrany wspaniale, stosownie do dzisiejszych okoliczności, we fraku zaaftowanym złotem, pokryty orderami, przepasany czerwoną szarfą, w nowej białej peruce, miał jednak minę predykanta, najętego do śpiewania psalmów przy konającym. Chudy, przygarbiony, o krzaczastych, czarnych brwiach i suchej, brzydkiej twarzy, fałszywie się uśmiechał, fałszywie patrzał i fałszywą dobrodusznością nadrabiał; starał się zabierać jak najmniej miejsca, a wszędzie było go za dużo, wszędzie komuś następował na pięty i kogoś potrącał.

Woyna wielce wzburzony i gotów choćby do uczynienia burdy, szukał w tłumach, na kim by wywrzeć złość swoją. Właśnie pod oknem rozmawiał coś pilnie poseł szwedzki, hrabia Toll, z Działyńskim, zaś dokoła nich kręcił się Boscamp.

Lecz na sali uczynił się rumor, weszły bowiem uroczyście podstarzałe siostry królewskie, a równocześnie zadygotały mury od grzmotu harmat bijących pod Zamkiem i na Pradze.

– Król! Król! – poleciały głosy.

Jakoż wchodził Stanisław August w asyście kadetów z obnażonymi szpadami, paziów i partykularnego sekretarza, księdza Ghigiottego. Wszystkie głowy pochyliły się kornie przed Majestatem.

Król stanął na stopniach tronu widny wszystkim oczom i uśmiechając się dobrotliwie, toczył przenikliwym spojrzeniem. Miał na sobie paradny biały strój, lśniący od brylantów i przepasany przez ramię niebieską, orderową wstęgą. Ale wyglądał źle, spod kunsztownych barwiczek przezierała żółtawa cera i obrzękłość policzków. Coś bezmiernie smutnego biło od jego foremnej, lecz przygiętej postaci, zaś wyniosłe, pańskie oblicze, przysposobione na pozór maski wiecznie jednako uśmiechniętej, wyrażało głęboką nudę...

Marszałek Moszyński imieniem stanów Rzeczypospolitej wystąpił z mową, składając w niej powinne życzenia. Król odpowiedział płynnie, krótko i głosem wielce zwątlałym. Nie było za co wysławiać upłynionego roku ni spodziewać się po nadchodzącym czegoś lepszego. Za czym po tych krótkich przemówieniach nastąpiło ucałowanie królewskiej ręki.

Cała sala ruszyła ku tronowi, biorąc kolej wedle urzędów i znaczenia. Król znacznie się ożywił, bowiem lubował sobie w tych uroczystych hołdach i w tych mizernych pozorach władzy, jakie mu jeszcze pozostawiono.

Zasię po ukończonym ceremoniale zeszedł łaskawie między socjetę, obdarzając każdego, do kogo się był zwrócił, jakimś miłym słówkiem. Był niezmiernie biegłym w umiejętności szafowania faworami. Na zamkowych pokojach umiał się wystawiać królem wspaniałym, dostojności pełnym i cnotami jaśniejącym. Miał też wyborną pamięć osób i związanych z nimi okoliczności, nie potrzebując się uciekać do pomocy sekretarza, stojącego na podorędziu z regestrem nazwisk. Otoczył go wieniec strojnych dam i dworaków, uśmiechy słały mu się pod nogi, a wszystkie oblicza zwracały się jakby do słońca. On zaś zaszczycał swoją królewską uwagą i łaskawością coraz to inne persony. Miał łzę, gdzie była potrzebną, miał smętek, miał wspaniałomyślną pobłażliwość miał radę i pociechę – w stu postaciach się jawił, a każda stosownie przybrana do osoby i okoliczności. Szczególniej dzisiaj wyróżnił Działyńskiego, dopytując o zamierzoną podróż do żony na Ukrainę. Z Ożarowskim traktował o nadchodzącej redukcji wojsk. Moszyńskiemu winszował jakiejś gemmy, rytej w ogromnym szmaragdzie. Z Ankwiczem szeptał nowiny petersburskie. Z kimś znowu sprawy ekonomiki krajowej poruszył. Szambelanową uszczęśliwił takimi duserami, że spłonęła z nadmiernej kontentacji. Ze swoim architekta Aignerem dysputował o dekoracji kończącej się właśnie sali w pałacu Łazienkowskim. Księdzu Albertrandiemu, bibliotekarzowi Załuskiego, powiedział o nowych książkach i medalach, jakie był otrzymał z Rzymu. Pułkownikowi Deyblowi wspomniał o nowej francuskiej książce, traktującej ulepszone sposoby odlewania harmat. Radnych municypalności pouczał względem słusznego rozdziału kwater dla wojsk imperatorowej. Nawet Woynę oczarował wysławiając zasługi jego stryja, posła Rzeczypospolitej przy dworze wiedeńskim. Cudzoziemców zdumiewał znajomością ich krajów i urządzeń, a z każdym rozmawiał jego mową z jednaką swadą i właściwym akcentem. Przed angielskim ambasadorem respektował nicugiętość Pitta w wojnie z francuskimi rebeliantami, na których bezecne praktyki głośno powstawał. Damom szeptał tak strzeliste i czułe komplimenta, że każda mogła się uważać za wyróżnioną. Miał przy tym i jakieś słówka na stronie, kabały mówione na ucho zaufanym i uśmiechy porozumiewań.

I tutaj dopiero, na lśniących pawimentach, otoczony zgrają faworytów i pochlebców, w słodkim chórze wielbiących słów, hołdów i pokłonów, powracały mu humory, odzyskiwał młodość, postać przybierała wdzięczne kształty i oczy nabierały blasków i wigoru. Tutaj było jego prawdziwe królestwo, w którym żaden ze współczesnych nie przewyższył go w rzeczach smaku, kunsztów i galantuomii. Zaperlił się też jak szampan, błyszczał dowcipem i czarował jeniuszem wdzięków. Koronę bowiem miał za świecidło mnożące sukcesy w amuretkach, zaś królewskim dostojeństwem przyodziewał się dla wdzięcznej pozy i aplauzów oświeconej powszechności. Więc niby paw roztoczył przed dworakami wszystkie zalety swojej osoby bogato obdarzonej, ciesząc się tą rzadką chwilą, dającą mu posmak prawdziwego królowania niby motyl słońcem, ciepłem i kwiatami.

Ale marszałek nadworny dał znak i król otoczony całym dworem i strażami ruszył ceremonialnie do kolegiaty na noworoczne nabożeństwo.

Kościół Świętego Jana zapełnił się po brzegi. Zahuczały organy. Rozpoczęła się msza, celebrowana przez biskupa chełmskiego, Skarszewskiego, podkanclerzego koronnego, w asyście licznego duchowieństwa. Nuncjusz wraz z prymasem, w złotolite kapy przyodziani, z pastorałami w rękach, wzięli miejsca na tronach przed ołtarzem. Król pokazał się w swojej loży, dygnitarze w stallach prezbiterium, a pozostali zasiedli czerwone krzesła na środku kościoła ustawione.

Boczne nawy przepełniały tłumy pobożnych i ciekawych. Znajdował się między mmi Zaręba, stojący pod filarem, pierwszym od kraty prezbiterium. Podkomorzyna siedziała obok, z nieodstępnym Murzynkiem, wachlując się nieustannie, gdyż z powodu natłoków panował niesłychany upał i zaduch zgoła nie do wytrzymania. Ciżby zebrały się tak ogromne, że chociaż miejsca przeznaczone dla wybranych otaczał zwarty kordon królewskiej liberii, dający odpór naciskającym tłumom, wciąż powstawały kłótnie, szamotania i awantury. Nieprzystojne zachowanie się pospólstwa mąciło powagę winną kościołowi.

Zaręba zasłuchiwał się w śpiewania, jakie po offertorium zaczęły spływać z chóru. Zwłaszcza jeden głos altowy, rozległy, cudny, nabrany łzami, uniesieniem i świętością porywał go jakby w otwarte niebiosa. Ściszone brzmienia organów, niekiedy słodkie głosy flotrowersów, gorące szmery modłów i srebrzyste pobrzękiwania dzwonków dawały godną oprawę temu archanielskiemu śpiewowi, wtórując mu zabłąkanym, lamentliwym echem ziemi...

A w chwili kiedy wszystko nagle ucichło, naród padł w proch, wysoko nad głowami zajaśniała monstrancja i wszystko ukorzyło się przed Bożym Majestatem, wtedy ten głos odezwał się sam jeden: wybuchnął ze spiżową mocą i polał się w mrocznych, wyniosłych nawach taką wrzącą strugą głębokiej wiary i ekstazy, jakby wszystkie czucia rodzaju ludzkiego wyrażał.

Zarębie naraz przypomniał się ten głos dziwnie znajomym.

– Czy hrabina Camelli bawi w Warszawie? – szepnął do ucha podkomorzyny.

– Ma cudny głos ta italska klępa – posłyszał obelżywą odpowiedź. Śpiew się skończył, zaczął więc przeglądać twarze socjety. Iza siedziała o parę kroków od niego. Była dzisiaj piękna nad wyobrażenie. Spod sobolowego kołpaczka widniała twarz złotawemu kwiatu podobna. Orzechowe oczy patrzyły jakoś posępnie, mroczną się być zdawała i smutną, jeno jej wargi krwawiły się niby niezagojona rana. Wzburzył się jej widokiem. Przebudzone czucia wezbrały w sercu tęsknością. Stary przyczajony żal podniósł jadowity łeb. Żyła w nim jeszcze pamięć tej zdrajczyni, zabijał ją i wytopić ze szczętem nigdy nie zdołał. I nie wiadomo czemu znowu dzisiaj spadło mu na duszę to przypomnienie. Po co? Jakże słusznie traktowało ją pospólstwo na równi z najostatniejszymi! Wszak słyszał te przezwiska bez oburzenia i protestacji. I sam nie nazywał jej inaczej. Nie byłaż kochanicą Zubowa? Zaraz po powrocie usłyszał tę prawdę od samej kasztelanowej. Nie spodziewał się innej! – Nie zdumieję się nawet, jeśli jutro zostanie gamratką choćby nawet kozaków! – rozmyślał nie bez gniewnej udręki, podając ucho podkomorzynie, czyniącej złośliwe uwagi o różnych damach, a w szczególności pani Grabowskiej.

– Uważaj waszmość, jak sobie misternie pozalepiała dzioby na

twarzy... Pono margrabianka Luhlli sprowadziła jej tę masę z Paryża...
Odwrócił się nagle: płomienne, uporczywe spojrzenie Izy spłynęło w niego warem.

Uśmiechnęła się tkliwie i patrzyli teraz na króla wychylonego z loży, na wielmożów majaczących w błękitnawych obłokach kadzielnych dymów, ale widzieli tylko siebie.

Jakichś dwóch orderowych jegomościów, siedzących pobok Zaręby, traktowało półgłosem o niełasce Sieversa i nagłym jego odwołaniu z Polski.

– Biskup Kossakowski podstawił mu nogę i fajtnął – upewniał starszy, łysy.

– Bo mnie ta kwestia medalów wydaje się być tylko pozorem.

– Ale to pewna, że imperatorowa jest na nas zagniewana. Z jej to rozkazu Igelström nie złożył jeszcze królowi swoich credenciales. Grozi zerwaniem aliansu. Musimy przebłagać słuszny gniew wspaniałomyślnej monarchini.

– Już o tym na Radzie wspominał hrabia Ankwicz, on jest za wysłaniem deputacji od stanów. Nie pora już na odwłokę i deliberacje...

– Racja, Prusacy bowiem tylko czekają sposobnej okoliczności...

Tuż za nimi siedział König, pułkownik ułanów królewskich, z Cichockim.

– Czytałeś nowiny z Francji? Te obmierzłe królojady i zbiesione ultajstwo srodze jednak pierze pludrów, he?

– Przedni to żołnierz! Jakobiny, królobójcy i ultaje, prawda, ale jak to międlą cesarskich, jaki to odpór dają Angielczykom, jak to radzą sobie ze zdrajcami, jak to psowają humory i kalkulacje króla pruskiego! – odparł Cichocki.

Konopka, zjawiwszy się niespodzianie, zaszeptał:

– Musimy wyjść, ważna sprawa.

Zaręba rzucił jakieś słówko podkomorzynie i wyszedł nie obzierając się nawet na Izę. Tłumy stały pod kościołem, a całą Świętojańską zapchały pojazdy i wyczekująca liberia, że dopiero na Starym Mieście można było swobodnie mówić.

– Cóż się stało? – odezwał się zaniepokojony Zaręba.

– Musi być coś ważnego, ho od rana Barani Kożuszek szukał waści z polecenia Kilińskiego, który ma jakieś relacje z kancelarii Igelströma.

– Skądże Kilińskiemu do związków z tą kancelarią? A może coś o Volange'u.

– Miał waszmość o nim jakie nowiny?

– Tyle, że Baur zawiózł go prosto do pałacu ambasady na Miodową. Marcin spod Kapucynów zapewnia, że go jeszcze stamtąd nie wywozili. Pchnąłem Szmulowicza z dukatami, ale Baur nie wziął i powiedział Żydowi, jako nie lada ptaszka ułowił. To mnie właśnie trapi. Wszak z mojej przyczyny mógł zostać aresztowanym. A przy tym i o własną skórę mi chodzi.

– Wtenczas aresztowano przeszło dwudziestu Francuzów. Wielu z nich już przymuszono do wyjazdu z Polski, bo nie chcieli składać przysięgi.

– A jego do tej pory nie brano na indagacje. Snadź w niemałym jest podejrzeniu. W Paryżu występowałem pod jego imieniem, może jakiś pies wytropił i doniósł? A jeśli w nim domacają się ajenta rządu francuskiego? Czy on dużo wie o naszym sprzysiężeniu?

– Mieszkał u Barssów, bywał u podkomorzyny, cieszył się nawet jej przyjaźnią. Nikt się go nie wystrzegał, mógł się dowiedzieć niejednego. Ja sam nie bardzo się kryłem przed nim, zwłaszcza że rozumiał po polsku.

– Tym gorzej! A jeśli przy okoliczności wyśpiewa, co wie? Za każdą cenę trzeba go wydobyć z więzienia – gorączkował się w obawie o sprzysiężenie.

– Niepodobna go odbijać z podziemi ambasady, łacniej by gdzieś w drodze...

– Czekaj tatka latka, tymczasem gotowa się zwalić jaka bieda.

– Może by ktoś ze znaczniejszych wniósł za nim instancję do Igelströma.

– Mogliby się z tej przyczyny utwierdzić w podejrzeniach. Chyba gdyby się nalazł ktoś dobrze widziany w ambasadzie. Jakże nam takiego suplikować?

– Wstąpmy do księdza Meiera, on ma rozległe związki, a imaginację płodną w pomysły. Skręcili zaraz w sień staromiejską i przez podwórze, podobne do studni głębokiej i mrocznej, przedostali się na drugą stronę domu od Piwnej. W izbie, mieszczącej drukarnię księdza Meiera, było gwarno, ciasno i prawie ciemno, gdyż kilkadziesiąt osób porozkładanych na podłodze, ławach i tłoczniach pojadało z paru ogromnych, zielonych mich, on zaś sam kręcił się między nimi podtykając chleby, a jego gospodyni rzęsista jejmość w białym czepcu do- kładała z niezgorszego kociołka. Gęste opary smakowitych zapachów wypełniały izbę, iż ledwie można było rozeznać kompanię samych oberwusów i jakby najgorszego tałałajstwa. Ksiądz Meier w krótkiej sutannie, chudy, miernego wzrostu, o twarzy czarniawej, kanciastej i jakby zamarzłej, że mu jeno wielkie niebieskie oczy grały życiem, prawił coś do nich. Głos miał gruby, uśmiech zgoła dziecinny i obejście porywające.

– Nie lada fest ksiądz wyprawia! – wykrzyknął Zaręba zdziwiony tym obrazem.

– Wykrzyczeli się na mrozie, to muszą się posilić. Sieroty, trudno im odmówić ciepłego kąta i łyżki strawy! – tłumaczył się z prostotą.

– Noworoczne przyjęcie! Ho, ho, wędzonka, kapusta, kasza ze Szwedami, sam bym się przysiadł! – śmiał się Konopka, witając przyjaźnie znajomków i gospodynię. – Sprawili się dzisiaj wybornie, jaśnie wielmożni wili się w karocach, niby węgorze na patelni. Rozmówcie się, waszmoście, ja tymczasem załatwię swoje sprawy.

Ksiądz Meier powiódł gościa do sąsiedniej stancji, nieco widniejszej, ale tak zawalonej fascykułami, książkami gazetami, że ledwie się znalazło miejsce do siedzenia, ksiądz bowiem prócz pisania broszur i pism politycznych, tłumaczenia książek trudnił się jeszcze wydawaniem gazety, której był jedynym prawie autorem. Wysłuchawszy Zaręby zamyślił się głęboko. Głowę miał przyprószoną siwizną, czoło wyniosłe, zgórowane nad oczyma, nos długi, a wargi pełne i czerwone. Był to człowiek dziwny i zgoła niezwyczajny. Wzbudzał uważanie i zarazem strach. Prawdziwy filantrop, dusza wzniosła, umysł oświecony i serce oddane ojczyźnie. Jakobin zapamiętały, straszny w nienawiści, a nieprzebrana tkliwość dla cierpiących. Sawant biegły w różnych umiejętnościach, o rozległych związkach, mógł zrobić fortunę i zająć wydatne miejsce w kościelnej hierarchii. Był nawet czas niejaki kapelanem prymasa, drogę do wyniesienia miał otwartą, lecz rychło zbrzydził sobie dostojeństwa, bogactwa i przepychy. Znienawidził kłamstwo i przemoc możnych, a uwielbił pokrzywdzonych. Szczęście powszechności miał za jedynego Boga. Surowy dla siebie, prawie asceta, a okrutny, mściwy i nieprzebłagany dla tyranów i nieprzyjaciół ojczyzny jak nikt drugi w Polsce. Pospólstwo go uwielbiało, znała go bowiem wszystka nędza warszawska, znały szpitale i więzienia, znali wszyscy oczekujący pomocy, zmiłowania i ratunku. Natura czynna, nieprzebierająca w środkach, jeśli szło o przewagę sprawy. Do sprzysiężenia pociągnął go Kołłątaj, oddał mu całą swoją namiętną duszę. Był głową klopu "Obrońców Wolności", nie uznawał podziału na stany, marzył o ludzkości wolnej, zbrataniej i żyjącej wedle praw natury. Nie lubił się wystawiać na ludzkie oczy. Pracował w cichości, nie troszcząc się o przeszkody. Zamknięty w sobie, skryty, rozważny i wielce podejrzliwy, rad się pokazywał rubasznym, gadatliwym klechą, że mało kto znał go w prawdziwej postaci.

– Do tej sprawy potrzebna kobieta – odezwał się po dłuższym rozważaniu. – Bo czymże był ten Francuz? Paryskim kupczykiem, wałęsającym się ze swoimi modnymi lalkami a towarami po dworach, w końcu jakby kalefaktorem przy dzieciach. Znaczy się niczym godnym uwagi. Więc jakaś miłosierna dama, wzruszona niedolą mizeraka, może się wstawić za nim. To nie ściągnie podejrzeń. Dla Zubowa Igelström zrobi wszystko, bo się go obawia, zaś Zubow pragnie się wydawać powszechności jako nasz protektor. Zna go dobrze szambelanowa Rudska – rzucił bez ceremonii.

– Pójdę do niej – odparł nie wahając się ani chwili.

– Kiedy Działyński odjeżdża?

– W przyszłym tygodniu, już pakują tłumoki. Będzie jeszcze zebranie u niego. Wrócili do pierwszej izby, prawie już pustej, tylko Konopka szeptał w kącie z jakimś drabem o dziobatej twarzy i w rudym, biało nakrapianym surducie.

– Czy Kiliński już zaprzysiężony? – spytał Zaręba, gdy się znaleźli na Piwnej.

– Nie wiem, ale skoro ksiądz Meier ręczy za niego, można mu ufać.

– Co się tam dzieje u imć pani Barssowej?

– Pani postanowiła z domu uczynić pustelnię, prawie nikogo nie przyjmuje po wyjeździe męża. Wzięła na siebie postać Penelopy, wysławiającej bohatyrstwo swego Ulissesa – gorycz miał w głosie.

– Bo i niezwyczajna to rzecz, jaką uczynił Barss. Porzucić żonę i dzieci, dostatni byt i dobrowolnie skazać się na poniewierkę dla służby ojczyźnie – to godne podziwu. Nie imaginowałem go sobie takim. Była od niego poczta?

– W tych dniach wyrusza z Krakowa do Drezna, weźmie od Rady instrukcję i pełnomocnictwo i ma nadzieję stanąć w Paryżu pod koniec stycznia.

– I tyle tam sprawi co i ja! – mruknął zniechęcony. – A może powiedzie mu się fortunniej! Niech zabiega, niech przypomina. Ja Francuzów admiruję, a ich zwycięstwa mam za korzyść całej ludzkości, ale tylem zmiarkował w Paryżu, że ich obchodzą drugie narody jeno w tym wypadku, jeśli z nich mogą profitować. Nie kładę ja w ich pomocy żadnej nadziei. Stanęli na Szerokimi Dunaju, pod wysoką kamienicą, na której widniał złoty but trzymany przez niedźwiedzia, godło szewieckiego kunsztu, jakim się zabawiał Kiliński. Zastali go w dolnej izbie przy obiedzie, w otoczeniu rodziny i czeladzi. Mąż był pięknej postaci, średni wzrostem i latami, czarny jak kruk, wąs suty, polską modą trzymany, zdobił mu przystojną twarz. Porwał się na ich wejście, gorąco zapraszając, by uczynili mu honor podzielenia się obiadem; przedstawił im żonę, jeszcze cale gładką, świątecznie przybraną i podrastające dzieci. Wymówili się brakiem czasu, więc poprowadził ich na trzecie piętro do małej stancyjki, gdzie był skład skór i kopyt i zaduch nie do wytrzymania.

– O kapitanie Kaczanowskim mam ostrzeżenie – zaczął prędkim głosem – mają go dziś jutro przycapnąć. Sztafeta z tym przyszła wczoraj z Grodna.

– Masz, babo, redutę, jeszcze mi tego brakowało! Ale czy aby waspan wie na pewno?

– Powiedam jeno, co wiem rzetelnie – zapewnił nieco urażony. – Mam kogoś w samej kancelarii generała i ten mi wiernie doniósł o Kaczanowskim.

– To aspan zna pana kapitana?

– My się, za przeproszeniem waszmościów, kochamy jak dwa buty od pary. Małośmy to wygarnęli kwart u Maruszewskiego na Freta! Godny to oficjer, zdatny do wszystkiego, a choć szaławiła, kpiarz i kostera, lecz ostatnią kroplę krwi da sobie utoczyć dla ojczyzny. Takich ja właśnie żołnierzów admiruję! Takiemu to i za samo Bóg zapłać najlepszą parę butów każę wsadzić do tłumoków i jeszcze gotowego grosza nie pożałuję na moderunek. Byłaby niepowetowana szkoda, żeby go wywieźli. A tak sobie umie jednać ludzi, że wszystka moja czeladź napiera się pod nim służyć! Nie mogłem sam go ostrzegać, bo trudno go zastać na kwaterze: co noc sypia u innej...

– Powiem mu o aspana sentymentach. Będzie ci wdzięczny za tę pomoc.

– Psia to moja powinność ratować z opresji dobrego patriotę! – powiedział hardo, pokręcając wąsa. – Nie takich ja gotów dokonać rzeczy, byle się przysłużyć ojczyźnie. Niech powie ksiądz Meier, on mnie zna! Zna mnie cala Warszawa! Wiedzą, co może Kiliński! Małom to dokazał w czasie konstytucyjnego sejmu? Mogliby dużo powiedzieć o mnie panowie Potocki, Małachowski i ksiądz Kołłątaj. Jam to, nie szczędząc starań i ekspensów, przyczynił się do ściągnięcia deputatów do miast! Ze świętej pamięci Dekertem i drugimi chodziłem w deputacji do sejmujących stanów. Moją też głową zrobiło się niejedno w tej porze, czego mi aktualnie nie wypada odkrywać.

Rozgadał się, chełpił, miejscami koloryzował, ale człowiek był poczciwy z kościami, bystry i chociaż brakowało mu szerszego zrozumienia materii politycznej, ale nie brakowało rozumu, cnoty, miłości ojczyzny i ofiarności.

Zasię groza położenia Rzeczypospolitej, że był raptus i żywych pasji, doprowadzała go do ciągłych wybuchów. Spąsowiał z alteracji, psiekrwiał i sadził diabłami, gdy rozmowa potoczyła się w tym przedmiocie. Zaręba, znający go z kafenhauzu Dziarkowskiego i rozgłosu, słuchał jego wywodów w radosnym zdumieniu nie kontrując mu w niczym, a chętnie wyciągając na słówka.

Majster też, folgując swoim czuciem, już nie przebierał w słowach. – Bo i na cóż to wojska i panowie szlachta czekają? – zwrócił się wprost do nich. – Ja pro- sty szewc, a muszę się wstydzić za waszmościów! Jak to, tyla Rzeczpospolita, tyle ziemi, tyle bogactw, tyle narodu, a nikt się nie śmie postawić za swoje. Żeby jakaś wywłoka nami rządziła, żebyśmy obcą przemoc cierpieli, a król pruski żeby nam zabierał województwo za województwem! A gdzież to wasza miłość ojczyzny, panowie? Gdzie to honor? Jakże, pozwolić się łupić, obdzierać, zajeżdżać i traktować jak psy! Tego już nawet prostemu narodowi zanadto! Cóż to za rządy nam panują, jak się ich słuchać, kiedy prowadzą na zatracenie i upadek! My nie barany, żebyśmy się pozwolili wydawać wilkom na obłupianie ze skóry! Jak naród całkiem opuszczonym zostanie, to gotów wziąć sobie słuszną zemstę...

– Wiadomo waści, jako czekamy tylko sposobnych okoliczności – przerwał Zaręba.

– Obiecanki, cacanki, a głupiemu radość! To samo mówi niejeden, a naród już traci cierpliwość, bo nędza i poniżenie nie borguje, a niewola już twarde pęta na karki zaciąga! Na mój rozum, póki wojska nie zdezarmowane i duch w narodzie obudzony, trzeba zaczynać wojnę – zniżonym głosem jakby w uroczystej przysiędze, dodał:– Gardłem ręczę jako Warszawa stanie na placu co do jednego człowieka. ja sam przyprowadzę tysiące. Broni tylko jak najwięcej choćby długich nożów, a zobaczycie, co potrafi dokonać naród słusznym gniewem prowadzony! Przekonacie się! – wołał zapalczywym głosem.

Zaręba w gorączkowych wyrazach uwielbił w nim ten cnotliwy

sentyment dla ojczyzny, czym usatysfakcjonowany majster zwierzył się, jako już na własną rękę skupuje strzelby i prochy, składając je w bezpiecznym schowaniu kapucyńskich podziemi. Przyobiecał też najsolenniej wywiedzieć się o Volange'u. Rozgadywał się obszernie, wystawiając w najlepszej wierze swoje znaczenie w mieście i rozliczne związki.

Zaręba ze szczerym żalem pożegnał go, odkładając do najbliższej pory porozumienie się w różnych materiach.

Kiliński sprowadził ich na dół do sieni, gdzie jakiś rosyjski żołnierz w krótkim czarnym półkożuszku brząkał na bałabajce, a dwóch jakby parobków grało w karty. Zerwali się na nogi na widok wojskowej kurty Zaręby i stanęli w ordynku.

– To gemejny zdezarmowane gdzieś w Kijowszczyźnie. Przytuliłem sieroty, niech czekają pory – objaśnił cicho – a ten żołnierz to oficjerski ordynans. Wsadzili mi na kwaterę jakiegoś Matwieja Fedotowa, kapitana achtyrskiego pułku.

– Niezbyt przespiecznie mieć w domu taką załogę...

– Poczciwy człowiek i wesoły, lubi dobrą kompanię, z flachą się rad kuma, kartami nie gardzi. Czasem się coś w durnia przegra do niego, niekiedy jaką kwartę postawi, że mu się niezgorzej rozwiązuje język – zaśmiał się znacząco.

– Leda dzień zmuszą do redukcji regimentów, kupa ludzi zwali się do miasta...

– Rozkwateruje się ich po obywatelach i majstrach, przecie każdy może sobie najmować parobków! Trzeba ich mieć na porę pod ręką! Już ja w tym...

Rozstali się w najczulszej przyjaźni. Kilińskiemu bardzo przypadł do serca Zaręba, który, skoro się nieco oddalili, przemówił żywo do Konopki:

– Anim sobie imaginował takiego szewca! Nadzwyczajny majsterek.

– Znajdzie podobnych w Warszawie na kopy. A każdy z nich w potrzebie starczy za dziesięciu mości dobrodziejów, co to jeno stękać, wyrzekać i ręce łamać nad upadkiem kraju umieją, ale dla jego podźwignięcia nie wyrzekną się przywilejów, grosza nie dadzą, za broń nie chwycą i chłopom wzbronią batami – splunął z awersją.

– Na szczęście obraz nie całkiem utrafiony i słuszny. Nie neguję jednak, że ruchawka miejska mogłaby sporo zaważyć przy zaczynaniu.

– Chomentowski ma już gotowe regestra zdatnych do broni.

Warszawa może dać kilkanaście tysięcy wolentariuszów. Ale na mnie już pora – wyciągnął rękę.

– A mnie to nie nagli? Co waści jest? – spytał przyjacielsko, gdyż Konopka wydawał się być dziwnie osowiałym i smutnym.

– Mierzi mi się życie – mruknął ponuro i spiesznie odszedł.

Zaręba wziął sanie spod Bramy Krakowskiej i kazał się wieźć, co koń wyskoczy, do koszar artylerii, tam bowiem pod pozorem noworocznego przyjęcia u pułkownika Deybla mieli się zebrać oficjerowie należący do sprzysiężenia.

Koszary leżały dosyć daleko, na krańcach miasta. Gmach był wielki, piętrowy i szlachetnej architektury, szerokim frontem zwrócony do ulicy Dzikiej. Z boków wyniosłej bramy stały dwie harmaty pod strażą kanonierów. Wewnętrzny dziedziniec był obstawiony długimi pawilonami, a zamknięty kaplicą.

Zebranie odbywało się w dużej sali na pierwszym piętrze.

Na szerokich schodach, przyozdobionych girlandami świerczyny przetykanej tu i owdzie czerwonymi kokardami, zastąpiła mu drogę jakaś kobieta.

– Jestem Tarkowska – szepnęła całując go w rękę. – Spotkalim się latową porą w lesie nad Niemnem, kiedy pan porucznik przyjechał lustrować żołnierzów. Chciałam właśnie z duszy serca podziękować, bo z pańskiej łaskawości zostałam gospodynią nad oficjerską kantyną.

– Tarkowska, wdowa po zabitym w Kamieńcu, mieliście przy sobie chłopca?

– Ta sama, pokornie melduję! – wyprostowała się z żołnierską powinnością.

– Jakże się wam powodzi?

– Że już nie potrafię dziękować. Pan pułkownik i panowie tak mnie sierotę zapomogli, przeciem w jedynej sukienczynie się przywlekła, że mi niczego nie brakuje. A mojego Pietrusia kanoniery wzięli pod swoje opiekuństwo i pospólnym ekspensem mają go edukować.

– Nie trafia się jaki opiekun dla Tarkowskiej? – uśmiechnął się życzliwie, bowiem kobieta była cale gładka i w sam raz na żołnierską żonę foremna.

– Juści, że nie jest bez tego – odwróciła zarumienioną twarz. – Ale pora to na miłoście, kiedy wojna leda dzień! I krzywdy moje jeszcze żywe w sercu, a chłopak mały, nieprędko weźmie pomstę...

– Jak dorośnie, okazji mu także nie zbraknie. Bądźcież zdrowi! W dużej, jasnej sali było gwarno i panowała miarkowana wesołość.

Wszyscy już siedzieli przy obiedzie, gemjny roznosiły dania. Zebrało się ze trzydzieści osób. Pułkownik Deybel siedział na pierwszym miejscu w środku stołu i właśnie był rozpowiadał najbliższym wrażenia z królewskiego przyjęcia na Zamku.

Kaczanowski, siedzący na końcu, baraszkował swoim zwyczajem, budząc wybuchy ściszonych śmiechów trefnymi anegdotami i własną wesołością.

Zaręba witał każdego z osobna; podnosiły się ku niemu oddane oczy i przyjacielskie dłonie, że poczuł się wpośród zbratanych najgłębszymi związkami wspólnej wiary, miłowań i nadziei. Były to same szczere żołnierskie postacie, proste żołnierskie dusze, mające za jedyną powinność honor, wierne służby ojczyźnie i śmierć za nią w każdej potrzebie.

Różnili się wiekiem, urodzeniem, opiniami, lecz byli jedni w gotowości do poświęceń. Była między nimi młodzież jeszcze bezwąsa, byli dojrzali mężowie i byli starcy posiwiali w posługach Rzeczypospolitej.

Pierwszy pułkownik Deybel dawał ze siebie wzór prawego żołnierza i cnotliwego obywatela. Przy nim pułkownik Dobrski, czujny jak żuraw komendant Arsenału, niestrudzenie pomnażający jego zasoby, mimo hetmańskich łask i Igelströmowych faworów, a dalej kręgiem stołu mienił się pas zielonych artyleryjskich kurt z czerwonymi obszlegami, gęsto poprzetykany granatem gwardiaków i liliową barwą działyńczyków. Surowy kapitan Chomentowski siedział z majorem od inżynierów, Maciejem Kubickim, przyjacielem od serca. Obaj odznaczali się jakobińską zaciekłością, nienawiścią tyranów i prawie zakonnym, surowym życiem, jakie prowadzili. Obaj mieli niezbłagane twarze, tkliwe dusze filantropów i diamentowej czystości serca. Przy nich brał miejsce kapitan z regimentu Działyńskiego, Mycielski, żołnierz w zagranicznych wojskach ćwiczony, wypróbowanego męstwa, patriotyzmu i cnoty, mąż o pięknym, dobrotliwym obliczu.

Majorowie: Grefen, Zeydlitz i kapitan z gwardii pieszej, Trzciński, coś sobie z cicha komunikowali. Zaś młodzież, jak porucznicy: Ropp, Banczakiewicz, Magiera, Linowski, Caspari, Moszczeński, Strzałkowski, Górski i wielu jeszcze innych, skupiała uwagę na Kaczanowskim, przy którym umieścił się Zaręba. Sam wybór oficjerów z wojsk konsystujących w Warszawie, sam zapał i najszczersze oddanie sprawie wyzwolenia.

Obiad szedł z wolna; potrawy podawano niewybredne, a za jedyny napój służyło piwo szlacheckie, gdyż Chomentowski gospodarujący w koszarach nie folgował sobie ani nikomu. Ale mimo tej żołnierskiej modestii było wesoło. Śmiały się usta, radowały się oczy i pobudzone przyjacielską kompanią umysły tryskały humorem i dowcipami. Rozmowa uczyniła się serdeczna, nie miarkowana ceremoniałem ni względami na szarżę, każdy dorzucał do niej swoje słowo swobodne. Nie ważono też zdań, wiedząc, że mówią do socjuszów i przyjaciół. Ogarnął wszystkich zapał i przejmowało radosne, tkliwe ciepło, jak kiedy po ciężkiej zimie pierwsze kwiaty zapłoną na czarnej ziemi, pierwsze skowronki zaśpiewają i pierwszy raz dogrzeje słońce. Wiośniane, ogromne szczęście zmartwychwstania zdało się przepełniać wszystkich. Nawet ta obszerna, widna sala przybierała radosny widok, słońce świeciło oknami, ze ścian spoglądał konterfekt króla w koronacyjnym majestacie, Bruhla, założyciela korpusu artylerii, hetmanów i mężów zasłużonych, błyszczały starożytne bronie, mieniły się pozawieszane chorągwie, lustra i szkliwa ściennych kandelabrów.

Zaręba z niecierpliwością czekał końca obiadu, ale właśnie, gdy już sprzątnięto po wetach, Chomentowski zabrał głos:

– Nie będziemy dzisiaj rozważali, jak tylko sposoby przygotowania Warszawy na wypadek insurekcji, czego żąda od nas Naczelnik w ostatnich instrukcjach.

I przeczytał projekt względem podziału miasta na cyrkuły wojenne, zorganizowania ludności w siłę zbrojną, wybrania tysiączników, setników i dziesiętników oraz miejsc na podręczne składy broni. Zakwaterowania w każdym z cyrkułów starszego oficjera z niewielką komendą. Sposoby rekwirowania koni, wozów i furażów, komunikacji, alarmowych sygnałów, odznak starszyzny i egzercyrunków.

Słuchali w milczeniu, potakując mu we wszystkim, ale kiedy wyliczając ludność gotową do broni, włączył do niej cudzoziemców i Żydów, Mycielski zapytał:.

– Z jakichże względów chcesz waszmość powoływać Żydów?

– Każdy mieszkaniec tej ziemi musi stanąć w jej obronie. Nie dopuszczam wyjątków, Żydów uważam za równych i tak samo powinnych do ofiar krwi obywatelów.

– Nie uważamy tego! – zaprotestowano z wielu stron, a Dobrski wyrzekł porywczo:

– To plemię jest wszystkiej chrześcijańskiej powszechności wrogie i obce. Każdy kraj, w którym przemieszkuje, uważa za chwilowy przytułek losów jego obojętny, gdyż bogactwo jest jego jedynym celem. Nie są godni traktowania na równi z pracowitym wieśniakiem lub mieszczaninem. Naszej ziemi nie mają za ojczyznę. Procederem szpiegowania trudnią się na rzecz naszych wrogów, jak tego były już niejedne przykłady. Niestety, powszechność żydowska jest podła i plugawa. Mogą być tylko wyjątki zasługujące na ludzkość.

– Właśnie – podjął nie zmieszany Chomentowski – pułkownik Jasiński z Wilna rekomenduje gorąco niejakiego Berka Joselewicza, Żyda oddanego Polsce, zażywającego miru między swoimi, a który przy wrodzonej zdatności ma poczciwe chęci służenia ojczyźnie. Gotów nawet zebrać pułk współwyznawców.

Mycielski odezwał się znowu:

– Mówi stare przysłowie: "Polonia est paradisum Judeorum et infernus rusticorum." I słusznie powiada. Tyle wieków siedzą między nami zażywając wolności, jakiej nigdzie nie mają, i cóż dobrego Polsce zdziałali? Żeby długo nie szukać przykładu, toć oni nasze miasta przywiedli do upadku. Widzimy w nich teraz domy nikczemne, gdzie niegdyś stały kamienice okazałe. Nie wojny i pożary je zgubiły, a jeno żydowskie rozplenienie i szachrajstwa. Jedynie na zyski czuli, o nic więcej nie dbają. Wkradli się do miast i przekupstwem, krętym obrotem, cierpliwością, bezczelnym naprzykrzeniem nieznacznie wszystko posiedli, że z mieszczan pozostało zaledwie nazwisko. Czegóż się więc można spodziewać, gdyby dopuszczeni do pełnych praw tymiż sposoby chcieli dalej postępować!

– Natura nie zna różnic między ludźmi, jednakowo stwarza wszystkich do praw, wolności – upierał się Chomentowski.

Powstały gorące dyskusje w tej wielce ważnej materii, z czego korzystając Zaręba wyprowadził Kaczanowskiego do przyległej stancji, wyłuszczając mu sprawę.

Kapitan skrzywił się jak po occie siedmiu złodziejów i wybuchnął irytacją.

– A to mi w porę przychodzi. Diabła zjedzą z kopytami, jeśli mnie ułowią. Psie mięso, toć mam dzisiaj wieczorem kulig do Raszyńskiej karczmy z wesołą kompanią. Solennie go przyobiecałem Andzi. Przecież takiej okazji nie przepuszczę.

– Jedźmy prosto do szefa, niech rozporządzi, jak ma być – odparł zimno Zaręba.

– Nie bocz się na mnie, bo mi się już flaki skręcają ze złości. Jak mnie to złodzieje admirują! W gościnę do siebie proszą! By już prędzej zacząć z tym sobaczym mięsem! Bóg zapłać waszmości za przysługę. Kiliński udał się waszmości, nieprawdaż?

– Nad spodziewanie godny uwagi.

Wyszli niepostrzeżenie w dziedziniec do sań, przykazując się wieść na Leszno.

– I spust ma expedite – wychwalał, gdy wyjechawszy z koszar zagłębili się w omroczałych już ulicach. – W małopolskiej dywizji przyjdzie mi szukać schronienia. W tym Krakowie nosacizny dostanę z nudów. Przyjdzie mi łykać święconą wodę i pacierze klepać z dewotkami.

– W winiarni Bartscha przy Mariackim kościele znajdziesz waszmość naszych socjuszów.

– Mów mi lepiej, gdzie ja tam znajdę dobre wino i wesołą kompanię – mruknął frasobliwie.

– O szóstej mamy się zjechać na Saskim dziedzińcu, jeszcze mam dwie godziny czasu. Tak się wspaniale zapowiadała zabawa! Ażeby to najjaśniejsze pioruny!

– To waszmość jeszcze myśli o kuligu?

– Pojadę, dałem Andzi kawalerski parol, to stawić się muszę. Użyję sobie na ostatku. Hulanki tam będą niezgorse i pijatyka. Mógłbym już stamtąd siąść na pocztę i ruszyć w świat!

Ani się kompania spostrzeże, jak się wymknę. Mam też w Bogu nadzieję, że trafi mi się po drodze jaki lusztyk. Ale żeby człowiek nie był bezpieczny w stolicy pod bokiem króla, to już przechodzi imaginację! – gadał więcej do siebie, bo Zaręba siedział zadumany.

– Jak to, ja, Kaczanowski, mam uciekać przed tymi posiepakami? A niedoczekanie wasze! Zawróć no, chłopie, na Mostową do Dziarkowskiego.

– Nie wyrabiaj, waszmość, brewerii! Zrobisz, co szef postanowi.

Działyński był w domu i chociaż się niezmiernie wzburzył tą niespodzianą nowiną, nie znalazł jednak innego sposobu ochrony nad wyjazd z Warszawy.

– Musisz waszmość uciekać: ci sami oficjerowie, z którymi się zabawiasz, mogą cię wydać tak sprawnie, że ani się spodziejesz, kiedy będziesz w drodze na Sybir. Na szczęście mam ja dla ciebie ważną funkcję. Pojedziesz pod Kraków, do Rzeplina, tam w domu Ślaskich pozostaniesz aż do odwołania i zajmiesz się egzercyrunkiem chłopstwa. Pisze mi Ślaski, że ma w swojej okolicy do dwóch tysięcy wolentariuszów. Trzeba ich choćby z gruba ociosać i zaprawić w regulaminie, a nikt tego sprawniej nie dokona. Ruszajże, waść, z Bogiem. Ja w tych dniach również wyjeżdżam. Da Bóg, spotkamy się pod wiosnę już w wolnej

Warszawie. Ucałował go czule i opatrzywszy w pieniądze i znaki dla pocztmistrzów odprawił z łaskawością.

– Chyba się w tym Rzeplinie zapiję na śmierć albo ożenię! – Śląscy, słyszę, mają dom w Krakowskiem znaczny, ale mają tylko sześciu synów. Pożegnali się serdecznie, po bratersku. Kaczanowski poleciał do swojej kwatery w pałacowej oficynie gotować się do wyjazdu, zaś Zaręba wrócił z powrotem do koszar, gdzie jeszcze trwały narady.

IX

Zaręba na widok wchodzącego Staszka porwał się wystraszony.
– Jak to! pan kapitan jeszcze nie wyjechał z Warszawy?
– Polednie dochodzi, to musi już być w Grójcu. Sam go w Raszynie ułożyłem na sanie, że to był ździebko zawiany, okręciłem żydowską pierzyną i przywaliłem kożuchem. Powieźli go do Grójca niby to chorego chłopa do księdza, bo na trakcie stoją kozackie komendy i często podróżnych indagują...
– To chwała Bogu! – odetchnął z ulgą. – Powróciłeś za jakimiś sprawami?
– Wziąłem abszejt od mojego pana – rzekł smutnie, podnosząc rękę do zapuchniętej twarzy.
– Moja osoba potrzebniejsza we Warszawie, proszę pana porucznika.
– Któż ci tak pysk przefasował? Musiałeś rzetelnie lusztykować na kuligu?
– Proszę pana porucznika, przy alianckich oficjerach niewiele się człowiek pożywi, bo za przeproszeniem sami wszystko wychlają. Tak sobie używali w Raszynie, że nawet lagru nie zostawili w antałach. I ani jednego całego okna ni sprzętu! Zaś rano to już poprute pierzyny wytrząsali po stancjach la zabawy! Nie na mój smak, proszę pana porucznika, taka kompania – skrzywił się wzgardliwie. – A względem mojej gęby? Podziękowałem za służbę i tak mię pan kapitan czule potraktował na pożegnanie.
– Rzuciłeś służbę, i to w takiej chwili! – powstał gniewnie na niego.
– Jenom przeszedł pod komendę księdza Meiera. Prawdę powiadam! Mam przykazane pokazywać na mieście szopkę, jak to już robiłem czasu Wielkiego Sejmu z przyczyny pana Niemcewicza i Weyssenhoffa. Ksiądz Meier wypisał nowe komedie, pan Aigner ulepił łątki, pani Barssowa przybrała je spaniale, ja zaś wyuczyłem się wszystkiego, że i pan Bogusławski lepiej nie potrafi. Przecie

udam głos każdego! Niejedna wielmożność pęknie od złości, proszę pana porucznika – zaszeptał tajemniczo. – Będzie Igelström, postać Heroda biorący; będzie i Małgorzatka z huzarami, tak utrafiona, że każdy w mig rozpozna, kogo przedstawia; będzie dziadek, króla pruskiego wystawiający; będzie śmierć sroga i wszystko, co być powinno w akuratnej szopce. We Trzy Króle wypuścimy się na miasto. Kuba fajfer od Działyńskich, zafiuka na piszczałce i odśpiewa kolędy, ja będę ruchać łątkami i głosy ich udawać. Kamratów do noszenia szopki już mam. Bojam się jeno marszałkowskich gamoniów i kozaków; mogą nas gdzie w kącie przydybać, sprać i wszystko pomarnować. Żeby dostać ze czterech gemejnów obrotnych, co by to mieli oczy na niebezpieczeństwo, a w potrzebie i mocne kije! Przebrałbym ich za płanetników dla niepoznaki. Po tom właśnie stanął przed oblicznością pana porucznika.

Zaręba, pojmując intencje księdza Meiera, natychmiast polecił zająć się Kacprowi doborem żołnierzy gotowych na każde skinienie Staszka.

– Gdzie chowasz szopkę, u księdza Meiera?

– Jeszcze stoi u pani Barssowej. Właśnie lecę ją pozłocić.

Oddał honory, wykręcił się na pięcie i grzmiał ze schodów, aż mury dygotały.

– Kacper, każ Maciusiowi zajeżdżać. Zaraz będę gotowy. – Szykował się bowiem do szambelanowej. Jechał szukać u niej pomocy dla Volange'a, czynił to jednak z przykrością i ciężkim sercem, pod przymusem. Czuł się przy tym niedobrze. Już od samego powrotu z Paryża w połowie grudnia nie dopisywały mu humory i zdrowie. Zawód, jaki go tam spotkał, i przeżyte wrażenia sprawiły w nim wielką zmianę. Nie zbrakło mu wiary w sprawy, jakim oddał swoje życie, ale już nieraz brakowało sił i cierpliwości. Burzył się w sobie i często wybuchał niepohamowanym rozdrażnieniem. Na domiar złego przyszły złe wieści z domu. Ojciec leżał ciężko chory i tak zawzięty na niego, że nie wolno było nawet matce wspominać o nim. Przywiózł te nowiny Kacper, który się był naparł do Grabowa i siedząc tam przeszło dwie niedziele wszystko akuratnie spenetrował. I wieści z tamtej strony Rzeczypospolitej względem ducha i przygotowań insurekcyjnych nie były pomyślne. Stryj Onufry pisał mu od siebie, jako szlachta, zjeżdżająca się pod pozorem przyszłych sejmików i agitacji wyborczych, burzy się i odgraża na aliantów z przyczyny ciągłych przemarszów, rekwizycji furażów i najprzeróżniejszych uprzykrzań, ale od myśli powstania odżegnywa się i przeciwko rozpowszechnianym pismom powstaje.

"Żebyś to przyjechał – pisał dalej – co najznaczniejsze domy odwiedził, do serc i rozumu przemówił, zamierzenia w prawdziwym świetle przedstawił, a komu trzeba i pogroził, to byś mógł wiele zdziałać dla sprawy. Nienawiść bowiem do wroga rośnie z dnia na dzień i pomnażać się nie przestanie. Przecie po wymarszu komend Chruszczowa do Warszawy zostały w wielu wsiach puste obory i spichlerze bez jednego ziarna! Trzeba tylko mądrego słowa, a najzapaleńsi przejrzą, do czego prowadzą nas te alianse. Ceśka jest w Stokach. Pogodziłem ją z Brzozowskim, który wypędzony przez miecznika błąkał się tu i owdzie, aż trafił do mnie i siedzi. Śniegi mamy po drogach na chłopa. Niech się sanna przetrze, to ksiądz Albin przywiezie ci, cośmy tu nazbierali płótna i skór. Kumy zdrowe. Ceśka napierała się do Warszawy niby to z odwiedzinami do ciotki Grodzickiej, kasztelanowej wieluńskiej, ale jakem jej kropnął, że ta ciotka ma wąsy i nosi artyleryjską kurtę, zgniewała się srodze i pojechała. Wróciła jednak wrychle. Wpadłbyś na parę dni ucieszyć nasze serca." Ba, żeby to mógł, nie namyślałby się ani chwili. A zresztą gdzież to zajedzie? Poczuł się bezdomnym i niezmierna gorycz zalała mu serce, przyprowadzając do gniewu na przeciwne losy, iż skrupiło się to na Maciusiu za jakieś nieporządki.

– Rozprawię ja się z tobą w domu!– groził wysiadając przed pałacem Borchów. W ogromnej sali czekało parę osób jakby swojej kolei; handlarze, suplikanci, jakich nigdy nie brakowało w pańskich przedpokojach, bernardyn po kweście i zakwefione damy, lecz rzucał się w oczy jakiś jegomość wychudły, czarno odziany, z bladą twarzą, o rozwichrzonych włosach i z rulonem papierów w ręku.

Pani jeszcze nie wstała, bowiem modą wielkich dam przyjmowała w sypialni wizyty przyjaciół załatwiając przy tym i różne pilne sprawy.

Zaręba szedł przez pokoje jakby na ścięcie, nie wiedząc, w jaki sposób zacząć. Niepodobna mu było wręcz powiedzieć. Proś Zubowa! Już liberyjny otwierał przed nim ostatnie drzwi, gdy miał jeszcze ochotę uciekać, ale wszedł mężnie i posuwistym, krokiem zbliżył się do łóżka. Iza przywitała go radosnym uśmiechem i ściskając mocno rękę kazała usiąść przy sobie i zaczekać chwileczkę, gdyż była zafrapowana przymierzaniem klejnotów, które jej podawał jakiś handlerz; drugi stał z boku z pękami sobolowych skórek, trzeci podsuwał jej pod oczy pudło z pachnidłami, czwarty zaś, Tatarzyn we wzorzystym chałacie i czerwonej krymce na szpiczastej głowie, złożył przed nią przecudne wschodnie bławaty. Wszyscy naraz mówili zachwalając jeden przez drugiego swoje towary. Pokojowa trzymała przed nią owalne srebrne zwierciadło, druga pomagała w przystrajaniu klejnotami głowy.

Nigdy jej nie widział w takim pajęczym dezabilu, bezwstydnie wystawiającym, co miała najpiękniejszego. Przejrzysta tkań koronek zdradzała rozkosznie wszystek zarys jej wdzięków: złotawą cerę jej dała, smukłość postaci, luby obrys piersi jakby ulepionych z alabastru, liliowymi cieniami opłyniętych i zwieńczonych różyczkami. Ani minuty nie mogła uleżeć spokojnie i chwilami tylko skrzyżowane ramiona i płaszcz niesfornych włosów okrywały jej nagość...

Łóżko dające postać wyzłoconej muszli skrytej pod pawilonem z szafranowej chińskiej materii, pokrytej barwistymi smokami, że w tym złotawym przyćmieniu wydawała się bóstwem zjawionym w gorączkowych snach kochanków...

W pierwszych chwilach Zarębie załomotało serce i krew uderzyła mu do głowy niby wino, lecz swarliwe targi z handlerzami, strofowania pokojowej i nienasycona pożądliwość, z jaką oglądała przystrojenia, wnet go przyprowadziły do równowagi.

Oddał się więc spokojnie admirowaniu jej cudności, ostatni raz wczoraj w kościele przyszły na niego żale, wspominania i niezaspokojonych tęsknot udręki. Ale teraz patrzył jak na jedną z rozgłośnych i modnych piękności. Jak na jedną z takich, jakie by przy zdarzonej okoliczności chętnie wziął w ramiona i nasyciwszy chwilowo wzbudzone żądze odszedł w swoją stronę.

– Wczoraj wieczorem byłam sama i myślałam o tobie–rzuciła niespodzianie.

– Siedziałem samotnie i także myślałem o tobie –odparł bez zająknienia. Zapłaciła mu wdzięcznym spojrzeniem myśląc o wygórowanej cenie soboli, o które targowała się z nieoczekiwaną biegłością. Lokaj przyniósł jakiś list, odpisała na niego, wydawała dyspozycje służbie, a w przerwach mówiła.

– Ojciec kazał mi donieść o tobie, a ja nic nie wiem...

– Jakże sobie podoba w Petersburgu?

– Bardzo. Był przyjęty od imperatorowej z wyróżniającą łaskawością.

– Jakże mnie radują takie splendory! Myślę, że bez paru tysięcy dusz, otrzymanych gdzieś w kordonie rosyjskim, nie powróci do

Warszawy.

– Nic nie wspominał o powrocie. Gdzieżeś balował przez całą jesień?

Odprawiła wszystkich z pokoju i naciągnąwszy kołdrę pod brodę wparła w niego badające oczy.

– Bawiłem w Wielkopolsce u przyjaciół. Ale imaginowałem zastać cię już obleczoną w zakonny habit – wyrzekł z udaną powagą.

– Gdyby nie przeszkody ze strony szambelana, kto wie, czybym tego nie uczyniła. Chciało mu się roześmiać z tej deklaracji, lecz tylko rzekł galantuomnie:

– Świat straciłby najpiękniejszą kobietę, ale Kościół mógłby zyskać nową świętą. Straszno mi jednak pomyśleć cię sypiającą we włosiennicy i biczowaną...

– Nie, nie! – wzdrygnęła się przed wystawionym obrazem. – Chociaż opowiadała mi ciotka Zawistowska, karmelitanka, że to sprawia niebiańskie rozkosze – zadumała się, oczy uciekły w głąb, twarz przyoblekła się w surowość. – Byłam w dzieciństwie wpisana w pasek świętego Dominika i do siódmego roku życia ubierali mnie w habit. Boże, jakaż ja byłam wierząca! Jakże mnie te wszystkie zabobony czarowały! Pamiętasz w Górach te majowe nabożeństwa!

– Dzieciństwo niegodne wspominania! – rzekł z lekceważeniem. Ale Iza pod wpływem nagle wzbudzonej pamięci jęła się przed nim wyznawać. Miała oczy pełne łez, goryczą sycone słowa i żalem, gdy wystawiała ewenty swojego pożycia z szambelanem. Ujrzał w niej naraz duszę jątrzącymi ranami przemawiającą. Nie drgnęło mu jednak serce współczuciem. Słuchał, jakby na teatrze ktoś przed nim wyobrażał urojoną historię niefortunnej kochanki. Rozumiał ją szczerą w tych cichych zwierzeniach, czuł w jej głosie prawdziwy ból, ale myślał o celu, jaki mieć może w tym dusznym obnażaniu się przed nim. I z niecierpliwością czekał sposobności wystąpienia ze swoją sprawą.

– Śliczna nawet w przystrojeniu płaczów! – pomyślał nie bez satysfakcji. Hajduk wniósł na tacy jakiś rulon papieru, obwiązany niebieską wstążeczką.

– Nowe dzieło mojego poety! – porwała się żywo i zapomniawszy o smutkach czytała półgłosem francuski madrygał na swoją cześć napisany. – Czy on tam czeka?

– Przemawiałem po dobroci, żeby sobie poszedł, ale czeka.

– Widziałem, w przedpokoju jakiegoś chudej postaci człowieka – zauważył Zaręba.

– Ten sam, proszę pana porucznika. Przyłazi parę razy na tydzień i cięgiem się napiera przed jaśnie pani oblicze – objaśniał hajduk.

– Wiersz gładki – zaopiniował Zaręba po przeczytaniu madrygału.

– Wprowadź go – rozkazała. – Prześladuje mnie wierszami od samego przyjazdu do Warszawy. Mam już szyfonierkę zapchaną jego dziełami. Ucieszna figura!

– Jakiś przedpotopowy gryzmoła, poszukujący sposobu utrzymania.

Jakoż ukazał się w progu blady jegomość i skłoniwszy się z godnością, stanął wyczekująco. Iza zasypała go pochwałami prosząc o przeczytanie czegoś nowego.

Dał się uprosić i wyciągnąwszy z kieszeni całą plikę karteluszków stanął w namaszczonej pozycji, odrzucił skołtunione włosy i czytał z przejęciem a górnie czułe poema na śmierć Azorka pani Grabowskiej, potem napuszone epitafium jakiegoś męża głośnego w Psiej Wólce, sonety do okrutnej Zerliny i szereg madrygałów i hymnów na cześć szambelanowej, a wszystko niepomiernie naszpikowane mitologią, pełne berżerek, ruczajów, baranków, srebrzystej luny, wzdychań, udanych łez, boskietów i sztucznej, ckliwej poetyczności.

Jegomość, chociaż przybierał postać Jana Jakuba Rousseau i oddychał samą poetycznością, patrzał się być nie lada filutem, sprawnie zabiegając o dukaty i protekcję. Ale na jego nieszczęście oznajmiono grafa Zubowa.

Zaręba porwał się do wyjścia, nie zdążył jednak, bowiem ukazał się piękny hrabia, bożyszcze dam i głośny bohatyr alkowianych Wiktorii; z oficjerską szarmanterią, posuwiście, głośno i z ferworem ruszył całować rękę szambelanowej.

Napełnił sypialnię zapachem francuskich wódek, pomad, pudrów, tkliwie cedzonych duserów i swoją okazałą, ekstraordynaryjną osobą, a przysiadłszy, dopiero raczył zauważyć Zarębę, podając mu rękę z niemałą łaskawością.

– Znamy się z asamblów hrabiego Ankwicza w Grodnie – objaśniał Izie Zaręba.

– Być może. Prawda, przypominam sobie nazwisko waszmości z jakiejś awantury...

– Chyba z racji głośnego napadu von Bluma na moją kwaterę! – przypominał z nieporównaną szydliwością. – Biedny kapitan, w całym zysku wziął po pysku, jak się u nas mówi! – dorzucił bijąc w niego zaczepnymi spojrzeniami.

Zubow poruszył się. Zmierzyli się oczyma. Graf, pokrywając nagle

zrodzony gniew uśmieszkiem skłopotania, zwrócił się do Izy.
Rozmowa potoczyła się w materiach zdarzeń stołecznego życia.
Obaj równocześnie poczuli do siebie niewytłumaczoną awersję,
więc tym usilniej chowali ją pod ugrzecznione, dworne
uprzejmości.

Pogarszała sytuację Iza, w szczególny sposób wyróżniająca
Zarębę, który rozumiejąc przykrość, jaką to musi sprawiać
hrabiemu, dawał swoim zachowaniem się pozory
najszczęśliwszego kochanka. Ale Zubow nie pozwolił się
wyprowadzić z wielkopańskiej powściągliwości, pokazując
doskonale obojętnego. Zasię kiedy Iza miała się ubierać i
przechodzili na dalsze pokoje, hrabia ustąpił mu w drzwiach
miejsca przed sobą. Promenowali się po wspaniale urządzonej
bawialni jakby w najlepszej komitywie. Zubow był nie lada
graczem, wyćwiczonym na petersburskim dworze w sztuce
udawania. Młody, piękny, ufny w siebie, i wsparty na wielkim
znaczeniu brata, faworyta imperatorowej, ambitny, a przy tym
zimny do okrucieństwa, ostrożny i mający tylko własne
wyniesienie na celu, górował nad wszystkimi Rosjanami, jacy się
byli wtedy znaleźli w Warszawie. Posiadał wysoką szarżę w
wojsku i przyjechał niby to na służbę, ale zdawał się tylko
zabawiać miłostkami, pokazując się birbantem i zapamiętałym
graczem, czym jednał sobie przyjaciół i sławę najmilszego
kompaniona. Zwracał też uwagę powszechności bogactwem
zaprzęgów, wystawnością przyjęć i szczodrym sypaniem dukatami,
a także i życzliwością okazywaną Polsce. Nierzadko dawał się
słyszeć z przyganami ambasadorskich rządów, starając się łagodzić
różne nadużycia i krzywdy. Rychło też stał się ulubieńcom publiki,
a zwłaszcza dam. Sam wszechwładny Igelström czuł przed nim
respekt, obawiając się jego znaczenia i wpływów.

Zaręba czując jego wielką przewagę nad sobą traktował go mimo
wzburzenia z powinną uprzejmością. Gawędzili o stolicy i
kobietach. Hrabia unosił się nad pięknością Polek i polską cnotą
gościnności. Każde jego słowo zdawało się dźwięczeć złotem
najgłębszej szczerości. Zaręba nie dał się jednak wziąć na lep
sentymentów, przeczuwając w nim przyczajonego wilka i brutalną
duszę satrapy. Zaciekawiał go ten rodzaj człowieka, jaki w Polsce
nie był nawet do pomyślenia – człowieka wyniesionego z nicości
aż na stopnie tronu, dzięki jeno gładkości i wigorowi własnego
brata.

Na jednej ze ścian bawialni wisiały rzędem konterfekty

królewskiej rodziny francuskiej w okrągłych, medalionowych ramach, spowiniętych krepą w znak żałoby. Pod wyobrażeniem Ludwika XVI położono napis:

Il sent aimer, souffrir et pardonner.

Pod portretem królowej:

O perfidie! O crime! O jour fatal au monde!
O mort toujours présente á ma douleur profonde!

Zaś ostatni, pod dziecinnym, ślicznym obliczem żyjącego jeszcze Delfina, brzmiał:

Eh quoi, tous les malheurs aux humains réservés,
Faut–il si jeune encole les avoir éprouvés.

Zubow, przeczytawszy głośno, wyrzekł z niepohamowaną pasją:

– Gdyby ma dano być gubernatorem Francji, uśmierzyłbym rychło te królobójcze kanalie. Wstyd dla oświeconej ludzkości, że takie potwory jeszcze żyją.

– Próbował ich cesarz nawracać do cnoty posłuszeństwa, próbował król pruski, próbował Pitt wespół z Hiszpanami, a jakoś te usiłowania nie dawały fortunnego obrotu! Sami jeszcze przy tych zabiegach tęgo obrywają w skórę.

– Bo się kierują względami ludzkości. Francuscy jakobini to wściekłe zwierzęta i każdy, byle skuteczny, sposób ich wytępienia jest święty. Dla tych buntowników nie ma pardonu ni miłosierdzia! Zaręba oddawał się lubym radościom patrząc na jego bezsilne gniewy, gdy wszedł szambelan, wybornie dzisiaj usposobiony. Powracał właśnie z konferencji z kucharzem, przynosząc ze sobą nowy sposób przyrządzania podlewy do zająca, który zaczął wykładać hrabiemu.

Zaręba, nie czując się na siłach dyskurowania w tych materiach, wymówiwszy się sprawą do kasztelanowej, oddalił się z wielką przyjemnością.

– Zyskałem sobie nowego i możnego wroga – pomyślał rezygnując już z pomocy Izy. Nawet był rad, że nie doszło do rozmowy o Francuzie. – Ale co teraz począć? Kasztelanową zastał w pokoju na ogrody wychodzącym. Wszystko w nim było, jak w mieszkaniu grodzieńskim: te same obicia ścian, sprzęty i pamiątki, ten sam mnich, straszący bladością twarzy, papuga rozbujana w złotej obręczy, ten sam przedziwny zapach nabożeństwa, więdnących kwiatów, melancholia, smutek rzeczy minionych i łez wypłakanych.

Przyjęła go z niezmierną życzliwością, zmuszając dobrotliwymi słowy do wyznania wszystkich utrapień. Wystawił całą grozę położenia Volange'a.

– Czyby nie można udać się do króla o pomoc? – spytała po długim namyśle.

– Żeby kto chciał wnieść do niego suplikę!

– Sprawa., widzę, ważna, sekret musi być zachowany chyba ja bym spróbowała! Zdumiony tą niespodzianą gotowością okrył jej ręce wdzięcznymi pocałunkami. Ożywiła się bardzo, coś jak różany cień zawisł na bladych jagodach. Powstała zdeterminowana, lecz długą chwilę czuć było w niej walkę postanowienia z wahaniami i obawami.

– Dobrze, tylko o tym nie ma nikt wiedzieć, nikt! Rozumiesz waćpan.

– Kawalerski parol, jako słowa z gęby nie wypuszczę – zapewniał skwapliwie.

– Całą duszą poślubiłam sprawę insurekcji, więc wszystkie, co do jej powodzenia konieczne, uczynić mam za świętą powinność – zdeklarowała otwarcie. – Niepodobna, bym nie uzyskała przychylnego responsu. Napisz waćpian dla króla obszerną konotatkę o Francuzie, a mnie o nim naucz, abym się w czym nie splątała.

W kilkanaście minut wiedziała już najdrobniejsze okoliczności.

– Nim zdołam sprawę przywieść do pomyślnego skutku, parę dni zejść może. Król musi być umęczony pracą i obowiązkami. Zaglądaj do mnie często. Mógłbyś przychodzić na obiady, miałabym z kim pomówić. Mnie z Izą i jej kompanią wszystko różni. To inni ludzie. I tacy wszyscy poziomi, na ordynaryjne uciechy czuli a przed złotem pokorni! Wszystko, co nie służy ku wygodzie, zbogaceniu się i potrzebom, mienią śmiesznym zabobonem. Nie imaginujesz, jak mnie to uraża! Jak mnie boli ten jarmarkowy gwar dokoła! Moje wytchnienie to, kiedy się zbiorą moi dawni, drodzy przyjaciele... Wczoraj mnie odwiedzili... – ściszyła głos, oczy się jej powlekły mgłą oddalenia. – Siedzieliśmy długo w noc i mówili o... zaraz, zaraz... – zastanowiła się nie mogąc przypomnieć.

Zarębę przeszedł lodowaty dreszcz, bowiem znowu nawiedzili ją dawno pomarli.

– Był z nami Kapostas – powlekła oczyma dokoła. – O czym to ja mówiłam? Kapostasa nie zaniedbuj i staraj się o jego przyjaźń: to cnota wyjątkowa i rozum pełen głębokiej nauki. Posiada sekret komunikowania się z tamtym światem...

Zarębie zrobiło się naraz pilno na słońce i powietrze, gdyż jej słowa i błędne chwilami oczy przyprawiały go o zawrót głowy.

Pożegnała go z macierzyńską czułością, mnicha wyprawiła z listem na Zamek i zamknąwszy się na klucz, wyjęła ze skrytek szyfonierki jakieś nikłe karteluszki, tchnące umarłą wonią larendogry. Niełacno jej przychodziło, wziąć się do czytania. Bała się dotknąć tych kart. Jakby przed wiekiem trumny cofały się roztrzęsione ręce, a serce przejmowała zgroza popełnianego świętokradztwa. Przemogła się wreszcie. Listów było niewiele i skąpo wypełnionych drobnym, wyblakłym pismem, starczyło jednak na wskrzeszenie całej przeszłości. Utajone na dnie serca żary wybuchnęły gryzącymi płomieniami. Stanęły w pamięci dni już dawno odeszłe, dni szczęścia...

Dwadzieścia lat te słowa nie dotykane nawet oczyma i z pamięci wygnane przemówiły naraz wstrząsającym głosem miłości. Gdzie to było? Kiedy to się stało? I czemu minęło? Czemu?

Zmierzch zasypał komnatę modrawym brzaskiem śniegów, obwijając jej duszę rozżarzoną jakby całunem tkanym z żałosnego przędziwa łez. Płakała, perliste łzy toczyły się nieskończonymi sznurami. Płakała złamanego żywota kalwaryjskie dzieje. Płakała nad człowieczych złud kruchością, nad wszystkiego świata męką i własnym opuszczeniem.

Dopiero powrót mnicha odwrócił ją od łez i smutnych rozpamiętywań.

Król naznaczył posłuchanie jeszcze dzisiaj na szóstą wieczorem.

– To niepodobna! Jego Królewska Mość byłby tak łaskawy! Jeszcze dzisiaj? Mnich powtarzał parę razy, nim wreszcie uwierzyła.

– Więc mnie pamięta? Więc... ujrzę go znowu, za chwilę... to niepodobna! – Ogarniały ją lęki, chwytały płacze i tępe, prawie nieprzytomne osłupienia, kazała się jednak ubrać starannie i przed wyjściem długo przeglądała się w zwierciedle.

– Nie pozna mnie! – westchnęła żałośnie.

Mnich powiódł ją na Zamek i zaprowadził prawie ciemnymi schodami do jakiegoś zacisznego pokoju, gdzie ogień wesoło trzaskał w kominie i skrzył się u sufitu zapalony pająk. Stanęła rozglądając się zdumionymi oczyma. Czy sen ją ogarnął mamiącymi widziadłami przeszłości? Jakiż szczególny przypadek! Wszak to ten sam pokój co niegdyś! Te same sprzęty! Jakby wczoraj była tutaj po raz ostatni! Tak samo z wielkiego konterfektu patrzą jego urzekające oczy. Złocone berżery stoją przed kominem, a na jego parapecie siedzi obok zegaru ten sam śmieszny Chińczyk z porcelany. Poruszyła go, zakiwał głową jak niegdyś. Odsunęła się zatrwożona. Sama była w komnacie. Żaden głos nie dochodził;

zasłony z wiśniowego aksamitu na drzwiach i oknach nie przepuszczały najsłabszego szmeru.

Na jednej ze ścian psy rozszarpywały Akteona i cudnie wyobrażona Diana zdała się szczuć z wyblakłego gobelinu. Nigdy nie mogła patrzeć na tę scenę bez przykrości. Zegar wydzwonił znajomym głosem wpół do siódmej. – Zaraz przyjdzie! – pomyślała wciągając w siebie jakby woń róż, tak pachniały zawsze jego włosy. Drżenie lubych oczekiwań poczuła w sobie jak niegdyś, zdało się jej, że już nadchodzi... więc jak niegdyś skryła się za zasłonę i wyjrzała oknem. Białe, posępne w mrokach śniegi pokrywały zamkowy taras, drzewa stały nagie, zima panowała na świecie, a mróz zahaftował szyby fantastycznymi ornamentami. A wtedy panowała wiosna, pachniały kwiaty i śpiewały ptaszęta i dusza miała wiośniane skrzydła upojeń. Osypały się jej złudzenia niby zwarzone mrozem kwiaty.

Usiadła przed ogniem pełna rezygnacji.

– Ciężka zima. Czy aby Staś się nie przeziębił? – zatroskała się nagle o syna. W sąsiednim pokoju zaskrzypiała podłoga, ktoś tam wszedł... Poruszyła się zasłona, ktoś stanął w progu i patrząc na nią zbliżał się z wolna.

– Przyszłam kołatać do twej łaskawości, Najjaśniejszy Panie... – wyrzuciła gorączkowo.

– Nazywam fortunną chwilę, w której mogę spełnić coś dobrego... Podniosła oczy. Król patrzył na nią z wyczekującym uśmiechem.

– Najjaśniejszy Panie... – głos jej uwiązł w gardle, a serce dziw nie pękło od wzruszenia.

– Jakże się cieszę, widząc panią w dobrym zdrowiu, jakże się cieszę! – powtarzał z wymuszoną grzecznością. – A sporo to już chyba czasu upłynęło – ciągnął ostrożnie.

– Dwadzieścia lat – odpowiedział jęk wyrwany z głębi serca.

– Czas leci... dla jednych bez śladu – skłonił przed nią głowę. – Ale dla drugich mniej łaskawy – westchnął bębniąc w tabakierkę. – Jakimże okolicznościom mam być wdzięczny? – zapytał wręcz, nie lubił bowiem takich spotkań. A przy tym wydała mu się już mocno posuniętą w latach i nie mógł sobie przypomnieć ani jednego szczegółu tej miłostki. Że była jego kochanką, czytał z jej twarzy, oczu zgorączkowanych i słów nieprzytomnych. Uśmiechnął się z pobłażliwą łaskawością, zadowolony z wrażenia, jakie jeszcze wywierał.

– Pozwól mi zebrać myśli, wszak tyle lat marzyłam o tej chwili – prosiła zatapiając w nim utęsknione oczy. Czekała, że przemówi do niej dawnym językiem, modliła się chociaż o jedno słowo, o najmarniejszą jałmużnę choćby tylko pamięci...

On zaś w obawie, żeby nie wybuchnęła płaczem lub spazmami, czego nie cierpiał, wyrzekł głosem, oziębłego zniecierpliwienia:

– Może przysłać medyka? – nie silił się nawet na ukrycie nudy i niechęci. Podniosła się nagle, jakby smagnięta biczem. Zagrała w miej krew ostatniej z Szydłowieckich, głos odzyskał siłę i pewność, w oczach zamigotały błyskawice.

– Dziękuję Waszej Królewskiej Mości, już mi lepiej – sprostowała się dumnie, przedstawiając w krótkości swoją prośbę za Volangem. Król sposępniał i rozwierając bezsilnie ramiona zawołał:

– Nic nie zaradzę. Rzecz ta należy do marszałkowskiej jurysdykcji, ale Igelström uzurpował prawo decydowania w tych materiach. Sam rozporządza tymi łowami na Francuzów i więzi ich przeważnie w swoim pałacu. Miałem już liczne relacje o jego gwałtach.

– Twoje królewskie słowo może jednak dać wolność temu nieszczęśnikowi.

– Musiałbym o niego prosić Igelströma, a ja tego zrobić nie mogę. Jeszcze mi nie złożył swoich credenciales, mianujących go ambasadorem; udaje chorego i zwłóczy, aby mnie więcej upokorzyć. Na każdym kroku czyni mi przykrości. Niegodny to sługa wspaniałomyślnej monarchini. Cała nadzieja, że może go wkrótce odwołają. To człowiek gruby, gotowy do przegwałcenia wszelkich praw ludzkich. Cały kraj już jęczy od jego gwałtów; poczyna sobie w Polsce, jak nie poczynał dziki Tatarzyn! – skarżył się nie ukrywając bezsilnego wzburzenia. Dopiero w tej chwili spostrzegła jego starość, ociężale ruchy i obrzękłą" pomarszczoną twarz. Osobiste uczucia zawodów i obrażonej dumy ustąpiły z jej serca, dając miejsce boleści nad poniżonym stanem Rzeczypospolitej. A ten król słaby, płaczliwie łamiący ręce nad własnym poniżeniem i niemocą, przejmował ją litością. Więc już nie nalegając na spełnienie swojej prośby, niecierpliwie czekała ukończenia audiencji.

Król jednak poruszony przypomnieniem nienawistnego człowieka nie przestał wystawiać przed nią swoich rozlicznych utrapień.

Podsunął jej krzesło, w jakiejś chwili pocałował nawet w rękę i zasiadłszy obok przed kominem puścił wodze żalom i skargom, jak to był coraz częściej robił przed różnymi osobami.

Z początku przyjmowała te zwierzenia chłodno, z powinności niejako, lecz skoro jął wyrzekać na gorycze osamotnienia i brak oddanego serca, jakieś radosne skłopotanie ją przejęło i gorąca fala krwi zalała serce; słuchała coraz chciwiej tych słów. Wszak to były jej własne smutki, jej marzenia i jej tęsknoty, jakimi się syciła przez te długie, nieskończonc lata. I ona zwątpiła o nim pomawiając go o oziębłość i brak serca! Nie, nie potrafiła już słuchać bez łez, gdy skarżył się na ciężar korony, którą zawistne losy kazały mu dźwigać. Jakżeby radośnie złożył ją w godniejsze ręce i oddalił się gdzieś pod jasne niebo Italii dokonać skołatanego żywota! Umierała z nadmiaru wzruszenia, kiedy zaszeptał, że jedno oddane serce starczyłoby mu za wszystkie rozkosze królowania. Do stóp mu się kłoniła w pokornej ofierze poświęcenia jej dusza.

Szarpią go, winią za wszystkie nieszczęścia, a cóż można zdziałać z tą szlachtą krnąbrną, ciemną i tylko własne korzyści mającą na względzie! Mówił załamując białe ręce nad swoją królewską dolą, że kasztelanowa okryła je pocałunkami najgłębszego współczucia i ekstatycznej, nabożnej prawie miłości.

Zasię po powrocie do pałacu nie rozmyślała o nim jak o odzyskanym kochanku, lecz jak o męczenniku niegodnych czasów i ludzkiej nikczemności. Jakby uwiódł jej duszę po raz drugi, ale już na zawsze. Jej miłość stała się już nabożeństwem.

Posłała natychmiast po Zarębę. Zjawił się wkrótce, gdyż szczególnym trafem był na wieczerzy u Izy, a wysłuchawszy relacji, zawołał z rozpaczą:

– Jeśli król odmawia pomocy, to gdzież jej szukać?

– A może Igelström da łaskawe ucho mojej suplice.

– Chciałaby pani kasztelanowa udać się do niego?

– Choćby jutro. Com postanowiła, dokonam. Naucz mię, jak mam postąpić.

– Obmyślę akuratnie i przyjdę jutro. Ostrożność bowiem nakazuje najpierw skomunikować się z Volangem: trzeba go pouczyć, by na okoliczność indagacji wystawił się człowiekiem małym, zajętym jeno kupczeniem. Takim najczęściej nie każą przysięgać, przymuszając tylko do wyjazdu z Polski. Powinien również wiedzieć, kto za nim oręduje. – Ucałował jej ręce.

– Gdzież ci się tak śpieszy? dopiero dziewiąta.

– Czekają na mnie u szambelaństwa.

– Naturalnie Zubow i jego kompatrioci – zaśmiała się wzgardliwie.

– Znalazłem się tam przypadkiem. Marcin Zakrzewski powiedział mi o przyjeździe Tereni, więc wpadłem, aby się z nią zobaczyć, i musiałem zostać – upewniał. Nie uwierzyła napomykając inne zgoła przyczyny.

Była dzisiaj rozmowna i prawie wesoła, jakiej nie pamiętał.

– Król osłodził jej odmowę czułymi komplementami i baba się cieszy niby koza w deszcz – pomyślał wracając na pokoje, zalane światłem i gwarem.

W ogromnym salonie zabawiała się wybrana socjeta, prawie wyłącznie Rosjan, jacy się byli zjechali do Warszawy w ostatnich tygodniach. Zubow brał między nimi pierwsze miejsce. Wszyscy jednako mu nadskakiwali, odgadując skwapliwie z jego spojrzeń najdrobniejsze życzenia.

W sąsiednim pokoju grano w karty i ciągle się kłócono. Dominował tam głos Woyny i skrzekliwe biadolenia szambelana.

Kiedy Zaręba powrócił, Terenia przygrywała na klawecynie, a Iza ślicznym głosem śpiewała jakąś ckliwą berżeretkę.

Dawała mu poznać, jako śpiewa jedynie dla niego. Dziękował wielbiącymi uśmiechami, nieznacznie przy tym rejterując ku wyjściu. Miał już dosyć tego świetnego towarzystwa, obce mu było i nienawistne. Zubow rozwalony w krześle, przyjmujący hołdy i daniny uwielbień z królewską łaskawością, drażnił go, zaś jego protekcyjny ton przyprowadzał do wściekłości. Chował mu za to odpłatę do sposobnej pory.

I wiedział, co trzymać o tych uorderowanych grafach i damach wspaniałych, o tym stadzie kruków, spadłych na Rzeczpospolitą i gotowych do rozrywania jej żywcem. Znał dobrze dzikie instynkty tych drapieżców, utajone pod polorem układności, dobrych manier i nieposzlakowanej francuszczyzny. Wolał im zejść z oczów.

Był już obok drzwi, gdy po śpiewach Iza zbliżyła się do niego.

– Nie uciekaj! Nudzą mnie, że już nie wytrzymam.

– Głowa mnie boli, muszę się trochę przejechać.

– Mróz bierze – wyjrzała oknem – wybrany czas na kulig, pojechałabym...

– Mam konie w dziedzińcu, poniosą jak diabły – szepnął żartobliwie.

Oczy jej zabłysły, zadrgały nozdrza, piersi się wzdęły, rzuciła okiem po sali.

– Kto wie... gdybyś chciał i powiózł daleko... gdybyś chciał...

– Rozkazuj, choćby na koniec świata, gdzie oczy poniosą.

Olśniła go zuchwała myśl: porwać ją, przepaść gdzieś w nocy i oszaleć. Zatopił w niej źrenice i czekał.

Odeszła bez słowa, rozmawiała z hrabiną Apraksinową, wybuchnęła śmiechem na jakieś słowo księcia Gagarina, słuchała Zubowa, dała jakieś zlecenie Tereni, zajrzała do grających, była wszędzie. W złotawej sukni, mocno wyciętej, przepasana błękitną szarfą, z głową w lokach, matowo blada, z krwawymi wargami pokusy, snuła się po sali jak cud. Wszystkie oczy chodziły za nią oczarowane.

Rozmyślał nad znaczeniem jej słów, gdy znowu się przy nim znalazła.

– Zaczekaj w sieni na dole... za chwilę przyjdę... Nim pojął, już z kimś na sali rozmawiała powtarzając mu rozkaz oczyma. Załomotało mu serce i zarazem przejął zimny spokój jak czasu bitwy. Wyszedł niepostrzeżenie, Maciusiowi kazał pozdejmować z koni brzękadła, sam sprawdził uprzęże, krócicę przełożył pod rękę i stanął w progu wielkiej ciemnej sieni. Z pokojów na piętrze spłynął jakiś śpiew, ciche brzęki klawecynu, a potem posypały się rzęsiste, długie aplauzy.

– Wieź mię, dokąd chcesz! Palący oddech oblał mu twarz. Zaniósł ją do sań, obtulił szubą i kiedy wyjechali z dziedzińca, krzyknął:

– Co pary w koniach! Na Wolę do Szulca.

Maciuś zaświstał przeciągle, ogiery poderwały się z miejsca jak wiatr, aż zatrzeszczały rzemienie, sanie zamiotły gwałtownie i polecieli rozpadlinami ulic w tumanach śnieżnej kurzawy.

Wieczór był późny, w szarych groblach domostw jeszcze błyszczały światła, ulice leżały białe od śniegów niby nieskończone postawy płótna. Przed Prymasowskim pałacem stały pojazdy i uwijali się hajducy z pochodniami, zaś pod Marywilem czerniały kupy pospólstwa i z okien piętra, bijących światłami, wydzierały się skoczne dźwięki sztajerów. Przelecieli na oślep, tratując jak burza, kto w porę nie uskoczył. Na Elektoralnej było już zupełnie pusto, cicho i mroczno. Kozacki patrol wyjeżdżał z Chłodnej całą szerokością ulicy. Rozbili go i przepadli niby chmura gradowa.

Noc była rozjarzona gwiazdami. Brał siarczysty mróz. Niepojęta cichość leżała w stężałym powietrzu. Ziemia pod kopytami dzwoniła jak miedź.

Siedzieli przytuleni do siebie w milczeniu radosnego zdumienia. Pęd powietrza świstał im w uszach, smagał twarze i zapierał oddechy.

Iza dygotała nie mogąc jeszcze pojąć, co się z nią dzieje i co za moc ją ponosi. Mąciło się jej w głowie. Rozglądała się oczyma ślepymi od żarów. Upajającą pieśnią dzwoniły tętenty koni, skrzypienia śniegów i ta milcząca uroczystością srebrnawa noc. Zali to wszystko nie przywidzenie imaginacji? Ale kiedy wymijali rogatkowe zastawy, zrozumiała naraz swój postępek, przejął ją gwałtowny strach, nieledwie rozpacz zerwała ją z miejsca i krzyknęła:

– Zawracaj do domu!

– Ani się waż! Nie żałuj bata! – odkrzyknął Zaręba.

––Nie, puść mnie. Boże, co ja robię! Puść!–rzuciła się na oślep ze sań. Pochwycił ją mocarnymi ramionami jak wilk, przyciągnął i zagadał cicho:

– Już mi cię teraz żadna moc nie wydrze! Wypiję cię do dna...

– Strasznyś! – jęknęła mdlejąco. – Kocham, cię! – Padła mu w ramiona, zwarły się ich usta, splątały objęcia, przepadli w sobie. Świat zginął z pamięci. Majaczeniem stało się wszystko, rozkoszą i szaleństwem.

Konie już ponosiły, całe w obłokach pary i białe od pian dawały obraz hipogryfów, ziejących ogniem i lecących nad zaśnieżonymi polami; sanie fruwały, zaledwie dotykając ziemi. Niekiedy zamajaczył jakiś domek, niekiedy zjawione nagle drzewa uciekały w popłochu w tył, a niekiedy gwiezdne korowody zdały się gonić za nimi roziskrzonym miotem...

Nie wiedzieli już o niczym, nie wiedzieli nawet o sobie.

Oprzytomnieli dopiero pod słynnym pałacykiem Szulca na Woli, gdy służba wybiegła na ich spotkanie.

————

Na drugi dzień o świtaniu obudził Zarębę Kacper, meldując sfrasowanym głosem o chorobie lejcowego ogiera. Zaklął i przyodziawszy się byle jak poleciał do stajni. Koń leżał rozciągnięty na słomie, a Maciuś wlewając mu do gardzieli jakieś medykamenty podniósł zapłakane oczy i mruknął:

– Posłużyło mu wczorajsze psie wesele...

– Nie okryłeś i diabli go biorą!

– Mój ty Jezu kochany! To ja bym zgrzanych koni nie okrył! To ja bym...

– Milczeć! Dawaj puszczadło! – krzyknął i zdjąwszy kubrak zabrał się do puszczania krwi. Pociekła czarna, gęsta i spieniona. Ogier się nieco uspokoił, chociaż grało w nim jakby w organach i zdawał się gonić ostatkami sił. Maciuś wycierając mu nozdrza gorzałką nie ustawał dogadywać:

– To ja bym zmarnował takiego ogiera! Lecieli jak te głupie za wiatrem.

– Ażeby to pioruny zatrzasnęły! – klął Zaręba, czyniąc, co tylko było w jego mocy, aby uratować konia.

Słaba była jednak nadzieja, ogier rzęził okropnie i jął się gorączkowo rzucać. Sądny dzień zrobił się w stajni, wszyscy wzięli za swoje, bo porucznik był wściekły, a Maciuś, nie bacząc już na subordynację, gadał coraz zapalczywiej.
– Dla jakiejś marmuzeli żeby takie ogiery marnować! Ażeby ją ścierwę wywieźli na kirkut hyclowskimi wywłokami! Dostał w pysk, ale się nie uspokoił, gdyż konie miłował nade wszystko. Wreszcie o dobrym dniu zawołano konowała królewskiej Stadniny. Przyszedł i przyganiwszy wszystkim zarządzeniom, rzekł głosem wyroczni:
– Jeśli do wieczora kopyt nie wyciągnie, to się wylizać może...
– Żeby waści jęzor odjęło: jak nie zdechnie, żył będzie! Mądrala! – wybuchnął porucznik i pobiegł się przebrać, gdyż sprawa Volange'a przymuszała go do zobaczenia się z Kilińskim. Właśnie już wychodził z kwatery, gdy zastąpił mu drogę kozaczek z listem szambelanowej. Kilkanaście namiętnych słów, pisanych z pośpiechem ołówkiem, przejęło go dreszczem lubości. Karteluszek zdradziecko pachniał, przywodząc na pamięć wczorajszy wieczór. Podarł go w strzępy i naraz w trzeźwym świetle rozwagi zobaczył wszystką przygodę.
– Diabli nadali całą awanturę! – skłopotał się i nawet myśl o tryumfie nad Zubowem nie przyniosła mu satysfakcji. – Żołnierskie amory na rasztaku! Skinęła i poleciałem niby lactans na złamanie karku... – Zrobiło mu się czegoś wstyd i żal. – Tyłem wart co i ona! – szepnął z niemałą awersją do swojego postępku. – Ale nie będę jej kłamał czułości ni służył na czworakach! Postanawiał nie mogąc się jednak uspokoić.
– Za takie szczęście byłbym dawniej gotowy położyć głowę – zdumiewał się nad własną przemianą, wchodząc do Kilińskiego. Majster był srodze zajęty; przepasany zielonym fartuchem, przymierzał trzewiki jakimś elegantkom. Pod oknem przy niskich stołach pracowało kilkunastu czeladzi. Obszerną, sklepioną izbę wypełniał ostry zapach skór i stukanie młotków.
Zaręba z godzinę admirował nóżki dam i francuskie szczebioty, nim zdołał wyłożyć Kilińskiemu, o co mu chodziło, i dać list do Volange'a.
– Rzecz to niemałej wagi. Będzie miał aspan trudności z doręczeniem.
– Moja w tym głowa, żeby się udało. Pójdę do niego niby to z butami, a nie uda się sztuka, fortelów mi nie zbraknie! Wieczorem

doniosę o skutku. Jak Kiliński powiada: zrobię, to już jest zrobione! – upewniał chełpliwie.

Uspokojony w tym względzie porucznik ruszył dość ociężale na Miodową.

Na świecie była odmiana. Po nocnym mrozie nie zostano śladów, miało się nawet na odwilż, a tymczasem śnieg padał kłaczastymi płatami zasnuwając miasto białą, rozdrganą przesłoną. Na ulicach panował ruch znaczny i co chwila przelatywały jakieś sanie i kupy ośnieżonych jeźdźców. Rzegotania janczarów brzmiały nieustannie. Zaręba przemierzył Miodową ze dwa razy, zajrzał w dziedziniec Igelströmowego pałacu, jak zwykle zapełniony żołnierstwem i pojazdami, i jakimś przymuszonym krokiem wszedł do pałacu Borchów.

– Pani szambelanowa chora i nikogo nie przyjmuje – meldował liberyjny.

– Przyjeżdżał już kto?

– Sam graf Zubow był dwa razy i różne państwo. Szedł po schodach wolno, pełen wahań i dręczącego niepokoju.

Szambelan w szlafroku jeszcze, z obwiązaną głową, pachnący octami, siedział w bawialni, a nie dopuszczając go do głosu zaskrzeczał płaczliwie:

– Powiadam waści, arabskie awantury! Dziw mi głowa nie pęknie, nie spałem całą noc, chory jestem, rozbity! – zajęczał wąchając trzeźwiące sole.

– Cóż się stało? – zatrwożył się nie na żarty.

– Sameś to waćpan sprawił, a teraz się dziwujesz – patrzył podejrzliwie.

– Iza wczoraj przepadła spośród gości. W głowę zachodziłem, co się z nią stało. Waćpan także się gdzieś zapodziałeś. Musiałem zaimprowizować historię nagłego zasłabnięcia Izy i dla lepszego upozorowania posłałem po doktora. Graf Zubow również sprowadził swojego. Zrobiła się arabska awantura! Zapachniało skandalem. I gdyby nie Terenia! Hi! hi! wpakowała do łóżka Magdusię i wytrzaskawszy po pyskach pokazała ją doktorom. Hi! hi! ucieszna historia. Pani szambelanowa zaś promenowała się po nocy i mrozie.

– Bolała ją głowa i chciała się nieco przewietrzyć – wtrącił niepewnym głosem.

– Taka brawada w asyście kogoś drugiego mogłaby pobudzić do plotek – ciągnął z drwiąco czułym uśmieszkiem, że Zaręba poczuł się jakby pod pręgierzem. – I co waść powiesz, doktorzy znaleźli

Magdusię chorą! Hi! hi! dziewka niby rzepa! Wszyscy się zaniepokoili, a graf raczył już dzisiaj dwa razy dowiadywać się o zdrowie Izy...

– Mam nadzieję zobaczyć ją w dobrym zdrowiu.

– Terenia upewnia o jej chorobie. Kaprysi jak zwykle! Myślę, jako najskuteczniejszym medykamentem byłaby Łazarewiczowa ze świeżymi modami. Drwił nie przestając trzeźwić się solami. Wpadła Terenia i obcesowo uderzyła w porucznika:

– Co waćpan zrobił najlepszego! Iza się pochorowała z tej wariackiej jazdy!

– I mój ochwacony ogier dogorywa. Kwita byka za indyka!

– Waćpan drwi czy o drogę pyta? – zaperzyła się srodze.

– Nie drwię i siadam, by się dowiedzieć o zdrowiu pani szambelanowej. Służący zameldował jakieś zatroskane damy. Szambelan wyniósł się pozostawiając trud zabawiania gości Tereni i Zarębie, gdy po odejściu pań Terenia stanęła przed nim z groźną twarzą.

– Mam z waćpanem na pieńku.

– Pewnie za von Bluma – podjął wyzywająco. – Obciąłem go na szelmę, bo szelmowską modą napadł mnie zbrojnie po nocy i chciał brać w dyby.

Błękitne oczy strzeliły piorunami, ale pohamowawszy się wyrzekła prędko:

– Możesz go sobie poszatkować na kapustę, nic mi do jego persony...

– Tym ci lepiej. Więc cóżem to zawinił przed waćpanną? Terenia nagle wybuchnęła niepowstrzymanym płaczem.

– Ukrzywdziłeś mnie jak nikt na świecie! – załkała boleśnie.

– W imię Ojca i Syna! – zdumiał się i zatrwożył.

– A któż Marcinowi przekładał, żem płocha, żem wietrznica, żem wiary niegodna, kto? I ja waćpana uważałam prawym przyjacielem! – szlochała.

– Pókim się nie opowiedział przeciw Blumowi – wtrącił szydliwie.

– Ja tego nie przeżyję, ja sobie co złego zrobię – zanosiła się coraz rzewliwiej. – Całe moje nieszczęście waćpan sprawił. A któż instygował podkomorzego przeciwko mnie, jeśli nie waszmość?

– Parol kawalerski, jakom go nie widział na oczy. Ktoś mi tu buty uszył...

– Twoje własne uczynki!... niepoczciwość... Com ci zawiniła, co?

– Daj mi waćpanna przyjść do słowa. Może się wszystko jakoś uładzi...

– Oho! adju, Fruziu! Wzięli wilcy kobyłę, niech wezmą i źrebię! Teraz ja nie chcę, żeby się Marcin nie wiem jak kajał i prosił, nie chcę! Niech się ożeni z tą starą torbą podkomorzyną! Dbam o niego tyle co o zgubioną podkowę! Nie takie szarże zabiegają o moje względy. – Szlochania przemieniły się nagle w paroksyzm zapalczywości. – Katon, zbrodnią mu nawet cudze radości, a gemejny milsze od kochanki! – wykrzykiwała zapalczywie. – Chodzi jak ten mruk i patrzy, kogo by skarcić. Dobrze powiedział o waści kasztelan, żeś największy z tyranów, bo z cnotliwości gotóweś wytracić pół świata. Wszystkim już dopiekłeś. Nawet Iza nieraz płakała na twoją nieczułość!

– Waćpannie lepiej przystoją piosenki niźli kazania, ja zaś przyszedłem do Izy...

– Wybrałeś się w porę, właśnie nie przyjmuje nikogo.

– Jestem przymuszony jej wezwaniem. Ruszył ku drzwiom gotowalni.

– Nie można – zastąpiła mu drogę. – Iza nie chce widzieć waćpana na oczy. Waszmość potrafi jeno sprawiać ludziom udręki a niepokoje...

– Moje pokorne służby pannie pułkownikównie – skłonił się i odchodził.

– Jak to, i waćpan naprawdę wychodzi? – Tyle było zdumienia w jej głosie, iż odwrócił się na chwilę. – Inny by płakał, inny by już u nóg leżał i submitował się, a ten jakby nigdy nic odchodzi. To już, do stu par diabłów, paskudne, to już...

Skłonił się z przesadną dwornością i wyszedł bez słowa. Poczuł jednak żądło w sercu. Dlaczego nie chciała go widzieć? Po wczorajszych szałach taka niełaska? Przyzywa najczulszymi słowy i nie przyjmuje? Co w tym się przytaja?

– Mała szkoda, krótki żal! – zakonkludował wchodząc na pokoje kasztelanowej. Zastał ją również w smutkach i melancholiach. Była sama w komnacie i pełna jakichś lęków i złych przeczuć.

– Całą noc śnił mi się twój ojciec! – wyznała się nieoczekiwanie.

– Mój ojciec! Zawsze wspominał panią kasztelanową z wielkim uważaniem.

– A ma prawo nienawidzieć – szepnęła. – Mieliśmy się pobrać...

– Nie wiedziałem o tym! – zawołał poruszony do żywego.

– I rozeszliśmy się... Moja w tym wina... moja... – powtórzyła ze skruchą. – Śnił mi się pierwszy raz w życiu... leżał na prostej słomie... coś wołał... prosił mnie o coś... nie mogłam zrozumieć... ale widzę go wciąż... widzę...

I zapatrzona w śnieżne przędziwa snujące się za oknami, krótkimi słowy wymalowała tak utrafiony konterfekt miecznika, że Sewer powiedział: – Takim go widziałem po raz ostatni w jesieni.

– Ja go pamiętam innym zgoła, sprzed lat trzydziestu... Czego on mógł chcieć ode mnie?... Pomiędzy nami nieprzebyte przepaści... niezapłacone krzywdy... moje winy... Łzy posypały się po jej bladych jagodach. Niekiedy wyrywało się jej jakieś słowo malujące zamarłą przeszłość. Wyznawała się bezwolnie ze swoich grzechów i zdrad popełnionych względem miecznika. Dziwno mu było słuchać miłosnych tragedii własnego rodzica. Dziwno i straszno zarazem, zrozumiał bowiem bolesne źródła łez matki, dziwactwa ojca i wiele, wiele strasznych rzeczy. Jej cień był pomiędzy nimi, niepokojący, przeklinany, okryty wzgardą, lecz wiecznie żywy i obecny.

Gniew się w nim podnosił za matki żywot męczeński. Siedział ze ściągniętymi brwiami, chmurny, cały w dygocie serdecznego bólu i żałości. Wreszcie pod jakimś błahym pozorem wyszedł. Bał się, że w końcu i sam się jeszcze popłacze, tyle się w nim nazbierało cudzych łez i własnego rozdrażnienia. Zwłaszcza wzbudzone opowieścią kasztelanowej myśli o domu nie dawały spokoju, a postać ojca wciąż stawała na oczach.

– Tam się musi dziać coś złego! – myślał trwożnie.

Na kwaterze było mu dziwnie pusto i nudnie; Maciuś raportował o stanie ogiera wieści coraz groźniejsze, Kacpra nie było, poszedł jak zwykle do koszar artylerii egzercyrować kantonistów, Kiliński też nie dawał znaku życia. Więc nie wiedząc już, co robić z sobą, poszedł na miasto i włóczył się po ulicach, nie mogąc jednak nigdzie zgubić swoich złowrogich przeczuć. A jakby na dobitkę jakimś dziwnym trafem spotkał dwa razy Igelströma, przelatującego w eskorcie kozaków.

Zdawało mu się widzieć przy nim von Bluma. Z przyczyny prędkiej jazdy ambasadora i padającego śniegu nie potrafił akuratnie rozeznać twarzy, lecz był prawie pewien, że się nie myli. Nowa więc udręka spadła mu na serce, dobrze przecież rozumiał, jako von Blum nie wyzwie go na rękę, a znajdzie wygodniejszy sposób wywarcia na nim niezawodnej zemsty. Znał go bowiem mściwym i podstępnym.

– A może mi się tylko zdawało!

I jakby na złość nie mógł znaleźć kapitana Chomentowskiego, który po powrocie z Paryża zorganizował nadzór nad wojskami imperatorowej i powinien był wiedzieć nie tylko o każdym przesunięciu oddziałów, lecz i poszczególnych oficjerach, przybywających do Warszawy. Zamknął się na kwaterze i siedział kamieniem przez cały wieczór, oczekując na wiadomość od Kilińskiego.

Ale majster zjawił się dopiero nazajutrz rano, zielony tobołek postawił przy drzwiach i rozejrzawszy się po izbie wyrzekł ciężko, przysapując:

– Sprawione na glanc! Sam doręczyłem Francuzowi.

– Siadajże, aspan, w piętkę już widzę gonisz z utrudzenia. Poszło niełacno?

– Furda! słowo się rzekło, to choćby głową przyszło nałożyć, Kiliński gotowy. Skończyło się na półgarncówce trojniaku u Poltza, jakim utraktowałem starszego nad lochami, że mi wstrętów nie czynił. Buty jeszcze dołożyłem Francuzowi, bo mu już stare z nóg zlatywały. Frant to musi być... Po polsku mówi expedite, jeno się z tym nie wydaje i prostakiem się pokazuje.

– Wielkiej to cnoty republikanin! Cóż tam nowego na świecie?

– W kancelarii mi powiedzieli o papierze ambasadora do hetmanów względem rychlejszego złożenia list redukcyjnych od każdego regimentu z osobna. Powiedzieli też, jako pan kasztelanic Mostowski uciekł z Tarchomina, że od wczoraj pułkownik Baur szuka go po Warszawie. Robił już rewizję u panienek na Nalewkach i był w przebraniu w kafenhauzie Dziarkowskiego.

– Baur wziął za to, żeby go nie znalazł. Wie on, jak trawa rośnie.

– Na mieście szeptają, że jak tylko ogłoszą dzień redukcji, to Arsenał zabiorą i swoimi obsadzą. Mogą, łakoma rzecz, wojska stoją zaraz na Lesznie, której nocy uderzą niespodzianie i gotowi capnąć!

– Niech aspana o to głowa nie boli: stary Dobrski czujniejszy od żurawi...

– Bo na ten przykład dzisiejszej nocy z racji ogniowych alarmów obudził mnie czeladnik wrzaskiem: "Uderzyli na Arsenał!" Wyleciałem na ulicę, a tu już walą w bębny, grzechocą, trąbią i ludzie, z czym kto miał pod ręką, biegną na obronę. Pół miasta zerwało się na nogi. A to jeno sadze zapaliły się u piekarza w Dulfusowej kamienicy na Długiej. Ugaszono w mig, ale zebrało się parę tysięcy narodu. Rano znowu nowa awantura i wzburzenie powszechności. Na Karmelickiej koło zdroju wyrzucili z dwóch dworków obywatelów i zakwaterowali tam grenadierów kijowskich. Wyrzucili ich ze wszystkimi bebechami do komórek! na mróz! Słychaneż to rzeczy! Takie bezprawia w stolicy, pod

bokiem króla! Powiedam porucznikowi, że mi już wątroba puchnie
z irytacji.
– Cierpliwości! Niech jeno wiosną zaleci, a weźmiemy się do
porządków.
– Byle człowiek dożył tej pory. Ale, co mi donieśli o jakimś
Kobylańskim, utrzymującym zajazd i traktiernię. Niechybnie
zabawia się werbowniczym procederem. Zawsze u niego pełno
gemejnów, borguje im gorzałkę i do konfidencji dopuszcza.
Widzieli go też, jak nocami przekrada się do pałacu ambasadora. Z
czymże tam lata, jeśli nie ze zdradą...
– Wstąpże z tym do księdza Meiera. Mnie pilno na miasto.
Wyszli razem. Na schodach jeszcze dołożył Kiliński niejedno, bo
wiedział o wszystkim, co się działo i mówiło po warsztatach i
między pospólstwem.
Zaręba stawił się przed kasztelanową przypominając obietnicę.
– Gotowam prosić Igelströma choćby zaraz.
– Właśnie przyjmuje do południa. Tam pono siła suplikantów
wyczekuje...
– To i ja poczekam, korona mi z głowy nie spadnie. I przybrawszy
się stosownie do okoliczności, kazała się zawieźć do pałacu
ambasady rosyjskiej.

X

Pałac stał na Miodowej, naprzeciw klasztoru Kapucynów, w głębi
dziedzińca odgrodzonego sztachetami. Nad wyjazdową bramą
dumnie połyskiwały złocone orły, świeżo zawieszone z rozkazu
Igelströma. Aleja niskich lip prowadziła do głównego korpusu.
Pałac był piętrowy, wdzięcznej architektury w smaku epoki saskiej,
zdobny w kamienne wazony na frontonie, balkony pozłociste i w
kolumnowy podjazd, dźwigający powyginane postacie swawolnych
amorów. Olbrzymie okna parteru dawały widzieć wnętrze
recepcyjnych sal wspaniale urządzonych. Boczne pawilony,
wysunięte nieco ku ulicy, łączyły się z pałacem krytymi gankami.
Od Miodowej był paradny wjazd i główny odwach, gdzie
wartowały straże i gdzie na przyjazd znacznych person grzmiały
tarabany i prezentowano bronie, zasię od strony Podwala cisnęło
się pospólstwo, suplikanci, konfidenci i domownicy, a w
obszernych domostwach mieściły się kancelarie, składy i kwatery
służby.
Kilkadziesiąt koni zawsze tam stało na stajni, gotowych na każde

skinienie, biwakowała kompania grenadierów i stały w gotowości sanie i kibitki pod zielonymi budami. Głębokie lochy, aktualnie przemienione na więzienie, taiły się pod pałacem. Wszędzie rzucały się w oczy straże, bagnety polśniewały na każdym kroku, a niezmiennym ornamentem drzwi, korytarzów i sieni były zielone mundury i srogie twarze żołnierzów.

W pałacu i dziedzińcach roiło się od ludzi, ale pomimo tego panowała surowa cichość. Przesuwano się bez szelestu, nawet rozkazy szeptano i wszędzie czuwały przytajone, baczne oczy. Nawet konie eskorty oczekującej pod podjazdem nie rżały i nie dosłyszał kroku szyldwachów. Trwoga tłumiła wszystkie głosy.

Ambasadorski pałac, sumptem Rzeczypospolitej przyprowadzony do świetnego stanu, od czasu sejmu grodzieńskiego i powrotu króla do Warszawy wyrastał w imaginacji cnotliwych obywatelów na złowrogą fortalicję przemocy. W jego bowiem wspaniałych komnatach i tajemniczych zakamarkach pracowano niestrudzenie nad zagładą Rzeczypospolitej. Wynosił się nad miastem niby chmura brzemienna piorunami.

Budził dreszcze tragicznych lęków. Byli, którzy nawet o białym dniu nie mogli przejść podle niego, by im zgroza nie szarpnęła trzewiami, a pięście się nie zwarły.

Król wyczekiwał na Zamku, kogo by olśnić spłowiałym majestatem i zjednać łaskawością; zabawiał się sztukami, pisywał listy, niekiedy załamywał bezsilne dłonie, czasem skarżył się losom i ronił łzy żałosne.

W pałacu zaś zasiadła sprawować rządy nieubłagana, żelazna moc. Panował cień imperatorowej i przez swoje oddane instrumentum był prawdziwym władcą wszystkich losów Rzeczypospolitej.

Igelström rządził niepodzielnie.

W jego antyszambrach zbierały się codziennie tłumy pokornych hołdowników. Ministrowie i wielmoże czołgali się w prochu przed jego potęgą.

Tutaj roiło się od konfidentów, socjuszów i wszelakiego ultajstwa, zajeżdżającego poszóstnymi karocami. Tutaj spotykało się wszystkie gałgaństwa, wszystkie zdrady i zarazem wszystkie nadzieje. Jarmarczny tłum handlerzy wszelakim dobrem człowieczym.

Żebracze zgraje zrobaczywiałych sumień, słabych serc i dusz obłąkanych pychą, która ich doprowadziła do przeniewierstwa ojczyźnie.

Odprawowało się w tym pałacu jakoby nieustające nabożeństwo przed zjawionym bóstwem potęgi, przydzwaniało złoto jurgieltów, zaś gorliwic, chociaż z ukrycia, patronował najstraszniejszy wróg polskiego narodu, imć król pruski.

Nawet król przyjeżdżał niekiedy na obiady, nie omieszkując przy okoliczności żebrać o dobre słówko przed imperatorową lub protekcje dla swoich długów.

W pałacu przeto panował ruch, kipiało gorączkowe, choć tajemnicą osłonięte życie. Ciągle ktoś wjeżdżał i wyjeżdżał; ciągle przybywały ekstrapoczty z Petersburga; ciągle wylatywały sztafety z rozkazami, a sienie pełne były suplikantów.

Kasztelanowa, nie mogąc się przedostać do pałacu, przymuszona była pojechać do oficyn od strony Podwala, drogą wyznaczoną dla suplikantów z pospólstwa. Służba przyjęła ją opryskliwie, prowadząc przed jegomościa o krostowatej, nalanej twarzy, który, rozparty za stołem, pykał lulkę i puszczając jej w nos smrodliwy dym jął indagować o nazwisko i treść prośby.

– Nie waści sprawa! Wskaż, gdzie mam iść! – uniosła się żywo dotknięta. Skryba wybuchnął urągliwym śmiechem i zawołał:

– Hej, czeławiek! Zaprowadź jaśnie grafinię i dołóż dyżurnemu!

Hajduk w zielonej barwie wpuścił ją do niewielkiej stancji, zapełnionej już ludźmi po wręby. Dziw nie omdlała z fetorów i gorąca. Przysiadła jednak mężnie na twardej ławie pod oknem tocząc wylękłymi oczyma. W stancji panowała przytłaczająca cichość, nikt nie śmiał poruszać się swobodnie ni nawet zaszeptać do sąsiada, a jeśli rozlegly się jakieś kroki pod oknami, jakieś drzwi trzasnęły lub zabrzęczały ostrogi, zrywali się z ław. Z niemałym zdumieniem przyglądała się tym szarym, bezimiennym postaciom z wynędzniałymi twarzami skazańców. Jakieś człowiecze zgoniny, nawiane tutaj niepomyślnych ewentów wichrami, zdały się wyczekiwać w śmiertelnej trwodze godziny ostatecznego wyroku. Nie brakowało między nimi ludzi najniższych kondycji, nawet Żydów. Było i parę kobiet, a jedna z nich, rzęsista jejmość w zielonej jubce o szerokim kołnierzu z rudych lisów i w takimże kołpaku, snadź śmielszej natury, przysiadała się do każdego, kolejno wyszeptując ze swoich frasunków i przygód.

Z poczekalni prowadziły wielkie drzwi do sali, gdzie ambasador dawał posłuchania. Niekiedy rozlegał się za nimi potężny, władczy głos, przejmujący drżeniem niepokoju, a niekiedy otwierały się podwoje i ktoś wywoływał nazwisko.

Niekiedy także otwierały się małe, boczne drzwiczki ukazując amfiladę pokojów i skrybów pochylonych nad stołami: to wchodzili nowi suplikanci.

Kasztelanowa czekała cierpliwie swojej kolei, czując się jednak coraz niepewniej i trwożniej. Bowiem pierwszy raz w życiu znalazła się wpośród pospólstwa i za jedno z nim traktowana. Miało to smak dobrowolnego poniżenia dla "sprawy" i ofiary, czym się niemało krzepiła. Jednak jakiś głuchy lęk zagnieździł się w jej duszy i rozrastał. Trwożył ją ten pałac, przerażały połyski bagnetów pod oknami, warty przy bramach, obca mowa i jakaś żelazna surowość, wyzierająca z każdej postaci. Wszystko było obcym nie tylko jej oczom, lecz i wyobrażeniom, i zwyczajom. Rozumiała się być o tysiące mil od Warszawy, w jakimś kraju wrogim i na dnie beznadziejnej niedoli. Chwilami podrywała ją myśl ucieczki, ale obawiała się ruszyć z miejsca, nie wiedząc nawet, którędy uciekać.

– Muszę wytrwać... jakże!... – myślała biegając bezradnymi oczyma dokoła.

– Jestem Jezierska – sprezentowała się naraz zielona jejmość. – Dobrodzika, uczciwszy uszy, pewnie z żałobą? – zagadnęła obcesowo i nie czekając odpowiedzi przysiadła, zaglądając jej w oczy.

Twarz miała tłustą, potrójne podbródki, nos zapalczywie zagięty, załzawione oczy i głos piskliwy.

– Uczciwszy uszy – zaczęła podtykając tabakierę – ograbili mnie, moja dobrodziko! Zażyj, asińdżka, tabaka dobrze robi na oczy. Pięć wolców, parę wałachów, trzy wieprze karmne, pięćdziesiąt korcy owsa, że już nie rachuję drobiu! Zagrabili i basta! Jamburskie karabiniery generała Chruszczowa pod kapitanem Wołkowem. Kazałam wydać, bo zmamili mnie paletą komisyjną. A jak przyszło do zapłaty, zdechł pies, nie chcieli nawet wydać kwitacji. Poszedł upominać się o nią mój mąż, to go tak usatysfakcjonowali, że chociaż to było na jesieni, jeszcze krwią pluje, cherla i na księżą oborę wygląda. Chciałam bić w dzwony, zebrać chłopów, odebrać zagrabioną krwawicę i wziąć jaki taki odwet. Już by mnie oni ruski miesiąc popamiętali! Ale mój jegomość nie przyzwolił. Alianci, powiada, najjaśniejsza imperatorowa nasza protektorka, to swywolę żołnierską pokarać nakaże. Polityczniej, powiada, upomnieć się o krzywdę niźli jej gwałtem dochodzić. Taka polityczność akuratnie do dziadowskiej torby prowadzi, moja dobrodziko. Musiałam usłuchać: pan każe, sługa musi. Mąż, uczciwszy uszy, choćby był głupszy od dziurawej cholewy, a tak i rozkazuje...

– Przed majestat trzeba było wytoczyć całą sprawę.

– Byłam u króla, padałam mu do nóg, całowałam po rękach! Pomogło jak umarłemu kadzidło. Cóż to nasz król może? Siedzi na Zamku niby ta łątka i tańcuje, jak mu zabasuje ambasador!

Pomiarkowałam to rychło, moja dobrodziko, i już trzeci dzień wysiaduję w tym smrodzie, a przed ambasadorską obliczność dostać się nie mogę. Ale żebym tu miała siedzieć do wiosny, doczekać się muszę! A nie, to trafię z żałobą i przed samą najjaśniejszą opiekunkę, a swojego nie daruję! Zasię okoliczności były takowe...

Wpadł nagle jakiś oficjer, oznajmiając koniec posłuchań. Zapanowała przykra konsternacja między suplikantami, ale radzi nieradzi zaczęli się rozchodzić.

Podniosła się i kasztelanowa zapraszając do siebie gadatliwą jejmość, gdy stanął przed nią oficjer, submitując się w najwyszukańszych słowach z przeoczenia. Winnym okazał się jegomość o krostowatej twarzy, który wziął za swoje.

Świetny oficjer, przepasany złotą szarfą, dał jeszcze komuś w zęby, narobił piekła i wciąż przepraszając zaprowadził ją do zacisznego gabinetu od Miodowej, gdzie miała oczekiwać na wolną chwilę ambasadora. Słuchała piąte przez dziesiąte jego ugrzecznionej mowy, zaciekawiona cugami, jakie zajeżdżały pod pałac.

Snadź przybywały jakieś dostojne persony, bowiem raz po raz warty prezentowały broń i wrzały bębny.

Jakoż w sąsiedniej komnacie zebrała się jakby rada koronna. Słychać było wartkie głosy, wybuchy krótkich śmiechów, przesuwanie krzeseł, skrzyp posadzki, to jakiś grzmiący bas, po którym przymierały gwary, szemrząc jeno ściszonym bełkotem.

Z racji posępności styczniowego dnia i śniegu padającego od rana zapalone świeczniki gorzały na stole.

W złotawym okręgu brzasków widniało kilka postaci, siedzących w poręczowych krzesłach. Konterfekt imperatorowej w koronacyjnym majestacie wisiał na ścianie, pod nim brał pierwsze miejsce baron Otto Igelström, ambasador i generał en chef wszystkich wojsk, z prawej strony siedział graf Moszyński, marszałek wielki, z lewej książę Sułkowski, kanclerz, a naprzeciw bieliła się głowa hetmana wielkiego, Ożarowskiego. Hrabia Ankwicz, głowa Rady Nieustającej, promenował się niecierpliwie po sali, ukazując niekiedy wyniosłą postać, piękną twarz, cyniczny uśmiech i drwiące spojrzenia. Jakiś zaufany skryba, siedzacy przy bocznym stoliku, ogryzał pióro. Obraz był jakby komilitonów, zażywających wywczasów i pogawędki przyjacielskiej. Mniemań byli jednakich i zarówno powolni najjaśniejszej aliantce, więc chociaż dyskursy toczyły się w materiach politycznych, nie dochodziło do scysji ni kontrowersji. Jeno niekiedy zgrzytnęła z cicha jakaś partykularna animozja i skrzyżowały się spojrzenia jak szpady, ale Igelström z wprawą pierwszego kapelisty tłumił dysonanse i pod jego żelaznym przewodem instrumenty grały wtórem pełnym słodkiej zgodności. Graf Moszyński, jego antagonista i jedyny w tej kompanii nie szukający tylko własnych korzyści, acz zarówno oddany widokom imperatorowej, próbował niekiedy protestacji. Przechodziły jakby niezauważone, że jego żabia, obmierzła twarz pokrywała się rdzawymi plamami rumieńców i gniew czynił uwagi coraz zjadliwszymi. Kanclerz, stary i chorowity, któremu często brakowało oddechu i słów, a zawsze rozumu i miłości ojczyzny, posłusznie przytakiwał wszystkiemu. Hetman lubował się drożyć i powoływać na dobro powszechności, lecz ani mu w głowie powstało przeciwić się życzeniom ambasadora. Jego siwa, piękna głowa, wspaniała postać, świetny polor i znajomość materii wojskowych, nabyte w służbie francuskiej, dawały mu pozór dostojnego męża, godnego tak znacznej szarży, jaką piastował w narodzie. Zasię był tylko posłusznym narzędziem przemocy i jurgieltnikiem bez czci i sumienia. Hrabia Ankwicz maniery miał czarujące, wymowę piękną, dowcip na zawołanie, postawę pańską, rozum niepowszedni, imaginację żywą, naukę nie lada, objęcie spraw bystre i ani krzty serca ni sumienia. Był prawą ręką ambasadora i ślepym instrumentum jego rozkazów, ale kazał sobie za to dobrze płacić. Wielbił Bachusa, Wenerze cześć oddawał żarliwą, lecz ponad wszystko miłował karty. Wszystko, co było poza tym, rozumiał godnym śmiechu. Przy okoliczności potrafił szermować z nieporównanym wdziękiem zarówno maksymami Voltaire'a, jak tekstami Ewangelii lub sentencjami starożytnych, za jedno bowiem były mu obojętne. A że przy tym był jeszcze młody, odważny, rycerski, przyjacielski i dostępny, kochano się w nim powszechnie. Znał tyle arkanów uwodzenia ludzi, że mało kto potrafił mu się oprzeć. Nie taił się nawet ze swoimi niecnymi postępkami, przekładając cyniczną otwartość nad przymus udawania i lekceważąc sądy powszechności. Żył szeroko, a co mu dawały zdrady, rozsiewał pełnymi garściami nie frasując się o jutro. Z

Igelströma i jego żołdackich manier podkpiwał głośno i czynił wesołe facecje.

Promenował się czas jakiś po komnacie i rzucił jakby od niechcenia:

– Pytał się mnie król jegomość o zdrowie Waszej ekscelencji... Igelström podniósł na niego tępe oczy.

– Powiedziałem, że wasza ekscelencja ma się niezgorzej i wybiera się do niego.

– Naturalnie... muszę się kiedyś wybrać... muszę się sprezentować... tak...

– Śmieszna sytuacja, król urzędownie jeszcze nie wie o przybyciu pana ambasadora... Utrudnia to niemało różne okoliczności... Ja bym radził...

– Wiem dobrze, co mi czynić należy! – odparł wyniośle Moszyńskiemu.

Ankwicz pośpieszył zażegnać starcie, zwracając rozmowę na inną materię.

– Cóż się dzieje z kasztelanem Mostowskim? – zwrócił się do Moszyńskiego.

– Baur go złowił i pod kozacką eskortą z powrotem do Tarchomina odesłał.

– Mam zamiar odesłać go do Petersburga – zaczął gniewnie ambasador. – Internowałem go w jego własnym domu tylko na gorące instancje wielu osób, bo powinienem wsadzić do lochu. To jakobin: pod pozorem zabawy wymyka się do Warszawy na spiskowanie. Jego związki z rewolucjonistami francuskimi są mi wiadome. Mam relacje o jego czynnościach w Paryżu.

– Słabe to poszlaki; młody i gorący, mogła go żywa imaginacja ponieść na chwilę aż do znajomości niebezpiecznych, ale w jego jakobinizm nigdy nie uwierzę. A przy tym ma możnych przyjaciół, gotowi wstawić się za nim do imperatorowej. Może nam przyczynić zgryzoty. Jego uwięzienie już wzburzyło całą powszechność...

– Co mi powszechność! Będzie, jak postanowię. A jeśli mnie znudzi panicz, każę go wywieźć. W Kałudze już od dawna nie widziano waszych senatorów.

– Baur podebrał go z ciepłego gniazdka, od samiczki – zaśmiał się hetman.

– Jedyny do czynienia gwałtów – obruszył, się marszałek. – Wdziera się nocami do domów, postępuje wbrew ustawom krajowym i władzom...

– Spełnia swoją powinność – bronił Ankwicz dojrzawszy nieukontentowanie ambasadora.

– Marszałkowscy bowiem za jedno trzymają z łotrzykami, a głównie zabawiają się po szynkowniach. Nikt już w tym mieście nie jest pewnym mienia i życia.

– Właśnie z nadmiaru policji. Moi ludzie nie są na utrapienie spokojnych obywatelów i węszenie za urojonymi spiskowcami. Kto zaś przyczynia się do ciągłej niespokojności w mieście, kto kuma się z ultajstwem, kto rozsiewa postrach? Czyż potrzeba wymieniać? To pruskie metody Baura i jego konfidentów: szczuć jednych przeciw drugim, szykanować, podchodzić, które to sposoby rozumiem tylko niepotrzebnym jątrzeniem społeczności, wzbudzaniem obaw i sposobieniem nieprzyjaciół.

– A ja rozumiem je zbawiennymi dla tutejszego kraju – wybuchnął Igelström.

– Skutki temu nie odpowiadają – wyrzekł przyglądając się własnym pierścionkom.

– Panie marszałku, materię uważam za wyczerpaną – grzmotnął i zwrócił się do hetmana czerwony z gniewu. – Dostałem polecenie, aby redukcji wojsk dokonać w ciągu paru tygodni. Gdzie są listy redukcyjne?

– Jeszcze nie wszystkie regimenty je przysłały. Ale cóż nam po nich, gdy nie ma pieniędzy na zapłacenie dezarmowanych żołnierzów.

– Nie moja sprawa. Wojsko musi być jak najprędzej pomniejszone.

– Pierwej trzeba mu wypłacić zaległe lenungi. Jakże postąpić? Wygnać? Mają broń, gotowi podnieść warchoł.

– Na buntowników są kije!

– Medykament jedyny, prawda, lecz ułagodzonych zapłatą snadniej przeciągnąć w alianckie szeregi. Ten wzgląd rozumiałem ważnym.

– Pożyczyć z kabritowskiej masy – wtrącił Sułkowski. – Jakże z Holendrami?

– Nie dadzą Rzeczypospolitej ani grosza bez gwarancji pana ambasadora, zaś komisja likwidacyjna upadłych banków również nie da – odpowiedział Moszyński.

– Ale zmniejszenie wojsk zadekretowane w Grodnie jest życzeniem imperatorowej, a najpilniej wymagają tego dzisiejsze koniunktury polityczne – zabrał głos Ankwicz. – Drezdeńscy i lipscy emigranci budują na nim jakoweś zamierzenia, już chodzą burzące pisma po regimentach i snują się emisariusze. Sprawa redukcji, jak uważam, powinna być dokonana piorunem, jednego dnia.

– I tyle tysięcy ludzi rozżalonych i bez chleba znajdzie się na wolności, gotowych na wszystko! – zawołał hetman. – Byłby tylko jeden sposób pomyślnego uskutecznienia, żeby pan ambasador rozkazał swoim wojskom otoczyć nasze regimenty i zdezarmowanych oficjerów i gemejnów zagarnął ryczałtem.
– Nie płacić, ukraść i hurtem wszystkich sprzedać! Ha! ha! Spaniały koncept, znaczne percepty i wielka zasługa – chichotał rozbawiony Ankwicz.
– Tego projektu nie można uskutecznić: wywarłby powszechne wzburzenie i protestacje! Ani to polityczne, ani do przeprowadzenia – oponował Moszyński.
Zawrzały gorące dyskursy. Położył im koniec Igelström:
– Wrócimy do tej materii i sposobów, skoro listy redukcyjne będą gotowe. Pan hetman wyda polecenie, abym je miał do tygodnia. Trzeba z tym skończyć! Zuchwałość oficjerów i gemejnów musi być ukrócona. Meldują o ciągłych zaczepkach moich odwachów i napadach na kozackie patrole, o zgoła nieprzyjaznej postawie publiki. A szczególniejszą zuchwałością odznaczają się oficjerowie artylerii. Wiem, jako na publicznych asamblach nie skrywają wrogości względem nas. Z rozmysłem też paradują po mieście w krzyżach zyskanych w ostatniej wojnie z nami. Sam takiego spotkałem i gdyby się był nie umknął...
– Rezolucja titulo noszenia zaszczytów wojskowych nie jest jeszcze odwołana – objaśnił cicho kanclerz.
– Właśnie w tej materii chcę mówić. Owa rezolucja to kamień obrazy, to nadwyrężenie aliansowego traktatu. Zapadła na sejmie wbrew naszym życzeniom. Przyprowadziła do gniewu najjaśniejszą monarchinię. Przez nią odwołany został mój poprzednik i przyjaciel de Sievers. Ale ja nie ścierpię dalszej tolerancji oczywistych naigrawań! Muszę raz położyć temu koniec – wybuchnął gwałtownie, porywając się z miejsca. – Oto mój konspekt uniwersału – rzucił szarą, zapisaną kartę przed kanclerzem. – Żądam, by w tym uniwersale jasno wyłożono o słusznym nieukontentowaniu imperatorowej z racji wypadłej na ostatnim sejmie rezolucji, mocą której używanie krzyżów i medalów wojskowych, przez sancitum konfederacji de die 18 Junii 1792 zniesionych, znowu dozwolone zostało. Żądam wyrażenia skruchy za ten przypadek w słowach przystojnych i godnych majestatu. Żądam na uchylających się i prawu nieposłusznych kary odebrania szarży i wieży. Żądam zdeterminowania poselstwa, które by imieniem całego narodu zaniosło wyrazy najwyższego

żalu i najgłębszej konsyderacji dla najjaśniejszej aliantki. Tak ma być.

– Kondycje nazbyt upokarzające, król może się wzdragać z podpisaniem...

– Ja żądam, nie proszę. Mam już dosyć ciągłych zabiegów o łaskawe ucho jego królewskiej mości. Jestem pełnomocnym ministrem i wola imperatorowej jest prawem dla was – zakrzyczał naraz, bijąc pięścią w stół. – Na nieposłusznych mam bagnety... – głos mu huczał gromami, gniew ponosił, wyrzucał zadyszane i twarde słowa niby komendę przed frontem. Kompanioni nie zdali się być jeszcze wystraszeni, zadziwiał jeno tenor przemowy, zgoła niestosowny do ich zdeterminowanej powolności. Spojrzeli na siebie zbłąkanymi oczyma, a w upatrzonej chwili rzekł Ożarowski:

– Jak tu jesteśmy, nie potrzebujemy zapewniać waszej ekscelencji o naszym rozumieniu aliansowego traktatu i powinnościach względem najjaśniejszej monarchini. Wypełniamy je wiernie wedle sił i możności.

Igelström na tę delikatną wymówkę odpowiedział jeszcze sroższym gniewem.

Wszyscy spiskują przeciwko Rosji! I wszyscy pracują nad moim odwołaniem z Warszawy. Nie cieszcie się za wcześnie! Nim upadnę, zmiażdżę intrygantów i przeniewierców. Wiem, kto zabiega o fawory Zubowa – wparł tygrysie oczy w Moszyńskiego. – Wiem, kto szuka przyjaźni Buchholtza – uderzył w pobladłego kanclerza. – Wiem, kto o każdym moim słowie zdaje relacje Sieversowi – zwrócił się gwałtownie do Ankwicza. – Ja wiem, co przeciwko nam knują Puławy, kto się ogląda na emigrantów, a kto na Wiedeń. Kto w oczy udaje przyjaciela, a po cichu utrzymuje związki z jakobinami. Wiem wszystko! Regestr wiadomości mam długi. Cierpliwość i pobłażliwość moja na wyczerpaniu... Kto mi się sprzeciwi, zgniotę, wdepczę w ziemię! – wrzeszczał wzburzony do dna, bryzgając dokoła jadem posądzeń i brutalnych wymysłów i pogróżek.

Narada przybierała niespodzianie pozór ordynaryjnej kłótni, pełnej gburowatych połajanek. Nie oszczędził im urągliwych wypominań jurgieltów, jakie pobierali za swoje usługi z jego ambasadorskiej kasy. Kanclerz już chrypiał z alteracji, oczy mu wyłaziły i brakowało oddechu. Hetman spąsowiał i zęby mu szczękały, starał się jednak przymilającym uśmiechem pokryć głęboką obrazę. Moszyński obgryzał paznokcie, garb mu drgał niekiedy, a ledwie powstrzymywana wściekłość wykrzywiała zacięte wargi. Nawet Ankwicz, cale nieprzystępny obawom, zaniepokoił się obrotem narady. Przewidując jakąś intrygę nieprzyjaciół, próbował ułagodzić zagniewanego. Nie na wiele się to zdało, gdyż Igelström, nie zważając na ich dostojeństwa, znaczenie w narodzie i gorące zapewnienia powolności jego zamierzeniom, traktował ich jak swoich gefrajterów. Rad bowiem pastwił się nad słabymi dając im poczuć swoją wszechwładną moc. Biegał po komnacie, tupał nogami i po prostu im wymyślał. Tkwił w nim głęboko pruski żołdak, przywykły do ślepego posłuszeństwa, i satrapa, wierzący tylko w pięść i nakaz. Ten zawsze straszył, a jeśli nie zastraszył, pierwszym był w rejteradzie. Na swoje szczęście zastraszył tych dygnitarzów i przywiódłszy ich do pokorności folgował sobie. Leżeli przed nim w prochu, upokorzeni, wylękli, a niby psy obite żebrzący o zmiłowanie przerażonymi oczyma. Nasycał do woli swoją dumę i żądzę panowania. Było w nim jeszcze coś, do czego się nie przyznawał nawet przed sobą – oto głęboko dręcząca zawiść. Mógł każdego z nich wdeptać w ziemię, panował nad nimi, ale czuł w nich jakąś niezrozumiałą, lecz wrogą wyższość.

To go wzburzało aż do nienawiści, zwłaszcza iż przy zdarzonej sposobności dawano mu uczuć jej gorzkawy posmak. Intruzem bowiem uważali go między sobą, znoszonym jeno ze smutnej konieczności, z nakazu rozsądku i politycznych widoków, nierzadko przypominając, jako łaska, która go wyniosła na szczyty, może go również obrócić w nicość. Pamiętał o tym, a że właśnie dzisiaj rano dowiedział się o zabiegach w Petersburgu czynionych celem odwołania z Warszawy, szalał z gniewu wywierając na nich całą brutalność obrażonego satrapy. Wyćwiczony w pruskiej szkole, Fryderykowskim regulaminem uformowany w kształt człowieczego podobieństwa, rozumiał władzę jako ucisk i samowolę. Kijem też i przemocą wymuszał ślepy posłuch. Zasię jego konfidenci wątpili o skuteczności niektórych jego zarządzeń, a co najzuchwalsze, czasami doradzali sprawiedliwość i ludzkość w postępowaniu z powszechnością. Brał to za osobistą obrazę i niesubordynację. To się sprzeciwiało jego naturze i nawet mogło podać w podejrzenie u petersburskich protektorów. Takie maksymy czy racje pachniały mu jakobinizmem. Odrzucał je z nieukrywaną wzgardą. Wielbił zasady proste, ale najskuteczniej prowadzące do fortuny: być katem dla słabych i zwyciężonych, a przed możnymi wybijać pokłony. Polskę znał jeszcze od czasów Repnina i na jej nieszczęściach urastał w sławę i dochodził do znaczenia. Wypełniał ślepo, co mu było nakazane, nie dbając na zniszczenie, jakie pozostawiał za sobą, ni wybiegając naprzód rozumieniem. Sumienie miał spokojne. Nie zważał na takie błahostki. Cnotę traktował jako wymysł głodnych sawantów, a z miłości ojczyzny drwił. O swoim rozumie wiele trzymał, radząc się jednak we wszystkim generała–kwatermistrza Pistora, za którym czaił się Buchholtz, zaufany króla pruskiego.

Z racji swoich żołdackich manier i srogości uchodził za wielkiego wodza, chociaż za całą naukę posiadł jeno wojskowy regulamin, w który wierzył, jak nie wierzył w Boga. Sami nawet Rosjanie drwili z jego zwycięstw, odnoszonych jedynie na polach manewrów i parad.

Obrady przeciągały się do późna, że kasztelanowa zrezygnowawszy z posłuchania odjechała do domu. Powróciła jednak nazajutrz o naznaczonej porze południa i pierwszą z kolei zaprowadzono do sali przyjęć.

Ambasador spacerując po sali nie skinął jej nawet głową na powitanie.

– Wasza ekscelencja raczy...– zaczęła nie zważając na obelżywe przyjęcie.

– Proszę krótko i prędko wyłożyć swoją suplikę – rzucił przez ramię.

Kasztelanowa wyłożyła akuratnie głosem nieco roztrzęsionym, lecz z dużą pewnością.

– To jakobin, emisariusz i szpieg francuski. Odeślę go do Petersburga! Nie mogę nic poradzić! Żegnam! – zdeklarował twardo, odwracając się do okna.

Podeszła bliżej i zniżając się do łzawych molestowań przedstawiła Volange'a człowiekiem Bogu ducha winnym, ordynaryjnym kupczykiem, jakim znała go od dawna, obcym jakimkolwiek propagandom. Mówiła z taką gorącością przekonań, że wysłuchał uważnie i kazał Francuza przyprowadzić.

Rozradowana nadzieją zaczęła mu dziękować. Szorstkim ruchem nakazał jej milczenie i patrzył przez szyby na warty stojące w dziedzińcu. Był już posunięty w latach, acz krzepki jeszcze. Ruchy miał ociężałe, wymierzone i sztywne. Trzymał się prosto jak na paradzie, patrzył z góry i groźnie. Spod żółtawych brwi świeciły drapieżnie jasnoniebieskie oczy. Twarz miał dużą, obwisłą nieco, nos mięsisty, wyrastający, wargi lubieżnie czerwone i wywinięte, szczęki kwadratowe i krwistą cerę.

Opięty w zielony frak, suto wyszywany złotem, w orderach,

przepasany generalską szarfą, dawał postać ponurego władcy i tyrana.

Kasztelanowa, nie doczekawszy się, by jej wskazał miejsce, zasiadła na jednym z fotelów, stojących rzędem pod ścianą. Błysnął jeno gniewnie oczyma.

Wreszcie przyprowadzono Francuza. Karabinierzy stanęli przy drzwiach. Volange rzucił się do kasztelanowej, którą widział po raz pierwszy w życiu, i w słowach najczulszych dziękował za wstawiennictwo. Naraz, jakby dopiero spostrzegłszy ambasadora, skamieniał.

– Bliżej! – huknął na niego rozkazujący głos. – Bliżej! Tylko mów prawdę, bo jak zełżesz, każę ci dać pięćdziesiąt nahajów! Wiadome mi są twoje sprawki – groził zasypując go krótkimi pytaniami, a patrząc mu w oczy.

Francuz roztoczył całą umiejętność wydawania się tym, za co chciał, aby go uważano. Odpowiadał rozwlekle, bąkał trzy po–trzy, powtarzał, i odbiegając wciąż od materii, pokazywał się prostakiem i prawdziwym gamoniem.

Nawet w jakimś miejscu rozpłakał się rzewliwie. Słowem, pokazał się, jakby na teatrum nie potrafił i najsprawniejszy komediant.

– Milczeć! – wstrzymał potoki jego nieznośnego gadulstwa. – W ciągu dwudziestu czterech godzin wyjedziesz z Warszawy!

Tu pofolgował sobie, zwymyślał go od ostatnich, zagroził Sybirem i kazał iść precz.

Volange, nie wychodząc z roli, padł mu do nóg na podziękowanie, błagając zarazem o zwrot zabranych przy aresztowaniu towarów.

– Najjaśniejszy ambasadorze, wzięli mi pięć łub z materiami, podróżne tłumoki, regestra obstalunków i cztery lalki modnie przybrane: jedna w stroju á la Grecque, jedna á la Louis XVI, jedna w amazonce, jedna berżerka...

– Wyrzucić go za bramę wraz z bebechami! – krzyknął zniecierpliwiony i odwracając się plecami rozkazał adiutantowi wprowadzić następnego suplikanta.

Kasztelanowa zabrała Francuza do siebie. Jechał milczący, jakby jeszcze niepewny wolności, dopiero w pałacu, w ustronnym pokoju, gdzie czekał na niego Zaręba, pokazał twarz prawdziwej radości.

– Wyrwaliście mnie wilkowi z gardła – szeptał dziękczynnie. – Myślałem, że już po mnie. Dopiero list, przyniesiony przez szewca, dał mi przedsmak nadziei. W lochach nie było mi źle, ale dręczyły obawy indagacyjnych bastonad. A ta myśl, że mogą przymuszać do wyprzysięgania się moich opinii politycznych, do powolności ciemięzcom i tyranom, doprowadzała mnie do szaleństwa! Twarz mu oblekła groza przeżytych myśli i obaw.

– Rozumiesz teraz, jak smakuje prokonsulska dyktatura, obywatelu?

– I więcej jeszcze dowiedziałem się od socjuszów niedoli.

– Dasz głos prawdzie przed obywatelami reprezentantami w Konwencie.

– Prześlę im obszerną relację, gdyż sam jechać nie mogę – zawahał się. – Wyjadę, lecz gdzieś z drogi zawrócić muszę.

– Chyba pod zmienioną twarzą i nazwiskiem. Ale wiesz, co by cię spotkało, gdybyś się znowu znalazł w rękach Igelströma?

– Wiem i pozostaję. Powinność przede wszystkim! – podniósł się do wyjścia. – Pragnę z tobą, obywatelu, pomówić obszerniej. Moglibyśmy się spotkać wieczorem u Kapostasa?

– Dobrze, ale o samym zmierzchu, gdyż na noc wyjeżdżam.

– Czy zabiera cię z sobą Działyński? – spytała milcząca kasztelanowa.

– Szef wyjeżdża dopiero za dwie niedziele. Śpieszyć muszę do Grabowa. Porwała się zatrwożona.

– Czyżby moje sny i przeczucia...

– Dostałem dzisiaj sztafetę. Ojciec rozkazuje mi przyjechać jak najrychlej. Odprowadziwszy go na stronę pragnęła coś powiedzieć, ale nie zdobyła się ani na jedno słowo, tylko ucałowawszy go na pożegnanie jak syna zapłakała cichutko, oddalając się spiesznie do swojej stancji.

Volange poleciał zapisać się na poczcie do wyjazdu i zbierać manatki.

Zaręba wyszedł zaraz za nim, pełen dręczących myśli o ojcu i smutnych przeczuwań. Już był wychodził z pałacu, gdy na podjeździe spotkał się oko w oko z Izą i Zubowem. Wracali z jakiejś promenady, roześmiani, weseli, niezmiernie zajęci sobą. Szambelanowa skinęła mu głową bardzo niechętnie i przeszła do sieni bez słowa.

– Jacyś diabli noszą ją swoimi wertepami – pomyślał, nie pojmując zgoła jej postępowania. Nie było jednak czasu na rozmyślania, cały bowiem dzień latał po Warszawie szykując się do wyjazdu. Zasię o zmierzchu pobiegł na Krakowskie, do kamienicy, gdzie był bank Kapostasa i Morina. Bankiera w sklepie nie zastał, poszedł więc do jego mieszkania na trzecie piętro. Służący go wpuścił uprzedzając jeno, jako pan zajęty jeszcze. Volange'a również nie było.

Przemierzył więc raz i drugi małe stancyjki zawalone książkami, wyjrzał na Krakowskie i nie mogąc się nikogo doczekać siadł do czytania "Hamburskiej Gazety" leżącej na stole. Przeszkadzał mu jakiś monotonnie recytujący głos jakby gdzieś z góry. Odszukawszy w kącie pokoju wąskie schodki zamaskowane szafami, dobrał się nimi na poddasze i stanął jak wryty. Znalazł się bowiem w niskiej, obszernej izbie, obitej czarną materią, na której srebrzyły się kabalistyczne znaki, hebrajskie zgłoski i dziwaczne hieroglify. Zielona, kryształowa kula, zawieszona w górze, rozsiewała świetlisty miał. Kapostas siedział pod nią nieruchomy, w czarnej szacie, pokrytej zodiakalnymi wyobrażeniami, na głowie miał jakby tiarę w kształt rogatego księżyca uczynioną, zaś w ręce wyciągniętej czarodziejską pałeczkę, zakończoną głową węża. Zdawał się być daleki wszystkiemu światu, oczy miał przywarte, a co pewien czas powtarzał jakieś słowa niezrozumiałe, mówił przeciągle, śpiewnie a z żarem niezmiernym. Naprzeciw pod ścianą widniała skulona postać w masce i długim płaszczu, powtarzająca niby pacierz jego słowa i tymże sposobem. Scena była osobliwa, zgoła jakby z bajki o czarnoksiężnikach.

Słyszał wprawdzie, że Kapostas jest członkiem sekty iluminantów i oddaje się jakimś magicznym praktykom, ale uważał to za złośliwe bajędy. Przyjrzał się więc uważnie i nie pojmując nic wyniósł się, jak tylko mógł najciszej. Wydawało mu się to stworem chorej imaginacji.

Znał bowiem Kapostasa człowiekiem wielkiej nauki, rozsądku i głębokiego patriotyzmu. Ciężko mu było pogodzić się z tym, co widział.

– I przebrał się na Cagliostra! Maska ma kształt tamtej z podziemi Dziarkowskiego! – rozmyślał i z zabobonną trwogą nasłuchiwał znowu tych głosów sączących się przez pułap.

Ucieszył się też przyjściem Francuza i zaprowadził go do odległej stancji, żeby czasem nie dosłyszał. Rozmawiali z godzinę. Volange, okazując się agentem rządu francuskiego, wysłanym do Polski celem naocznego przekonania się o stanie umysłów i przygotowań insurekcyjnych, dosyć obcesowo zażądał planty poczt spiskowych i znaku wtajemniczonych. Zaręba, dawno domyślający się jego roli, odmówił jednak udzielenia tych wiadomości pod pozorem, że mogli to uczynić jeno naczelnicy zawiązującego się powstania.

Ostygł też znacznie w swoich do niego sentymentach i coraz podejrzliwiej się przyglądał. Wszedł na to Kapostas dziwnie blady i wymęczony, z oczyma rozgorzałymi nadziemskim blaskiem, a

posłyszawszy, o co chodzi, rzekł z namaszczeniem:
– Ciemność i światło jest jednym, bowiem w nich Jedyny! Kto zdoła stworzyć w sobie lwią myśl potęgi, świat ugnie się przed nim.
Zwycięży śmierć, samego Stwórcę przywiedzie do kapitulacji. Mówił w ten sens dosyć długo, nim przeszedł do żądań Francuza. Wróciła mu już przytomność i chłodna rozwaga i bystre objęcie sprawy, okazywał się prawdziwą głową sprzysiężenia. Czym uspokojony Zaręba wysunął się po cichu i jeszcze tego wieczora pojechał do Grabowa.

XI

W ogromnej, mrocznej sieni grabowskiego dworu przed kominem siedział zasępiony stryj Onufry. Przy nim sfora srogich wilczarów skamlała z cicha. Ogień, żywiony smolnymi karpami, trzaskał wesoło, rozlewając lube ciepło i złocistymi brzaski wyjawiając stare zbroice, rzędy końskie i trofea myślistwa, akuratnie porozwieszane po ścianach.

Pora była wczesna; zaledwie styczniowy dzień przecierał się z mroków, zazierających przez okna lodową, zielonawą twarzą. Na świecie hulały lute wichry tocząc kłębowiskami śnieżnej zamieci, że raz po raz dygotały ściany, głownie leciały z komina i gryzący dym buchał.

Stryj Onufry żegnał się trwożnie, patrzył na zawarte drzwi do pokoju miecznika i znowu zapadał w jakieś lękliwe zadumy, bowiem czasu niektórego zdradna i gorzka łza spływała mu po jagodach i z piersi rwały się ciężkie westchnienia.

Zasię cały dwór grabowski pełen był posępności, łzawych spojrzeń, cichych szeptań, płaczów stłumionych i dygotu serc uciemiężonych trwogą.

Wszyscy się byli zebrali w sieni i przyległych pokojach, gdy właśnie miecznik, jednając się z Bogiem, sposobił się zarazem do strasznej, niepowrotnej drogi...

Jakoś w sam Nowy Rok znacznie mu się pogorszyło, iż z dnia na dzień wyczekiwano końca, lecz dopiero wczoraj z wieczora kazał wezwać do siebie brata, z którym od dawna żył w gniewie. Stryj Onufry przybył nad ranem, a gdy się z bratem najczulej pogodził, ojciec Albin poszedł go dysponować na śmierć, bo kapelana domowego nie chciał mieć swoich tajemnic dyspozytorem.

Czekano więc w drżeniu trwogi końca spowiedzi. Pod drzwiami miecznikowej komnaty klęczał Filip z zapaloną gromnicą i w głos płakał, za nim zbiły się w kupkę rezydentki niby śmiertelnie zestraszone kuropatwy i nieprzytomnymi głosami lamentowały pacierze za konających.

Marynia, z oczyma zapuchniętymi od płaczu, szukała ratunku w ramionach Ceśki, która nie mniej rozżalona i łzawa, tuliła ją do siebie uspokajając najtkliwszymi słowy. Rotmistrz Nałęcz w tureckim chałacie, puszczonym na wiatr, z głową obwiązaną jakąś zieloną szmatą, zgarbiony, zaniedbany i nagle postarzały, ronił po kątach rzęsiste łzy. Sulicki, zaparłszy się w sali przed świętym obrazem, obstawionym płonącymi świeczkami, wybijał głębokie pokłony na intencję umierającego. Trzaska skurczony na fotelu w bawialni patrzał dokoła oczyma bezgranicznej rozpaczy.

Respektowe panny cisnęły się we drzwiach na rozcież powywieranych i raz po raz któraś z nich zanosiła się szlochem serdecznym, zaś ciotka Bisia w białym kornecie, z twarzą nieustannie radloną sznurami łez a z fajerką pełną rozżarzonych węgli w rękach, wykadzała pokoje jałowcem i ziołami poświęcanymi w Boże Ciało, że dwór napełnił się pachnącym dymem, w którym sprzęty i ludzie zdawali się jeno być błękitnawym majaczeniem. Tylko miecznikowa, wyższa nad grozę chwili i własne boleści, panowała nad wszystkim czujną myślą i przytomnymi oczyma. Nie mogła jeno wystać w jednym miejscu; stawała w sieni nasłuchując od mężowego pokoju i szła do sąsiedniej bawialni patrzeć w dziedziniec spieniony śnieżną zamiecią niby morze wzburzone, wisiała oczyma nad drogą, gdzie szarpały się z wichurą olbrzymie drzewa.

– Ani żywej duszy! – szeptała wytężając oczy.

– Droga kopna i zamieć, łacno się zbić z gościńca – tłumaczył cicho kapelan, przybrany na wszelką okoliczność w komżę i stułę żałobną.

– A jeśli go Antoni nie zastał w Warszawie? – jęknęła łamiąc ręce.

Umknął z oczyma, pilnie zażywając tabakę. Miecznikowa wyszła na ganek zapełniony służbą i poddanymi. Jeden z nich chyląc się do nóg wyrzekł:

– My tu już oczy wypatrujemy za paniczem i na darmo. Wichura wyła, złowrogo szumiały drzewa, śnieżyca nieprzejrzanym stadem kłębowisk taczała się po polach i biła niby taranami w ściany dworu. Kurzyło, jakby kto nieprzeliczone wory mąki wytrzepywał na świat. Drzewa w pośrodku dziedzińca i pod oficynami targały się z oszalałym skowytem. Gdzieś od gumien leciały pozrywane z dachów snopki poszycia.

Trwoga sparła serce matczyne, wargi jej zadrgały niemą modlitwą i oczy powlekły się szkliwem tajonych łez.

– Wszystko w ręku Boga – pocieszał ją kapelan po powrocie. – Sewer dobrze się zna z zawiejami, tyle jeno złego, że może się opóźnić...

– Właśnie tego ja się lękam. Nie wie jegomość, miecznik czeka na niego?

– Nie wyznał się w tym względzie, lecz miarkuję, jako czeka.

– O sztafecie po niego wie. Boże miłosierny, Boże! – załkała cicho. Otwarły się naraz drzwi do chorego. Pierwszy ruszył Filip z zapaloną gromnicą i z rezydentkami, za nimi cisnęli się wszyscy. Wybuchnęły płacze i lamenty, sądzili go ujrzeć oddającym ostatnie tchnienie.

Miecznik leżał z głową wysoko na poduszkach, twarz miał wychudzoną niezmiernie i sinawą, lecz przytomne wejrzenie. Przebierał między głowami, jakby kogoś pilnie wyszukując i nie znalazłszy rzekł wyraźnie:

– Sumę odprawi jegomość wcześniej – kapelan stanął mu na oczach. – Ostatni raz przystąpię do Stołu Pańskiego. Ma się odprawować jak zwykle w Trzy Króle, uroczyście, z paradą... – zatchnął się, począł rzęzić i bić rękami powietrze, ale przyszedłszy do siebie rozkazał się ubierać.

Nie pomogły perswazje, Filip musiał przynieść świąteczne szaty i ubrać go wedle rozkazu.

Leciał mu przez ręce, za każdy ruch żywszy płacił atakiem dusznicy, lecz przemógłszy chorobę polecił się zanieść do głębokiego fotelu na kółkach.

– Tutaj umrę – zadeklarował. – Mój Boże, tyle powietrza na świecie, a jeno braknie dla mnie... – poskarżył się patrząc oknem na rozsrożoną zamieć. – Posłać do brodu ludzi, niech spenetrują, czy lody stanęły... rzeka głęboka... śniegi łowią w pułapkę... o przygodę nietrudno... Miecznikowa gorącym spojrzeniem podziękowała mu za tę nieoczekiwaną troskliwość i wyszła dać polecenia, reszta też się już była usunęła trwożnie sprzed pańskich oczu, pozostał jeno Onufry.

– Przywiozłeś Ceśkę? – spytał po długim milczeniu.

– Sama się jechać ze mną naparła – jakby się usprawiedliwiał.

– Powiadał rotmistrz, jako była wyjechała w swoje strony...

– Prawda, nawet już była w Warszawie i nie wiadomo, co jej strzeliło do głowy, że w samą wilię Bożego Narodzenia powróciła – przerwał, gdyż chory jakby zadrzemał i opadł w fotel bezsilnie, zalecił więc ojcu Albinowi czuwanie i poszedł do jadalni.

Znalazła się Ceśka i odprawiwszy księdza na śniadanie, sama zasiadła przy chorym dając baczenie na jego oddech, przerywany rzężeniem i podobny raczej do mocowania się ze śmiercią. Budził się często i rozpoznając jej twarz sfrasowaną uśmiechał się dobrotliwie.

– Jeszcze mi nie pora... nie bój się... jeszcze mi... – szeptał zasypiając w pół słowa niedokończonego. Próbowała go utrzymać przytomnym rzeźwiącymi octami – odpychał je ze wstrętem. Niektórą chwilę toczył bystrymi oczyma, jakby kogoś wypatrując, i zapadał w niezgłębione mroki. Siedziała bez ruchu, czujna na każde jego drgnienie, a zapatrzona w okna i wyczekująca, zali nie zagra gdzieś w zamieci trąbka pocztowa. Zawieja jeno biła w szyby zmarzłymi grudami śniegów i huragan targał ścianami. Jakoby śmierć z dzikim skomleniem gniewu chciała się wedrzeć do dworu. Więc Ceśka niosła się myślą naprzeciw lubego w śnieżne ćmy i rozwieje, na puste drogi pogubione w zaspach, w nieprzebyte ostępy lasów; na wolę lutych wichrów zdana błądziła strwożonym czuciem po bezdrożach nieskończonych pól.

W jakimś mgnieniu zdało się jej dostrzegać sanie, lecące wskroś zamieci z chyżością jaskółki. Sewer w nich siedział ze strzelbą złożoną do strzału, oszroniałe konie dobywające ostatniej pary gnały jakby w zawody z wichrami, a za nimi pędziły całe stada wilków...

Wzdrygnęła się z przerażenia i widzenie sczezło bez śladu.

– I waćpanna ździebko zadrzemała – posłyszała gderliwy glos Filipa.

Poszła za nim, potoczył bowiem fotel z chorym do wielkiej sali, przemienionej na kaplicę. W głębokiej niszy widniał ołtarz, przybrany w donice rozkwitłych hiacyntów i światła rzęsiste. Zwykle przysłaniały go szerokie drzwi. Światła płonęły we wszystkich pająkach sali, przepełnionej domownikami. Klęczeli kornie po stronach. Miecznik ulicą głów pochylonych wjechał przed sam ołtarz. Kapelan zaraz rozpoczął nabożeństwo i na chórze zagrały muzykanty dworskie, lecz tak niesfornie, że miecznik szepnął gniewnie:

– Mogliby zgodniej chwalić Pana Boga. Prawdziwa trąba z tego Trzaski. Wnet jednak zapomniał o wszystkim, zatapiając oczy w wyobrażeniu Chrystusa nad ołtarzem. Wisiał na krzyżu na dnie chmurnego nieba i błyskawic rozdzierających ciemności, w pokrwawionych łachmanach ciała, opuszczony od wszelkiego stworzenia, sam w granicach widomego świata. Malarz wyobraził go w chwili skonania, gdy w podniesionych oczach widniała najgłębsza żałość, a ze spieczonych warg oddawał ostatnie tchnienie. Był obrazem człowieczego żywota, zawieszonego między nędzą bytowania i nadzieją wieczności. Zasię z prawego rogu obrazu Bóg Ojciec, siedzący na pierzastych chmurach, wyciągał ku Niemu rozwarte szeroko ramiona. Miecznik zdał się z Nim konać i czuć zarazem już niebiański posmak zmartwychpowstania. Nie prosił o nic, nawet o zbawienie, pragnąc jeno co rychlej otrząsnąć się z pyłu żywota.

Po komunii przemienił się dziwnie: nigdy go nie widziano tak pięknym, tą groźną pięknością duszy, wyzbywającej się więzów życia, i dalekim od ludzi i świata. Ale te wzruszenia przyprawiły go o omdlenie. Filip odwiózł go z powrotem, ale leki przywróciły go do przytomności. Milczał, tylko kiedy się przy nim zebrała rodzina i najbliżsi, rzekł do Onufrego:

– Dajcie mi odpocząć!

Dwór przybrał pozór wymarłego. Migiem porozchodzili się po stancjach i wszędzie zaległo przetrwożone milczenie. Jeno w sieni czuwała Marynia z Ceśką, zabawiającą się pieskami. Miecznikowa niestrudzenie chodziła od okna do okna, na darmo wypatrując oczy. Tak przeszło południe. Mało kto tego dnia akuratnie zasiadał do jedzenia. Godziny wlekły się dziwnie opieszale i monotonnie.

Zamieć nie ustawała ni na mgnienie. Dom wciąż dygotał pod uderzeniami wichrów, aż tu i owdzie wypadały szyby i psy wyć poczynały. Pod oficynami zaspy sięgały już dachów i na dziedzińcu znaczyły się potężnymi groblami. Zmierzch przyszedł jakiś rychlejszy, bo prawie zaraz po trzeciej zaczęło posępnieć na świecie i mroczeć. Wróżono z tego odmianę pogody, bowiem i ziąb znacznie sfolżał i niezwyczajna ćma opadała na ziemię; tylko jedne wichry po staremu diabelskie harce odprawowały, przyczyniając niemały ubytek na gumnach i w chłopskich chałupach.

Stryj Onufry drzemał był w pokoju na piętrze, gdy o dobrym zmierzchu zapukała do niego miecznikowa. Przyjął ją z największą rewerencją i na otwarte pytania o Sewerze rozpowiedział, co mu o nim było wiadomo.

– Ciągle w azardach życia i zdrowia! – szepnęła obcierając zdradną łzę.

– Kto nie azarduje, ten nie profiluje. Wolałaby bratowa dobrodzika, żeby wysiadywał w domu na przypiecku, a wojny zażywał z fraucymerem!

Za czym jęli mówić o chorobie miecznika i sprawach majątkowych, czego Onufry był dziwnie ciekawy. Rozłożyła bezradnie ręce.

– Imć Brzozowski tylko wiedział prawdę. Ja nic nie wiem – wyznała się szczerze, gdyż mąż nigdy jej nie wtajemniczał w te sprawy.

– Brzozowski siedzi u mnie i w potrzebie może się przygodzić z takową eksperiencją interesów. Radziłem mu w Stokach przeczekać gniew pana brata. Miecznik zawziął się na niego zgoła niesłusznie, wszak postępował wedle jego rozkazania.

– Niemało się gryzłam tą niesprawiedliwością względem niego. Prawda, że człowiek twardy, kat dla poddaństwa i obcy uczuciom ludzkości, ale po takim dyshonorze jaki go spotkał... Przerwał jej tryumfująco:

– Tyłem dokazał, iż pogodzili się z Ceśką.

– Z pamięci ludzkiej takiej przygody nie wypędzi, będą mu nią dogryzali.

– Na wojnie, moja mościa bratowo dobrodziko, jak na wojnie. I ja mu swoje straty darowałem. Wszak mi dwóch pachołków na śmierć posiekał i postrzelił konia. Plagi od niej wziął, a wielbi ją teraz i ślepo słucha, gotów choćby w ogień...

– Pamiętam, z jakim do niej resentymentem się zdradzał. Przerobiła go niby cygan konia na jarmarek. Takie malowane przyjaźnie nie na długo...

– Weneruje ją z serca, boć to prawdziwa perła – zadeklarował mocno.

– At, wicher i nieokrzesana dziewka! – zniecierpliwiły ją te pochwały. – Nie mam ja nic przeciwko niej, ale kontentam, że moja Marynia niepodobna do niej...

– Cóż bratowa dobrodzika ma jej do zarzucenia? – zgniewał go jej ton kwaskowy.

– Rzekłam, jeno mnie słuchy dochodzą, jaką famą cieszy się w okolicy...

– A wszystko razem głupie plotki. Że samowolna, że przy kądzieli ni krosienkach nie wyczekuje kawalerów, że sposobna przy okazji poczęstować obuszkiem lub batami, że do myślistwa ma dyspozycję, a przy okoliczności kielichem węgrzyna nie pogardzi? Za te właśnie przewiny kocham ją niby rodzoną.

– Utrafiony konterfekt, lecz nie bardzo stosowny płci naszej.

– Nie cierpię udawanych niewiniątek, co to pokazują się, że słowa nie potrafią powiedzieć, a Bóg wie co wyrabiają za oczami matek.

– Panna Kobierzycka gorącego ma w bracie dobrodzieju

protektora.

Dotknięty już do żywego, porwał się z miejsca i wyrzucił gorąco:

– Za córkę ją uważam i pragnąłbym z niej żony Sewerowi.

Stropiona obrotem rozmowy, poruszyła się niespokojnie.

– I miecznik tego samego pragnie – dobijał ją zapalczywie. – W sam raz żona dla Sewera. Ode mnie weźmie, co jeno mam, a że i swojego ma niemało po rodzicielach, pierwsza partia w województwie!

– O innej żonie imaginowałam dla niego – westchnęła nieprzejednana.

– I Bóg ustrzegł go od tego nieszczęścia. Wiem ci ja to i owo o sprawach pani szambelanowej! Kukła niepoczciwa. Modna dama, że już o jej amuretkach głośno w całej Rzeczypospolitej – rżnął nie zważając na przystojność.

– Co też brat dobrodziej wygaduje! – wyrzekła oburzona i zgoła nie wierząca.

Więc odmalował Izę, niczego nie zataiwszy i nie przebierając w słowach.

Popłakała się ze wstydu i żałości. Ale Onufremu nawykła była wierzyć.

– Co za zgorszenie! – jęknęła cicho i boleśnie. – Wstyd po prostu wiedzieć o takich!

– Takie one wszystkie na wielkim świecie, ze świecą nie najdzie poczciwej. Bratowa dobrodzika nawet nie imaginuje sobie, co się teraz wyrabia po możniejszych domach, jaka Sodoma i Gomora! Nie, nie chciała już więcej słyszeć, wyszła zapłakana, zbolała i przejęta zgrozą cnotliwego wzburzenia. Słowa Onufrego posiały w niej dziwnie niepokojące myśli, odsłaniając zarazem widoki gorszącego życia. Pokraśniały jej wyblichowane starością jagody, a czystą duszę zalało zawstydzenie. I to właśnie Iza taka niegodna i osławiona, jej rodzona bratanica, jej krew. Prawda, szambelan stare truchło, ale żeby aż... Znowu rumieniec ją oblał. – I cóż na to brat kasztelan? – Nie chciała już myśleć o takich strasznych rzeczach, bowiem cała jej natura wzdrygała się przed każdym brudem i podłością. Poszła zajrzeć do męża z cichą nadzieją, że może pozwoli jej zostać przy sobie.

Była spragniona łaski jego dobroci, dręczyły ją różne zgryzoty i wątpliwości względem Ceśki. Pokrzepienia łaknęła i serdecznego słowa współczucia. Lecz na widok surowego oblicza i oczu lodowatych cofnęła się lękliwie. Nie zdobyła się na odwagę, by wziąć przy nim należne jej miejsce. Żoną mu była wierną i matką jego dzieci, a czuła się przed nim onieśmieloną i drżącą niby przed majestatem.

Zasiadła w bawialni pod oknem, aby być na każde jego zawołanie.

– "Bądź wola Twoja jako w niebie tak i na ziemi" – zaszeptały rezygnacją blade wargi, szmerem powiędłych, opadających liści, tragicznym szmerem jesieni...

A miecznik, zapatrzony w męty burzliwej, szalejącej nocy, rozmyślał właśnie o niej. Coś niby wyrzut zatargał się w nim na widok jej wymizerowanej, przezroczystej twarzy i pokornych spojrzeń. Zapragnął dać jej tkliwą zapłatę serdecznego słowa. Nie nalazłszy jednak w stygnącym sercu nic nad wytarte liczmany łaskawości, spochmurniał jak ta noc za oknami. Bronił się przed nagłą zgryzotą sumienia i wyrzutami.

Co tylko była wydzwoniła szósta, gdy posłyszał jakby dalekie głosy trąbki.

– Słyszysz? – zwrócił się do Filipa. – Czy mi się zdaje! A może to zawierucha?

– Ki diabeł tłucze się po nocy? To nie pocztarka trąbka fanfarę wytrębuje... Zapatrzyli się w skołtunione ciemności.

– Konny z pochodnią. Światło na drodze pod drzewami... pędzi...

– Cymbał jeden, jeszcze ogień zaprószy. Z pewnością nie Sewer. A może stało się co złego w drodze? Boże litościwy! – trwożył się miecznik.

Naraz w bramie wjazdowej zatrzęsły się migoty krwawego warkocza i jakiś jeździec w najtęższym galopie ukazał się oczom. Po chwili był w dziedzińcu i przeraźliwe trąbienie huknęło w szyby. Cały dwór już był w oknach, kiedy jeździec zatoczył koniem pod ganek.

Wyleciał do niego Onufry, a ów, nie zeskakując z konia, pochodnię podniósł wysoko, zatrąbił i krzyczał chrapliwym, ogromnym głosem:

– Nadjeżdżają kuligiem! Jaśnie wielmożna starościna sieradzka z kompanią.

– Kulig! W imię Ojca i Syna! Diabli ich noszą w taki psi czas! Daleko są?

– W grabowskiej karczmie się zbierają! Co ino patrzeć, jak się tu zwalą.

– Hej, chłopy, konia i burkę! Słyszała bratowa dobrodzika? Ta wariatka Kossowska ze swoją szaloną kompanią. Pojadę ich zawrócić: taki najazd dobiłby miecznika. My tu requiem nieledwie śpiewamy, a tamtym we łbach pląsy i swawola! Konia, psie krwie

225

chamy! – krzyczał już w pasji gwałtownej.

Miecznik wezwał go do siebie i zdecydował zgoła inaczej.

– Trzeba przyjąć kompanię. Pan brat mnie zastąpi. Niechaj mój dom nie dozna uszczerbku na reputacji. Gość w dom, Bóg w dom. Okoliczność mojej choroby musi ustąpić wobec powinnej gościnności. Sam rad napasę oczy wesołością. A jeśli Sewer nadąży, znajdzie okazję przypomnienia się łaskawym sąsiadom, bo starościna, jak zwykle, pewnie ciągnie z pół województwa. A nie żałować niczego, wystąpić godnie – zalecał nie słuchając niczyich perswazji ni nawet molestowań żony. – Nie bójcie się o mnie, wytrzymam, dopóki mi przeznaczone.

– Ożywił się też niemało i raz po raz wydawał jakieś dyspozycje względem przyjęcia. Z przyjemnością nasłuchiwał rwetesu, jaki się podniósł we dworze. Służba bowiem latała jak oparzona. Miecznikowa konferowała w jadalni z kuchtą. Ciotka Bisia, zadyszana i wzruszona ważnością chwili, dowodziła pachołami, którzy na gwałt pucowali woskiem pawimenty sali. Rezydentki stroiły się po swoich pokojach, że co chwila krzyczała któraś na nieprzytomne z emocji garderobiany.

Rotmistrz gdzieś przepadł. Onufry z kapelanem zeszli do sklepów wybierać napitki, mające iść na pierwszy ogień. Marynię wzięły w swoje obroty panny respektowe i przystrajały niby na wesele. Słowem, cały dom huczał wrzawą, bieganiną i gorączką, aniby kto mógł z tego wyimaginować, co się w nim działo przed półgodziną. Prysnęły gdzieś smutki, obeschły łzy i poweselały twarze, pokoje stanęły w jarzących światłach, a z jakiejś bokówki rozległy się srogie rzępoły i klątwy dosadne. To skonfundowany przyganą Trzaska egzercyrował swoich kapelistów, nie szczędząc im kułaków ni gorzałki.

Jeno Ceśka siedziała samotnie w sieni przed kominem.

– Waćpanna jeszcze nie w gotowalni? – zdziwił się ojciec Albin.

– Nic po psie w kościele, kiedy pacierza nie mówi – mruknęła opryskliwie. – W cóż się to przystroję? Chyba jubkę przewrócę na drugą stronę dla parady!

– Może by co temu zaradziła Marynia? – kłopotał się poczciwie.

– Tyle dba o mnie co pies o piątą nogę. Wiedziała, żem z sobą łubów nie przywiozła i mam tylko to, co na sobie. Nie zatroskała się o mnie. To z rozmysłem, żeby mnie wystawić na pośmiewisko. Ma mnie za uprzykrzonego intruza!

Gorycz ostrych żalów doprowadziła ją do łez gniewu.

Ojciec Albin chciał tę sprawę przedstawić miecznikowej, ale

przerwała ze złością.

– Niech się jegomość moimi kieckami nie frasuje! Wrócę do Stoków albo machnę się spać i tyle mnie zobaczą.

Świsnęła na psy, mając zamiar pójść do swego pokoiku na piętrze, lecz na widok gorączkowych przygotowań, świateł i kręcącej się liberii sparła ją jeszcze większa złość do Maryni. W sali przysposobionej już na przyjęcie gości, a zupełnie pustej, gdyż jeno wąskie bankiety pozostały pod ścianami, długo się przeglądała w ogromnym zwierciedle.

– Wezmą mnie za respektową pannę! Niepodobna się pokazać! A niech to wszyscy diabli zatratują! – zaklęła głośno zwracając się do wchodzącego Filipa.

– Niech Filip każe założyć moje konie. Odjeżdżam, nic tu po mnie. Miecznik ledwie dycha, nie wiem, czy rana dociągnie, a tu się bale szykuje...

– Giez Ceśkę ukąsił czy co? Moje konie... odjeżdżam... nic tu po mnie – przedrzeźniał. – Jak sroka, co to ogonem firt, firt i z płota na sęk, z sęka na gałąź, a z gałęzi w cały świat się niesie, nie wiadomo po co i dlaczego! Ziółeczko z Ceśki. Pan miecznik wielce się ukontentuje taką dyspozycją serca do siebie. Dla jakichś fanaberii porzucać konających, to się i Sewerkowi spodoba! – wydziwiał swoim zwyczajem.

– Mój Jeziorkowski... – chciała go skarcić, lecz wzmianka o Sewerze przemieniła tok myśleń, opuściły ją nagle gniewy i żale. Miałaby stracić okazję jego zobaczenia? Za nic w świecie. Niech się co chce stanie. Serce jej zabiło gwałtownie, a dawno i w skrytości żywione miłowanie przepełniało słodką tęsknością.

Uporządkowała nieco swoje bujne, rude włosy i pokonawszy ich niesforność złotą bajutą powróciła przed komin, między drzemiące pieski, obojętna już na wszystko, co się koło niej wyprawiało.

Po jakimś czasie psy zaczęły się kręcić niespokojnie i warczeć. Wyjrzała na ganek. Ciemno było, wiatr słabł, zamieć ustawała i tu i owdzie w zielonej tafli nieba drgały gwiazdy. Miało się jakby na większy mróz, śnieg skrzypiał pod nogami i wierciło w nozdrzach.

Naraz psy zaszczekały wściekle i rzuciły się całą hurmą ku bramie. Jeszcze daleko pod lasami zamajaczyły jakieś brzaski szybko rosnące.

– Dmochowski zaścianek w ogniu czy co? – wytężyła zaniepokojone oczy. Wiatr buchnął splątanym, dalekim jeszcze gwarem krzyków, śpiewów i wystrzałów.

– Kulig jedzie! kulig! – wołali już parobcy, biegnący wywierać bramy. Po chwili pochodnie wystrzeliły w mrokach rozmigotanymi, krwawymi miotłami, długi, kręty wąż sań zaczerniał na śniegach, jezdni pędzili na oślep przez zaspy i pola, zabrzęczały dzwonki i janczary, huknęły śpiewania i muzyka urżnęła od ucha, siarczyście, na bij zabij.

Hej! kuligiem jechali, kuligiem nad kuligami. Sto sań skrzypiało po śnieżystej grudzie, sto sań leciało z wichrami w zawody, sto sań niosło się z grzmotem, jak burza rozśpiewana weselem, pijana mocą i radością oszalała. Konie widziały się podobne smokom, w brzękadłach, siatkach, pozłocistych rzędach i wstęgach barwistych, puszczonych na wiatr, rwały, aż ziemia jęczała i spod kopyt śniegi tryskały fontannami.

Na przedzie w siwe ogiery, w purpurowych siatkach i pióropuszach, jechał weselny starosta wraz ze starościną, za nimi Żydy muzykanty grały ze wszystkiej mocy. A potem migotał nieskończony łańcuch: sanie za saniami, para za parą, sunęły rozgłośnie, rzęsiście i bujnie, przysłonięte płomienistymi wichrami pochodni. Jakoby zjawiona w nocnej godzinie bajka o zaklętych korowodach mar i upiorów.

Pędzili w skok, runęli w bramę, zatoczyli wielkim półkolem w dziedzińcu i zmierzali w największym pędzie pod ganek. Zdało się patrzącym, jako uderzą w dwór, rozniosą go na kopytach i we wszystek świat popędzą niczym niepowstrzymani.

– Krakowskie wesele! krakowskie wesele! – buchnęły krzyki nie wiadomo skąd i wraz Trzaskowa kapela uderzyła w niebo przeciągłą, grzmiącą fanfarą.

Stanęli. Powstał nieopisany zamęt, a od pochodni uczyniło się widno jak przy pożarze. Krzyżują się wołania, lecą śmiechy, parskają konie, strzelają.

Starosta weselny, z rózgą przybraną kwiatami, prawi na ganku powitalną orację. Onufry replikuje, zapraszając kompanię pod dach, Żydy w lisich czapach, w śniegu po kolana rzępolą skocznego krakowiaka.

Skończyły się ceregiele i dworska kapela zagrała uroczystego poloneza.

Rwetes, gwałt i krzyki na podjeździe, splątane konie rżą i biją kopytami, rzegocą janczary, psy naszczekują zajadle, damy ze sań wynoszą na rękach, szuby i kapuzy lecą gdzie popadło, mrowią się oszroniałe postacie, wąsy w soplach, twarze wyszczypane mrozem, głosy schrypnięte, a w oczach ognisty animusz. Cisną się ulicą rozmigotanych pochodni i prosto ze śniegów i zamieci hurmą walą na ganek, w drygach mijają sień ogromną, zerwą się w akuratne pary w bawialnym i do sali już płyną posuwistym, godnym polonezem. Zda się, tęcza spadła w białe ściany dworu i wije się stubarwnym, rozmigotanym przędziwem, panny z chłopska we wzorzystych spódnicach, gęsto naszywanych wstęgami, kawalerowie w granatowych żupanach srebrem lamowanych i w karmazynowych krakuskach z pękami pawich piór i wstążek. Wiedzie ich weselny starosta w białej katance, ze starościną w czepcu misternym, w koralach do pół piersi, w rzęsistej amarantowej jubce. Pląsają z wolna i za nimi coraz nowe pary stają, już starsi spłynęli do korowodu, już dostojne damy w robronach, już męże w kontuszach, czerwonych butach i przy karabelach.

Okrążyli sale raz i drugi, pękły dzwona koliska, rozsypali się po komnatach.

– Oberka na rozgrzewkę! Oberka! – dysponuje wielkim głosem starosta.

Za czym z chóru kapela gruchnęła siarczystego, Żydy, usadzone pod piecem, przywtórzyli. Dreszcz wstrząsnął serca, kawalery skoczyli do panien, stają w tanecznym ordynku, takt biją nogami, nabierają tchu, prężą się... runęli naraz w tan z grzmotem, jakby kto z harmat wystrzelił. Z miejsca wzięli pęd największy i oberek poszedł wściekły, zapamiętały, na odsiebkę...

Jakby wrzeciona zafurkotały szalonym wirem. Ni twarzy rozeznać, ni dojrzeć jaką personę, jedno kłębowisko, taczające się od ściany do ściany, że tylko wieją wstęgi, wieją pióra, wieją spódnice i wieją lite, płowe warkocze. Rżnie para za parą i biją obcasy, aż ściany dygocą i pobrzękują do wtóru szkliwa pająków.

Kapeliści z nagła przemienili nutę, zawiedli tkliwie o tym owczareczku, co to owce pogubił i sfrasowany idzie, i płacze, i podśpiewuje...

Oberek postać inną przybiera; noszą się z wolna, kolebiące, czasem biodro o biodro potrąci, pojrzą sobie w oczy, komuś przyśpiewka wyrwie się z serca, któraś śmiechem zadzwoni. Na radości padły cienie udręczeń. Panna się boczy, odsuwa precz, rękę podaje z daleka, gniewne liczko odwraca, srogie miny wyrabia, zasię kawalier wąsa szarpie, słodko przekłada, molestuje, czapką ziemię zamiata, gotów na kolanach afektów wiecznych przysięgać.

Na darmo: dziewka nie słucha, z rąk się wyrywa, ucieka...

Ale kapeliści wrzasnęli w instrumenty, trwogę niecą i sposób podają.

Krew buchnęła warem, kawaler na rapt się waży, wpół chwycił bogdankę, porywa wichrem, zawrócił na odsiebkę, przyklękuje, hołubcami trzaska i w zawrotny, zwycięski tan ją ponosi, że panna słania mu się w ramiona i gotowa już takiej mocy i determinacji pozwolić na wszystko...

Z takim wigorem przeszedł oberek i tak samo wzięli się do mazura.

Rozśpiewał się stary dwór. Rozśpiewały się wszystkie serca. Wszędzie na pokojach pełno. Ochota brata dusze i umysły czyni pobłażliwszymi, godzi zwaśnione.

Młodzież hulała bez przerwy i pamięci, pod okiem matron, co zajawszy miejsca pod ścianami nowinki sobie szepcą na ucho, przystojności strzegą, i który do jakiej smali cholewki, pilnie w pamięci konotują.

Zasię rządy zabawy trzyma starościna sieradzka; mała, krzywa, ospowata, srodze wyfiokowana, lecz miła na wejrzenie, zasiadła pod drzwiami kryjącymi ołtarz, na fotelu ze stopniami niby na tronie, i daje rozkazy muzykantom, porządek tańców stanowi, karci leniwych, sprzęga pary i animuszu dodaje nieśmiałym, a często każe się brać upatrzonemu w obroty i najzapamiętalej wywija, wciąż niesyta zabawy i wesołości. Przy niej służby trzymają weselni starostwo: śliczna Teklunia Kraińska, wielbiona przez wszystkich kawalerów, ognistego temperamentu panna i niezrównanej wesołości, oraz Bonawentura Węgliński, zwany Bonusiem, lubelski palestrancik, brunet smagły i wielce dorodny, jedyny do tańca, konceptów i psich figlów, a bez którego nie ma zabawy w całym województwie. Panny za nim przepadają, zasię kawalerowie mają go za swojego arbitra elegantiarum. Sekunduje mu słynny Piotruś Badowski, o pięknej twarzy młodego Bachusa, ogromny, w strój polski przybrany dla ukrycia wysadzonego brzucha, słynny żarłok, opój, facecjonista, kostera i gracz w szable. Obawiano się jego języka i przenikliwego rozumu, ale gdzie się pojawił, tam dopiero musiała być rzetelna zabawa. Noszono go za to na rękach i fetowano. Starościna Kossowska uwielbiała go za humor i nienasyconą ochotę do zabawy, był też jej najzaufańszym doradcą w kwestiach balów, jakie ciągle urządzała, i rezydował też najczęściej u niej w Bełżycach, Dzisiaj jeno coś chodził po pokojach markotny i osowiały, aż szepnął starościnie:

– Tu się ma na pogrzebową stypę, pachnie medykamentami...
Onufry zalał mu te humory węgrzynem i powiódł do bokówek,v

których już ćwiczono mariasza lub w faraonie próbowano kusić płochliwą fortunę. Już tu i owdzie przepijają, już węgrzyn leje lube wigory i do przyjacielstwa przymusza. W jadalni gną się stoły pod srebrami, farfurem i cyną, zaś z ogromnych mich kurzą smakowicie bigosy, szynki i dziczyzna. Pozłociste konwie szumią piwem domowym. Na legarach spoczywają angielskie w pękatych beczkach, w grzecznym ordynku ze smolistymi antałami węgrzyna i francuskich. Brzuchate gąsiory miodów przednich czekają swojej kolei na policach. Cale możny dostatek rzuca się w oczy. Liczna służba jeno czyha na każde zachcenie gości. Roznoszą grzane wino zaprawione korzeniami, konfitury mieszane ze świeżo spadłym śniegiem, bawaruazy i czego dusza zapragnie. Wszędzie wesołe twarze, śmiechy, rozmowy, zabawa niewymuszona, bujna i przystojna. Miecznikowa czuwa nad ładem i wdzięcznym obliczem przyniewala miłych gości do zabawy.

Krąży nieustannie po pokojach, czasem zajrzy do męża, czasem westchnie w okno za synem, a najchętniej z jakiegoś ukrycia, nieznacznie cieszy oczy Marynią, otoczoną całym hufem co najpierwszych kawalerów. Są przecież głośne z urody Gałęzowskie, śliczne na podziw Głuskie, hoże, podobne majowym porankom Rulikowskie; jest Suchodolska, jest szambelanówna Stryjeńska, rozsławiona urodą i uczonością, jest wiele drugich, sam kwiat panien. Ale matczynym oczom widzi się Marynia najpiękniejszą i nad wszystkimi górującą ułożeniem i postacią.

Zbliżył się ojciec Albin i wskazując na panny palnął prosto z mostu:

– Braknie róży w tym bukiecie. Nasza Ceśka zakasowałaby wszystkie.

– Jegomość, widzę, także dla niej stracił głowę – odeszła dotknięta do żywego. Skonsternowany księżyna chciał w tym względzie u rotmistrza zasięgnąć języka, lecz rotmistrz nie zdał się dzisiaj do porady. Zjawił się był późno na pokojach i w takiej uroczystej gali, jakby na królewskie przyjęcia występował. Frak miał kanarkowy w rzucik fiołkowy, guzy przy nim szklane, ogromne, kamizelę fijołkową w złote kropki, takież kiuloty złotem na szwach dziergane, podwiązki z fontaziami, białe pończochy i u trzewików klamry z brylantowej stali. Przy boku nosił szpadkę jak rożenek, w białej pochwie. Głowa w peruce ułożonej w misterne pukle, twarz wyblechowana, brwi krucze, wargi uczerwienione, trójkątny kapelusz pod pachą, dawały mu postać francuskiego galanta starego autoramentu. Niemałe gaudium zbudził i tym. że upodobawszy sobie pannę Kraińską, w niej szukał fortuny w ciągłych dygach, duserach i strzelistych koperczakach. Panna dworowała z niego w żywe oczy, a Bonuś po swojemu zażywał z mańki, że ani się grat spostrzegł, jakim się uczynił pośmiewiskiem. Aż miecznik wstawił się u panny przez ojca Albina, by go poniechali. Widział bowiem z głębi swojego pokoju, przez drzwi na rozcież powywierane, co się dzieje w sali. Męczyły go nieustanne rzępolenia, grzmoty tańców i wrzawy, lecz przymuszał się do wytrwania na stanowisku. Ceśka siedziała przy nim zła jak osa. Żal jej było zabawy, dusza się rwała do tańców, nogi ponosiły, a udawała obojętną i znudzoną. Przyganiała też wszystkim bez wyjątku, a o starościnie Kossowskiej powiedziała:

– Tłucze się w tańcu jak niedorznięta indyczka i ma gminne ułożenie.

– De domo Gałęzowska, kasztelanka gostyńska– ostrzegał przekornie.

– Ale niespełna rozumu, jak powiadał ojciec Albin.

– Prawda, całe życie schodzi jej tylko na zabawach. Pewnie, że ma zajączki w głowie. Bo jak się znudzi w domu w Bełżycach, zbiera kompanię i pod byle pretekstem urządza najazdy na dwory, nieraz nawet o kilkanaście mil oddalone i tygodniami baluje. Starosta musi być powolnym we wszystkim, nic ma rady, więc też na jej rozkaz, że jest rotmistrzem Kawalerii Narodowej, sprowadził do Bełżyc na konsystencję cały szwadron, żeby pani miała zawsze pod ręką kawalerów do tańca.

– Aha, to ci, których od białych kapot przezywają kapotowymi! Same to pono lubelskie opoje i kostery. Piwnice jeno i spiżarnie gnębią bez pardonu...

– Zmiłuj się, waćpanna, usłyszy który i gotowa obraza.

– Stanę każdemu i do oczu powtórzę – zaperzyła się.

– Niedobrze zrażać starościnę, toć generalna swacha wojewódzka...

– Już ja o jej łaski zabiegała nie będę! Ciotka Bisia zjawiła się w progu i czyniąc z siebie obraz boleści zajęczała:

– Widziane to? Na nic porzną pawimenty. Aż straszno patrzeć!

– Niech porzną. Trudno wołać kowali do rozkuwania Z podkówek kawalerów, jak to był zrobił swego czasu szambelan Stryjeński – śmiał się.

Weszło kilku starszych sąsiadów. Ceśka uciekła z oczów do przyległej bokówki. Muzyka właśnie też była ustała na chwilę, ustawiano stoły do wieczerzy i wszyscy cisnęli się do miecznika.

Czas jakiś witał się, dziękował za odwiedziny, nawet pannom nie szczędził komplimentów, lecz wnet tak się wyzbył ze sił, że musiano go pozostawić w spokoju. Radzi byli tej okoliczności, gdyż budził lęk swoją wynędzniałą, trupią twarzą i widmowymi oczyma. Po wyjściu wszystkich wpadł jakby w omdlenie, z którego często się budził, przywołał Ceśkę i chwytając ją za ręce błagał o coś niezrozumiale. Biedziła się z nim niemało i w jakimś momencie sądząc go umierającym przyzwała na pomoc Filipa. Otworzył wtedy oczy i całkiem przytomnie zabronił niepokoić kogokolwiek. Właśnie bowiem byli zasiedli do stołów. Poważniejsi wiekiem i znaczeniem ucztowali w ogromnej jadalni, resztę pomieszczono w sąsiednich stancjach, ku szczerej radości młodzieży, a zwłaszcza Bonusia.

Muzyka z cicha przygrywała przeróżne sztuki do słuchu, że przy pierwszych daniach panowało uroczyste skupienie. Z wolna jednak pod wpływem ciepła, serdeczności i napitków wzrastało ożywienie. Bonuś różnymi figlami jął rozweselać kompanię, od czego aż tupano z kontentacji i wybuchały głośne śmiechy. Badowski, pociągając ustawicznie z kielicha, dorzucał niestworzone facecje, od których panny dostawały wypieków. Socjeta w stancyjkach była młoda i pełna ochoty. A przy tym gładkie liczka panien i luba aura, bijąca od nich, niejednemu więcej uderzała do głowy niżeli wino. Każdy więc szturmował oczyma do swojej wybranki; szły ciche, znaczące szeptania, czułe westchnienia, a tu i owdzie mimo argusowych oczów matek kryjome spotkania rąk. Panny omdlewały od słodkich strzałów Amora, z czego właśnie srodze dworował Badowski, a ukręciwszy dwie gałki z chleba podsunął je do Kraińskiej i spytał:

– Co waćpanna życzy tej parze?

– Wszystkich klepek i licznej konsolacji! – odparła zajęta z kimś rozmową.

– To waćpanna z rotmistrzem Nałęczem! Wiwat młoda para! – gruchnął wśród rzęsistych aplauzów i śmiechów.

Panna oblała się rumieńcem, ale jako była rezolut, w fechtach dyskursów wyćwiczona i kąśliwa, wparła w niego siwe oczy i zebrawszy myśli zadała:

– Dam zagadkę:

Nie pije, a wlewa i trzy po trzy plecie;

I znają go karczmy w niejednym powiecie.

Kto odgadnie, niech trzyma w sekrecie.

– Habet! Habet! konterfekt jak żywy! A to mu odcięła! Nie daj się,

Pietruś! Badowski srodze dotknięty nie zreplikował, pozostawiając słuszną zemstę na później, bowiem przy głównym stole starosta Kossowski wnosił zdrowie gospodarza w przezacne ręce godnej jego małżonki.

Rumor powstał, szli ucałować rączki jejmości dobrodziejki, a potem napełniwszy kielichy ruszyła młodzież pod wodzą Badowskiego do chorego.

Na krzyk wiwatowań Ceśka wybiegła do sieni, drzwi za sobą przywarła i zagrodziła im sobą drogę.

– Poniechajcie, waszmoście, właśnie miecznikowi uczyniło się słabiej – prosiła.

– To napij się z nami, luby Cerberze – śmiał się Badowski próbując ułapić pannę wpół i nalać jej do ust wina: snadź wziął ją za respektową.

– Waćpan rąk pilnuj, boś nie w karczmie! – warknęła odpychając go z mocą. Wynieśli się jak zmyci.

– Druga kontuzja! – jęknął żałośnie. – Jakaś zapalczywa cieciorka.

– Ruda niby wiewiórka, a zęby szczerzy jak wilczek.

– I cale nieszpetna! Kto to może być?

– Za twoje myto jeszcze cię obito! – wyrzekał Badowski zatapiając konsternację w coraz częstszych kielichach.

Ceśka po ich odejściu wzięła z kupy czyjąś burkę, czekan i skrzyknąwszy pieski wyszła w dziedziniec. Na świecie było spokojnie, zamieć przeszła, wichry się uciszyły, brał tęgi mróz i ciemniało niebo świecące tu i owdzie jarzącymi gwiazdami.

Zapuściła się na drogę, w mrok drzew olbrzymich, wynoszących się nieskończonym szeregiem. Od dworu płynęły coraz słabsze odgłosy gwarów i muzyki. Cichość nocnej godziny spływała na nią ukojeniem, rozpalone oblicze chłodziło mroźne powietrze.

Przystawała, rozglądając się w srebrzystych dalekościach nocy; wsie leżały zasypane, podobne groblom, z których biły czarne szkielety drzew, bory majaczyły dokoła niską obręczą. Było już dobrze po północy; niezgłębiona cichość aż dzwoniła w uszach, nawet psy nigdzie nie szczekały ni jaki bądź szmer się rozgłaszał. Naraz dzwonek zatargał powietrzem, daleki był jeszcze, niewyraźny.

Przywarła do olbrzymiego pnia, pod dachem poskręcanych konarów, co jak drogowskazy wyciągały się na wsze strony. Serce jej zabiło niespokojnie, psy zaczęły szczekać i rwać się naprzód. Nakazała im cichość. Jakieś sanie pędziły od strony warszawskiego traktu. Była przekonana, ze to Sewer nadjeżdża. Porwała się w niej zamieć najprzeróżniejszych uczuć i myśleń, serce szło do gardła i całą przejmował dygot.

Jakby wrosła w drzewo, i skulona, drżąca, ledwie dysząc ze wzruszenia, czekała. Minuty zdały się być wiekami Sanie były już o kilkadziesiąt kroków, słychać było parskanie koni, skrzypienie płóz, ale droga była kopna, przez świeżo usypane zaspy i groble poprzeczne, szły dosyć wolno; gdy zasię dosięgły drzewa, za którym stała ukryta, konie rzuciły się nagle w bok, że ledwie je powstrzymał woźnica.

– Kto tam stracha do stu diabłów! – głos był Sewera i wraz suchy trzask kurka. Nie mogła wydobyć głosu ni dźwignąć się z miejsca, jakby ją ruszył paraliż z radości. Przejechała. Psy rzuciły się za końmi. Poniosły jak wicher i przepadły w tumanach śniegów, rozbitych kopytami.

Sewer, przejechawszy bramę, na widok, dworu rzęsiście oświetlonego i taboru zaprzęgów na majdanie struchlał z przerażenia. Uspokoił go dopiero jakiś pijany pachołek. Wszedł do sieni niespostrzeżony przez nikogo. Wszyscy byli jeszcze przy stołach i właśnie rozgłośnie wiwatowali na cześć starościny sieradzkiej. Otrzepał się przed kominem ze śniegów, ogrzał nieco i ostrożnie otworzył drzwi do ojcowskiej komnaty.

Miecznik już go był przeczuł, uniósł się bowiem i wyciągnął ręce. Gorące uściski starczyły im za wszystkie mowy powitań.

– Chwała Ci, Panie! Chwała Ci, Panie! – zatkał folgując rzęsistym łzom po raz pierwszy w życiu.

Sewer klęcząc mu u nóg również zapłakał. Aż stary, odzyskawszy nieco sił, kazał sobie opowiadać przygody podróży i nowiny de publicis.

I niewiele rozumiał synowskich relacji, dosyć mu było słuchać jego głosu i patrzeć w niego oczyma nienasyconej miłości.

Opadła z niego srogość niby struchlały łachman, a serce przepełniło się łzawą tkliwością i szczęściem. A kiedy przybiegła matka z Marynią, nie było już końca powitaniom, łzom i wybuchom radości.

Weszła na to Ceśka i chciała siłę cofnąć, aby nie przeszkadzać.

– Właśnie brakowało nam ciebie – ozwał się miecznik i dźwigając się nadludzką mocą wyrzekł uroczyście:

– Imieniem Sewera proszę waćpanny o rękę...

Nieugięta wola przemówiła z tyrańską mocą. Niespodzianka przy tym była oszałamiająca. Matka z Marynią nie mogły złapać tchu ze zdumienia. Sewer nie wierzył własnym uszom, zaś Ceśka, rozumiejąc tę deklarację niewczesną krotochwilą, poczerwieniała z alteracji, gotowa wybuchnąć gwałtownym protestem.

– Nie pora md na ceregiele – podjął wytchnąwszy nieco – grób na mnie czeka. Odpowiedz, waćpanna, w twoich rękach przyszłość mojego domu – nalegał wraz, patrząc na nią błagalnie.

– Padnijże jej do nóg i oświadcz się akuratnie – rozkazał Sewerowi. Posłuszny woli ojcowskiej pochylił się przed nią z jakimś bełkotem. Ceśka, pojąwszy naraz prawdę, dziw trupem nie padła z radości.

– Jeśli Sewer chce... jeśli Sewer... jeślim godna... – posypały się nieśmiałe słowa i gdy poczuła jego wargi na swojej ręce, odskoczyła i z płaczem uciekła do sąsiedniego alkierza. A gdy ją tam dopadł, rzuciła mu się na piersi, wyznając zgoła nieprzytomnie tajemnice dawno tajonego uczucia.

Braterskimi jednak całunkami płacił za jej żary, za potężne na śmierć i życie miłowanie. Raczej powolnie dając się porwać jej afektom, niźli wiedząc, co mu czynić należy. Wszak jeszcze myśli nie zdołał zebrać po przyjeżdżać, a oto ma już narzeczoną w ramionach.

Chwilami zasię targała nim złość i bunt przeciwko ojcowej tyranii, a nawet i przeciwko tej narzuconej przemocą. Znał ją od dziecka, uważał za najgodniejszą i nieraz wspominał jak siostrę rodzoną. A tu ni z tego, ni z owego ojcowy rozkaz daje mu ją za żonę. Jakże się przeciwić woli umierającego rodzica? Snadź sobie już od dawna rafinował taki obrót rzeczy. Nie, niepodobna zatruwać mu ostatniej godzimy żywota. Ale co począć?

Męczył się, a tymczasem Ceśka wiedziała tylko jedno, jako cudownie spełniają się jej tajone marzenia. Zakipiała wszystkim warem kochania, młoty biły jej w skroniach. Rozpierał ją nadmiar wzruszeń. Duszno jej było i ciasno w tym alkierzu. Żeby tak skoczyć na koń i ponieść się gdzieś, choćby na złamanie karku! Żeby tak wszystką radość wykrzyczeć wichrom, pijaną szczęściem duszę dać na wolę burzom, a twarz spieczoną na ostre, lute rózgi deszczów wystawić! Ponosiły ją czucia podobne błyskawicom, lecz stała spłoniona i pełna rzewliwej omdlałości.

– Czekałam, na drodze, skryta za drzewem. – wyznała się nagle.

– Gdzie mi się konie spłoszyły? Już strzelbę gotowałem...

– I byłbyś mnie waćpan ustrzelił! – zaśmiała się i aby pokryć wzruszenie, jęła się wypytywać o ogiera, jakiego mu była posłała.

– Cudny! Zażywałem go nieraz – wychwalał, rad z tej materii.

– A zauważył waćpan, jak w obrotach wojennych zaprawiony?

Można mu strzelać między uszami, ani drgnie! I do komendy przyłożony!

– Wyegzercyrowałaś go waćpanna niczym angielski masztalerz...

– Mam jeszcze godną klacz i wałachy w sam raz pod siodło. Hodowałam je dla waćpana na okoliczność wojny.

– Dla mnie! O mój ty klejnocie! – przygarnął ją miłośnie. – Nie imaginowałem, byś o mnie pamiętała. – Tu jął całować gorąco.

– Myślałam o każdej godzinie – wyznawała się porywczo. – O każdej godzinie! – dodała cichszym mdlejącym głosem, wzbraniając mu zarazem warg chciwie podanych i odpychając go w jakimś nagłym zasromaniu.

Odsunął się nieco i aby pokryć skłopotaniie, jął imieniem Kacpra dziękować za pomoc, okazaną Dosi.

– Samotrzeć wydarłam ją z wilczej paszczęki! – zawołała buńczucznie. – Brzozowski wziął, co był powinien, miałam go z dawna na wątrobie za uciemiężenie poddaństwa. Poobcinał mi stryjowych pachołków, ale i sam tęgo oberwał. Nie dam sobie w kaszę dmuchać! – przechwalała się junacko.

– To prawda. Azard to jednak był niemały i zali właściwy płci waćpanny?... Juści dyshonoru taka rezolutność nie czyni, naprzeciw... ale...

– Jakże miałam puścić płazem taki gwałt nad niewinną? – wzburzyła się zapalczywie. – Porwali ją siłą, mocą jak wywołaną. Waścinego Kacpra zmówiona, przeto winnam była dać jej obronę i pomoc...

– Z waćpanny prawa amazonka i nieustraszony rycerzyk.

– Waćpan dworuje ze mnie, ale cóż poradzę, kiedy serce mam czułe na ludzką krzywdę. – Spochmumiała i ściągnąwszy brwi rzekła wyzywająco: – Ale zapowiadam, że skoro dojdę do lat, chłopów swoich na priawie czynszowym. osadzę i z poddaństwa zwolnię...

– A jakbym przyzwoleństwa poskąpił, to co? – drażnił się jeno.

– Gotowani suplikować na kolanach.

I nim zdołał przeszkodzić, pokornie obsunęła mu się do nóg. Pochwycił ją w ramiona.

– Ceśka, laboga! Przecz ja chcę czego innego. Rad jestem z twojej dyspozycja serca. Wszyscy poczciwi pragną zniesienia poddaństwa. Ceśka!

Bowiem przemęczona tylu wzruszeniami buchnęła rzewliwym płaczem i dając mu się uspokajać pieszczotą i pocałunkami, szeptała wstydliwie słowa gorących wyznań.

Przerwał im Filip przywołując do ojca.

Już tam był stryj Onufry i obaj księża. Miecznik upierał się o natychmiastowy ślub, że zaś to było niemożebnością, przykazał odprawować solenne zaręczyny. Migiem odbyła się ceremonia, z wielką pompą i w przytomności wszystkich kuligowych gości, niemało poruszonych niespodzianką. A kiedy narzeczeni zamienili pierścionki, poświęcone przez księdza Albina, Filip wniósł brodaty gąsiorek i miecznik wypił zdrowie młodej pary. Kapela zagrzmiała burzliwą fanfarą, za oknami też huknęły gęste strzelania i krzyki wiwatowań zatrzęsły dworem.

Miecznik ostatkami sił upraszał miłych gości, aby się zabawiali, polecając wytoczyć ze sklepów co najstarsze tokaje i miody prawieczne. Po czym zamknął się z Onufrym i z którymś z lubelskich palestrantów.

Zasię zabawa stała się jakby weselem. Młodzież hulała do upadłego i piła na umór, wrzask wiwatów raz po raz wstrząsał domem. Tańce już szły za tańcami, bo wodził je Sewer z Ceśką i z takim animuszem, że dziw nóg nie pogubili, tanecznicy bowiem byli zawołani, szczególniej Sewer, który jeszcze z czasów kadeckich słynął z biegłości w menuetach i anglezach.

Wszystkie też oczy chodziły za nimi z nienasyconą ciekawością, zwłaszcza iż uważano te zrękowiny za gorszące nie tyle ze względu na okoliczność choroby miecznika, ile na osobę narzeczonej, o której już od dosyć dawna rozpowiadano w całym województwie niestworzone bajędy.

Sprawa z Brzozowskim podsyciła jeszcze niechęci i awersje. Z niemałą przeto lubością jadowite szepty i spojrzenia pastwiły się nad bezbronną. Zarówno godne matrony, jak i miodki z jednakim resentymentem brały ją w swoje obroty, nie pozostawiając na niej suchej nitki. Nawet kawalerowie, tak skorzy do pobłażliwości dla płci nadobnej, znajdowali ją cudłem godnym jeno dworowań i docinków.

Bonuś, mocno już podcięty i ledwie się plecami trzymający ściany, dogadywał najszczególniej.

– Ruda i deresz, para nie do maści, źrebięta będą srokate.

– Żeby jeno nie wierzgała, to do zaprzęgu zdatna.

– Wierzchówka nie lada, kto ją objeździć potraci...

– Byle jeno bata nie żałować.

– A jakie to drygi wyrabia nogami! Podłoga pod nią dygota. Sam czysty ogień. Uważajcie, jaka gładka i foremna.

– Jak takiej nie wygodzisz, to gotowa odpłacić łozami...

– Poniechajcie – stanął ją bronić Radzimiński. – Dziewczyna

wielkiego animuszu, w sam raz dla żołnierza. Kobierzyccy ród to w Sieradzkiem wielkiego znaczenia i fortuny!

– Pypcie herbu Baranie Rogi, ród w Pypciach i całej parafii sławny i w hodowli progenitury wielce zasłużony – przedrwiwał Bonuś. – A co się tyczy ich majętności, te są znaczne; exemplum, jeśli pies na nich przysiędzie, to już ogonem o sąsiedzki zagon zawadzić musi...

– Nie przekpiwaj, by cię nie nauczyła moresu, jak Brzozowskiego.

– Mówcie, co chcecie, a ja ją znajduję marcypanem – wyrwał się Stamirowski, staroście krasnostawski, gorąco dowodząc swoich racji.

– Trzymam z tobą i lecę z nią potańcować! – krzyknął Rogowski, gdy anglez się skończył i Ceśka przysiadła.

Nie dali jej odpoczywać, bowiem za Rogowskim zapraszali ją co najlepsi tancerze. Nie odmawiała żadnemu, na złość zgorszonym kanapom i panieńskiej zmowie, cicho agitującej przeciwko niej. Szła w tańce z uniesieniem jakoby w bój i z wolna też zwyciężała foremnością postaci, animuszem i urodą. Rude warkocze latały za nią jak węże i jaśniejąca szczęściem i miłością dawała ze siebie obraz doskonałej radości.

Mimo burzy, jaka ją roznosiła, tańcowała tak dwornie, aż zdumiewała Sewera. Rad był w duszy, iż przenosiła wszystkie gładkością lica i pańską wyniosłością, niekiedy też leciał do sali spojrzeć w jej stronę, ale nie miał czasu, musiał zastępować ojca.

Trzeba było zabawiać łaskawych panów braci, niewolić do picia, ciągnąć dyskursa w materiach de publicis ze starszymi, zaś z rówieśnikami baraszkować lub rozpowiadać przygody żołnierskie, damom prawić dusery, gasić spory, czasem rzucić dukata faraonowi na pożarcie, a wszędy pilnie uważać na tytuły, znaczenie i fortuny najmilszych gości.

Zadanie łatwym nie było, bowiem za powodem starościny Kossowskiej, jakoby na ekstraordynaryjnym sejmiku województwa, zebrała się socjeta co najprzedniejszych domów. Stawili się pod jej kuligową chorągiew: Stryjeńscy, Suchodolscy, Skarbek–Kiełczewscy, Głuscy, Rulikowscy, Raszewscy, Koźmianowie, Trzcińscy, Lipscy, Dłuscy, Poletyłłowie, Sobieszczańscy, Wiercieńscy i kto ich tam wszystkich zapamięta.

Sprawił się jednak expedite, ujmując całą powszechność żołnierską rubasznością i wylaniem, miarkowanym dwornymi manierami. Zdawał siłę dwoić w posługach, pilnie przy tym myszkując, zali nie zdradzi się który znakiem wtajemniczonych. Ku szczeremu ukontentowaniu wyłowił czterech, a między nimi

Radzdmińskiego, brata z loży warszawskiej i dawnego towarzysza broni. Zebrał ich w jakimś alkierzu, aby się niecoś wywiedzieć o przygotowaniach w Lubelskiem.

Najstarszy z nich, Radzimiński Antoni, rotmistrz Kawalerii Narodowej, małomówny z przyrodzenia i posępny, szarpiąc wąsy, wyrzekł z nieukrywaną goryczą w odpowiedzi na Sewerowe pytania:

– Szlachta w sajetach a Rzeczpospolita w łachmanach, to jedno pewne.

– Tak zawsze bywało, ale dziwno mi, iż w tak licznej kompanii znalazłem was jeno czterech braci i towarzyszów. Wszak lubelska loża wymieniła w swoim katalogu kilkudziesięciu. Snadź więcej nie przystało do kuligu!

– Jest nas tutaj kilkunastu – objaśniał starościc Wiercieński – nie pragnęli się ujawniać. Boją się zdrady przed własnymi rodzicami, co by w takich ciżbach snadniej zdarzyć się mogło.

– Wszędzie po staremu przemoc górę trzyma – zauważył Sewer.

– Bo po staremu między naszymi ojcami nie znajdzie liberalistów.

– I niepodobna z nimi być za jedno – wybuchnął starościc Wiercieński. – Sami to adherenci targowicy i tyranowie poddaństwa, klechom jeno posłuszni a zabobonom, hołdujący. Co im tam Rzeczpospolita i troska o dobro społeczności!

– Egzagerujesz, mości starościcu – powstał na niego Koźmian.

– Nazwę, ilu chcecie, po kolei.

– Nie musi tak być powszechnie, bowiem mam pewne wiadomości, jako szlachta, właśnie lubelska, burzy się srodze na alianckie swawole i jakieś tajne zjazdy odprawiła. Nazywano mi nawet miejsca.

– Relacje prawdziwe – objaśniał Sewera nieco drwiąco Koźmian. – Zjazdy były sub secreto, nawet pito przy zasłoniętych oknach i szeptem spełniano zdrowia. Byłem na jednym u starosty łukowskiego, Dłuskiego. Zjechało się ze dwudziestu sąsiadów; nawyrzekali się, natargali wąsów, nawzdychali nad poniżeniem ojczyzny i rozjechali się nie powziąwszy żadnej decyzji. Miłują kraj jako i my, ale każdy się ogląda, rafinuje, czeka znaku od możniejszych i wieści z Warszawy nasłuchuje.

– I żaden się na czoło nie wysunie i drugiemu nie pozwoli.

– Słuchy o zniesieniu poddaństwa, ot co ich powstrzymuje w azardach.

– Długo, mości poruczniku, zostajesz między nami?

– Sprowadzała mnie okoliczność choroby ojca i Bóg wie dopóki przytrzyma.

– Gdybyś to znalazł czas na lustracje naszych przygotowań.

– Z założonymi rękami siedział nie będę. Chodźmy na pokoje, powinność gospodarza mnie przymusza. Jeszcze jedno: a gdybyśmy na przyszłą niedzielę zjechać się mogli w Stokach u mojego stryjca? Pod pozorem polowania odprawimy walną naradę. Mam ważne awizy i relacje.

– Zgoda – przytwierdził Koźmian – zajmę się powiadomieniem towarzyszów.

– A jeśli znajdzie się u kogo zbędna broń, uprzęże i rynsztunki, niech je przy tej okazji przywiezie. W Stokach czyni się generalny skład, możecie w tej materii konferować z księdzem Albinem – zakończył Sewer śpiesząc do ojca.

Miecznik z progu swego przyglądał się zabawom.

– Dziwnie niemrawo tańcują, kapela też rzępoli jakby z musu – poskarżył się przed synem.

– Filip, zanieś dukata tym dudłom i nakaż, aby rznęli od ucha, siarczyście. Spojrzyj na Ceśkę, orlica nad kokoszkami. Z życiem, mości panowie, z życiem! – szeptał niecierpliwie, bijąc nogą do taktu.

Sewer poleciał do gości. W ogromnej jadalni, zapchanej ludźmi, gwarem i pijatyką, ułapił go Radzimiński i odwiódł na stronę.

– Zali jest aktualnie w Warszawie Zubow?

– Nawet go nieraz spotykałem. Masz do niego sprawę?

– Mam z nim sprawę – zasyczał przez zęby. – Daj mi na chwilę ucha.

Zaprowadził go do matczynego pokoju, gdzie tylko mgliła się lampka przed obrazem i wrzawy dochodziły konającymi echami.

– Mów i dysponuj mną – rzekł pełen niepokojącego zdumienia.

– Zubow pohańbił mój dom – wykrztusił Radzimiński. – Pokrótce opowiem. Zaraz po armisticium przyszedł z huzarami na konsystencję do Włodawy. Snadź nudno mu było w miasteczku i nie satysfakcjonowały go hulanki, bowiem zaczął wizytować wszystkie znaczniejsze domy w okolicy. Nikt mu ręki nie umknął ni zatrzasnął drzwi przed nosem, gdyż znano go bratem wszechwładnego faworyta i mającym osobliwe łaski u samej imperatorowej. Jakże z takim zadzierać! A przy tym jakby przyodział się w owczą skórę, udając gorącego przyjaciela Polski. Z młodzieżą wchodził w przyjacielskie związki, wydając się pod sekretem nawet za Liberalistę. Wygłaszał maksymy rewolucji francuskiej. Umiał też w potrzebie wygodzić sakiewką lub przegrać w faraona. Nie gardził również kielichem i nie szczędził powolnym swojej protekcji. Tymi chytrymi obroty wkręcił się, gdzie zechciał, że w końcu przyjmowano go z otwartymi ramionami, biorąc się na lep jego układności. Znarowił się i do nas. Ja byłem wówczas jeszcze w ukraińskiej dywizji, a w domu gospodarowała matka wdowa, z młodszymi dziećmi. Wpadła mu w oko moja siostra Zośka, dziewczyna wielce urodziwa i wdzięcznej postaci. Dalejże więc zabiegać o jej względy i stroić koperczaki. Przyjeżdżał często, nieledwie co dzień, przesiadując nieraz do późnej nocy. Nie neguję, że i dziewczynie musiały być miłe dusery i dworne komplimenta tak świetnego kawalera i powolnie dawała im ucho. Gładki pono, wymowny, oświecony i do tego graf! O małżeństwie chytrze zatrącał i z coraz gorętszymi afektami się wyznając, próbował dojść do konfidencji. Wszelakimi sposoby próbował otumanić dziewczynę. Sprowadzał chóry swoich gemejnów, urządzał promenady i rzęsiste iluminacje. Aż w końcu poczciwe matczysko, spostrzegłszy całą nieprzystojność sytuacji, wymówiła mu dom. Zemścił się po zbójecku, bowiem nocy następnej napadł zbrojnie dwór i dziewczynę porwał przemocą.

– Nie imaginowałem go zdolnym aż do takiej nikczemności.

– Nie było komu bronić, a wstyd nie pozwolił wołać sąsiadów na pomoc. W domu zapanowała rozpacz, płakano po nieszczęsnej jakby po zmarłej, gdy w kilka dni, jakiejś nocy burzliwej i ciemnej, zapukała do okien. Skorzystawszy z jakiejś okazji uciekła od niego w jednej koszuli. Chorowała długo. Aktualnie pozostaje w nowicjacie u wizytek w Warszawie, a ja szukam słusznej zemsty. Wyzwałem go na rękę – nie stawił się na placu. Pewnie ani mu się śniło stawać z takim chudopachołkiem. Wściekłość bezsilności przegryza mi serce. Przyjaciel, któremu się zwierzyłem, radził pozwać go na trybunał o rapt, sądy za taki crimen karzą gardłem lub banicją. Nie chciałem, by nasza hańba rozniosła się po całej Rzeczypospolitej. A przy tym cudzoziemiec, wyrokiem zapali sobie lulkę i za osłoną bagnetów imperatorowej będzie spał spokojnie! Ale ja mu przysiągłem pomstę i wezmę ją sobie! Muszę poczuć jego ścierwo pod nogami, muszę go mieć w pazurach! Pomóż mi.

– Masz moją rękę. Straszna historia! Hańba nam wszystkim, jeśli pozostanie bezkarna. Żeby obcy żołdak mógł bezcześcić domy nasze! Nie rozumiem haniebniejszego upadku wolności. Ale trzeba działać przezornie, bo to człowiek możny i bez sumienia. Ukartowałeś co?

– Przymusić go do zaślubienia zniesławionej, a jeśli się nie da, postąpić z nim, jak wskażą okoliczności! – wyjawił z nieugiętą mocą.

– Ciężkie zadanie. Jedź do Warszawy. Weźmiesz listy do naszych towarzyszów, staniesz na mojej kwaterze i zdarzy ci się sposobność, weźmiesz słuszną zemstę. Bowiem wątpię, zali ci się uda przymusić go do małżeństwa. Gdybyś chciał poczekać na mój powrót, może bym ci pomógł. Łączą mnie z nim związki bliskiej znajomości, mamy też z sobą niemałe porachunki – zaszeptał, przejęty nagle wzbudzoną nienawiścią.

– Tym fortunniej dla mnie. Jutro pojadę, mogę ci jednak dać kawalerski parol, że jeśli nasza sprawa każe mi aktualnie poniechać zemsty, będę jej posłuszny. Jestem abszytowany nie z własnej woli.

– A właśnie w sprzysiężeniu potrzeba ludzi rozważnych, wypróbowanego patriotyzmu i gotowych na każdy azard życia. Pamiętam, jakoś językiem aliantów władał expedite.

– Jak swoim własnym. Rozporządzaj mną, na wszystko się deklaruję.

– Trzeba spenetrować nieprzyjacielskie stanowiska rozłożone dokoła Warszawy i wiadomości różne zebrać. Mamy różne relacje, ale nie mamy pewności co do ich prawdy. Instrukcje dałby ci w tym względzie Chomentowski. Wyprawa nieprzezpieczna, można z niej nie trafić z powrotem.

– Przyjmuję. Bóg ci zapłać. Gotówem na wszystko, mogę ruszać w drogę choćby zaraz – poweselał niezmiernie.

– Moja ekstrapoczta dopiero jutro wieczorem powraca do Warszawy.

– Niezawodnie skorzystam z tej okazji. Pilno mi... – dodał ciszej.

– Imaginuję twoją niecierpliwość – ozwał się współczująco. – I wszędzie w złem przodują. Ślad ich znaczą same gwałty i okrucieństwa.

– Mówisz o aliantach?

– Tak. Jak można było zakładać jakie bądź nadzieje na sojuszach z nimi! Zaiste, związek taki widzę związkiem baranów z głodnymi wilkami. Exemplum Zubow: zali on w swoich niecnych postępkach nie daje doskonałego obrazu ich oświeconej społeczności? Rodzaj to niewolniczy z przyrodzenia i niezdolny nawet pojmowania wolności.

Twoja sprawa jest moją, nie spocznę, dopóki ten galant nie weźmie słusznej zapłaty – zakończył.

Wrócili między rozbawione tłumy. Właśnie w sali tanecznicy byli
uczynili szeroką ulicę, bowiem zaczynała się "przepióreczka"
Ceśka przytaiła się gdzieś w ciżbie, zaś Rogowski przyśpiewywał
rozgłośnie:
Uciekła mi przepióreczka w proso,
A ja za nią nieboraczek boso;
Trzeba mi się pani matki spytać,
Czy pozwoli przepióreczkę chwytać.
I rzucił się w rozpląsanej gonitwie za panną, niby srogi wilk za
wystrachaną sarną, umykającą jego pazurów jak cień migotliwy.
Kapela rżnęła siarczystego mazura, że same nogi ponosiły.

Na świecie uciszyło się zupełnie, mroźne niebo wyiskrzało się
gwiazdami i niezmierny spokój nocy obtulał ziemię, jeno dwór
grabowski, wśród rozmiotanej zamieci tańców, śmiechów i
nieustającej wrzawy, huczał burzą beztroskliwej, szczerej
wesołości.

Nawet miecznik, porwany szalonym tempem zabawy, zdał się w
niej brać udział całą swoją istnością. Z progu swej komnaty patrzał
błyszczącymi oczyma na sznur par, taczający się od ściany do
ściany.

Przez wywarte szerokie podwoje widział jakoby teatrum
przyćmionych nieco ewentów własnego żywota. Wspomniała mu
się młodość i żywe zmieszało się z pomarłym. Minione kochania
zadrgały w sercu, przyjacioły dawne, dawne przeszłe lata i
marzenia spełzłe ze szczętem. Jakieś burzliwe zajazdy, migoty i
szczęki szabel, rąbaniny i wrzaskliwe tumulty. Jakieś kuligi wśród
nocy i śniegów, przy wtórze wilczych poszczekiwań i rzęsistej
palby z muszkietów. Jakieś dwory gościnne, pełne muzyki, świateł i
ucztowań nieskończonych. Jakieś afekta nagłe, szarpiące ogniem,
od których dusza grążyła się w niebiosach lub spadała w otchłanie.
Przetarł załzawione oczy, rozgląda się przytomnie, nasłuchuje.
Dwór dygota, śpiewa i hula. Korowód par stubarwną tęczą wije się
nieskończonym wężem, w brzaskach świateł migoce, skręca i
rozkręca, lecz jakby coraz dalej, coraz ciszej i coraz mgławiej, że
zdaje się być tańcem ogników na bagnach, parą jeno, mamidłem...
– Hej, nie żałować smyków, rzępoły! Nuże tam, kawalery, prędzej,
głośniej, ogniściej! Dziś, dziś, dziś! Z życiem, mości panowie, z
życiem! – wołał w sobie, przytupując nogą, i naraz moc w nim
jakaś wstaje, podnosi na nogi, ubarwia zbladłe jagody, nalewa w
żyły ognia, postać czyni wyniosłą, pokręca wąsa, na szabli dumnie
się wspiera, oczyma toczy hardo, wyzywająco. Muzyka go

zniewala, wigor ponosi, wie już, do której uderzy. Bogdanka czeka spłoniona, gwiazdy jej oczu wołają, różane wargi pachną obietnicami, strome piersi dyszą upojeniem. Porwał ją drapieżnie i runął w tan zapamiętały, szalony, wniebowzięty. Zwisła mu lubym ciężarem w ramionach, tuli się ufnie i poi słodkim szeptem zwierzeń. Szydłowiecka to z rodu, a prawa królewna z przyrodzenia. Boginka zjawiona w człowieczej postaci. Sam król chodzi za nią oczarowanymi źrenicami. Nie straszny mu jednak, wszak ma jej miłowanie i wiarę niezłomną w niej kładzie! Czemuż te skrzypki tak głupio chichoczą? Czemuż te basy pijanym śmiechem zawodzą? Na oczy mokre mgły opadły, ściśnięta pierś ledwie dech łapie, Jakaś noc głucha ogarnia, rozum się miesza, dusza mdleje...

– Jesteś to, synu! Chwała Ci, Panie! Czekałem na ciebie! – zaszeptał po długiej chwili, wynosząc się jakoby z ciemnic wieczystych.

Kazał mu opowiadać o drodze przebytej, potem, snadź przyszedłszy do pamięci zdarzeń nocy dzisiejszej, zapragnął ujrzeć Ceśkę.

Przybiegła zadyszana, bujna radością, ciągnąca oczy urodą i młodością. Miecznik przewlókłszy oczyma po twarzach wyrzekł przytomnie:

– Tańcują niby muchy w smole. Filip, dukata kapelistom, a nie sprawią się raźniej, bizunami pogrozić. Zostawcie mnie.

Nie śmieli stawiać oporu jego woli.

Pozostał sam, powłócząc gasnącymi oczyma za tanecznikami, Sewer czuwał jednak z da leka, gotowy na każdą okoliczność.

Późno już było, kury piały na przedednie, gwiazdy przygasały i zmętniała noc zaglądała w okna przybladłą twarzą, dwór zasię hulał jeszcze w najlepsze. Szły tańce za tańcami, przyśpiewki, wymyślne krotochwile, w których wynajdywaniu Bonuś był zgoła niewyczerpany.

Nie pozwala też na odpoczynki starościna Kossowska, sama we wszystkich zabawach prym trzymając. A już uciecha jej dobiegła zenitu, gdy rotmistrz Nałęcz uwiedziony słówkami panny Kraińskiej stanął z nią do menueta. Było na co popatrzeć! Tłok się uczynił dokoła, nawet starzy poniechali kielichów, a matrony podniosły się z kanapy, bowiem przestarzały galant, przybrany jakby na pokoje świętej pamięci ostatniego Sasa, niby drygant na paradzie, wyprawiał takie uczone korwety, stroił takie miny, tak się krygował, tak kłaniał, tak kapeluszem zamiatał pawimenty i takie czynił balanse i piruety, aż Badowski krzyknął:

– Przebiera nogami niczym ochwacony kokot!

– Obraz to doskonałego ułożenia i dwornych manier! – zgasił go ktoś z boku.

– I próchnem ślady znakuje – upierał się Pietruś, ale że był napity, kazał się przyjaciołom odprowadzać do jadalni, gdzie już pito na umor, nie zasiadł wespół, jeno swoim zwyczajem, przywarłszy na widnym miejscu plecami do ściany, krzyknął pełnym głosem: – Stamirowski, nalejże mi coś mocnego a sporo. Jako nowo narodzone dzieciątko, takim spragniony i bezbronny – żalił się, nie potrafiąc już donieść kielicha do ust.

Przyjaciele nalewali w niego niczym w bezdenną beczkę.

Popuszczając jeno pasa ciągnął jak smok, nie przestając strzelać dowcipami, od których brzuchy trzęsły się z uciechy, czasem zaś intonował jakąś piosenkę pijacką; w przerwach prosił żałośnie:

– Lejże, bracie, nie frasuj się: prędzej wina zbraknie, niźli mnie przelejesz. Szczególne pragnienie trapi mnie dzisiaj. To z racji waćpanny zrękowin! – zwrócił się do przechodzącej Ceśki.

– Obmierzły opój! – rzuciła mu prawie w samą twarz i odbiegła do miecznika. Jakby jej nie zauważył, siedział wpatrzony w światłość podnoszącego się dnia. Mroźny, cichy i modrawy dzień już się był rozkładał po świecie, wschodziło słońce, czerwona kula wynosiła się spoza lasów, szła w górę, ogromniała promienista i coraz krwawsza.

Pochylał głowę coraz niżej, modlitewny szept spłynął mu z warg martwiejących, oczy zaszły mgłą świętego wzruszenia, jakby brał w siebie ten żywy z Ciała i Krwi Pańskiej wiatyk święty wschodzącego słońca. Naraz westchnął głęboko, roztworzył ramiona i opadł martwy.

Nikt tego nie spostrzegł. Dwór hulał siarczyście, muzyka grała, zasię z dalszych pokojów niosła się piosenka, śpiewana niesfornie:
Kieliszek braciszek, gorzałeczka siostra.
Rączka przyjaciółka do gęby doniosła.
Głos Badowskiego, od którego dygotały świece, dorzucał basem:
Kieliszek braciszek, mam nadzieję w tobie;
Jak wypiję osiemnaście, podweselę sobie.

XII

Parlatorium Wizytek było sklepione i suto przybrane poczerniałymi konterfektami dobrodziejów zakonu.

Zakratowanym oknem niby przez potrzaskaną taflę lodową

sączyło się skąpe zielonawe światło. Czarny, ogromny Chrystus, rzezany w drzewie, ostro się znaczył na bielonej ścianie. Kilka siedzisk, podobnych konfesjonałom, taiło się po mrocznych kątach. Powietrze przejmował zapach pogaszonych świec woskowych i kadzideł.

Skądciś, jakby spod ziemi, dobywały się echa dalekich śpiewań. W pękatym rogowym piecu z zielonych kafli trzaskał wesoło ogień. Siedziała przed nim jakaś persona w zakonnej sukni i nagrzewając przezroczyste chude dłonie, czujne baczenie dawała na parę rozmawiającą pod oknem. Był to Radzimiński z siostrą. I snadź nie kleiła się im rozmowa, gdyż z rzadka padało jakieś ciche słowo, częściej natomiast wyrywały się westchnienia lub gniewne, niecierpliwe pomruki. Radzimiński czuł się nieswojo wśród tych posępnych murów i tracąc rezon wobec hardego zachowania się siostry, coraz frasobliwiej na nią spoglądał. Panna w czerni zakonnej, jeno bez welonu jako nowicjuszka, była dorodnej postaci i wielkiej urody. Spod kornetu, obrzeżonego białą szlarką, wysuwały się na czoło krucze sploty niesfornych włosów; nos miała wielce foremny, orlikowaty, oczy piwne, pod brwią cudnie zatoczoną, jagody zgoła pacholęce zaokrąglone. Nad wargą leciutki puszek użyczał jeszcze słodyczy ustom pełnym, nabranym krwią. Dawała ze siebie obraz stworzonej do pieszczot i całunków, czemu jednak przeczyło wyniosłe spojrzenie i brwi, spinane burzliwymi dyspozycjami duszy. Jej wdzięczną gładkość ustawicznie przysłaniały jakby chmury udręk i niepokojów, że niepodobna było wymiarkować, kiedy wybuchnie gniewem, a kiedy śmiechem perlistym zadzwoni. Z przyrodzenia małomówna, za co w domu przezywano ją milczkiem, więc i aktualnie, w materiach poruszanych przez brata, odpowiadała jeno przymuszonymi słowy. Cierpiał jej wstyd, ale stokroć bardziej palące były plejzery jej dumy. Rok przeszło upłynął od owych strasznych zdarzeń, lecz pamięć przeżytej hańby krzewiła się coraz bujniej w dzikiej żądzy zemsty. Nie pomógł klasztor ni surowe praktyki nowicjuszek, ni nawet z rozmysłem, zadawane sobie umartwienia. Żyła jeno myślą zemsty, targając się rozpacznie w bezsilności. Brat zasię zgoła inną wyciągnął konkluzję z jej skąpych napomknień o przeszłości i z jej wzburzenia na imię Zubowa, gdyż w jakiejś chwili rzekł gniewnie:

– Na to wychodzi, jako miłujesz tego zbója!

– Jak śmierć lub ciężką chorobę! – odparła blednąc straszliwie.

– Dam ci go za męża...

Porwała się niby wysadzona prochami.

– Czemuż mnie pan brat od razu nie pchnie nożem pod serce?...
– Zośka, zalim ci katem? Tyle było w jego głosie serdecznego wyrzutu, że jeno spuściła głowę kryjąc łzy kapiące po twarzy.

Usadził ją przy sobie i łagodnymi słowy wykładał zamysły, wykoncypowane gwoli ratowaniu jej z hańbiącej sytuacji.
– I na łańcuchu nie dam się zawlec do ołtarza! – wybuchnęła tak namiętnie, aż odwróciła się do nich zakonnica. Radzimiński porwał się gwałtownie.
– Toć zapowiadam: przymuszę cię choćby siłą! Skoro nie pojmujesz, coś powinna własnej czci, to ja cię tego nauczę. Winnaś mi posłuszeństwo, imieniem domu naszego przemawiam! A nie posłuchasz, zostaniesz w klasztorze. Wybieraj!
– Nie! nie! – zaprotestowała mocno i snadź zbrakło jej sił do walki, a niewieścia natura miała przewagę, gdyż zapłakała spazmatycznie. Kiedy spróbował ją uspokajać, odgarnęła go precz, że nie śmiejąc się przeciwić, poszedł na konferencję do przeoryszy. Płakała jeszcze, gdy powrócił, ale przystąpił do niej i cicho, prawie prosząco szepnął:
– Zośka, kazałem pakować twoje tłumoki, zabieram cię z sobą.
– I dasz mi wolę? – pytała obcierając łzy.
– Spełnisz, coś powinna, będziesz panią swojego losu.
– Takiś pewny na jego zgodę?
Całą duszę włożyła w to pytanie.
– Jeśli nie zechce, to biada mnie, ale gorzej jemu...
– Jeszcze jedno – odetchnęła z widoczną ulgą. – Nie będziesz mnie przymuszał do mieszkania z nim?
– Po ślubie możesz go kazać zatłuc kijami. Nie stanę ci na przeszkodzie.
– I będę mogła wrócić do domu?
– Matka już oczy wypłakała za tobą. Cały dom cię wygląda. Nim się jednak wszystko na twoje dobro obróci, zostaniesz kilka tygodni w Warszawie. Zakwateruję cię u pani generałowej Mokronowskiej.
– Wolałabym zostać na twojej kwaterze.
– Gdybym miał stałą, ale ja się przytulam, gdzie mi okoliczności pozwolą, dziś tu, a jutro indziej. Generałowa przyjmie cię jak rodzoną córkę.
– I będzie ręce łamała nad moim pohańbieniem! – szepnęła ponuro.
– Wie tyle, co wiedzieć powinna. Nie bój się i zakonotuj sobie, jako aktualnie najpierwszy to dom. w Warszawie. Napatrzysz się tam

znacznych person i spraw niemałych.

– Jakże ja się tam sprezentuję w moich lubelskich jubkach sprzed roku! – zakłopotała się nie na żarty. – A jak cię widzą, tak cię piszą...

– Nie frasuj się, zaradzi się temu. Pośpiesz się jeno, bo mi pilno na świat. Rzuciła się jak huragan w głąb klasztoru i nim upłynęła godzina, stanęła już gotowa do drogi, a służki wynosiły toboły na brykę. Odbyła się jeszcze czuła scena pożegnań z matką przełożoną, która nie omieszkała napaść ją obfitym obrokiem napomnień i przestróg, pełnych troski o jej cnotę i zbawienie. Wysłuchała cierpliwie, ale skoro się jeno za nią zatrzasnęły furty klasztorne, szepnęła z gniewem:

– Żmije! obwiną człowieka i gotowe zdusić z troskliwości o jego zbawienie.

– Egzagerujesz. Nie grzeszyłaś nigdy pokorą i wszelką powinność masz za ciężką niewolę.

– Moja noga nie postoi w żadnym klasztorze! – deklarowała wzburzona.

Wsiedli do kariolki Zaręby, powożonej przez jego Maciusia, i pojechali na Długą do pałacyku Dekerta, gdzie mieszkał generał Mokronowski, ale posuwali się noga za nogą z racji wybojów, kup śniegu i szeregu ogromnych wozów furażowych, zapychających ulice. Powietrze przy tym było nad wyraz przykre, padał śnieg gęsty, mokry i płatami wielkimi jak motyle, że przez tę pierzastą przesłonę ledwie majaczyły wysokie domy Krakowskiego i ludzie, tłoczący się pod ścianami. Na wprost pocztamtu wozy gwałtownie zjeżdżały na stronę, dając miejsce kompanii regimentu Działyńskiego, która przy głuchym warkocie tarabanów i przenikliwych graniach klarynetów i piszczałek waliła środkiem ulicy.

– Idą zaciągać warty na Zamek i przed kwatery dygnitarzy – objaśniał Radzimiński. Przechodzili tęgim, wymierzonym krokiem i we wzorowym ordynku. Kupy ultajstwa wieszały się po bokach.

– Kompania pana kapitana Mycielskiego! Chłopy na schwał, wybrane, a jak to krok trzymają! – gadał z kozła Maciuś jadąc trop w trop za nimi, ale koło figury Matki Boskiej przed domem Wasilewskiego musiał nagle skręcić w bok swoje ogiery, bowiem spod Bramy Krakowskiej wyleciała oszklona karoca na saniach, w sześć siwych koni, bogato przybranych w czerwone siatki, pióropusze i brzękadła, srogo rzegocące. Mocna eskorta kozaków w kudłatych burkach, puszczonych na wiatr, leciała przodem niby stado rozjuszonych wilków tratując, obalając i spychając na strony, gęsto przy tym kropiąc nahajami, kto w porę nie uskoczył z drogi. Podniosły się wrzaski, a tu i owdzie ktoś obatożony pięściami wygrażał klnąc w żywe kamienie.

Karoca była Igelströma, lecz siedział w niej Zubow z Izą. Na jedno mgnienie oczy jego skrzyżowały się ze spojrzeniem Zośki, mim jednak mogli co niebądź przedsięwziąć, konie rozniosły ich w przeciwne strony.

– W Warszawie! – tyle jeno głosu zdołała wydobyć z siebie.

– A tak, na ten upadek przyszło Rzeczypospolitej, że taki rakarz, taki arcypies może bezkarnie promenować się z kochanicami po ulicach – wzburzył się Radzimiński. – A nawet znaczy on tutaj niemało. Sam król jegomość zabiega o jego życzliwość i zaprasza na obiady. Najpierwsze damy żebrzą o jego fawory. Nawet poczciwi szukają z nim związków, bowiem głośno wyznaje się być naszym stronnikiem.

Zośka siedziała w martwym pogrążona dumaniu. Stanęli wreszcie przed pałacykiem "Pod Wiatrami", tak zwanym z przyczyny kamiennych figur, wdzięcznie powyginanych na słupach bramy i dmuchających na wszystkie strony świata. Pałacyk wznosił się w głębi dziedzińca za misterną kratą żelazną.

Przyjęła ich jakaś beczkowata jejmość w okularach na nosie i biegle obejrzawszy pannę jęła gadać:

– Jestem Liwska do usług, wojszczanka węgrowska. Waćpannie będzie u nas dobrze, jeno zapowiadam, bez fochów i fanaberii. I żadnych amorów!... Franek, zabierajże, gamoniu, tłumoki! I dalejże mleć językiem w stu na raz materiach; szczęściem nadeszła generałowa i obejrzawszy pannę palnęła prosto z mostu:

– Same, widzę, marcypany rodzą się w Lubelskiem. Strach brać takie precjozy na przechowanie: a nuż jaki złodziejaszek dobierze się do puzderka? Moja Liwska, zakwateruj waćpannę przy mnie. Idź, dziecko, i rozgość się jak u matki, zajrzę wkrótce do ciebie. A waszmościa proszę na pokoje.

Submitował się i wykręcał z racji, że był jeno w zwykłej kurcie kawaleryjskiej.

– Nikt ci łat w szarawarach wypatrywał nie będzie – zaśmiała się rubasznie. – Zapowiedział się Madaliński, z tej przyczyny znajdziesz u mnie liczniejszą kompanię – szepnęła mu do ucha. – Przywozi regestry gotowych oddziałów kurpiowskich. Ten gotów choćby zaraz. Szalona pała. Naprzód, marsz! – skomenderowała ruszając przodem.

Nolens volens musiał za nią wejść na pokoje. Było ich kilka w amfiladzie, urządzonych wspaniale, choć zgoła w staroświeckim smaku. Okna od samych pawimentów dawały widok na zaśnieżone ogrody. Posępna szarość dnia lutowego i chłód przenikał zimową aurą, że w pierwszej, największej sali wybrana kompania obsiadła ogień buzujący się na kominie. W złotawych brzaskach występowały twarze i żywiej majaczyły z arrasów porozpinanych jakoweś mitologiczne monstra.

Generałowa zatrzymała się chwilę przy Kapostasie, ktory ledwie widny z fotelu oponował komuś mądrymi racjami wyższej polityki. Rozmowa jużcić szła de publicis, w materiach bieżących, jak kwaterunki, wyniszczenie kraju przez obcego żołnierza, zbliżająca się redukcja wojsk i podobne. Bowiem półkolem brali miejsca: major Czyż, Aloe, Węgierski, Joachim Moszyński, kasztelanie lubelski, synowiec marszałka, lecz całą duszą pomagający spiskowi. Grabowski, krajczy litewski, członek Rady, a również żarliwy socjusz sprzysiężenia. Zacieli klubiści i jawni moderanci, pod okiem jednak generałowej zgodni jak baranki. Poszeptawszy coś na ucho Kapostasowi, pociągnęła Radzimińskiego do sąsiedniej komnaty, gdzie panowały gwary i wesołość. Roiło się tam od ślicznych panien i kawalerów. Marcin Zakrzewski prym trzymał w zabawie; dopomagała mu w pustotach cale skutecznie Terenia, wybuchając co chwila śmiechem i kręcąc się na wszystkie strony jak cyga. Starsze damy zaległy kanapy, wpatrzone i zasłuchane w jakiegoś tłustego prałata, który z otwartą tabakierką, z twarzą jowialną i roztrzęsionym brzuchem prawił dość trefne dykteryjki, bowiem kilku kontuszowych jegomościów dusiło się od śmiechu. Jeno Konopka samotnie podpierający piec niecierpliwie spoglądał nią zegar, wskazujący trzecią po południu. Właśnie zapalano światła, gdy dojrzawszy Radzimińskiego rzucił się ku niemu z radością.

– Nie wiesz waszmość, kiedy przyjdzie Madaliński?

– Pierwszy raz słyszę, że ma być tutaj – zełgał, nie wiedząc, jako generałowa powiedziała już o tym wszystkim i pod największym sekretem. – Cóż to, imieniny jakoweś czy jaki fest familijny? – pytał rozglądając się dokoła.

– Zwyczajne zebranie niedzielne. Zawsze tak tłumnie i zawsze, jak na owej ewangelicznej łące, baranki pasą się zgodnie z wilkami. Generałowa lubuje się w przeciwieństwach, co dzień inne systemata wyznawa i innym opiniom polityki pierwszeństwo daje. W jednym tylko niezmienna: w gorącej służbie ojczyzny. I w każdym przypadku można na niej polegać.

– Poznałem ją z tej strony i uwielbiam. Pani to wspaniałego serca.

– I umysłu wielce wyćwiczonego w naukach. Nie wyklucza to przywar właściwych jej płci, bowiem namiętnie lubi nowinki, swatania, a już zgoła mistrzynią jest w politycznych kabałach i intrygach. Woyna przezwał ją anielskim bigosem, przy którym można zdechnąć z głodu. Bo imaginujże sobie waszmość: liberalistka, mająca rozum za bóstwo jedyne, a wierna odwiecznym zabobonom; układa rymy na cześć rewolucji francuskiej i jej bohatyrów, koncypuje pisma w obronie praw człowieka, egzageruje się wolnością miast, a pono w swoich dobrach sama wymierza basałyki poddanym, i wieczorami wraz ze swoim fraucymerem codziennie wyciąga Godzinki. A na dobitkę daje się teraz rządzić jakiemuś mnichowi od kapucynów, ojcu Serafinowi. Dojdźże tu z taką do proporcji!

Przymilkł, gdyż przechodziła niedaleko. Pani była już nieco w latach, ale jeszcze cale gładka i majestatycznej postaci. Nosiła się dawną francuską modą: siwe włosy, spiętrzone kunsztownie, suknia z krótkim bawetem, bufiasta w biodrach i powłóczysta; twarz barwiczkami ożywiona, szare oczy, pieprzyki koło warg wydatnych, szyja ślicznie utoczona, dawały obraz wielkiej pani: władnej i zarazem ujmującej. Uśmiechnęła się życzliwie i przeszła do następnego pokoju, gdzie generał Mokronowski, otoczony gronem dostojnych przyjaciół, czytał w głos najnowszą gazetę francuską, użyczoną przez króla.

– Imaginuj sobie, waszmość, generałowa kazała nad wejściem przybić deskę z napisem: W tym domu polskiej mowy i wiary kwitnie kult prawdziwy.

Wejdź, jeśliś poczciwy.

Niemało za to przeniosła od anonimów. Zasypano ją kąśliwymi facecjami, nawet na szybach swej sypialni znajdowała nalepione karteluszki z nieprzystojnymi drwinami. Rozgniewania posądziła Woynę o autorstwo i wyrżnęła mu takie verba yeritatis, aż staroście był przymuszony posłać świadków generałowi.

Skończyło się na wierszowanym koncepcie, jak zwyczajnie u Woyny. Ale basta, muszę rotmistrzowi zakomunikować sprawę ważną: oto w sobotę, l marca, zbiera się Mała Rada na reducie w pałacu Radziwiłłowskim.

– Na reducie! – dziwił się niezmiernie.

– Pod pozorem zabawy zgromadzimy się niepostrzeżenie w dawnej loży. Już nam depcą po piętach gończe Baura. W naszym zaś pomieszczeniu u Teppera za ciasno i też niebezpiecznie.

Wszyscy muszą być w przebraniach i maskach. Znak wejścia jak na zwykłą kapitułę. Zakrzewski może dopomóc waszmości.

Przywołał Marcina i wyłuszczył sprawę polecając jego eksperiencji kwestię maski i stroju.

– Doskonale się składa – gadał prędko – po tej właśnie reducie Zubow wyprawia kolację w Marymoncie. Wszyscy jego goście mają się przybrać po hiszpańsku. Będę dla siebie szukał stroju, to mogę i dla pana rotmistrza. Ma to być balik champetre, w zaufanym gronie. Radzimiński jął od niechcenia pytać o różne szczegóły owego baliku. Marcin wyznał, co wiedział, i poleciał do narzeczonej.

– Szaławiła być musi, ale mu z oczu poczciwie patrzy – zauważył Radzimiński.

– Bo i poczciwy, wprawdzie z rodu, o jakich w Rawskiem powiadają:
Gdy ojciec umarł, matka za mąż poszła,
Bo była zwykła co rok rodzić osła
– Czwarta dochodzi. Madalińskiemu nie spieszno, a mnie jakby kto szydłem ekscytował. Ma tutaj rotmistrz swoją kompanię?

– Samotnym jako palec, gapia jeno tnę, pannom zaglądam w oczy, nudzę się jak pies na uwięzi, a wedle rozkazu generałowej Madalińskiego czekam.

– A gdybyśmy tak cichaczem zrejterowali? Generałowa nie zauważy. Poszlibyśmy na hecę! Publika tam nie pachnie i nosy w palce uciera, ale...

– Dla towarzystwa dał się Cygan powiesić, jestem do dyspozycji waćpana.

– Mają tam dzisiaj wypłatać psikusa Zubowowi.

– Zubowowi! Okoliczność niepowszednia i cale nęcąca.

– Możemy się zabawić setnie. Uprzedzam, jako nie wykluczona i burda.

– Jeśli o takiego zbója chodzi, na każdy azard gotowym.

– Jakaś partykularna awersja! Ale przepraszam za niewczesne słowo – dodał prędko, ujrzawszy jego twarz przemienioną i w oczach brzaski gniewu.

– Samo to imię już mnie doprowadza do pasji. Opowiem waści przyczyny. Zaręba radził mi się zwierzyć i szukać u waszmość pana pomocy. Nad wyraz przykra mi ta materia. Chciałem już wczoraj zaczepić waćpana. Okoliczności nie sprzyjały, boję się też odmowy...

– Z góry obiecuję wszystką pomoc. W drodze możemy pomówić

swobodniej, tutaj za wiele poczciwych uszu się nastawia. Wysunęli się szczęśliwie, unikając argusowych oczu generałowej i nająwszy na Tłumackiem sanie kazali się wieźć przez Krakowskie na hecę.

Mrok już był dobry na świecie i wraz z obfitym a nieustannie padającym śniegiem przytrząsał miasto. Latarnie, kołyszące się tu i owdzie na sznurach, migotały w pierzastej mgle niby wilcze ślepia. Ruch pieszy na ulicach, snadź z racji nie sprzyjającej aury, był niewielki, natomiast dosyć sporo sań przelatywało z ostrym jazgotem dzwonków i rzegotem brzękadeł. Niedziela była karnawału, ale nie znać tego było na mieście. Jedynie na Krakowskim przez jakieś okna rzęsiście oświetlone dobywały się skoczne rzępolenia, spotkano też jedyną kompanię jadącą w maskach, z kapelą na przedzie i lauframi z pochodniami.

– Tak się ma liatosi karnawał do dawniejszych, jak wdowa do narzeczonej – wyrzekł Konopka.

– Jeszcze dwa lata temu o tej porze każdy dom huczał muzyką.

– Nie było jeszcze przegranej wojny, sejmu grodzieńskiego i rządów Igelströma.

– Trzeba jeszcze przyłożyć: i bankructwa bankierów!... Staszek, widzę, z szopką. Natychmiast wrócę! – zawołał i wyskoczył do szopki, stojącej na schodach przed kamienicą Roeslera, w otoczeniu gawiedzi. Zbliżył się do draba z konopną brodą, przybranego w czerwony płaszcz i złotą koronę na czapie.

– Gdzieżeście byli? Nie tropią was?

– Baurowski hycel łaził, ale Kacper go sprał przy okazji. U Dziarkowskiego przedstawialim zaraz z południa. Publika dziw nie popękała ze śmiechu. Ale co było frantów z maistratu i urzędów, dało nogę: wylękli się. Każdy w mig rozpoznał, co za persony wystawujemy. Potem poszlim do "Indii" i do Poltza na Podwalu. Kapnęło nam półszosta złotego i poczęstunek.

– Dał ci ksiądz Meier karteluszki z wierszami?

– Kuba posiewa je, gdzie można. Teraz bierzemy dyrekcję na Nowy Świat.

– Gdzie się Kacper podziewa?

– Tam z gwiazdą na przedzie. Żeby to który z naszych panów zobaczył, jak pokazujemy!

– A do pani Barssowej idźcie pokazać, tam dzisiaj zebranie...

Konopka wrócił do sani. Dopiero wtedy, milczący jak głaz, Radzimiński wyznał pod kawalerskim parolem swoje zgryzoty i zamierzenia względem Zubowa.

Konopka gwałtowny z przyrodzenia słuchał jednak spokojnie, jeno ciche klątwy dawały poznać gniew wzbierający. Zbierał czas jakiś myśli, aż rzekł uroczyście, wyciągając rękę:
– Cały się oddaję do dyspozycji!. A szubicnicznik, a hycel! Zaraz, Marcin wspominał o pikniku w Marymoncie. Zubow wyprawia! Szczególna okazja! Świta mi fortel nie lada! Ażeby go z tej zabawy podebrać jak wronę z gniazda. Sztych przyłożyć do gardzieli, a kańczugiem do spełnienia powinności przyniewolić. Traktament słuszny i w proporcji położonych zasług – wrzał cały i jego płodna imaginacja przybierała już wszystko w prawdy postać akuratną.
– Jakże się to widzi rotmistrzowi?
– Wykoncypowanym wspaniale. Księdza bym miał na tę okoliczność. Właśnie ów Serafin, którego im polecał Zaręba.
– Ksiądz Meier zaradzi najskuteczniej przez swoje rozległe związki.
– Zubow może podnieść wrzask na całą Rzeczpospolitą!
– Pewnie, że serce straci do waszmosci, ale względy wyższej polityki każą mu milczeć. Wystawiłby się na pośmiewisko. Myślę, jako prędzej chwyci się drogi układów. Zaiste, sytuacja dla przyszłego faworyta carowej nie do pozazdroszczenia. Dałbym gardło, że nie poskąpi na rozwód i oprawę godną siostry waszmościa. Zwyczajna to rzecz między wielkimi panami i cale pospolita – rozgadał się otwarcie.
– Gardłowy to jednak azard!
– Jeśli się nie uda. Szanse jednak po naszej stronie. Wysiadajmy, ale jeśliby tu zdarzyła się jakowaś burda, niechże rotmistrz będzie z daleka.
Na rogu Chmielnej i Brackiej stał długi, drewniany dom, osłonięty rzędem smukłych topoli. Piętrowa obszerna brama prowadziła w dziedziniec, gdzie wznosiła się okrągła budowla hecy. Czerwone latarnie pokazowały wejście, przed którym tłum przeróżnego ultajstwa kłębił się, wrzeszczał i świstał, ilekroć z głębi od strony hecy buchnęły ujadania psów, muzyckie rzępoły, lub gdy marszałkowscy, trzymający straż, próbowali zmuszać do przystojności. Zbiegowisko przybierało coraz burzliwszą postać, bowiem przed bramę, nie bacząc na śnieg obficie padający, wystąpił jakiś drągal w kożuchu, włosem na wierzch wywróconym, i jął walić w ogromny bęben, zasię drugi, w pstrokatej hecarskiej odzieży i z gębą krągłą niby donica, pomalowaną krokoszem, zakrzyczał ze wszystkiej mocy:
– Prześwietne publicum! Odprawuje się widowisko, jakiemu

trudno dać nazwisko. Szczególna okazja, zdarzająca się raz na sto lat! Walka straszliwego lwa z wściekłym krokodylem! Potem najsławniejszy hecmajster z Wiednia będzie się harował z niedźwiedziem. Potem połykacz ogni, czarodziej, pokaże swoje sztuki. Potem będą siurpryzy, jakich oko nie widziało i jakich ucho nie słyszało. Spieszcie się, jeszcze chwila i będzie za późno. Loże po trzy złote z motta. Siedzenia po groszy dwadzieścia. Panny darmo, jeśli z kawalerem. Duchowny stan na borg, gemejny dziesięć groszy. Nuże, bo zaczynamy! Miejsca dla jaśnie wielmożnych! – zaryczał naraz, dojrzawszy Konopkę. – Wałek, bij w bęben! Miejsca dla jaśnie wielmożnych senatorów i wojewodów! Prezentuj broń, kulfonie! Miejsca dla hetmanów! Rozstąpić się tam, skurczybyki, sam król jegomość wali na hecę z całym dworem! Miejsca! – wydzierał się jak opętany, czyniąc z siebie uciszne widowisko.

– Ten by zaszczekał wszystkich – zaśmiał się Konopka wprowadzając rotmistrza na hecę. Wpadli jakoby w dół pełen wrzasków, psich zaduchów i czerwonego ognia pochodni, gęsto pozatykanych na słupach, dokoła niemałej areny, wysypanej żółtym piaskiem. Budynek bowiem był kolisty, piętrowy i rzędy ław zataczały się aż pod kopulasty pułap, na którym były wyobrażone farbami swawolne historie z mitologii. Pejsate muzykanty z galeryjki rzucały siarczyste obertasy. Snadź z racji niedzieli karnawałowej prawie wszystkie miejsca były zajęte i jeszcze przybywali ludzie. Siedziały rodziny rzemieślników i przeróżnego acaństwa. Nie brakowało pańskiej liberii ni gemejnów z różnych regimentów, szczególnie zielone kurty kanonierów rzucały się w oczy przy ślicznych warsztatniczkach. Dojrzał tu i owdzie zabłąkanego szlachcica, goloną głowę mnicha, obfite cyrkumferencje sławetnych rajców i godne ich połowice. Gwar też panował znaczny, potęgowany jeszcze głosami bab zachwalających ciastka, obwarzanki, karmelki i orzechy, z jakimi przeciskały się wśród niżby. Gadano głośno, niektórzy krzyczeli powitania znajomym na drugą stronę amfiteatru. Powstawały kłótnie o miejsca, to dzieci zaczynały płakać, to jakiegoś podpitego majsterka wyrzucano za drzwi lub nazbyt zbytkujących gemejnów poskramiano łajaniem, że nie brakowało materii do śmiechów, dowcipów i wesołości.

Konopka z towarzyszem zajął miejsce w mrocznym kącie pobok galerii z kapelą, ustąpione przez gemejna z regimentu Działyńskiego, który poszeptawszy mu coś na ucho usunął się skwapliwie. Konopka tutaj, jak indziej, znajdował swoich konfidentów, bowiem co chwila przysuwał się ktoś nieznacznie, składał jakieś relacje i ustępował na stronę. Niektórzy mieli facies oberwanych z szubienicy, większość jednak nie narzucała się oczom niczym szczególnym. Znajdowały się bowiem między nimi persony przeróżnych kondycji, nie wyłączając kobiet i mnichów żebrzących.

– By się waszmość dłużej nie dziwował, powiem: ma ambasador swoją policję, ma Buchholtz swoją, ma król, więc słuszna i nam mieć takowe instrumentum. Ja jeno dowodzę bractwem z Szubienicznej Rogatki, a ksiądz Meier wszystkim rychtuje. Baur ani się spodziewa, kto za tropami jego psiarni szlakuje i z jakim skutkiem. Zwłaszcza że pomaga mi wszystek lud warszawski. Nawet sobie waszmość nie imaginuje, ile w tym pospólstwie miłości ojczyzny, ofiarności pro publico bono i nienawiści do tyranów! Gdybym jeno skinął, a zobaczyłbyś waszmość takie "czerwone msze" w Warszawie, jakie się teraz odprawują w Paryżu! Zmitygował się naraz i zamilkł.

Radzimińskiego wielce zastanowiły te słowa, lecz nim zdobył się odpowiedzieć, wcisnęła się między nich słynna z urody i rozwiązłego życia Andzia, szczególniej wielbiona przez alianckich oficjerów, przybrana jednak z taka modestią, że dawała z siebie postać cnotliwej skromnisi. Naszeptawszy Konopce na ucho, gruchnęła perlistym, długim śmiechem:

– Ciekawe przynosi awizy, daj no waszmość ucho. Przechylił się za plecami dziewczyny.

– Achtyrskie dragony i kijowskie grenadiery mają w tym tygodniu ściągnąć do Warszawy. Zastanawiające!

– Nie może być! Niepodobna, żeby bez ważnej przyczyny zmieniali swoje leże.

– Tak pewne, jak siedzę między waćpanami. Łgarstwami gęby sobie nie strzępię – fuknęła obrażona. – Ale w nagrodę musicie mnie dowieźć do szynkowni Kobylańskiego: tam co niedziela flaki, muzyka, sztajery i bijatyki. Chce mi się dzisiaj pohulać! Już mi obmierzły moje salony i moje perfumowane amanty! Zjadłabym kiełbasy, co to się do trzeciego dnia odbekuje! Sprałabym kogo po pyskach i bo ja wiem, co bym robiła! – parsknęła znowu śmiechem, leniwie się przeciągając.

– Przy takiej dyspozycji, że cię to puścił na wolę Diwow?

– Bo głupi jak wy wszyscy! Zamknął mnie, gemejna postawił przy drzwiach na warcie i zabronił mi się ruszać z domu. Osieł jeden! Nudziłam się jak prymasowska małpa, już miałam się położyć, ale pomyślałam: trzeba durnia nauczyć rozumu. Dalejże traktować z żołnierzem. Cóż, kiedy ten śmierdziel na wszystkie obietnice i złotówki dawał jeden respons: "Nielzia!" Zmiękł dopiero po kwarcie krupniku i teraz śpi jak zabity pod drzwiami, a jutro przepędzą go przez kije. Diwow będzie wściekły, ale niechaj sobie wybije z głowy, że kobietę można upilnować...

– Nie chciałbym ja takowej funkcji spełniać przy asindźce – westchnął rotmistrz pożerając ją oczyma.

Wabna bowiem była: słusznego wzrostu, pulchna, lecz wielce foremnej postaci; włosów kasztanowatych, oczu niebieskich, zębów połyskliwych niby sznur najbielszych pereł; śmieszka przy tym i dysząca jurnością. Głos miała jakby nieco przepalony miłosnymi upałami, piersi nazbyt wzdęte i grzeszność wypisaną w białej, ślicznej twarzy i na czerwonych, lśniących wargach, potrafiła jednak przybierać pozór, jaki chciała i w każdej okoliczności, czym właśnie niejednego wyprowadziła w pole. Kaczanowski był ją zwabił do posług spiskowych. Oddała się im całą duszą i służyła wiernie.

– Że cię to głowa nie zaboli, co się dzieje z kapitanem? – rzucił nieostrożnie Konopka.

– Alem ciekawa, jak się miewa twoja uwodzona flądra – odpaliła z miejsca, mając na myśli Barssową, o którą była zazdrosna. – Oporządziłam ją wczoraj, długo mnie popamięta! Imaginujcież sobie, przymierzam jakąś jubkę u Łazarewiczowej, a na to wchodzi ten wyblechowany feretron, zasiada naprzeciw i dalejże mnie przez złotą patrzałkę lustrować!

– Admirowała twoją urodę – wtrącił spiesznie Konopka.

– Niech swoje krzywe kulasy admiruje! Pokazałam język i nawymyślałam jej de grubis. Uciekła jak spłoszona indyczka. Oglądała mnie jak zagranicznego zwierza! świętoszka z Trębackiej!

Konopka przyczerwieniał z irytacji, lecz dał spokój obronie, bowiem w amfiteatrze rap– townie się uciszyło, wszystkie oczy zawisły na królewskiej loży wprost wejścia, przysłoniętej z wierzchu zielonym pawilonem, do której wchodziło jakieś liczne towarzystwo; złocona krata od strony widzów dawała ledwie dojrzeć obrysy postaci.

Pejsaci kapeliści jakby na ich powitanie uderzyli wrzaskliwą fanfarą.

– Zubow ze swoją kompanią! – zawołała i nie namyślając się wsadziła palce w usta obyczajem urwiszów i przeraźliwie zaświstała. Gdyby na sygnał, ze wszystkich ław podniosły się

przenikliwe gwizdania, wrzaski i wściekłe tupoty, aż buda
zadygotała i światła pochodni jęły się targać. Wyleciał na to
zestrachany hecmajster i bijąc w mosiężne blachy oznajmił:
– Zaczynamy! Uciszcie się! Zaczynamy! – próbował przekrzyczeć
tumulty. Jakoż dopiął swojego i skoro się nieco uspokoiło, wypadł
na arenę osieł, przybrany w brzękadła i obwieszony siatkowymi
workami pełnymi miauczących kotów. Hecmajster ekscytował go
batem, bowiem tuż w jego tropy nadlatywało całe stado
ogromnych, rozjuszonych kundlów. Osieł gnał dokoła jak oszalały,
wymijał napastników, kluczył, niekiedy ich przeskakiwał, lecz w
końcu, osaczony przez rozwścieczoną zgraję, zaczął ryczeć i bić
kopytami na wszystkie strony. Uczynił się nieopisany, dziki wrzask,
na środku areny powstał kłąb tarzających się w śmiertelnej walce
psów i kotów, oplatanych sieciami. Sypnęły się rzęsiste brawa, a już
uciecha dosięgła szczytów, kiedy ukazał się brzuchaty dryblas
wystrojony na małą dziewczynkę, w jasnej peruce, zaplecionej w
warkoczyki, z lalką na ręku i jął niby to rozpędzać psy, to gonił za
osłem, to przyciszał płaczącą lalkę. Przewalał się przy tym co
chwila i wyrabiał takie miny, że amfiteatr pokładał się ze
śmiechów. Nawet odsłoniły się złocone kraty loży i dostojna
socjeta nie szczędziła mu uznania i srebrnych rubli.
– Któż tam więcej siedzi z Zubowem? – pytał Konopka nie mogąc
rozpoznać.
– Szambelanowa z panią Załuską i jeszcze jakieś klępy; szambelan,
Blum, książę Gagaryn, młody Igelström i ten mój schwacony
drygant, Diwow!
– Zacna kompanijka! Ale że się rozpierają w królewskiej loży!
– Gdyby Zubow zechciał na Zamku przyjmować swoich przyjaciół,
król by nie śmiał się oprzeć. Zwaliłby wszystko na mus wyższej
polityki! – drwił Konopka.
– Kwiczoł, sam tu! – gruchnęła na cały głos Andzia do jakiegoś
franta, siedzącego na drugiej stronie amfiteatru.
– To Piotrowski – rzuciła Konopce. – Chłopak gotowy na każdy
azaird, abszytowany oficjer i mający liczne związki między
pospólstwem. Pewny!
– A jakąż szarżę ma przy twoim dworze? Fortragujesz go coś
żarliwie.
– Potrzebny mi na różne przypadki. – I roześmiała się wesoło do
nadchodzącego, który prezentował się Konopce. Gadali z sobą
długo i cicho, tymczasem na arenie, po uprzątnięciu rozszarpanych
kotów, zaczynało się nowe widowisko. Ukazał się wiedeński

hecmajster w czerwonym fraku, w białych kiulotach i z harapem w ręku. Sfora czarnych, wielkich psów maszerowała przed nim we wzorowym ordynku. Przemówiwszy do publiki, czego nikt nie zrozumiał, jął egzercyrować pieski, które na jego komendę wyprawiały przeróżne ewolucje. Zasię, ku powszechnemu podziwowi, jeden wybębniał na tarabanie werbla, a drugi z fajką zapaloną w zębach promenował się dokoła areny.

– Po jakiemu on nimi komenduje? – ciekawił się rotmistrz.

– Po piesku, przecież z jednych stron przyjechali! – zaśmiał się Piotrowski. Krzyk się znaczny podniósł w amfiteatrze i klaskania zerwały burzliwe. Owo pachoły wywiodły na łańcuchach ogromnego niedźwiedzia, na co psy odpowiedziały szczekaniem, próbując mu się dobrać do skóry. Miś jakby nie zwracając na to uwagi zasiadł najspokojniej., podpatrywał się i wodząc chytrymi oczyma poziewał przeciągle. Posypał się na niego grad różnych łakoci. Zebrał je na akuratną kupkę i zajadał kłapiąc smakowicie potężnymi szczękami. Dopiero harap porwał go z miejsca i psy docierające z wściekłością. Rzucił się na nie, kilka podarł, resztę rozegnał i dojrzawszy hecmajstra podniósł się na tylne łapy i zaryczawszy straszliwie runął na niego. Sczepili się wpół jako dwa podpite chłopy i dalejże się za łby wodzić, harować i przepierać. Raz był górą niedźwiedź, że zerwał się trwożny krzyk powszechności, to znowu hecarz miał przewagę, iż zwalili się na ziemię i taczali po żółtym piasku nierozplątanym kłębem, pokrytym kurzawą i psami usiłującymi dosięgnąć kłami nieprzyjaciela.

W amfiteatrze uczyniła się cichość jakoby w kościele, jeno podnosiły się gorączkowe wzdychy, to "Jezus Maria!" ktoś krzyknął, to "dla Boga"! Patrzyli z zapartym tchem. Zasię socjeta Zubowa, również zanimowana, stłoczyła się przy parapecie, śledząc ewenty ekstraordynaryjnego widowiska.

Naraz niezauważony przez nikogo jakiś rudy lis chlusnął na arenę; psy poczuły go natychmiast i poniechawszy Misia puściły się za nim w pogoń zapamiętałą. Lis, snadź stary gracz, przednio kluczył, wydzierał się im spod samych zębów i rwał coraz prędzej dokoła areny, że trudno go było złapać oczyma.

Wkrótce ze wszystkich ław sypnęły się wrzawy, szczucia i gwizdania.

Atoli lis, mając dosyć harcowań, zwłaszcza że rozsrożone psy wisiały mu już nad karkiem, ostatnim rzutem skoczył do loży, wprost na jaśnie wielmożne głowy. Pieski jużci poszły w jego tropy. Uczynił się nieopisany wrzask i tumult. Damy mdlały, kawalerowie wyskakiwali na arenę umykając z krzykiem, zaś w loży wszystek sprzęt jął się wywracać wśród jazgotliwych szczekań, wycia i piekielnego zamętu. Grozę momentu zwiększył jeszcze Miś, gdyż porzuciwszy hecmajstra jął gonić uciekających dygnitarzy. Publika porwała się z miejsc, trwoga ogarnęła wszystkich, już tu i owdzie powstawały popłochy, ucieczka, a przerażone wrzaski, gdy po chwili gruchnął śmiech powszechny; ludzie aż przysiadali, brali się za boki, pokładali po ławach i ryczeli z uciechy w niebogłosy, niepowstrzymanie, spazmatycznie, bowiem z loży wyskoczył pies z lisią skórą w zębach, a boczkiem, skromnie przebierał się pudel, wesoło kręcąc ogonem i dysząc ze zmęczenia.

Kąśliwe docinki niby grad posypały się na Zubowa i jego kompanię.

– Rycerz jucha, przed pudlem zmiatał! – krzyczeli nie krępując się niczym.

– A niech ci carowa nowe portki kupi, na nic teś zapaskudził!

– Nic tu już po nas! – dał cichy rozkaz Konopka. Śmiech słychać było jeszcze w bramie; jak burza wylewał się na ulicę.

– Zubow dostanie ze złości kolki, a hecmajster bije.

– To im obu ulży! Ale któż to sprawił? – zdumiewał się rotmistrz.

– Są, których się trzymają takie psie figle – śmiała się Andzia.

– Imaginujcież sobie ich powrót z hecy!

– Boże, omal nie pękłam ze śmiechu! Zubow się oganiał wachlarzem! Ha! ha! Dopiero wezmą ich na ozory! Szambelanowa pokazała nogi po pas! Ha! ha!

– Cicho, siadajmy w sanie i umykajmy. Tylko patrzeć, jak się tutaj zjawi Baur ze swoimi pachołkami. Nie trzeba dawać nawet pozoru.

– Ale ten uczony pudel wart, ile zaważy! – unosił się rotmistrz.

– Hej! sałata, wal na Stanisławów do gospody Kobylińskiego! Konopka chciał do "Indii" na Podwale, lecz Andzia kładła mu w uszy swoje racje, aż w końcu ustąpił.

– Tam się zbierają dezarmowani, tam mają kwaterę werbownicy moskiewscy i zbiera się różne pospólstwo. Warto ich przy okoliczności zlustrować.

– Tylko jedna przeszkoda – wziął niespodzianie głos Piotrowski. – Waszmoście przybrani jakby na dworskie asamble, a tam lepiej dawać pozór obiboków lub zgoła ultajów.

– Racja! Jedźże na Stare Miasto! – zdeterminował prędko Konopka.

– Znajdę w domu odpowiednie szaty na taką uroczystość.

Mieszkał w Rynku, na wprost Ratusza, w Barssowej kamienicy na czwartym piętrze. Wpadli tam i Andzia znalazłszy się w zacisznych stancyjkach niepomiernie się zdumiała. Ani bowiem mogła się spodziewać naleźć taką czystość i porządek. Przeglądała kwaterę w najdrobniejszych szczegółach, dając wyraz coraz większemu zdziwieniu.

– Mieszka jak kleryk albo panna na wydaniu!

Zasłony przy oknach w niebieskie paski, takiż pawilon nad łóżkiem, kobierce, garnczki z kwiatuszkami na oknach, kanarek w klatce, na ścianach obitych tyftykami kolorowe kopersztychy, wystawujące tkliwe sceny berżerów, sprzęty w schludnych pokrowcach, na kominie i stolikach pełno różnych cacek; znalazła nawet w jakimś schowku cukry, którymi zaczęła się łakomie opychać. Wreszcie wsadziła ciekawy nosek między stosy książek.

– To nie przy mnie pisane! – odrzuciła ze wzgardą jakieś francuskie dzieło i dojrzawszy na ścianie bałabajkę wzięła na niej brzdąkać i przyśpiewywać, z czego przeszła raptownie na wściekłego kozaczka.

Wyszli na to już przebrani zgoła nie do poznania.

– Konopka, masz minę zakrystiana od fary, a rotmistrz patrzy w tej czui pstrokatej na świniarza z Węgrowa! – zdecydowała wybuchając śmiechem.

W drodze, zjeżdżając Bednarską, szepnęła nieśmiało do Konopki, jechali osobno:

– Przyjdę do ciebie... Masz taką śliczną kwaterę! – wparła się w niego lubieżnie.

– Owszem. A jeśli mnie nie zastaniesz, klucz zawsze leży pod słomianką – odparł nie bacząc na jej umizgi. Używał jej na posługi sprzysiężenia i cenił wysoko, lecz na jej urodę, inklinację i osobę patrzył z wyniosłą awersją człowieka dalekiego od przygodnych amorów.

– Z Kaczanowskim to człowiek wiedział, czego się trzymać! – wybuchnęła rozżalona. – Waćpan jesteś jak ten śnieg: biały i lodowaty.

– Dajmy spokój dziecinnym dyskursom, toć się znamy jak łyse konie. Powiedz mi o Piotrowskim – zajrzał jej w oczy. – Tylko wesołość zdobi cię prawdziwie. Uwielbiam cię taką. Udobruchana, jęła dawać prawdziwy konterfekt Piotrowskiego, z czego zrozumiał, jako to człowiek o burzliwej przeszłości, nie bez plejzerów na swojej reputacji, a zarazem zabijaka, gotowy na każdy azard i awanturę, kostera i pijus.

- I cieszy się szczególnym mirem między alianckimi oficjerami. W zręcznych obrotach i fortelami przeszedł Kaczanowskiego.
- Rada wspominasz kapitana, ugrzązł ci w pamięci?
- Pewnie! A jak mi obmierznie swoboda, to się machnę za niego i basta.
- Powiadają: on był z Płocka, ona zaś też jeno trzy nitki na krzyż miała!
- Niech cię głowa nie boli! Da on sobie radę w każdej przygodzie: to prawdziwy chłop, nie takie Bóg wie co jak drudzy – zdeklarowała wzgardliwie.
- Bija co dnia, Jeść dawa raz w niedzielę, a co nockę przypuszcza do łaski! – drwił.
- A niechby nawet bijał! Milszy mi taki od wszystkich! – pofolgowała sobie, wylewając w podrażnieniu potok nieprzystojnych epitetów na swoich gachów.
- Fortunna to dla mnie okoliczność, żem ci nic nie winien – szepnął przy wysiadaniu. Mimo wczesnej pory gospoda Kobylańskiego zdała się już być przepełniona. Widno i rojno było w ogromnym domostwie, świeciły wszystkie okna, huczała muzyka, tańce i wesołe pokrzykiwania.
- Piotrowski, bierz waćpan komendę i prowadź! – rozkazał Konopka.
Ruszyli do wielkiej izby, pełnej czerwonych brzasków ognia, gwaru i ludzi. Na ogromnym kominie w rogu, pod zwisającym okapem buzował się tęgi ogień, obracały się rożny, nadziane całymi ćwierciami mięsiw, i skwierczały patelnie wśród garów i saganów. Zapach kapusty i prażonych kiełbas brał nad wszystkim górę. Na bocznej ścianie za szynkwasem, okratowanym aż po pułap, widniały beczki, antały, miedziane konwie do piwa, stosy cynowego sprzętu i zwoje kiełbas. Królowała tam jejmość o tubalnym głosie i obwisłym licznymi kondygnacjami obliczu. Przy długich stołach było już gęsto i niezgorzej przedzwaniano kieliszkami. Gospodarz o gębie krągłej i jakby zarumienioną tłustością oblanej usadzał gości, czasem z kimś przepijał i zarazem dawał baczenie na kuchtów i stołowe panny roznoszące jadła i napitki. Oko miał niechybne i prędkie objęcie, gdyż mimo przebrania wchodzących potraktował ich wyróżniająco, zapraszając do paradnej sali. Częstował nawet izbą na pięterku.
- Karnawałowych emocji pragniemy zażywać! – wymówił się Piotrowski i zająwszy miejsca w kącie za sporym stołem kazał podać regestr półmisków.

Sala, w której zasiedli, pomimo wielkości była przepełniona ludźmi, gwarem i tańcami. Na galeryjce przyczepionej do ściany rżnęli muzykanci. Kilkanaście par tańcowało zapamiętale pod okiem metra, starego pijaczyny w kusym fraczku, brudnej peruce i z nosem grzecznie rozkwitłym, który wywijając białą laseczką czuwał nad przystojnością manier, nauczając zarazem.

– Nieostrugany drągal z aspana – strofował nie przebierając w słowach – przypinasz się do tancerki jakby do ssania. Jezu Nazareński, dryga pośladkami, jak na ten przykład cielę! Z życiem, mości panowie, a godnie! Z życiem!

I poirytowany ich nieudolnością wyrwał jakąś pannę z miejsca, puścił się z nią na czele i bijąc hołubce pałąkowatymi nogami, zaśpiewał ogniście:

– Rach, ciach, ciach, od komina! Nogi w łapciach, durna mina! Rach, ciach, ciach!

– Właśnie mi tego dzisiaj brakowało! – wyznała Andzia pociągając do tańca Konopkę.

– Cale zastanawiające facies – ozwał się rotmistrz wskazując kawalerów stojących modnym obyczajem w kole tańczących zwartą plecami ścianą.

– Mogę ich nazwać waszmości – proponował Piotrowski, bowiem jak się pokazało, znał prawie wszystkich. Były to zgoniny z całego miasta, złożone z co najlepszych fryzjerów, kupczyków i towarzyszów cechowych. Wystrojeni odświętnie w modne fraczki, obwieszeni łańcuszkami, w stożkowych kapeluszach, po wargi obwinięci w chusty i z laskami w rękach, pokazywali pierwszych elegantów.

– Lichego wątku tałałajstwo – wycedził wysłuchawszy relacji. – Jak to pozory zwodzą! Rozumiałem, młódź z urzędów i palestry goniąca za przygodami. I bądźże tu mądry i rozeznaj, kiedy szewczyk trzyma się jednakiej mody z wojewodzicem!

– Każdy pan za swoje dwa grosze.

– Ale przez to nie ma być zatracona różnica urodzenia – porwał się naraz i pokazując Andzię wykrzyknął:

– A niechże ją, jak to wierzga siarczyście!

– Pryncypalna tanecznica wszystkich redut i balików kawalerskich.

– Sporo ślicznych buziaków, a te przy niej to coś ekstraordynaryjnego.

– Chce rotmistrz dojść z nimi do bliższej konfidencji?

– Żeby tak można przy zdarzonej okoliczności...

– One na to jak na lato! Ta czarnuszka na przedzie, niby to robi kornety i całe dnie przesiaduje na wystawie swojego sklepu na Długiej, ale rada przyjmie zaproszenie na wiejską kawę; zaś druga wydaje się za wdowę, przybiera się w czarne kwefy i przesiaduje po kościołach i na modnych kazaniach. Admiruje stan duchowny, lecz i na oficjerów łaskawa.

– Anibym śmiał sobie imaginować.

– Będzie tu takich więcej – zaśmiał się – poznajomię rotmistrza. Kupić nie kupić, potargować można! – dodał cynicznie. Ale nie doszło do tego, gdyż Andzia, porwawszy rotmistrza, hulała z nim nie wypuszczając z opieki.

Konopka zaszył się w ciżbę i swoim zwyczajem wytężał uszy, bacznie penetrując między ludźmi. Nie napotkał jednak znajomych, mimo że pełno było wszędzie, a panny stołowe ledwie nadążyły roznosić konwie, flachy i półmiski z daniami. Od nieustających gwarów i muzyki aż trzęsły się w pajątach rurkowe łojówki i trudno było co dosłyszeć z osobna. Wrażał się jednak w pamięć tenor rozmów pryncypalny: narzekania na biedę i panów. Nie brakowało i cichszych dyskursów de publicis. Przysiadał do niektórych kompanii. Czasem w porę postawiona kwarta miodu rozwiązywała języki, że niejeden podekscytowany upałami majsterek otwierał serce powstając na przemoc Moskalów; niejeden ronił łzę nad niedolą ojczyzny wygrażając na zdrajców. Nazwisko Kilińskiego wzbudzało w nich uwielbienie. A w jakimś gronie dostatniej przybranych jegomościów wręcz mu powiedziano, jako Kościuszko sposobi się do wojny z panami o wolność dla wszystkiego narodu. Ale kiedy chciał w tej materii głębiej języka zasięgnąć, omal go nie pobito biorąc za szpieguna. Nasłuchał się i niestworzonych bajęd o przewagach pruskich nad rebeliantami francuskimi, które mu akuratnie wykładał jakiś napity pontonier. Dojrzał wśród młodzieży jakieś tajne znaki porozumień. Jakiś kowal, z którym się napił gorzałki, zwierzył mu tajemnice, jako w Saskiej kuźni, na rogu Królewskiej, kują noże na Moskali, trzy ćwierci łokcia długie. Ktoś mu znowu naplótł, że po cechach i klasztorach zbierają ołów i beczki prochów, że wszystka czeladź zaprzysięgła u Świętego Jana przystąpić do insurekcji. Nasłuchał się i ordynaryjnych materii, gorzałka bowiem dawała nieśmiałym czuciom głos wymowny i na nic nie bączący. Prędko tez zdeterminował konkluzję, jako na tym dnie ludzkim burzy się i coś wzbiera; jako w tej szarej społeczności rodzą się myśli, ogarniające wszystką powszechność. Troską o Rzeczpospolitą wynosiły się te dusze ponad swój stan i sposobność. Uważał mizeraków, którzy słowo "ojczyzna" wymieniali ze strzelistym afektem pacierzy. Słyszał wyrazy zastanawiającej trafności. Niektórzy w opiniach swoich pokazywali się być mężami in statu. Jużci, że wśród tej zbieraniny nierzadko i zawiść syknęła. I prawieczny głód przemówił głosem żądnym odemsty. I poniżenie rozkrywało swoje niezagojone krzywdy. Każdy przemawiał językiem swoich bolączek.

Szczególniej kobiety dawały folgę narzekaniom na biedę, zaczem dostało się królowi, pani Grabowskiej, królewskim siostrom i wielkim damom. A już na wyższe towarzystwo zabawiające się z Moskalami powstawano zgodnie z najżywszym wzburzeniem. Pokazało się, że ten tłum na wszystko bacznie patrzy, wszystko widzi i wszystko surowo osądza.

– Balują sobie, psiekrwie, jak za najlepszych czasów! – zakrzyczał jakiś pisarz mostowy. – Co noc pijatyki, zabawy i rozpusta.

– I pytam się, skąd mają na takie ekspensa? – podjął gwałtownie człowiek w zielonej, strzeleckiej kurcie suchej, jastrzębiej twarzy.

– A naród zdycha z głodu i zimna! – wypadł głos z jakiegoś kąta.

– Zmilczałbyś jeden z drugim – przykarcił ktoś poważniejszy. – Ciągnij dratwę, kpie jeden, a panom rozumu nie sprzedawaj.

– Bo gotowi kijami za takie nauki zapłacić – ostrzegał drugi.

Podniosły się protestacje i sprzeczki, zajątrzone partykularnymi docinkami. Konopka wrócił do sali tańców. Kapela rżnęła bezprzestannie, hołubce trzaskały, dziw się dom nie rozwalił i kawalerowie dokazywali cudów. Spocony metr, z peruką na bakier, zachrypnięty, korygował niezmordowanie uchybienia i wzmacniany kieliszkiem, to złotówką prowadził tańce z nie słabnącym animuszem. Bawiono się, aż szyby brzęczały, zasię po sali jakoby różnobarwny rój motyli, porwany szalonym wirem, migotał i tacząc się od ściany do ściany wił się nieskończonym korowodem, że jeno można było złapać oczyma rozwichrzone sukienki, rumiane twarze, pasiaste fraki, białe pończoszki i rozpuszczone niby bicze warkocze.

Konopka nie znalazłszy Andzi z rotmistrzem, który się gdzieś zapodzieli, szukał ich w sąsiedniej izbie, gdzie stał bilard, lecz tam zabawiali się jeno fabrykanci z Kobyłek, Francuzi, ze swoimi pannami. Zajrzał jeszcze do boków, w których zazwyczaj zbierały się szulerskie kompanie albo przyjeżdżały gruchać rozamorowane pary. Wreszcie zgniewany daremnymi poszukiwaniami przeniósł się na drugą stronę domu, do szynkowni dla pospólstwa, mającej osobne wejście od strony

Wisły.

W ogromnej, niskiej izbie było mroczno. Kilka łojówek, przyczepionych do poczerniałych ścian, dawało skąpe światło. Przez okna zaglądała zaśnieżona noc. Komin w rogu, wysoki pod pułap, przyczyniał nieco ciepła i światła. Pod nogami, mimo drewnianej podłogi, chlupało błoto. Nieznośny fetor przemiękłych kożuchów, parujących od ognia, niemiłosiernie wiercił w nozdrzach.

Ławy i stoły, z gruba ociosane i obiegające izbę, były gęsto okryte narodem, reszta najprzeróżniejszego pospólstwa ciżbiła się, gdzie mogła, szczególniej się cisnąc do szynkwasu, tak gęsto okratowanego, że ledwie dojrzał w półmroku nastożone antały. Wrzało niby na jarmarku. Co chwila zawiązywały się sprzeczki, wybuchały klątwy, gdzie nawet dobierano się sobie do kudłów; kogoś spitego parob wywłóczył do sieni. Wygłodniałe psy gryzły się pod stołami. W najciemniejszym kącie za kominem gamratki gziły się z jakimiś ultajami, że co trochę brzękały szkła i rozlegały się piski. Suchy jak tyka dziad z zielonym daszkiem na oczach, w kapeluszu, obwiedzionym muszelkami, z białą brodą, w plugawej sukni, przepasanej zakonnym sznurem, z laską zakrzywioną pielgrzyma z Ziemi Świętej i z tykwą przy niej, obwieszony różańcami, łgał kupie krupnych bab niestworzone bajędy o swoich przygodach i świętych miejscach, sprzedając zarazem, relikwie i owe cudowne wody skuteczne na wszelkie choroby. Tuż za nimi pod ścianą paru gwardiaków, przy zapalonym stoczku, azardowało się w kości pobrzękując dla przynęty jakby dukatami, a co pewien czas któryś z gapiów rzucał pieniądz, przegrywał i odchodził, przeprowadzany kpinami. Pobok, jeno w cieniu, paru chłopów w baranich czapach i kożuchach z kołnierzami do pleców pojadało ze swoich kobiałek, groźnym pomrukiem opędzając się od zagadujących filutów.

Zasię w pobliżu jeno w kącie, przysłonięta ścianą ściżbionych przy graczach, siedziała gromadka zdezarmowanych żołnierzy o zbiedzonych wielce twarzach i w łachmanach, ledwie wydających pozory mundurów. Kręcił się przy nich werbownik moskiewski, gruby brodacz, z rudawą, wypasioną gębą i chytrymi, rozbieganymi oczkami, żairliwie zachęcając do picia i jadła. Dolewał im nieustannie i bił się w piersi, żegnał i na wszystkie świętości przysięgał.

– Ja czestny człowiek. Co powiadam, prawda serdeczna. A w tej hramocie stoi napisane, czytajcie – podsuwał im jakiś papier pod oczy: – "Każdy dobrowolnie wstępujący do służby Najjaśniejszej Imperatorowej imć – przeżegnał się i pocałował papier – odbierze dla polepszenia swojej sytuacji dziewięćdziesiąt złotych." Gruby grosz, a? Matuszka rodzona nie dałaby więcej! – wykrzyknął z namaszczeniem – "z czego przy wstąpieniu na służbę, choćby jeszcze dzisiaj, wypłacone mu będzie złotych 12; przy wstąpieniu w granice Rosji 18 złotych, a resztujące 60 w regimencie, do którego będzie naznaczony. Oprócz tego, rachując od dnia wejścia na służbę, będą wydawane każdemu lenungi i na prowiant po złotych 3 albo 50 kopiejek na tydzień." Jak przeczytam na końcu, to się wam niebo otworzy. Słuchajcież. "Kto przesłuży dwanaście lat, weźmie w nagrodę grunta z pomieszkaniem i wolność." Miodu ja wam nalał w duszę, a? Pijcie no, kamraty!

– Grunta z pomieszkaniem i wolę!– szeptali z rozbłysłymi oczami.

– Sama najjaśniejsza napisała, a co tu napisane, święte niczym Ewangelie. Pomieszkanie i gruntu, ile sobie wybierzesz! Poprosisz, a żonkę też ci kazna wyznaczy i wianem opatrzy. Dochowasz się dziatek i o nie carowa kłopotać się będzie. I jeszcze coś dołożę: toć wojna żołnierza żywi i kiep ten, który z niej wraca z pustymi rękoma. Mało to dobra u was po dworach i miastach? Naczalstwo nie przeszkodzi: oddasz, co mu się z prawa należy, a na ręce ci nie patrzy. Niejeden bogaczem wrócił do domu. Grzechu w tym nie ma, nie posmakujesz, drugi za ciebie użyje albo i ogień strawi. Służba ważna rzecz, ale zasłużysz się, wpadniesz w oko starszemu, to i kreścik złapiesz i sam możesz postąpić w naczalstwo. U nas wszystkie Polaki starszyzna!

– Żeby to jeno prawdę powiadał ten papier – przerwał mu któryś.

– Sama najjaśniejsza podpisała! Rozum straciłeś czy co? – zdumiewał się.

– Każden ocyganić gotowy.

– Jakże, swoich porzucić, wiary się wyrzec i zaprzedać obcemu...

– I jeszcze pomagać do uciemiężenia ojczyzny!

– Przeciw królowi stawać i rodzonym bratom życie brać! – podnosiły się ciche, wylękłe głosy. Sumienia jęły się budzić i targać, wątpliwości gryzły, że mimo wypitej gorzałki i serc zatwardziałych w niedoli ogarniała ich jakaś zgroza.

– Ja was nie ciągnę – podjął prędkim głosem. – Ja czestny człowiek i co postawiłem, zapłacę, niech wam idzie na zdrowie. Nie usłuchacie rady, wasza wola! Ale mnie was serdecznie żal. Tak jak nie wrócicie dobrowolnie do swoich panów, to oni was poszukają, kto wie, może jutro powędrujecie w dybach do nich. Namiestnik się ucieszy, do gnoju postawi, a batem niby wołu poganiać będzie. Dałeś krew za króla, swój honor żołnierski miałeś, a teraz będziesz tylko dziedzicową sobaką. Takie twoje jutro, zdezarmowany żołnierzu! Cóż, kiedy ratować się nie chcesz, i jak przekładam, jako carowa z panami prowadzi wojnę, by ukrócić ich swawolę, a chłopstwu dać swobodę, to mojemu słowu nie wierzycie. Ja czestny człowiek – zapewniał bijąc się w piersi. Kręcił na różne sposoby, podrwiwał, litował się, nawet łzom popuścił nad ich zaślepieniem, nie zaniedbując przy tym dolewać gorzałki i sławić służby u carowej, że może by i pomyślny skutek wzięły jego zabiegi, gdyby jeden z chłopów, siedzących najbliżej, nie był się przysunął i nie wywarł na niego pyska.

– Nie wierzta mu, chłopcy, ten kobyli syn łże jako pies! My go dobrze znamy! Którego carowej dostawi, sto złotych bierze zapłaty. Judasz, ścierwo! Przyjaciel, taki samiuśki, jak i te jego kamraty ciągnące teraz do Warszawy, że za nimi wstawa jeno płakanie i ruina! Morowa zaraza nie gorsza! My tu właśnie ze skargą na nich przyjechali do króla jegomości. Strach, co te zbóje wyprawują!

Zgłuszył jego mowę wrzask i rumor, jaki się był nagle uczynił. Ciżby zakołysały się gwałtownie w tył, uderzone nową falą ludzi, cisnącą się drzwiami.

– Ustąpić tam! Miejsca dajcie! – wrzeszczano od progu. – Jasełka. Wraz też buchnęła kolęda o Betlejem, "nie bardzo podłym mieście", i ukazała się we drzwiach złocista, kręcąca się gwiazda, prowadzona przez czterech dryblasów, przybranych za pasterzów, w kożuchach, czapach i z długimi kijami, potem srokatą kozę wyprowadził na powróśle Kuba od Działyńskich, za żydowskiego bachora przebrany dla śmiechu; za czym na ostatku wyniosła się ogromna, pułapu sięgająca szopka, w kształt kopulastego kościoła uczyniona i wszystka w sutych pozłotach, farbach i światłach. Trzej królowie w koronach, powłóczystych płaszczach, a różnej cery stanęli przed nią, pokłon oddali, w trąby uderzyli, jeden zaś z gwiaździarzy na piszczałce tkliwie wyciągał. Wtedy przysłona się rozdarła ukazując wnętrze stajenki, gdzie ze żłóbka Dzieciątko Jezus rączki podawało, gdzie była Maria, gdzie Józef stał frasobliwy i gdzie bydlątka w kornej postaci klęczały. A ledwie tego oczy dotknęły, gdy wszelkie stworzenia w powinnym hołdzie głos swój grzmiący podniosły: zaryczał osieł wraz z wołem, rżały konie, szczekały pieski, pobekiwały owce, ptakowie cudnie świergolili, koza wyprawowała uciesznę skoki, a pasterze klęknąwszy półkolem śpiewali mocno i uroczyście.

Szynkownia tak nagle rozgłośniała, iż zbiegali się ludzie ze wszystkich stancji, przylecieli nawet tanecznicy, włazili na ławy, zajmowali stoły, cisnąc się jeden przez drugiego i dziwując owym głosom udanym.

W jakimś mgnieniu zrobiło się cicho i na przedzie stajenki jakoby na teatrum jęły się pokazywać łątki, wyobrażające przeróżne persony. Staszek ukryty pod spodem wyprawiał nimi różne brewerie, za każdą innym głosem przemawiając. Jasełka odprawowały się składnie i czyniło się coraz ciszej, publicum bowiem nie mogło się połapać w przedstawianych historiach i osobach. Wszystko pokazowało się niby jak zawsze, jak co roku, te same niby Herody, Małgorzatki, diabły, Żydy i Węgry z olejkami – a zarazem jakieś zgoła inne, i chociaż ucieszne, a wielce do myślenia dające. Słuchali też z zapartym oddechem i wytrzeszczonymi oczyma, głowiąc się nad wyrozumieniem. Exemplum, zaraz po hołdzie Dzieciątku jawiła się na owym teatrum łątka udająca królowę; złotą koroną świeciła i płaszcz miała w znaki narodowe aftowany; twarz, zroszona łzami, wyrażała boleść; szła utykając i brzęcząc jakby kajdanami, zaś kolędnicy zaśpiewali na znaną nutę:
W mękach leży – któż pobieży
Salwować!
Zbrakło panów i rycerzy,
Zbrakło serca – ratować.
Cni chłopkowie, przybywajcie,
Kosy na sztorc obsadzajcie,
Matka woła was!
I nim ochłonęli, a jaki taki zmiarkował, o co sprawa, wleciała Małgorzatka z huzarem, a za nimi diabeł z widłami; Staszek zaś zaśpiewał:
Za górami, za lasami
Tańcowała Katarynka z Orłowami.
Król malutki grał jej w dutki
I rzewnie płakał...
– Nie płacz, Stasiu, potańcuję;
Tron ci potem zaborguję...
Byleś mnie słuchał.
Głuchy pomnik przeleciał po tłumach, ktoś głośno zaklął, gdy wystąpiła cała kompania: gruby proboszcz, kobieta z dzieckiem, pijany organista i Żydek z koszem cytryn; wiedli między sobą jakiś spór zaciekły, przy czym ksiądz kropił lachą na prawo i lewo,

kobieta lamentowała, dzieciak wrzeszczał, Żydek się przewracał fajtając nogami, a organista pociągając z flachy śpiewał sprośne piosenki o proboszczowej gospodyni, z czego uczynił się taki wrzask, jakoby w istocic żywe osoby miały z sobą sprawę. Staszek tak trafnie oddawał głosy, a nawet sposoby mówienia każdej z figur, że cała powszechność zatrzęsła się od śmiechów. Posypały się klaskania i krzyki kontentacji; zaś Andzia, cisnąca się w pierwszym szeregu z rotmistrzem, rozbawiona do łez, rzuciła kolędnikom garść srebrnych rubli i najgłośniej aplauzowała. Jeszcze było niezupełnie przycichło, kiedy na teatrum pokazała się nowa osoba. Wielu ją rozpoznało z twarzy ogromnej, wspartej na podbródkach, i z wielkiego brzucha; za nią posuwał się Herod, przypominający Igelströma, i sznur żołnierzy z karabinami. Przystanęła w pośrodku i kiedy orszak padł jej do nóg, przemówiła z ruska i grzmiąco:
Leć mi zaraz do Polski!
Weź żołnierzów, harmaty,
Weź dla króla dukaty,
Weź dla panów tytuły, ordery i wstęgi.
Niechże za to wydają, co najlepsze mają:
Swój honor, swą ziemię, i wojsk swych potęgi.
I co nad wszystko wolę –
Ukrainę, Wołyń i Podole.
Kto się oprze, kto wzbroni,
Tego Kozak niech goni
I w dalekie popędzi Sybiry!
A kto sławę przyniesie, kto zarobi wawrzyny,
Posmakuje mej łaski i mojej pierzyny.
Na to wyskoczył z przeciwnej strony dziad, obwieszony torbami, z twarzą jakoby z talerów obitą, i jękliwym, proszalnym głosem zaskrzeczał:
Dziadek ci ja, dziadek.
Nagi mam pośladek
I puste torbeczki.
Gdzie spocznie ma głowa,
Gdzie ja co uproszę,
Skądże wezmę trzy grosze,
Jeśli nie wesprze carowa?
Po nim Herod jął się bzdyczyć, tupać i wykrzykiwać wielkim głosem:
Gdzie nogą stąpię, krew, łzy i groby,

Bom ja zwierciadło carskiej osoby.
Kto mnie nie słucha, weźmie nahaje,
W sybirskie ześlę go kraje!
Przy mnie Kozacy pędzą jak ptacy.
Precz mi, Polacy!
Snadź dosyć było tego nawet Belzebubowi, gdyż wyskoczywszy z
widłami wołał:
Gamratko wściekła, ciebie do piekła!
Przy tyn Herodzie w siarczanym smrodzie
Utopię...
A ciebie, dziadku, choć na ostatku
W najgorszym skąpię ukropie!
Na takie dictum nikt się nawet nie zaśmiał, dziwna cichość
oprzędła szynkownię, spozierano jeno po sobie w niemym
poruszeniu. Niejednym luty strach zjeżył włosy pobudzając
zarazem do ciężkich westchnień. Wraże nazwiska krążyły z ust do
ust, wzmagały się szepty, tysiące przypomnień stanęły naraz w
pamięci, słuszny gniew zaczynał targać trzewiami. Pospólstwo,
ślepe zazwyczaj na sprawy powszechności, zdawało się
spostrzegać jakąś prawdę groźną nawet dla swoich mizerackich
sytuacji, że troska zasępiała czoła i kładła się niepokojem na
sercach, lecz Staszek, nie dopuszczając dłuższych deliberacji,
znowu pokazał królowę; sunęła, tak samo brzękająca kajdanami,
na bladych licach lśniły zastygłe łzy, a boleściwy, żałosny glos
przemawiał:
Sierota jestem, opuszczona nieboga,
Dola mnie spotkała sroga:
Opadli mnie mordercę, złodzieje.
Pomóżcie, jaśni panowie dobrodzieje!
Ratujcie, szlachta, wielmoże,
Ratujcie, duchowne stany!
Na nogach wlokę kajdany,
Przeszyły mnie ostre noże,
W sercu mam okrutne rany
I śmiercim haniebnej bliska.
Wesprzyjcie, jaśni panowie dobrodzieje!
Ratujcie, szlachta, wielmoże,
Zerwijcie ze mnie obrożę!
Obroń mnie, ludu kochany!
Śmiertelne sposobią mi łoże
I z ran już mdleję...

Na ten rzewliwy, rozdzierający głos krzywdy pierwsza Andzia zaniosła się płaczem, zawtórowały jej liczne szlochy i poruszone wielce publicum jęło wykrzykiwać, burzyć się, bić pięściami w stoły, że nie wiadomo, na czym byłoby się skończyło, gdyby Staszek nie był pociągnął uwagi nowymi jasełkami. Pokazał bowiem chłopa w białej sukmanie, z kosą w ręku, który zaczął lamentliwie prawić:

Ubogim, nieszczęsny,
Przez wszystkich wzgardzony,
Przez wszystkich krzywdzony,
Przez wszystkich deptany.
Ale na wiosnę,
Niech jeno w siłę podrosnę,
Niech jeno kosę na sztorc obsadzę,
Taką ja łaźnię sprawię,
Ze król zadrży w Warszawie!
I wszyscy moi ciemięzcy
Zapłacą krwawie!

Po nim zaczął jakiś urwisz śpiewać na nutę "Chciało się Zosi jagódek", gdy powstał nagły wrzask, bowiem niespodzianie wtargnęli marszałkowscy. Kacper ze swoimi zagrodził im drogę dając czas na rejteradę Staszkowi, czym rozsrożone pachoły chciały ich aresztować. Powstała sroga bijatyka i kotłowanina, że ani można było rozpoznać, kto bił i kto był bity.

Konopka, wyprowadziwszy bocznym wyjściem Andzię z rotmistrzem, rzekł:

– Idźcie na moją kwaterę. Za jaką godzinę przylecę. Mam ja tu jeszcze swoje różne sprawy.

XIII

Zaręba powróciwszy do Warszawy drugiego marca na gwałtowne wezwanie Chomentowskiego, znalazł miasto zmienione nie do poznania. Dawało pozór kotła przepełnionego wrzącym ukropem. Proklamacje Igelströma: pierwsza, wyznaczająca ostateczny termin redukcji wojsk na 15 marca, i druga, zachęcająca oficjerów i gemejnów do przechodzenia na służbę imperatorowej, dopełniły miary powszechnego wzburzenia. Zaś napływ wojsk rosyjskich, jaki się był rozpoczął pod koniec lutego, przetrwożył nawet najspokojniejszych. Przewidywano najgorsze następstwa. Nie dość już było wszelakiego gatunku wiolencji nad spokojnymi mieszkańcami, nie dość Igelströma, wiszącego nad krajem niby chmura gradowa, nie dość kompanii petersburskich arystokratów, odprawujących swoje karnawałowe psie wesela jakby na urągowisko powszechnej nędzy i smutków – jeszcze te wojska przeciągające od wszystkich rogatek pomnażały trwogi, niepokoje, drożyznę i swywolę... Przyglądano się im z nienawiścią i lękiem. Zwłaszcza iż w trop za nimi, z okolic, przez które maszerowali, nadciągały kupy zrabowanego chłopstwa i tysiące skarg na gwałty, łupiestwa i pożogi. Przyjmowano ich też groźnym pomrukiem, a tu i owdzie gradem kamieni i złorzeczeń. Nie powstrzymywało to jednak potoku żołnierstwa, który okryty rozmigotaną szczecią bagnetów, płynął nieustannie, napełniając głębokie ulice wrzaskiem dzikich śpiewek, bijących bębnów, graniem piszczałek, rzegotem brzękadeł i głuchym turkotem toczących się harmat i taborów. Przeto pomimo dni przykrych, zmiennych i zgoła marcową aurą dyszących, ruch na mieście był znaczny; zwłaszcza Krakowskie roiło się od rana do późnej nocy ciżbami ciekawych i wałęsającego się ultajstwa. A jakby na większą ekscytację powszechności, od kilku dni zwiększone patrole dragonów i kozaków włóczyły się po bocznych ulicach i obsadziwszy rogatki, wszystkich przejeżdżających dokuczliwie egzaminowały, nierzadko rozdziewając nawet do koszuli. Podniosły się protestacje aż do króla. Nic to nie pomogło. Tak nakazał Igelström i musiano się poddawać srogim rygorom i żołdackiej swawoli. Z tej przyczyny nie było kafenhauzu, handlu czy szynkowni, gdzie by nie powstawano na to niesłychane uciemiężenie wolnego narodu. Mnogie karteluszki nawołujące do oporu ukazały się na murach; różne burzące pisma krążyły z rąk do rąk i odczytywano je publicznie. Staszkowe jasełka niemało też podsycały wrzenie. Spiskowi zaś, korzystając ze zdarzonych okoliczności, rozwijali gorączkową działalność, kaptując sobie coraz większą kwotę adherentów. Wielu już bowiem socjuszów targowickich przejrzało, jako nie pozostaje nic nad niewolę lub orężne powstanie. Rozpacz ogarniała cnotliwych na widok upadku, do jakiego przychodziła Rzeczpospolita. Gorętsi widzieli sprawców w Radzie Nieustającej, w królu i pomiędzy dygnitarzami formacji grodzieńskotargowickiej. Przeciwko nim rosła nienawiść, szczególniej wśród pospólstwa. Podsycał ją nieustannie a zaciekle Barani Kożuszek pod Krakowską Bramą, wystawując ich szpetne uczynki i zdrady w jadowitych wierszykach, zaś ich wyobrażeniom, ucinając głowy na małej gilotynie. Karę aplauzowano powszechnie, a wierszyki krążące w tysiącznych odpisach wciskały się nawet do rąk królewskich. Nie przeszkodziły temu gniewy dotkniętych ni zdwojone straże, ni nawet obwieszczenia marszałka grożące burzycielom spokoju ciężkimi karami. Spiskowi nie żałowali trudów, a mając po swojej stronie pospólstwo i zakonnych kwestarzów, wszędzie docierali ze swoją propagandą. Zwłaszcza ojciec Serafin, przebierając się w habity różnych konwentów dla zmylenia szpiegunów, pracował z niesłabnącą żarliwością. Pod pozorem kwesty włóczył się po mieście całymi dniami, wszędzie budząc ognistym słowem sumienia i nawołując do oręża. Z jego też przyczyny po wielu kościołach nawet konfesjonały służyły za trybuny agitacyjne. Pomagał niemało ksiądz Jelski obywatelskimi kazaniami, głoszonymi przy każdej sposobności, zaś ksiądz Meier sam starczył za tysiąc agitatorów. Prawdziwą jednak duszą poruszeń wśród szerokich mas Ludu stawał się Kiliński. Oddany sprzysiężeniu, bystry, obrotny i wymowny, jak szczupak nurkował po głębokim dnie miasta. Znaczył jego głos i na magistracie między rajcami, liczono się z nim i po urzędach, i cechach, a już zgoła był wyrocznią dla rzesz rzemieślniczych. Majster za głośno prawił swoje desideria, nazbyt grzmiąco wygrażał i zbytnio się wystawiał na oczy, lecz spiskową czeladź pomnażał, ducha budził i gorliwie rozkwaterowywał zdezarmowanych gemejnów. Szli mu we wszystkim na rękę: Sierakowski i Morawski, starsi cechów rzeźników i kowali.

Te skryte zabiegi, propagandy, spiskowe przygotowania, szepty po kawiarniach, nocne zgromadzenia, tajemnicze znaki, denerwacje niepokojących oczekiwań, nieustanne a groźne wieści, nagłe trwogi, tumulty wybuchające coraz częściej, groźna postawa tłumów, wybryki ultajstwa, harmaty wytoczone na placach i skrzyżowaniach ulic, alianckie szeregi wkraczające butnie, rozgłośnie i zwycięsko, coraz sroższe zarządzenia Igelströma – wszystko to przejmowało powietrze miasta gorączką wojny.

Ludzie snuli się rozanimowani, wzburzeni a dziwnie zarazem uważni na wszystko, co się dokoła staje, że za lada powodem pustoszały ulice, zamykały się bramy i sklepy, lecz wszędzie mógł dojrzeć czuwające groźne twarze i niemało karabinów w pogotowiu. Stan był takowy, że czekało się jeno, żali rychło zahuczą harmaty i rozlegną się krzyki: Do broni!

Zaręba poczuł to wojenne powietrze natychmiast po powrocie. Radowała go niezmiernie ta powszechna gotowość i wiele sobie po niej obiecywał. Więc tym bardziej się starał, powziąwszy wiadomość od Kacpra, że wczorajsza Mała Rada, zebrana na reducie, nie zdeterminowała jeszcze wybuchu.

– Nie może być! – zakrzyczał. – Wszak Chomentowski naglił mnie o przyjazd właśnie z racji, że termin będzie postanowiony! – Juści na Radzie nie byłem, ale wiem, iż tam prócz kłótni nic nie wyszło. Myśmy wyglądali pana porucznika jeszcze wczoraj! Drogi pewnie ciężkie?

– Jak najgorsze. Polecę pod Sfinksy! Aha, chciałbyś nowin z domu? To ci jeno powiem, że Dosię kazałem przywieźć do Grabowa, zdrowa, przysyła ci jakąś paczkę, znajdziesz ją w swoim tłumoku. W grodzie zeznałem akt, mocą którego darowuję ci wolność i puszczam w dożywocie młyn po leku. Już się w nim twoja matka rozgospodarowała...

Kacper jak długi rymnął mu do nóg.

– Daj spokój. Wolnyś! Bądź mi tylko jak dotąd przyjacielem – ucałował go jak brata. – Grabowskich poddanych kazałem przepisać na prawo czynszowe. Bardzo się to nie spodobało stryjowi, Maryni i sąsiadom, ale moja narzeczona pierwsza o to zabiegała.

– To pan porucznik po zrękowinach!

Jak przyjacielowi opowiedziawszy wszystkie okoliczności zaręczyn, śmierci ojca, pogrzebu i agitacja po województwie, pobiegł Pod Sfinksy, do pałacu Działyńskiego, gdzie się ukrywała generalna kancelaria insurekcji. Pałac od strony Leszna był zamknięty, dając pozór zgoła niezamieszkałego, natomiast od dziedzińca, w parterowych stancjach wrzała praca dniami i nocami. Tam bowiem w rękach Chomentowskiego, Deybla, Cichockiego i paru młodszych oficjerów, ogniskowały się wszystkie nici sprzysiężenia. O tej kwaterze wiedzieli tylko najzaufańsi. Otoczono ją też tajemnymi strażami i pilnowano niby źrenicy. Zaręba przedostał się od strony ulicy Elektoralnej, przez ogrody i przejścia znane jedynie wtajemniczonym. Przyjęli go okrzykami radości, szczególniej Chomentowski był mu niezmiernie rad, z czego korzystając Zaręba pytał o wczorajsze zebranie na reducie.

– Kapostas dał takie racje, że większość nie chciała decydować terminu.

– Bez rozkazu Kościuszki nie chciał nic decydować – dorzucił porucznik z regimentu Działyńskiego, Sierpiński, gorący jakobin. – Nie widzę ja przyczyny, dlaczego mamy zależeć od człowieka tak oddalonego od kraju. – To urąga rozsądkowi i paraliżuje nasze zamierzenia! – dodał kłótliwie.

– Naczelnik – wyrzekł z mocą Zaręba. – Naród złożył w jego ręce swoje losy.

– Dyktator! Samowładca! warcholił, gotowy do zaciekłej sprzeczki, lecz Zaręba dojrzawszy w sąsiedniej stancji Radzimińskiego poszedł do niego.

Rotmistrz był wymizerowany, blady, z gorączką w oczach.

– A moje sprawy przybrały obrót niefortunny – zagadał po przywitaniu.

– Właśnie byłem ciekawy, zaliś czego dokonał.

– Pamiętasz, jak sobie planowałem postąpić z Zubowem! Po przyjeździe do Warszawy uformowaliśmy z Konopką najdoskonalszy plan. Przyszła nam w pomoc okoliczność sobotniej reduty. Marcin Zakrzewski nam powiedział, że przybędzie na nią Zubow ze swoją kompanią. To nam było na rękę. Jakoż ukazali się szumnie, w hiszpańskich przebraniach ze swoim chórem śpiewaków i tancerzów. Plan mieliśmy krótki: Zubowa wykraść ze sali, zapakować w sanie i sztychem go przymusić do powinności spełnienia. Wszystko udało się expedite, sprzyjała nam fortuna. Andzia sprawiła się nad pochwały. Wprowadził ją na redutę Piotrowski, przebraną za wróżkę. Od swoich oficjerskich amantów wysupłała przeróżne sekrety Zubowa. Rod pozorem wróżby zbliżyła się więc do niego i dalejże mu pleść duby smalone, a ekscytować przypominkami, profetując przy tym wywyższenie, pono nawet koronę. Dość, że dał się złapać na koń i by swobodniej słuchać i dalej uszów swoich komilitonów, pozwolił się wyprowadzić do bocznej stancji. Tam już czekaliśmy na niego! Piorunem wszystko się stało, łeb w burkę, pęta na nogi i ręce, że nim się pomiarkował, już leżał jak baran związany. Wynieśliśmy go bocznym wyjściem od karmelitów w sanie i co w koniach pary na Bielany! Dopiero w drodze dowiedział się ode mnie przyczyny porwania. Targał się niby oplatany siecią: groził, błagał i obiecywał, ale widząc, jako nic nie wskóra, zgodził się pokornie na wszystkie kondycje. W kościele bielańskim już czekał ojciec Serafin, Zośka z podkomorzyną i świadkowie. Kawaler oświadczył mi się akuratnie o rękę siostry, przyjąłem juści, sflisowano akt i przystąpiono do ślubu. Odetchnąłem sądząc koniec moich utrapień. Wypadło jednak inaczej. Bowiem kiedy ksiądz zaczął ich wiązać stułą, Zośka odskoczyła od ołtarza i plunąwszy w twarz narzeczonemu, oświadczyła, iż za nic w świecie nie pójdzie za niego. Prawiła, jakby zgoła pomieszana na rozumie. Niepodobna

było przydawać jej wzgardy. Mnie zaś dziw krew nie zalała z takiego obrotu sprawy. Pociecha jeno była w tym, że Zubow pod jej nienawistnymi słowy wił się jak przydeptana gadzina. Posiniał w poniżeniu, wstydzie i bezsilnej złości. Musiałem go jednak puścić wolno. Jakże, z wolą czy bez woli, chciał jednak zmazać swoją winę. Słuszna pomsta mi się wymknęła pozostawiając jeno hańbę...
– Niezwyczajna to panna. A może i miała rację zrywając śluby! Ani podobna wyimaginować ich pożycia! Zastanów się tylko!
– Wcale też zabiegałem nie o to, by żyli potem jako turkawki. Wiedziałem, że od ołtarza zaraz się rozejdą. Szło mi jeno, by wróciła do domu z honorem i godną sprawą. I Zubow nie byłby się temu przeciwił, innego rozwiązania być nie mogło. Graf bogaty, poszłoby jak po maśle. Mało to przykładów! – dodał widząc spochmurniałą twarz towarzysza.
– Gdzież teraz ona?
– Zabrała ją do siebie podkomorzyną, pono ciężko zaniemogła, nie proszę Boga, lecz byłoby lepiej, żeby z tej choroby się nie podniosła...
– Skądże się w tej sprawie wzięła podkomorzyną?
– Mokronowska, u której zakwaterowałem siostrę, odmówiła pomocy, a nawet powstała na mnie za samą myśl niepokojenia Zubowa. Dziwnego to nabożeństwa patriotka. Podkomorzyną zasię nie zawahała się przed wszelakim azardem, całą duszą przylgnęła do naszej sprawy.
– Toś nie był na Małej Radzie?
– Z racja tego niefortunnego ślubu spóźniłem się; kiedym przybył na redutę, już się Rada rozchodziła, nic nie zdeterminowawszy.
– We wtorek wieczorem odbędzie się walne zebranie u szambelana Węgierskiego – rzucił im od stołu, przy którym coś pisał, Chomentowski. – Właśnie dzisiaj rano zawiadomił mnie o tym Rudecki. Myślę, że tam się już coś stanowczego udecyduje.
– Najwyższy czas, gdyż miasto wre, jakby na minie prochowej, i lada iskra może spowodować wybuch – zauważył Radzimiński. Rozeszli się każdy do swojego zajęcia. Zwłaszcza Zaręba rzucił się wściekle do roboty i chodził w niej niestrudzenie niby koń w kieracie. Nie miał nawet czasu odwiedzenia kasztelanowej, choć przysyłała po niego, zaś czułe epistoły podkomorzyny zostawiał bez odpowiedzi. Dnie bowiem całe schodziły mu na lustracjach ludzi, broni, zapasów, formowania wolentariuszów i naradach w Arsenale i koszarach. Teraz w niedzielę o zmierzchu musiał asystować u Kilińskiego przysiędze, składanej przez młodzież

cechową, zaś potem pić i naradzać się z majstrami.

Dopiero we wtorek nad wieczorem, uporawszy się z pracą, poszedł do winiarni Maruszewskiego na róg Świętojańskiej i Freta, żeby nieco wypocząć i zebrać myśli przed naradą u szambelana Węgierskiego. Zaszył się w jakimś ciemnym kącie i popijając wino pogrążył się w medytacjach.

Niewielkie, sklepione izby wypełniały się z wolna ludem i gwarem. Pociągano cienkusz, grano w domino i arcaby, palono lulki i zawzięcie dyskurowano w bieżących materiach. Kompania składała się z bogatszych mieszczan, urzędników, przejezdnej szlachty, oficjerów gwardii pieszej i ludzi najrozmaitszych kondycji. Nie zważał jednak na nikogo, dopiero wejście Klotzego poruszyło w nim uśpioną czujność. Klotze zasiadł pod oknem, przy jakimś francie przesadnie wystrojonym i głoszącym tak pieprzne uwagi o przechodzących kobietach, że grubas wybuchał śmiechem i trząsł się z kontentacji.

Wkrótce zjawił się w winiarni ojciec Serafin pod pozorem kwestarza, był w kapucyńskim habicie, z gołą głową, chudością znaczny i żółtawą twarzą. Obchodził stoliki, częstował tabaką, coś uniżenie prawił, że tu i owdzie rzucono mu do puszki grosz jakiś, gdzieś usłyszał drwinę, indziej znów szpetną przymówkę, lecz niczym nie zrażony obchodził wszystkich. Czasem nawet przysiadł poszeptując temu i owemu na ucho. A w końcu zbliżył się do Klotzego ze znakiem wtajemniczenia. Ku zdumieniu Zaręby dał mu stosowną odpowiedź. Niemało tym zaniepokojony wysunął się do pierwszej izby i przywoławszy wychodzącego mnicha zapytał:

– Kto sprowadził do spisku tego grubego kundla?

– Piotrowski, z którym siedzi, będzie wiedział. Niech waszmość poczeka... Jakoż po krótkim czasie powrócił i rozkładając przed nim na stoliku święte obrazki, jakimi zwykle obdarzał dobroczyńców, zaszeptał:

– Kasztelanie Mostowski. Cóż to za zacz? – dodał zaniepokojony.

– Kundel. Znam go człowiekiem gotowym do najgorszych uczynków i podejrzewam o jakąś podłą kabałę. Radzę ustanowić nad nim nadzór. Siadajże, jegomość, coś nie tego trzymasz się na nogach.

– Zasłabłem zdziebko, u nas wypada dzisiaj suchy dzień... – przyznał się.

– Ojciec się umartwia, a to się psu na budę nie zda. – Burczał na niego z przyjaźni, gdyż cenił go i uważał. – Z regestrów, jakie mi pokazano, zobaczyłem, jako w ostatnich czasach przypuszczono do sekretu dużo różnego tałałajstwa.

– Prawda, sprzeciwiałem się przyjmowaniu byle kogo, ale mnie nie usłuchali. Wedle mojego rozumienia za wielu cywilnych, zwłaszcza tych miejskich obiboków. Za wiele też rozprawiają o insurekcji po sklepach, bilarach i handlach, i to głośno, w biały dzień i przy leda okazji. Ani wolno nam mniemać, że o tym nie wie ambasador. Psiarnia Baura nie próżnuje. I jeszcze jedno mam na sercu: oto Konopka posługuje się nawet ulicznymi gamratkami, zali się to godzi! – biadał szczerze zgorszony. Uspokoił mu sumienie Zaręba i nakarmiwszy chlebem i serem, bo nic więcej przyjąć nie chciał, poszedł na zebranie. Węgierski mieszkał zaraz na drugim rogu, od strony Szerokiej Freta. Staszek, znający dobrze Bauroską sforę, wałęsał się po ulicy, zaś pod sienią siedział skulony Marcin spod Kapucynów i żebrząc cichutko, bacznie penetrował wchodzących. Był to zbytek ostrożności, bowiem Węgierski, chociaż pod pozorem karnawałowego przyjęcia, ugaszczał samych jeno spiskowców osobiście sobie znajomych. Kiedy wszedł Zaręba, w obszernym salonie rzęsiście oświetlonym, zgromadzenie było prawie w komplecie. Czekano jedynie na Kapostasa. Na wszelką jednak okoliczność, w sali i bocznych stancjach, porozstawiano liczne stoliki do kart, a liberia roznosiła różne napoje i całe piramidy pączków i chrustu. Zebrało się osób kilkadziesiąt, najważniejsi spiskowcy z Warszawy i kilkunastu delegatów z prowincjów. Przeważali znaczniejszą kwotą cywilni, że zaledwie dojrzał wśród fraków jakąś wojskową kurtę. Honory domu sprawował żarliwie szambelan Węgierski, człowiek lat średnich, wysoki, o dobrotliwej, chudej twarzy, okolonej siwizną. Nosił się po polsku, przy prostej szabli miał oficjerski felcech. Panował już znaczny gwar i rozanimowanie, kiedy się zjawił Kapostas. Prowadził jakąś zamaskowaną damę i usadziwszy ją wpodle siebie, natychmiast otworzył naradę. Każdy brał miejsce, gdzie mu było wygodniej; większość zasiadła wielkim półkolem, wielu cisnęło się we drzwiach, a byli tacy, którzy w bokówkach najspokojniej zasiedli do kart lub pili nie wtrącając się do rozprawy. Rozpoczęły się dość bezładne i wielce burzliwe deliberacje; bowiem jedni, sami prawie wojskowi, parli, aby natychmiast oznaczyć dzień powstania, zaś drudzy, a tych była większość znaczna, żądała odroczenia wybuchu. Każdy przy tym dawał swoje niezawodne racje i każdy pragnął namiętnie przeważyć szalę na swoją stronę. Powstawały sprzeczki, ludzie już zaczynali tracić wiarę i cierpliwość, podnosiły się ostre głosy wyrzutów, gniew wzbierał w sercach, paliły się imaginacje, wzburzenie ogarniało, że tu i owdzie chwytano za głownie szabel lub bito pięściami o stoły. Kapostas tylko nieporuszony i spokojny, odpowiadał jedno i toż samo, że dopóki Kościuszko nie rozkaże zaczynać – zaczynać insurekcji nie można i nie wolno. Popierali go zgodnie moderanci. Opozycjoniści na czele z Karolem Mellerem, kapitanem artylerii, nastawali coraz gwałtowniej, groźniej i burzliwiej.

– Dzisiaj musi być oznaczony termin – wołał zajadle Meller – bo od dzisiaj rozpoczęto redukcję. Czekacie, aż nam rozpuszczą wojska!

– I nas samych wyłapią? Do widocznej zguby prowadzicie naród.

– A po cóż nam się oglądać na Kościuszkę? – wystąpił Konopka. – Mająż losy kraju zależeć od człowieka wojażującego sobie po Italii, a który już może hołduje innym maksymom, który już może...

Przerwały mu gwałtowne protestacje, lecz przeczekawszy chwilę wołał:

– Mamy już pętlę na szyi, nie pora na deliberacje, zaczynać przymuszają nas okoliczności. A jeśli chcecie mieć na czele człowieka widnego, to wybierzcie Prozora! Wybierzcie Madalińskiego! Wybierzcie Działyńskiego! Godni najwyższych urzędów! Nie chcecie – wołał podrażniony milczeniem – to wskażę wam najgodniejszego w narodzie: Kołłątaja, geniusz to niezawodny! Mąż wspaniałych talentów, wielkiego umysłu i żelaznej ręki.

– Klecha! – podniósł się jakiś wzgardliwy głos.

– Ale ten klecha potrafi okiełznać polską swywolę, potrafi przydeptać jaśnie wielmożnych, potrafi dać pomyślny bieg rewolucji.

Zakrzyczeli go tak namiętnie, że musiał umilknąć. Wtedy wystąpił Staś Potocki, cieszący się powszechnym uważaniem i sympatiami.

– Prozor z księdzem Dmochowskim, jak wiadomo waszmościom, wyjechali do Bielna po rozkazy Naczelnika, spodziewamy się ich z powrotem w końcu tygodnia. Poczekajmy parę dni z powzięciem ostatecznej decyzji...

– Nie, nie! Z Kościuszką czy bez niego, a zaczynamy! – zakrzyczeli zapamiętalsi.

– Dosyć odwlekań! dosyć bałamuctwa. Do broni, towarzysze!

– Do broni! – wrzasnęło kilkunastu, i wraz błysnęły szable wydobyte.

– Mości panowie! Nie gubcie sprawy! Zaklinam was na ojczyznę! – błagał Kapostas, przerażony niespodzianym obrotem.

– Zdrajco! – zagrzmiał Meller rzucając się do niego z szablą. – Wkręciłeś się między nas, żeby przeszkodzić dziełu oswobodzenia! A jak Moskale przez czas nowej zwłoki zabiorą Arsenał i rozbroją wojska, cóż nas wtedy czeka?

– Lepiej, żeby padło tysiąc, niźli miała paść cała ojczyzna przez naszą nierozwagę – dowodził nieustraszenie. – Zabij, a nie ustąpię. – A więc giń! Do mnie! Rozsiekać zdrajcę! – I runął na niego już zgoła nieprzytomny z gniewu. Szczęściem w porę jeszcze osłonięto Kapostasa murem szabel; podniósł się jednak tumult, zazgrzytały ostrza, lecz do krwi rozlewu nie przyszło. Mellera odciągnęli przyjaciele. Rozsądek wziął górę. Zebranie spełzło na niczym.

Zaręba, który w tym wypadku podzielał opinię Kapostasa, odprowadziwszy go do domu, wręcz zapytał o tajemniczą damę, która gdzieś zniknęła.

– Daj parol, że nie wydasz. To księżna Czartoryska! – szepnął mu do ucha. – Żarliwa patriotka i wielce ofiarna. Łączą ją związki przyjaźni z Kościuszką. Pani to mądra i wspaniałego serca – unosił się poruszony.

Do późnej nocy wykładał mu przyczyny, zmuszające do odkładania jeszcze wybuchu, ale był bardzo wzburzony, postępek Mellera przejmował go smutkiem i niepokojeni o przyszłość.

– To straszne, by los narodu mógł zależeć od jakiegoś krzykacza – ubolewał. – Taki gotów przez gorącą poczciwość zaazardować wszystko i zgubić!

Rozstali się obaj, poruszeni tym, co się stało, i jednako zaniepokojeni.

Nazajutrz o samym zmierzchu, kiedy Zaręba wracał z Arsenału, na rogu Bielańskiej zastąpiła mu drogę jakaś rozkwefiona dama. Sądząc, że ma przed sobą gamaratkę, odżenął ją od siebie i przeszedł.

– Sewer! – posłyszał naraz za sobą głos Izy. – Czekam na ciebie od godziny!

– Co się stało? Iza! – zabełkotał niezmiernie przetrwożony.

– Ktoś wydał wczorajsze zebranie – zaszeptała przyciskając się trwożnie do jego boku. – Igelström wie o wszystkim.

– Jezus, Maria! Niepodobna! Jeśli to zapustna krotochwila...

– Masz tu regestr nazwisk! Nie pytaj, od kogo wydobyty! Dzisiaj w nocy mają nastąpić aresztowania. Przysięgam ci, że to prawda! Kacper mi wskazał, gdzie cię spotkać. Nie mogłam mu zawierzyć tego sekretu.

Trzęsła się, głos miała przejęty łzami, trwogą, buchała od miej gorączka.

– Ciebie nie wymieniono, ale spis może być niekompletny! Niech cię Bóg strzeże! U kasztelanowej mógłbyś się schronić... Boże!

Tak był zaskoczony tą straszną nowiną, że nim się zdobył na zrozumienie jej bohaterskiego postępku, zginęła mu z oczów. Jakiś powóz odjeżdżał pospiesznie. Obejrzał się prawie nieprzytomnie. Mrok się robił, szare, przewilgłe tumany zawalały miasto, ulice leżały obmiękłe, pełne błota i puste. Przejechał patrol kozacki. Pojąwszy naraz grozę sytuacji odzyskał całą sprawność umysłu i poleciał co tchu Pod Sfinksy. Zdarzyło się, iż zastał jeszcze przy pracy Chomentowskiego z towarzyszami. Razem już odczytano ten złowrogi regestr obejmujący trzydzieści kalka nazwisk z Kapostasem, Czyżem, Węgierskim i Stasiem Potockim na pierwszym miejscu. Zaręba dostał febry przy czytaniu, ale Chomentowski nie straciwszy rezonu powiedział zimno:

– Igelström pierwszy atakuje, to daje nam przewagę. Co tu począć? Jak odbić cios? Ba, a jeśli jeszcze coś gorszego zamierza! A jeśli równocześnie uderzy na Arsenał i będzie chciał opanować koszary! – pobladł straszliwie i obcierając rzęsisty pot zaszeptał: – Musimy przewidywać najgorsze!

Przystąpili do gorączkowej narady, jak czasu bitwy, że w jakieś pół godziny plan obrony był już z gruba wykoncypowany i rozdane czynności.

Ta noc była jedną z najstraszniejszych dla spiskowców. Niepokój wyczekiwania przeżerał dusze. Wszyscy z bronią w rękach czuwali oczekując hasła, jakim miało być uderzenie w dzwony, jeśliby Igelström ruszył na Arsenał. Noc była ciemna i szczególniej burzliwa, gdyż wyprawiał dzikie harce wiatr, to deszcz spadał rzęsisty, to nastawały całe godziny śnieżnej zamieci, że pod jej zasłoną Zaręba przeprowadził dwie kompanie kanonierów do Arsenału. Potrojono straże, zaciągnięto łańcuchy, nabito kartaczami harmaty, wyrychtowano w kierunku Leszna i Bielańskiej, strzelnice narożne zjeżyły się lufami garłaczów, założono okna worami z piaskiem, rezerwy zakwaterowały się w salach zbrojowni i w podwórzach. A wszystko rzuciło się z pośpiechem, prawie bez tchu i w najgłębszej cichości i w skupieniu prawie modlitewnym. Dobrski, objąwszy główną komendę, ani przez chwilę nie przestawał wzmacniać swojej fortalicji. A obawiając się uderzenia od strony Muranowa, kazał na tyłach Arsenału w ogrodach sypać szańczyki pod baterię dział wymierzonych w Nalewki. Koszary Działyńskich na Ujazdowie

Hauman w przeciągu paru godzin przeobraził w redutę; swoje trzyfuntówki okopał przed bramą, frontowe okna zamienił w strzelnice, gęste widety wysunął aż do placu Trzech Krzyżów i rozdawszy ostre ładunki czekał w zupełnej gotowości. Garść spiskowców z gwardii pieszej na Faworach obwarowała się w kaplicy. Gwardia konna w koszarach Mirowskich dawała obraz zbrojnego obozu, zdeterminowanego na każdą okoliczność, zaś koszary artylerii dzięki zapałowi oficjerów i gemejnów przemieniły się w fortecę. Zaręba dostał funkcję dozorowania ruchów wojsk rosyjskich. Przy pomocy Kilińskiego i jego wolentariuszów czuwał nad wszystkimi kwaterami aliantów. Całą noc krążył po ulicach, wystawał w bramach i kluczył po zaułkach przed gęstymi patrolami, jakie przerzynały miasto we wszystkich kierunkach. Równocześnie rozsyłano ostrzeżenia do wszystkich prawie spiskowych, zagrożonych aresztowaniem. Niestety, do wielu niepodobna się już było dostać, gdyż ich kwatery były strzeżone przez szpiegunów zaraz od samego zmierzchu. Byli i tacy, którzy nie chcieli uwierzyć ostrzeżeniom, inni zaś brali je za jakiś podstęp. A Baur z Rogozińskim i siepaczami, otoczony kordonem kozaków, równo o dziesiątej wyjechał na łowy. Wiodło mu się nie najgorzej, niby wilk spadał na bezbronnych i nieprzygotowanych, indagował tylko o nazwiska, zabierał papiery, jakie mu wpadły w ręce, kradł przy tym, co się dało i aresztowanych wysyłał pod konwojem do podziemi pałacu Igelströma. A gdzie mu się nie udało, odbijał zawód na domownikach, puszczając folgę swoim dzikim pasjom. Szczególniej srożył się, nie zdoławszy przychwycić Kapostasa. Mieszkanie zastał puste i z widocznymi śladami pośpiesznej ucieczki, to go przyprowadziło do takiej złości, że przy indagacjach własnoręcznie batożył służbę i rozbijał sprzęty. Rozwścieklony popędził dalej i niby wygłodzony wilk rzucał się na nowe ofiary. Tak się zabawiał do rana, przelatując ze swoją zgrają po Warszawie i pozostawiając po sobie jeno rozpacz, łzy i przekleństwa.

Dopiero w przedpołudniowych godzinach dowiedziała się powszechność o zdarzeniach nocy. Miasto zawrzało gniewem i zgrozą. Lotem błyskawicy obleciały nazwiska aresztowanych. Wzięto szambelana Węgierskiego, młodego Węgierskiego, majora Czyża i kilkunastu cnotliwych, poważnych obywatelów. Wiedziano również o ocaleniu Kapostasa i ucieczce Joachima Moszyńskiego i Dziarkowskiego, właściciela kawiarni na Mostowej. Tłumy pociągnęły na Zamek z protestacjami na poczynanie sobie ambasadora, że król pod naporem poruszonej opinii wysłał do Igelströma marszałka z żądaniem uwolnienia aresztowanych. Na darmo, wskórał jeno obelżywą odmowę i nowe poniżenia. Rzeczpospolita leżała bezsilna pod stopami nikczemnego satrapy. Głęboka konsternacja i upadek ducha objawił się wśród sprzysiężonych. Obawiano się słusznie, iż po tych aresztowaniach mogą nastąpić dalsze. Baur bowiem zabrał wiele kompromitujących papierów. Trwogą też przejmowała myśl, jak się zachowają przy indagacjach aresztowani? – Żali pod naciskiem różnych prywacji dotrzymają sekretu! – Zwłaszcza moderanci, zgrupowani przy Kapostasie, dali szpetny przykład rozprzężenia i dezercji. Wielu z nich potajemnie opuściło Warszawę, wielu pochowało się w domach możniejszych przyjaciół i po klasztorach. Przerwały się wszelkie związki między pozostałymi. Niszczono papiery i niemal wyprzysięgano się znajomości z podejrzanymi. Rozpraszali się nie dbając o nic prócz własnego bezpieczeństwa. Przez ten powszechny popłoch Warszawa dawała obraz jakby oblężonej, kto jeno mógł, siedział w domu. Obce żołdactwo zalewało ulice opustoszałe, na wszystkich skrzyżowaniach i placach widniały harmaty, biwakowali przy ogniskach kanonierzy i stały otwarte jaszcze na czerwonych kołach z amunicją. Kozackie pikiety przelatywały jak wicher burzliwy, zaś roty grenadierów, z bronią gotową do ataku, snuły się nieskończonymi kordonami. Miasto pod tym gwałtem przycichło, sposępniało, zamknęło się w sobie i przytajając gniew, gotowało się do słusznej zemsty. Bowiem pomimo rozbitego sprzysiężenia organizacja wojskowa nie upadła na duchu. Przeciwnie, ująwszy wszystkie nici spisku w swoje ręce, czynili gorączkowe przygotowania do insurekcji. W parę dni po pierwszych aresztowaniach Chomentowski zgromadził Małą Radę w pałacu Pod Sfinksami, złożoną z samych wojskowych. Zastanawiano się nad grozą sytuacji, – jakiej pozostawał spisek. Niebezpieczeństwa wzrastały.

– Znam tylko jedno wyjście – wziął głos Chomentowski. – Niechaj Madaliński wystąpi z Kurpiami jak najrychlej. Weźmie dyrekcję na Warszawę, ten ruch rozdzieli siły Igelströma, będzie musiał część załogi warszawskiej wysłać przeciw następującemu. Skoro się to stanie, uderzymy na pozostałych i przy pomocy ludu dokonamy zwycięstwa. Za nami wystąpi Wilno. Jasiński tylko czeka znaku. Wtedy i Kościuszko będzie przymuszony do rozpoczęcia. Za naszą więc przyczyną powstanie cały kraj. Jeśli zaś tego nie uczynimy, Igelström nie dziś, to jutro spisek odkryje, nas wyłapie, wojska zdezarmuje, sprawa insurekcji upadnie i upadnie Rzeczpospolita. Wóz albo przewóz, wybierajcie! – mówił z niezłomną determinacją.

– Zwycięstwo albo śmierć! – odkrzyknęli zgodnie i płomiennie.

– Bo cokolwiek zarządzicie w takiej decyzji, będzie słusznym, jeno powtarzam: innej drogi nie znajduję! – zakończył, podając regestra wojsk gotowych.

– Trzy tysiące może ruszyć z Madalińskim, wliczając w to jego brygadę, pułk księcia Wirtemberskiego i regiment królowej Jadwigi, dodając kwotę trzech tysięcy strzelców kurpiowskich, jakich uformował podkomorzy Zieliński, daje nam liczbę sześciu tysięcy! – wyliczał zimno Mycielski. – Warszawa ile może postawić łącznie z wolontariuszami? – zwrócił się do Chomentowskiego. Pokazała się liczba znaczna, koło dwudziestu tysięcy, zupełnie wystarczająca do uporania się z siłami Igelströma. Krótko już debatowano, gdyż wszyscy byli zdania, że tylko poruszenie Madalińskiego może jeszcze ocalić insurekcję. Zaczem Chomentowski rozpisał listy i jeszcze tej nocy powiódł je do Madalińskiego porucznik Sierpiński z Maruszewskim, do Wilna wyprawiono Zakrzewskiego Marcina, zaś do Krakowa ruszył porucznik Biegański.

Dnie potoczyły się zwykłą koleją, zapełnione tylko niezmiernym trudem przygotowań, oczekiwaniem wieści od Madalińskiego i obawą aresztowania. Wobec bowiem łowów, jakie prawie co noc urządzał Baur, żaden ze spiskowców nie nocował już na swojej kwaterze. Zaręba, mający powierzone organizowanie wolontariuszów, sypiał u Kapucynów, w celi ojca Serafina, gdzie również znajdował schronienie ksiądz Meier, Konopka tak się gdzieś zaszył, że niepodobna było odgadnąć. Radzimiński zamieszkał w Arsenale i nie pokazywał się na mieście, inni przytulali się, gdzie mogli. Wszelkie zebrania ustały, nawet ulubione kawiarnie opustoszały. Każdy, jak mógł, uchylał się przed Baurowską sforą.

Któregoś dnia Zaręba zajrzawszy na swoją kwaterę na Krzywym Kole znalazł list od Izy, zapraszający na wieczorne przyjęcia. Nie widział jej od owego pamiętnego zmroku i nie miał jeszcze sposobności podziękować. Często jednak rozmyślał o jej wzniosłym postępku. Nie w porę przychodziło zaproszenie, ale pójść czuł się obowiązanym. Przebrawszy się po cywilnemu, by mniej zwracać na siebie uwagi jej dostojnych gości, poszedł. Ku zdumieniu już w sieni posłyszał skoczne rzępoły muzykantów.

– Co u diabła zarywają jeszcze Wielkiego Postu?

– My obchodzimy zapusty wedle starego stylu – objaśniał go drwiąco stary famulus szambelana. Tańczono angleza, gdy wszedł na salę. Przysunął się do przechodzącej Izy i krótkie, lecz gorące złożył jej podziękowania. Powiedziała z naciskiem:

– Dla sprawy gotowam się ważyć na wszystko, poczekaj! Gonił za nią oczami, nie bardzo przejmując się jej deklaracją, znał ją bowiem nazbyt wrażliwą i pochopną do każdego azardu. Rozmyślał jeno, co ją mogło skłonić do tego. Błąkał się przy tym, penetrując między socjetą. Salon był pełny. Zubow jak zwyczajnie królował wpośród dam. Młodszy Igelström tańcował z Terenią, śliczną dzisiaj jak nigdy. W bocznych pokojach jak zwykle szła gruba gra. Towarzystwo było mieszane, polsko–rosyjskie, dosyć liczne i wybrane. Przy jednym z wielu stolików poświęconych faraonowi siedział Woyna, lecz dojrzawszy Zarębę przystąpił do niego i szepnął mu czule do ucha:

– Nie imaginujesz, jak drżałem o ciebie.

– Wobec takiego afektu zawiążmy nową motię – odparł wykrętnie.

– Masz mnie za kpa! Bądź pewny, że kiedy przyjdzie pora...

– Siądziesz do faraona i zapomnisz o wszystkim – podrwiwał.

– Znajdę się tam, gdzie powinienem! – wyrzekł uderzając go rozżalonymi oczami. Zaręba powróciwszy do salonu zauważył jakąś zmianę w usposobieniu wszystkich. Siedzieli dziwnie powarzeni. Zubow wydawał jakieś polecenie jednemu z oficjerów, wskazując grającego w drugim pokoju generała Pizbora.

Jakaś wiadomość musiała krążyć po salonie, bo szeptano sobie na ucho i twarze były poruszone, oczy wylękłe, ruchy niespokojne. Poniechano tańców, a wszystkie spojrzenia śledziły Zubowa, który w dalszym ciągu starał się zabawiać damy, zapominał jednak słów, przerywał w pół zdania, rozglądał się niespokojnie i jakby czegoś nasłuchiwał.

– Madaliński maszeruje na Warszawę. Przed chwilą przyszła ta wiadomość – szepnęła Zarębie Iza wskazując mu miejsce przy sobie. Siedział ogłuszony, nie mogąc się poruszyć, chociaż serce załomotało mu straszliwie i wszystkie moce podrywały, żeby lecieć w miasto i krzyczeć: "Do broni! do broni!"

Wtem ze sąsiedniego pokoju buchnął śpiew przy wtórze klawecyna.

Allons, enfants de la Patrie
Le jour de gloire est arrivé.

To Woyna zaśpiewał Marsyliankę i jakby pijany jej zuchwałą

potęgą, śpiewał ją coraz ogniściej, potężniej i tryumfalniej.

KONIEC TOMU DRUGIEGO